PLUS FORT QUE LE DOUTE

NICCI FRENCH

PLUS FORT QUE LE DOUTE

Traduit de l'anglais
par Marianne Bertrand

ÉDITIONS FRANCE LOISIRS

Titre original : *What To Do When Someone Dies*

Édition du Club France Loisirs,
avec l'autorisation des Éditions Fleuve Noir.

Éditions France Loisirs,
123, boulevard de Grenelle, Paris.
www.franceloisirs.com

ISBN : 978-2-298-04037-1

À Rachel, Callum, Jack, Martha, Toby et Cleo.

1

Il y a des moments où la vie bascule. Avec dans tous les cas, un avant, un après. Éventuellement, un coup discret à la porte entre les deux. On m'interrompait en plein ménage. J'avais mis de côté les journaux de la veille, de vieilles enveloppes, des bouts de papier, les avais rangés dans le panier à côté de la cheminée, prête à faire du feu après le dîner. Le riz bouillonnait gentiment. J'ai d'abord pensé que c'était Greg qui avait oublié ses clés, mais ensuite je me suis rappelé qu'il ne pouvait les avoir laissées ici puisqu'il avait pris la voiture ce matin. De toute façon, il ne toquerait sans doute pas, il crierait plutôt par la fente de la boîte aux lettres. Un ami, peut-être, ou un voisin, un témoin de Jéhovah, le cri de relance d'un jeune démarcheur à domicile tentant à tout prix de vendre des chiffons à poussière et des pinces à linge. Je me suis détournée de la cuisinière pour gagner la porte d'entrée, l'ouvrant sur une bouffée d'air froid.

Pas Greg, ni un ami, ni un voisin, et pas non plus un étranger vendant religion ou produits ménagers. Deux agents de police, deux femmes, se tenaient devant moi. L'une ressemblait à une écolière, avec une frange lourde qui lui couvrait les sourcils et ses oreilles décollées ; l'autre aurait pu être son professeur, avec un menton carré et des cheveux grisonnants coupés court, comme un homme.

— Oui ?

M'étais-je fait prendre en plein excès de vitesse ? En train de semer des détritus sur la voie publique ? Cependant, j'ai alors lu une expression incertaine, et même de surprise, sur leurs deux visages, et me suis sentie oppressée par une sorte de pressentiment.

— Mme Manning ?

— Mon nom est Eleanor Falkner, ai-je répondu, mais je suis mariée à Greg Manning, alors j'imagine que…

Je n'ai pas fini ma phrase.

— Qu'y a-t-il ?

— Pouvons-nous entrer ?

Je les ai menées dans le petit salon.

— Vous êtes l'épouse de M. Gregory Manning ?

— Oui.

Rien ne m'a échappé. J'ai vu de quelle façon la plus jeune regardait la plus âgée en prononçant ces mots, et remarqué qu'elle avait un trou dans ses collants noirs. La bouche de la plus âgée s'est ouverte et refermée sans sembler pour autant synchrone avec les mots qu'elle prononçait, aussi ai-je dû faire un effort pour en saisir la signification. L'odeur du risotto m'est parvenue depuis la cuisine, et je me suis souvenue qu'il risquait d'avoir séché car je n'avais pas éteint le feu sous la casserole. Puis, hébétée, je me suis dit que peu importait, évidemment, s'il était foutu : personne ne le mangerait plus désormais. Dans mon dos, j'ai entendu le vent projeter quelques feuilles sèches contre le bow-window. Dehors, il faisait nuit. Noir et froid. D'ici quelques semaines, les horloges reculeraient d'une heure. Dans deux mois, ce serait Noël.

Elle a dit :

— Je suis vraiment désolée, votre mari a été victime d'un accident mortel.

— Je ne comprends pas.

Même si je comprenais. Les mots avaient un sens. Accident mortel. J'avais l'impression que mes jambes ne savaient plus comment me porter.

— Est-ce qu'on peut vous apporter quelque chose ? Un verre d'eau, peut-être ?

— Vous dites...

— La voiture de votre mari a quitté la route, a-t-elle repris lentement, patiemment.

Sa bouche s'est étirée, rétractée.

— Mort ?

— Toutes mes condoléances, a-t-elle répété.

— La voiture a pris feu.

C'était la première fois que la plus jeune intervenait. Son visage était plein et pâle ; il y avait une légère trace de mascara sous l'un de ses yeux marron. « Elle porte des verres de contact », ai-je pensé.

— Madame Falkner, vous comprenez ce que nous avons dit ?

— Oui.

— Il y avait un passager dans la voiture.

— Pardon ?

— Il était avec quelqu'un. Une femme. Nous nous sommes dit... Eh bien, nous avons pensé que ça pouvait être vous.

Je l'ai dévisagée, interdite. Attendait-elle de moi que je lui présente mes papiers d'identité ?

— Savez-vous qui ça pourrait être ?

— J'étais en train de préparer le dîner. Il aurait dû être rentré, à cette heure-ci.

— La passagère de votre mari.

— Je n'en sais rien. (Je me suis frotté la figure.) Elle n'avait pas de sac avec elle, quelque chose ?

— Ils n'ont pas pu récupérer grand-chose. À cause du feu.

J'ai pressé une main contre ma poitrine et senti mon cœur cogner sourdement.

— Vous êtes sûres que c'était Greg ? Il a pu y avoir une erreur.

— Il conduisait une Saxo rouge, a-t-elle répliqué.

Elle a baissé les yeux sur son carnet et lu la plaque d'immatriculation à haute voix.

— Votre mari est bien le propriétaire de ce véhicule ?

— Oui, ai-je confirmé.

Il m'était difficile d'articuler convenablement.

— Peut-être quelqu'un de son bureau. Il les emmenait parfois avec lui quand il allait rendre visite à ses clients. Tania.

Je me suis rendu compte, tout en parlant, que je ne parvenais pas à éprouver du chagrin si Tania était morte, elle aussi. Cela me perturberait peut-être par la suite, je le savais.

— Tania ?

— Tania Lott. Une collègue.

— Vous avez son numéro de téléphone à son domicile ?

J'ai réfléchi un moment. Il devait figurer dans le portable de Greg, qu'il avait avec lui. J'ai dégluti péniblement.

— Je ne pense pas. On l'a peut-être quelque part. Vous voulez que je regarde ?

— On va le trouver.

— Je ne veux pas vous sembler mal élevée, mais j'aimerais que vous partiez, maintenant.

— Vous avez quelqu'un à appeler? Un proche ou un ami?

— Pardon?

— Il ne faut pas que vous restiez seule.

— J'ai envie d'être seule, ai-je répondu.

— Peut-être aurez-vous envie de parler à quelqu'un.

La plus jeune des deux femmes a sorti un dépliant de sa poche : elle avait dû l'y mettre avant qu'elles ne quittent le commissariat ensemble. Toutes préparées. Je me suis demandé combien de fois elles faisaient ça par an. À force, elles devaient s'habituer à se tenir sur le pas des portes par n'importe quel temps, affichant une expression de compassion.

— Vous avez là un grand nombre de thérapeutes qui peuvent vous aider.

— Merci.

J'ai pris le dépliant qu'elle me tendait et l'ai posé sur la table.

Après quoi elle m'a remis sa carte.

— Vous pouvez me joindre à ce numéro si vous avez besoin de quoi que ce soit.

— Merci.

— Ça va aller?

— Oui, ai-je affirmé, plus fort que je n'en avais eu l'intention. Excusez-moi, le dîner a dû brûler, je pense. Il faut que j'aille voir. Vous trouverez la sortie?

J'ai quitté la pièce, dans laquelle se tenaient toujours gauchement les deux femmes, et me suis rendue dans la cuisine. J'ai ôté la casserole de la plaque de cuisson et touillé le fond collant de risotto brûlé avec une cuillère en bois. Greg adorait le risotto : c'était le premier plat qu'il ait jamais préparé pour moi. Du risotto avec du vin rouge et une salade verte. J'ai soudain eu une vision nette de lui assis à la table de la cuisine dans les vieilles sapes qu'il aimait porter à l'intérieur, en train de me sourire et de lever son verre à ma santé, et j'ai fait volte-face, m'imaginant que si j'étais assez rapide, je pourrais l'y surprendre.

Toutes mes condoléances.

Accident mortel.

Ce monde n'est pas le mien. Quelque chose ne va pas, ne tourne pas rond. Nous sommes un lundi soir d'octobre. Je suis Ellie Falkner, âgée de trente-quatre ans, mariée à Greg Manning. Même si deux agents de police viennent de me rendre visite pour m'annoncer qu'il est mort, je sais que ce n'est pas possible parce que cela arrive dans un autre monde, celui des autres.

J'ai pris place à table, et attendu. Je ne savais pas ce que j'attendais au juste ; peut-être d'éprouver quelque chose. Les gens pleurent quand ils perdent un proche, non ? Hurlent, sanglotent, avec des larmes qui roulent sur leurs joues. Greg était sans le moindre doute mon bien-aimé, ce que j'avais de plus cher au monde, mais je ne m'étais jamais sentie aussi loin des larmes. Mes yeux étaient secs et me brûlaient ; j'avais un peu mal à la gorge, comme si j'avais attrapé un coup de froid. J'avais aussi mal au ventre, et j'ai posé ma main dessus quelques secondes, fermé les yeux. Il y avait des miettes sur la table, des restes du petit déjeuner. Toasts et marmelade. Café.

Qu'avait-il dit en partant ? Mon cerveau ne répondait pas. Ce n'était qu'un lundi matin habituel, ciel gris, trottoir semé de flaques. Quand m'avait-il embrassée pour la dernière fois ? Sur la joue ou sur les lèvres ? Nous nous étions bêtement disputés un peu plus tôt dans l'après-midi au téléphone, à propos de l'heure à laquelle il rentrerait. Étaient-ce là nos derniers mots ? Quelques chamailleries avant le grand silence. Un moment, je n'ai même pas pu me remémorer son visage, mais après, il m'est revenu : ses cheveux bouclés, ses yeux sombres, la façon qu'il a de sourire. Qu'il *avait*. Ses mains fortes, habiles, sa solidité réconfortante. Il devait s'agir d'une erreur.

Je me suis levée, ai soulevé le combiné de son support sur le mur et composé le numéro de son portable. J'ai attendu pour entendre sa voix et, au bout de quelques minutes, comme rien ne venait, j'ai reposé soigneusement le téléphone et suis allée presser mon visage contre le carreau. Un chat marchait d'un pas délicat le long du mur du jardin. Je voyais briller ses yeux. Je l'ai observé jusqu'à ce qu'il disparaisse.

J'ai pris une cuillerée de riz dans la casserole et l'ai portée à ma bouche. Il n'avait aucun goût. Peut-être devrais-je me servir un verre de whisky. Voilà ce que faisaient les gens en état de choc, et j'étais certainement en état de choc. Je doutais toutefois que nous ayons du whisky dans la maison. J'ai ouvert l'armoire à liqueurs et contemplé son contenu. Une bouteille de gin, pleine au tiers. Une autre de Pimm's, mais ça, c'était pour les longues soirées d'été, chaudes, à des années-lumière d'ici, de maintenant. Un petit flacon de schnaps. J'en ai dévissé le bouchon et pris une gorgée, pour voir, sentant son filet brûlant dans ma gorge.

La voiture a pris feu. Pris feu.

Je me suis efforcée de ne pas voir son visage, son corps dévoré par les flammes. J'ai pressé mes paumes sur mes orbites, et un petit son ténu s'est échappé de ma gorge. Il régnait un tel silence dans la maison. Les sons provenaient tous de l'extérieur : le vent dans les arbres, le bruit que faisaient les voitures en passant, des portes qui claquaient, des gens qui continuaient de vivre, normalement.

Je ne sais pas combien de temps je suis restée là, comme ça, mais pour finir j'ai gravi l'escalier, m'agrippant à la rambarde et hissant mon poids de marche en marche comme une vieille femme. J'étais veuve. Qui réglerait le lecteur vidéo pour moi, qui m'aiderait, sans succès, à faire mes mots croisés le dimanche, qui me tiendrait chaud la nuit, me serrerait fort dans ses bras, veillerait sur moi ? J'ai formulé ces pensées, sans les ressentir. Je suis restée debout dans notre chambre quelques minutes, fixant ce qui m'entourait, puis me suis assise pesamment sur le lit – de mon côté, prenant soin de ne pas déranger celui de Greg. Il lisait un guide de voyage : il voulait que nous partions en Inde ensemble. Il y avait un marque-page au tiers du livre. Sa robe de chambre – à rayures grises et bleues – pendait au crochet sur la porte. Des pantoufles gisaient à l'envers sous la vieille chaise en bois, et dessus un jean qu'il avait porté la veille avec un vieux pull bleu. Je suis allée le prendre, enfouissant mon visage dans l'odeur de sciure familière. Puis j'ai ôté le mien et enfilé celui de Greg. Il y avait un trou à l'un des coudes, et le bord s'effilochait.

Je me suis rendue distraitement dans la petite pièce contiguë à notre chambre, qui, pour l'instant, servait de débarras, même si nous avions des projets la concernant. Elle était remplie de cartons de livres et d'objets divers que nous n'avions jamais trouvé le temps de déballer, malgré notre emménagement dans cette maison il y a plus d'un an maintenant, ainsi qu'une baignoire ancienne avec griffes de lion et robinetterie de cuivre craquelée, que j'avais dénichée chez un brocanteur et prévu d'installer dans notre salle de bains une fois que j'aurais fait quelque chose pour les robinets. Nous nous étions retrouvés coincés en la montant, me suis-je rappelé, incapables de reculer ou d'avancer, pris d'un fou rire incoercible, pendant que sa mère nous lançait de vaines instructions depuis l'entrée.

Sa mère. Il fallait que j'appelle sa mère et son père. Il fallait que je leur dise que leur fils aîné était mort. Le souffle m'a manqué et j'ai dû m'appuyer contre le chambranle de la porte. Comment annonce-t-on une telle nouvelle ? Je suis retournée dans la chambre et me suis rassise sur le lit, saisissant le téléphone qui se trouvait sur ma table de nuit. Un instant, je n'ai pu me rappeler leur numéro et, quand il m'est revenu, j'ai eu du mal à presser les touches. Mes doigts ne fonctionnaient pas normalement.

J'espérais qu'elle ne répondrait pas, mais si. Sa voix haut perchée semblait contrariée qu'on l'appelle à cette heure tardive.

— Kitty.

J'ai collé le combiné contre mon oreille et fermé les yeux.

— C'est moi, Ellie.

— Ellie, comment…

— J'ai une mauvaise nouvelle, l'ai-je coupée. (Et là, avant qu'elle ait pu reprendre son souffle pour ajouter quoi que ce soit :) Greg est mort.

Silence complet au bout du fil, comme si elle avait raccroché.

— Kitty ?

— Allô, a-t-elle répondu.

Sa voix avait faibli ; elle semblait parler de très loin.

— Je ne comprends pas bien.

— Greg est mort, me suis-je obstinée. Il est mort dans un accident de voiture. Je viens de l'apprendre.

— Excuse-moi, a-t-elle dit. Tu peux rester en ligne un instant ?

J'ai patienté, après quoi une autre voix a résonné, comme un aboiement bourru, à qui on ne la fait pas.

— Ellie. Paul. Qu'est-ce que c'est que cette histoire ?

J'ai répété ce que j'avais dit. Les mots semblaient de plus en plus plus irréels.

Paul Manning a laissé échapper une toux brève, nerveuse.

— Mort, tu dis ?

Dans le fond, j'ai entendu sangloter.

— Oui.

— Mais il n'a que trente-huit ans.

— C'était un accident de la route.

— Une collision ?

— Oui.

— Où ça ?

— Je n'en sais rien. Je ne sais plus si elles l'ont précisé. Peut-être qu'elles l'ont fait. J'ai eu du mal à tout retenir.

Il m'a posé d'autres questions, des questions détaillées, auxquelles il m'a été impossible de répondre. C'était comme si les informations pouvaient lui procurer une sorte de contrôle sur la situation.

Ensuite, j'ai composé le numéro de mes parents. C'est ce qu'on fait dans ces cas-là, non ? Même quand on n'est pas proche d'eux, c'est l'ordre à respecter. Ses parents, ensuite, les miens. Les endeuillés de premier rang. Mais personne ne décrochait et je me suis souvenue que c'était soirée quiz au pub, le lundi. Ils y resteraient jusqu'à la fermeture. J'ai relâché l'interrupteur et suis demeurée assise quelques secondes à écouter la tonalité dans mon oreille. Le réveil du côté de Greg indiquait 21 h 13. Des heures à tenir jusqu'au matin. Qu'étais-je censée faire d'ici là ? Devais-je commencer à appeler les gens, leur apprendre la nouvelle par ordre décroissant d'importance ? C'est ce que l'on faisait pour annoncer la naissance d'un enfant – mais était-ce la même chose quand on avait perdu son mari ? Et qui me fallait-il contacter en premier ? Et là, ça m'est revenu.

J'ai trouvé le numéro de son domicile dans le vieux carnet d'adresses de Greg. Le téléphone a sonné plusieurs fois, quatre, cinq, six. C'était comme un jeu, un jeu atroce. Réponds, et tu es toujours en vie. Ne réponds pas, et tu es morte. Ou peut-être sortie, simplement.

— Allô.

— Oh.

Un instant, je n'ai pu parler.

— Tania ? ai-je demandé, même si je savais que c'était elle.

— Oui. Qui est à l'appareil ?

— Ellie.

— Oh, Ellie. Salut.

Elle a patienté, dans l'attente d'une invitation, sans doute. J'ai pris une profonde inspiration et prononcé les mots absurdes une fois de plus.

— Greg est mort. Dans un accident. (J'ai coupé court aux exclamations d'horreur qui se sont déversées sur la ligne.) Si je t'ai appelée, c'est que… enfin… j'ai pensé que tu te trouvais peut-être avec lui. Dans la voiture.

— Moi ? Comment ça ?

— Il avait un passager. Une femme. Et je me suis dit, enfin, tu vois… que c'était quelqu'un du bureau, alors j'ai pensé…

— Ils étaient deux ?

— Oui.

— Seigneur.

— Oui.

— Ellie, c'est vraiment atroce. Mon Dieu, je n'arrive pas à le croire. Je suis tellement…

— Tu sais qui ça aurait pu être, Tania ?

— Non.

— Il n'est pas parti avec quelqu'un ? ai-je demandé. Ou parti voir quelqu'un ?

— Non. Il a quitté le bureau vers 5 heures et demie. Et je sais qu'il avait dit plus tôt dans la journée qu'il rentrerait de bonne heure chez lui, pour une fois.

— Il a dit qu'il rentrait directement ?

— C'est ce que j'ai compris. Mais, Ellie...

— Quoi ?

— Ce n'est peut-être pas ce que tu penses.

— Je pense quoi ?

— Rien. Écoute, s'il y a quoi que ce soit que je puisse faire, n'importe quoi, tu n'as qu'à me le...

— Merci, ai-je coupé, en lui raccrochant au nez.

Qu'est-ce que je pensais ? Qu'est-ce que cela pouvait ne pas signifier ? Je n'en savais rien. Je savais juste qu'il faisait froid dehors, et que le temps s'écoulait lentement, et qu'il n'y avait aucun moyen de l'accélérer. J'ai descendu l'escalier à pas de loup, me suis assise au salon, dans le canapé, le pull de Greg tiré sur mes genoux. J'ai attendu que vienne le matin.

2

Le bruit des journaux, suivi quelques minutes plus tard d'un paquet de lettres poussé par la fente de la boîte et tombant sur le tapis, m'ont rappelé que le monde était là, dehors, et cherchait à entrer. Bientôt, il y aurait des choses à faire, des devoirs à accomplir, des responsabilités, des règles à observer. Mais tout d'abord, j'ai rappelé Tania.

— Je suis désolée, ai-je dit. Je voulais te joindre avant que tu partes au bureau.

— J'y ai pensé toute la nuit, a-t-elle répondu. J'ai à peine fermé l'œil. Je n'arrive pas à y croire.

— En arrivant, peux-tu vérifier qui Greg voyait hier ?

— Il a juste passé la journée au bureau, puis est parti pour rentrer chez lui.

— Il a pu appeler un client en route, déposer quelque chose. Si tu pouvais jeter un œil à son agenda…

— Je ferai n'importe quoi, Ellie, a répété Tania, mais qu'est-ce que je dois chercher au juste ?

— Demande à Joe si Greg lui a dit quoi que ce soit hier.

— Joe n'était pas au bureau. Il était chez des clients.

— C'était une femme.

— Oui, ça je sais. J'essaierai.

Je l'ai remerciée avant de raccrocher. Le téléphone a sonné aussitôt. Le père de Greg avait des questions à me poser. Il parlait sur un ton formel, comme s'il avait répété son texte, comme s'il avait noté ces questions par écrit avant de s'adresser à moi. Je n'ai pu répondre à aucune d'entre elles. Je lui avais déjà confié tout ce que je savais. Il m'a dit que Kitty n'avait pas dormi de la nuit et je me suis demandé s'il tenait à souligner qui souffrait le plus. Quand il a raccroché, j'ai eu le sentiment d'avoir raté un test. Je ne faisais pas une bonne épouse. Veuve. Le mot m'a presque fait rire. Ce n'était pas un terme pour les gens comme moi. C'était pour les vieilles dames à foulards, tirant des caddies, des femmes qui s'attendaient au veuvage, s'y étaient préparées et l'avaient accepté.

Je me suis rejoué dans ma tête le moment précis où la policière m'avait annoncé la nouvelle, cet instant de transition. C'était un trait tiré en travers de ma vie et rien, après cela, ne serait plus pareil. Je n'avais pas du tout faim ou soif, mais j'ai décidé que je ferais mieux d'avaler quelque chose. Je me suis rendue dans la cuisine et la vue de la veste en cuir de Greg drapée sur l'une des chaises m'a heurtée au point que j'en avais du mal à respirer. Je n'arrêtais pas de m'en plaindre. Pourquoi ne pouvait-il pas l'accrocher correctement, et pas ici? À présent, je me penchais dessus en tentant d'y déceler son odeur. Viendraient plein d'autres moments comme celui-là. Alors que je me préparais du café, il m'en est revenu d'autres encore. C'était du café brésilien, origine qu'il choisissait toujours. Le mug que j'ai pris dans le placard provenait de la boutique de souvenirs d'une centrale nucléaire : Greg l'avait reçu à titre de blague.

Quand j'ai ouvert la porte du réfrigérateur, j'ai été bombardée de souvenirs, de choses qu'il avait achetées, que j'avais achetées pour lui, ses préférences, ses aversions.

J'ai réalisé que la maison était plongée dans un calme quasi identique à celui qui régnait au moment où il l'avait quittée, mais qu'à chaque nouveau geste, chaque porte que j'ouvrais, chaque objet que j'utilisais ou déplaçais, j'éliminais sa présence, le tuais un peu plus encore. D'un autre côté, quelle importance ? Il était mort. J'ai pris sa veste et l'ai accrochée à la patère dans l'entrée, comme je n'avais cessé de lui demander de le faire.

Mon portable s'y trouvait, sur l'étagère, et j'ai vu que j'avais reçu un texto – puis qu'il était de Greg, et pendant un moment j'ai eu l'impression que quelqu'un avait saisi mon cœur à deux mains et l'essorait tel un gant de toilette. Avec des doigts gourds, j'ai cliqué dessus. Il avait été envoyé la veille, peu après que je m'étais fâchée qu'il reste plus tard au bureau qu'il ne l'avait promis, et il n'était pas très long : « Pardon pardon pardon pardon pardon. Je ne suis qu'un pauvre con. » J'ai fixé le message du regard, puis pressé le téléphone contre ma joue, comme s'il restait quelque chose de lui dans le SMS dont j'aurais pu m'imprégner.

J'ai pris le café, son carnet d'adresses, mon propre carnet d'adresses et un bloc-notes, et me suis mise à me demander qui je devrais appeler. M'est aussitôt revenue en mémoire la fête que nous avions donnée cette année, à mi-chemin entre son anniversaire et le mien. Mêmes carnets d'adresses, même table et, en gros, le même genre de décisions. Qui fallait-il absolument inviter ? À qui tenions-nous ? Qui ne voulions-nous pas ? Si nous invitions X, nous devions inviter Y. Si nous invitions A, nous ne devions pas inviter B.

J'avais l'impression que mon cerveau ne fonctionnait

pas correctement, et qu'il m'obligeait à tout coucher par écrit, de façon à n'oublier personne ou à éviter de téléphoner à quelqu'un deux fois. Il y avait les amis proches qu'il me faudrait tenter de joindre avant qu'ils ne partent travailler. Mais tout d'abord, j'ai essayé de rappeler mes parents, redoutant cette communication mais sachant qu'ils seraient tous les deux là à cette heure matinale.

Mon père a répondu et aussitôt appelé ma mère, de sorte qu'ils étaient tous deux en ligne. Ensuite ils se sont mis à me parler d'un de leurs amis – est-ce que je me souvenais de Tony, auquel on venait juste de diagnostiquer du diabète, tout ça parce qu'il mangeait trop, n'était-ce pas débile et pourquoi les gens ne parvenaient-ils pas à exercer un contrôle sur leur existence ? J'ai tenté de les interrompre à plusieurs reprises, et enfin réussi à insérer un sonore « S'il vous plaît ! » entre deux phrases, puis tout déballé.

Il y a eu de soudaines effusions, suivies de questions. Quand était-ce arrivé ? Est-ce que j'allais bien ? Avais-je besoin d'aide ? Fallait-il que ma mère vienne immédiatement ? Devaient-ils venir tous les deux ? L'avais-je annoncé à ma sœur ou valait-il mieux qu'elle le fasse pour moi ? Et tante Caroline, il fallait la mettre au courant ? Je leur ai dit que je devais raccrocher, que je les rappellerais plus tard, mais que, dans l'immédiat, j'avais des coups de fil à passer et des choses à faire. En reposant le combiné, j'y ai réfléchi. Quelles étaient les choses à faire ? Il y avait des certificats de décès à signer. Des testaments à lire. Des obsèques. Était-ce à moi de me charger de tout ça ou est-ce que ça se faisait tout seul ?

Il fallait que je parle à Joe, l'associé de Greg, et son meilleur ami. Mais je n'ai réussi à joindre que son répondeur, et je ne pouvais pas supporter d'annoncer la nouvelle comme ça. J'ai imaginé son visage s'il écoutait ce message, ses yeux bleus étincelants : il pourrait, lui, verser les larmes dont je ne semblais pas encore capable. Tania devrait le lui apprendre à ma place. Je me suis dit qu'elle voudrait le faire, de toute façon. Elle était nouvelle dans l'entreprise et adorait Joe, comme une écolière adule une star de cinéma.

J'ai parcouru le carnet d'adresses de Greg et le mien et noté une liste de quarante-trois personnes. Un groupe plus restreint que celui venu à notre fête. Nous avions invité alors plein de gens que nous n'avions pas vus depuis la soirée de l'année précédente, des voisins, des connaissances que nous perdions progressivement de vue. Ils apprendraient sa mort par la rumeur, ou quand ils prendraient contact avec moi. Peut-être certains ne l'apprendraient-ils jamais. Ils se demanderaient de temps à autre ce qu'étaient devenus ces vieux Greg et Ellie, avant de penser à autre chose.

J'ai saisi le téléphone et entrepris d'appeler les gens, en gros dans l'ordre où ils étaient sortis de mon carnet d'adresses, puis de celui de Greg. La première personne était Gwen Abbott, l'une de mes plus vieilles amies, et le dernier, Ollie Wilkes, l'unique cousin dont Greg soit resté proche. En passant ce premier coup de fil, je pouvais à peine composer le numéro, tant mes mains tremblaient. Quand je l'ai annoncé à Gwen et que j'ai entendu son cri de choc et de surprise, j'ai eu le sentiment de le revivre intégralement, sauf que c'était pire parce que le coup était porté sur de la chair contusionnée, sur une plaie ouverte. Après avoir reposé le combiné, je suis juste restée assise, cherchant pratiquement mon souffle, comme si j'étais en haute altitude et que l'air s'était raréfié. J'avais l'impression de ne pas pouvoir continuer à revivre ce moment à travers autrui, encore et encore.

L'exercice est néanmoins devenu plus facile. J'ai conçu une formule qui fonctionnait et l'ai répétée avant de passer les appels.

« Bonjour, ici Ellie. J'ai une mauvaise nouvelle… »

Au bout de quelques coups de fil, j'ai recouvré un semblant de calme. J'ai réussi à orienter chaque conversation et à l'amener assez vite à son terme. J'avais quelques phrases toutes faites. « J'ai des choses à faire »; « Je suis désolée, je ne peux pas vraiment parler de lui pour le moment »; « C'est très gentil à vous. » Ça a été moins facile avec son meilleur ami, Fergus, qui adorait Greg depuis plus longtemps que moi-même. Il avait été son compagnon de toujours, son confident, son frère adoptif, son témoin à notre mariage. Il a dit :

— Qu'allons-nous devenir sans lui, Ellie ?

J'ai entendu sa voix abasourdie, brisée, et j'ai songé : « C'est ce que je ressens, moi aussi; c'est juste que je ne le sais pas encore. » J'avais l'impression que ma douleur se terrait hors de ma vue, pour me prendre par surprise et surgirait quand je m'y attendrais le moins.

Parvenue au milieu de la liste, j'ai entendu frapper des coups pressants à la porte; je l'ai ouverte et suis tombée sur Joe. Il portait un costume et le fameux porte-documents dont Greg avait l'habitude de se moquer, soutenant qu'il était toujours vide et uniquement pour « faire genre ». Mais même exempt de bleus ou de blessures, il avait l'air d'un homme ayant pris part à une bagarre, et n'en serait pas sorti vainqueur, chancelant, pâle et l'œil vitreux. Avant que j'aie pu parler, il a franchi le seuil et m'a serrée contre lui. Tout ce qui m'est venu à l'esprit, c'est qu'il me semblait si différent de Greg, plus grand et plus large, avec une odeur différente, aussi, de savon et de cuir.

J'avais tellement envie de m'effondrer et de pleurer dans ses bras mais, pour une raison ou une autre, je n'ai pas pu. C'est Joe qui a pleuré à ma place, les larmes ruisselant sur son visage marqué par les ans, pendant qu'il me disait à quel point mon mari avait été merveilleux, et quelle chance il avait eue de me connaître. Il a ajouté qu'il me considérait comme une sœur et que je devais m'appuyer sur lui durant les semaines à venir. Il m'a embrassée sur les deux joues en retenant mes mains dans les siennes et m'a assuré très solennellement que je n'avais pas besoin d'être forte. Il a récuré la casserole dans laquelle j'avais fait brûler le riz, a essuyé la table de la cuisine et sorti ma poubelle. Il a même tenté de résorber un peu le désordre, soulevant des piles de papier et posant des livres sur des étagères avec une frénésie manquant singulièrement d'efficacité, jusqu'à ce que je lui demande d'arrêter. Sur quoi il est parti et je me suis remise à l'ouvrage.

Dès que j'avais annoncé la nouvelle à quelqu'un, je cochais son nom sur mon bout de papier. Parfois, c'était un enfant qui répondait, ou un compagnon que je ne connaissais pas, ou pas assez bien. Je ne laissais pas de message, ni même mon nom. Je m'en suis moins bien sortie avec la liste de Greg. Le temps que j'y vienne, les gens étaient pour la plupart déjà partis travailler. Je ne les ai pas appelés sur leurs portables. Je ne pouvais supporter l'idée de parler à des personnes se trouvant peut-être à bord d'un train, et susceptibles d'être embarrassées par leur propre réaction en présence d'inconnus.

J'ai aussi été ralentie parce que à ce stade, le téléphone s'était mis à sonner. Les gens que j'avais contactés avaient digéré l'information et pensé à des choses qu'ils voulaient dire, des questions qu'ils souhaitaient poser. Des amis avaient téléphoné à d'autres amis et certains de ces amis m'ont aussitôt appelée. Quand ils ne parvenaient pas à m'avoir, ils essayaient sur mon portable, que j'ai coupé.

Par la suite, je me suis aperçue que, s'ils n'avaient pu me joindre sur mon portable, ils m'avaient envoyé un e-mail. Mais nombre d'entre eux ont pu le faire, exprimant leur chagrin les uns après les autres, de sorte qu'ils me semblaient se fondre en un cri déchirant et continuel. Après chaque appel, je notais le nom au bas de la liste de façon à ne pas les rappeler par erreur.

L'un des coups de fil émanait non d'un ami ou d'un proche, mais de l'agent Darby, l'une des femmes qui m'avait annoncé la nouvelle. Elle m'a demandé comment j'allais et je n'ai pas réellement su quoi répondre.

— Je suis désolée de vous déranger, a-t-elle dit, mais est-ce que j'ai parlé du fait qu'il faudrait identifier le corps ?

— Je ne me souviens pas.

— Je sais que vous traversez un moment difficile, a-t-elle repris, avant de marquer une pause.

— Oh. Vous voulez que j'identifie le…

Je me suis interrompue.

— Mon mari. Mais vous êtes venue ici. C'est vous qui me l'avez annoncé. Vous savez, déjà.

— C'est la procédure, a-t-elle expliqué. Vous pourriez toujours mandater un autre membre de la famille. Un frère ou un de ses parents.

— Non, ai-je répondu aussitôt. (C'était exclu. Quand Greg m'avait épousée, il était devenu mien. Je ne permettrais pas que sa famille le récupère.) Je m'en charge. Je dois le faire aujourd'hui ?

— Si c'est possible.

— Où est-il ?

J'ai entendu froisser des papiers.

— Il se trouve à la morgue de l'hôpital King George V. Vous savez où c'est ? Est-ce que quelqu'un peut vous emmener ?

J'ai appelé Gwen, qui a dit qu'elle me conduirait à l'hôpital, même si je savais que cela signifiait qu'elle devrait se faire porter pâle. Je me suis aperçue que j'avais encore les vêtements que j'avais mis la veille au matin. Greg m'avait vue les enfiler. Peut-être pas, en fait. Il était trop habitué à ma présence et trop occupé le matin pour s'asseoir et me regarder mais il s'affairait non loin de moi quand je me suis habillée. J'ai tout enlevé – encore un autre pan de ma vie avec Greg disparu – et suis passée sous la douche, sous de l'eau très chaude, la tête levée vers le jet et les yeux clos. J'ai fait couler de l'eau plus chaude encore, comme si la brûlure pouvait éradiquer ce que je ressentais. Je me suis habillée en vitesse, ai jeté un œil dans le miroir, et constaté que j'étais entièrement vêtue de noir. J'ai ôté mon pull et l'ai remplacé par un autre, de couleur rouille. Sombre, mais pas genre veuve méditerranéenne.

Certaines personnes savent d'instinct comment réagir à vos humeurs. Gwen est de celles-là. Greg et moi avons discuté un jour de nos amis, pour savoir lesquels ne nous irritaient jamais et son nom a été le seul sur lequel nous soyons tombés d'accord. Elle sent quand se tenir en retrait et quand se montrer impartiale, voire même critique, quand se montrer proche, vous prendre dans ses bras, vous témoigner de l'amour et une tendresse physique. Mary et moi nous disputions régulièrement, mais Mary se chamaille avec presque tout le monde, pour le plaisir, semble-t-il : on voit une lueur de contrariété traverser son regard et on sait qu'elle est dans l'une de ses humeurs chatouilleuses, conflictuelles, instables, et qu'il n'y a rien à faire à part essuyer l'orage – ou quitter la pièce. J'opte en général pour la seconde solution.

Mais Gwen, avec sa douce tignasse dorée, ses yeux gris, ses vêtements discrets, sa façon d'être calme et réfléchie, n'aime pas élever la voix. À l'université, les gens qui la connaissaient l'appelaient « la diplomate », surnom à la fois admiratif et parfois teinté d'un léger ressentiment, parce qu'elle donnait l'impression de ne pas se livrer complètement. De mon côté, j'avais toujours apprécié sa réserve : être admis dans le tout petit cercle de ses intimes semblait un privilège. Quand j'ai été lui ouvrir la porte, elle n'a pas ouvert les bras, ne m'a pas invitée à m'y blottir pour pleurer et me laisser réconforter. Elle m'a plutôt regardée avec une tendresse empreinte de gravité, posant une main sur mon épaule mais me laissant décider si je voulais craquer ou non. Et je ne l'ai pas fait. Je voulais, je devais tenir.

En me conduisant vers l'hôpital de King's Cross, elle n'a rien dit et m'a permis de garder le silence. Je contemplais les passants par la fenêtre, soudain fascinée à l'idée que des gens faisaient aujourd'hui ce qu'ils avaient prévu de faire la veille. Ne réalisaient-ils pas que c'était temporaire ? Tout semble peut-être bien couler de source mais, un jour, demain ou le jour suivant, ou dans cinquante ans, rideau.

En arrivant à l'hôpital, nous nous sommes aperçues que le parking était payant. Soudain, je me suis fâchée, inutilement.

— Si on allait au supermarché au lieu d'aller à la morgue, on n'aurait pas besoin de payer.

— Ne t'en fais pas, a dit Gwen. J'ai de la monnaie.

— Et ceux qui viennent chaque jour ? ai-je répliqué. Ceux qui ont des proches en train de mourir.

— Ils ont sans doute un tarif spécial, a suggéré Gwen.

— Je ne compterais pas trop là-dessus, ai-je rétorqué, avant de me taire, consciente de me comporter comme les gens que je vois crier dans la rue contre des ennemis imaginaires.

L'hôpital n'a été pour moi qu'une succession d'odeurs. Près de la réception se trouvait une cafétéria du genre qu'on trouve dans tous les centres commerciaux et les chaînes de magasins. Le sifflement d'un cappuccino en train de mousser m'est parvenu. Il y avait aussi un café proprement dit. À mesure que nous avancions, un arôme de bacon en train de frire a peu à peu cédé la place à une odeur d'encaustique, de désodorisant, puis à celle, piquante, de produits de nettoyage, phénol et eau de Javel, avec, sous-jacent, quelque chose de désagréable. Je n'avais pas réussi à retenir les indications que nous avait données le réceptionniste mais Gwen m'a menée le long des couloirs, fait descendre en ascenseur jusqu'à un nouvel accueil, désert.

— Il y a sans doute une sonnette ou quelque chose, a suggéré Gwen.

Il n'y en avait pas. Gwen a fait la moue.

— Il y a quelqu'un? a-t-elle lancé.

Des pas ont résonné et un homme a émergé d'un bureau derrière le comptoir. Il portait une blouse verte, comme un préposé dans une quincaillerie. Il était très pâle, à croire qu'il passait tout son temps ici en sous-sol, privé de la lumière du jour. Sa barbe de trois jours n'en ressortait que mieux. En se rasant, il avait oublié un endroit sous le menton. J'ai pensé à Greg en train de se raser, se tenant le nez quand il s'attaquait à la zone sous les narines. L'homme nous a interrogées du regard.

— Mon amie est venue identifier un corps.

Il a hoché la tête.

— Je suis le Dr Kyriacou, s'est-il présenté. Chef de clinique. Vous êtes un parent?

— C'est mon mari, suis-je intervenue.

Je n'étais pas encore prête à parler de lui au passé.

— Toutes mes condoléances, a-t-il répliqué et, pendant un moment, j'ai cru qu'il était réellement désolé, aussi désolé qu'on pouvait l'être quand on le disait chaque jour, sauf le week-end et les jours fériés.

— Vous avez besoin de mon nom ? ai-je demandé. Ou du sien ?

— Celui du défunt, a précisé le Dr Kyriacou.

— Son nom est Gregory Manning, ai-je répondu.

Le Dr Kyriacou a fouillé dans quelques dossiers empilés dans un casier métallique posé sur le comptoir jusqu'à trouver celui qu'il cherchait. Il l'a ouvert et a examiné les papiers qui y étaient rangés. J'ai tenté de me pencher pour voir, mais je ne parvenais pas à lire quoi que ce soit.

— Vous avez une pièce d'identité ? s'est-il enquis. Je suis désolé. C'est le règlement.

Je lui ai remis mon permis de conduire. Il l'a pris et a noté quelque chose dans son formulaire. Il a froncé les sourcils.

— Le corps de votre mari a été gravement brûlé, a-t-il précisé. Ceci va être éprouvant pour vous. Mais puis-je me permettre de dire que d'après mon expérience, il est préférable de voir le corps que de ne pas le voir du tout ?

J'ai eu envie de demander si c'était bien vrai, même après un accident d'avion, ou avec des gens écrasés par des trains, mais n'ai pas réussi à piper mot.

— Tu veux que je vienne avec toi ? a offert Gwen.

Soudain, je n'ai plus voulu partager l'expérience. J'ai secoué la tête. Elle s'est assise et le Dr Kyriacou m'a conduite le long d'un couloir puis dans une salle qu'on aurait dite remplie de placards pourvus de tiroirs superposés sur quatre étages, mais avec des poignées semblables à celles des réfrigérateurs d'autrefois. Il a jeté un coup d'œil sur un bloc-notes qu'il tenait à la main, puis s'est avancé vers l'un d'eux et tourné vers moi.

— Vous êtes prête ? a-t-il demandé.

J'ai hoché la tête. Il a ouvert une porte et un courant d'air froid s'est engouffré dans la pièce déjà fraîche. Il a tiré un plateau. Un corps gisait dessus, couvert d'un drap. Sans hésiter, il en a levé un coin. Je n'ai pu retenir un cri étouffé parce que j'ai su alors, de manière décisive, irrévocable, qu'il n'y avait pas d'erreur et qu'il était mort, mon Greg chéri, que j'avais vu pour la dernière fois quittant la maison à la hâte, un morceau de toast à moitié avalé entre les dents, de sorte que nous ne nous étions même pas embrassés.

Je me suis obligée à le regarder de près. Son visage était noirci par le feu, ses cheveux avaient brûlé par endroits et son cuir chevelu, roussi. La seule partie véritablement endommagée se situait au-dessus de son sourcil droit, où l'on voyait les traces d'un choc terrible. J'ai tendu le bras et effleuré ses cheveux, puis me suis penchée et les ai touchés de mes lèvres. Il y avait une forte odeur de brûlé.

— Au revoir, lui ai-je murmuré. Mon amour.

— Est-ce Gregory Manning? a demandé le Dr Kyriacou.

J'ai acquiescé.

— Vous devez le dire à voix haute, a-t-il exigé.

— Oui, c'est lui.

— Merci, a-t-il répliqué en le consignant sur son bloc-notes.

Le Dr Kyriacou m'a ramenée auprès de Gwen, puis une pensée m'est venue à l'esprit.

— L'autre personne dans l'accident. Elle est là ?

— Oui, a-t-il confirmé.

Je me suis tue un moment. J'osais à peine poser la question.

— Savez-vous… ai-je commencé. Vous savez qui c'est ?

Le Dr Kyriacou a fouillé dans les dossiers.

— Son mari est venu, a-t-il dit. Oui, nous y voilà.

Il a regardé sur la couverture du dossier.

— Milena Livingstone.

Gwen m'a regardée.

— Qui est-ce ?

— Jamais entendu parler d'elle.

3

Ma petite maison s'est remplie de monde. Remplie de formulaires à compléter, de tâches à accomplir, de longues listes de choses à faire. Des amis me préparaient des tasses de thé et poussaient vers moi des toasts que je m'efforçais d'avaler. Le téléphone n'a pas arrêté de sonner. Gwen et Mary avaient dû organiser un tour de garde parce qu'on aurait dit que, sitôt que l'une s'en allait, l'autre rappliquait. Mes parents ont débarqué avec un pain d'épice trop cuit dans une boîte en fer-blanc datant de mon enfance, et des sels de bain. Joe est venu avec du whisky. Il a pris place dans le canapé, secoué lentement la tête, incrédule, et m'a appelée « ma petite chérie ». Fergus est arrivé, avec un visage que le choc avait rendu livide ; il m'a appelée « mon ange ». Tout le monde essayait de me prendre dans ses bras. Je n'avais pas envie qu'on m'étreigne. Ou en tout cas, je n'avais pas envie d'être dans d'autres bras que ceux de Greg. Je m'éveillais la nuit, sortie de rêves dans lesquels il me tenait bien serrée contre lui, bien au chaud, à l'abri, et restais allongée les yeux secs, endoloris, à fixer le noir, ressentant le vide dans le lit à mon côté.

Inutile de m'inquiéter de ce que j'aurais à faire : à chaque étape, tout plein de gens étaient là pour me le dire. Je m'étais retrouvée embarquée dans une procédure bureaucratique et l'on me guidait avec douceur et efficacité vers le point ultime, les funérailles. Mais avant de pouvoir célébrer ces obsèques, la mort devait être déclarée et, pour cela, ai-je appris, il fallait procéder à une enquête pour établir la cause du décès. Nous parlions de la mort. Une fois, ivres, nous avions répondu à un questionnaire en ligne qui vous communiquait la date de votre décès (moi à quatre-vingt-huit ans, Greg à quatre-vingt-cinq), parce que la mort semblait ridiculement lointaine, une plaisanterie et une impossibilité. Si nous y avions jamais songé sérieusement, nous nous serions dit que l'heure venue, nous serions vieux, et que l'un de nous tiendrait la main de l'autre. Mais je ne lui avais pas tenu la main et c'est quelqu'un d'autre qui s'était trouvé avec lui. Milena Livingstone. Le nom a crépité dans ma tête. Qui était-elle ? Que faisait-il avec elle ?

— Quoi, à ton avis ? a demandé ma mère, d'un air sévère, avant que je la fiche dehors, claquant la porte si fort derrière elle que des éclats de plâtre s'étaient répandus par terre.

— Quoi, à ton avis ? s'est enquise Gwen, et j'ai posé ma tête sur la table, sur le tas de papiers divers, et dit que je n'en savais rien, que je n'en avais aucune idée. Mais que je connaissais Greg… Jamais il n'aurait… Je n'ai pas terminé la phrase.

— Parle-moi d'elle.

— Qui ça ?

Joe m'a regardée avec une expression grave, attentive.

— Milena. Qui était-elle ?

— Ellie, m'a-t-il répondu sans s'énerver, je te l'ai déjà dit. Je n'en sais rien. Je n'étais pas au courant de son existence.

— Ce n'était pas une cliente ?

Joe et Greg étaient associés au sein de leur propre affaire. Les comptables sont censés être minces, gris, porter costard et lunettes, mais cela ne valait certainement pas pour ces deux-là. Joe était haut en couleur et charismatique. Les femmes lui tournaient toujours autour, attirées par ses yeux bleus, son grand sourire, son air de vous accorder son attention pleine et entière. Il était plutôt bel homme, mais Greg et moi avions l'habitude de dire que le vrai secret de son charme résidait dans le fait qu'il donnait l'impression aux autres d'être beaux et d'avoir quelque chose de spécial. Il était plus âgé que nous, la quarantaine avancée, aussi nous faisait-il l'effet d'un oncle ou d'un frère nettement plus âgé. Et Greg... eh bien, Greg était Greg. Il répétait souvent que si j'avais su ce qu'il faisait dans la vie, je ne serais jamais sortie avec lui. Mais je n'aurais jamais pu me douter. Nous nous étions rencontrés à une fête, chez un ami d'ami mutuel, et si j'avais dû deviner, j'aurais répondu qu'il était directeur de programmes sur une chaîne télévisée, écrivain, et même acteur ou activiste professionnel. Il avait l'air canaille, une élégance un peu débraillée, et quelque chose de rêveur, détaché de ce monde. C'était moi qui étais méthodique et organisée, là où lui était enthousiaste, brouillon, gamin. En aucun cas ce que j'imaginais chez un comptable.

— Non, a dit Joe. J'ai regardé partout. Deux fois.

— Il doit y avoir une explication.

— Tu ne peux pas penser à autre chose ?

Cette fois-ci, sa voix gentille, m'encourageant avec douceur à accepter l'évidence, m'a fait frémir.

— J'aurais été au courant. (Je lui ai lancé un regard noir.) *Toi*, tu aurais été au courant.

Joe a posé sa main sur mon épaule.

— Tout le monde a des secrets, Ellie. Nous savons tous deux combien Greg était merveilleux et adorable mais, après tout…

— Non, ai-je répété, lui coupant la parole. Ce n'est pas possible.

— Qui était Milena ? ai-je demandé à Fergus.

— Aucune idée, a-t-il répliqué. Je jure qu'il n'a jamais mentionné la moindre Milena.

— A-t-il évoqué… (J'ai hésité.) A-t-il jamais dit qu'il avait… enfin, tu sais ?

Fergus a achevé la phrase que je ne parvenais pas à terminer :

— Une liaison ?

— Oui.

— Il t'adorait.

— Ce n'est pas la question.

— Il n'a jamais évoqué la moindre aventure. Pas plus que je ne l'ai soupçonné d'en avoir une. Pas une seule seconde.

— Et maintenant ?

— Maintenant ?

— As-tu dans l'idée qu'il aurait pu en avoir une ?

Fergus s'est frotté la figure.

— Honnêtement ? Je ne sais pas, Ellie. Qu'est-ce que je peux dire ? Tu sais que j'ai travaillé avec lui, à son bureau, le jour de sa mort, sur nos ordinateurs. Il avait l'air on ne peut plus normal. Il parlait de toi. Il n'a jamais dit quoi que ce soit qui puisse me le donner à penser. Et pourtant il est mort dans une voiture aux côtés d'une étrangère dont nul ne semble avoir jamais entendu parler. Comment l'expliques-tu ?

L'enquête judiciaire était prévue à 10 heures le mardi 15 octobre, au tribunal du coroner près de Hackney Road. J'étais tenue d'y être et, si je le désirais, je pouvais poser des questions aux témoins. J'avais par ailleurs le droit d'amener des parents et des amis. C'était ouvert au public et à la presse. Après l'enquête, le décès de Greg serait enregistré, je pourrais récupérer les formulaires adéquats, E et F, et arrêter une date pour l'enterrement.

J'ai demandé à Gwen si elle et Mary voulaient bien venir avec moi.

— À moins qu'il ne soit difficile pour Mary de faire garder le petit, ai-je ajouté.

Mary avait un jeune fils, de presque un an. Jusqu'à la mort de Greg, nos conversations avaient tourné autour des couches, des premiers sourires, des problèmes de dents, des seins gercés, des plaisirs dégoulinants de la maternité.

— Évidemment qu'on viendra, a répondu Gwen. Je vais te préparer quelque chose à manger.

— Je n'ai pas faim et je ne suis pas invalide. Est-ce que tout le monde pense qu'il en voyait une autre ?

— Je n'en sais rien. Peu importe. Qu'est-ce que tu penses, *toi* ?

Ce que je pensais ? Je pensais que je ne pouvais pas survivre sans lui, je pensais qu'il m'avait abandonnée, je pensais qu'il m'avait trahie. Je savais, bien sûr, qu'il n'en était rien. Je pensais, en me réveillant la nuit, pouvoir l'entendre respirer dans le lit à côté de moi, je pensais cent fois par jour aux choses que j'avais besoin de lui dire, je pensais que je n'arrivais plus à me rappeler son visage et alors il me revenait, taquin et tendre, ou alors roussi dans son masque mortuaire. Je pensais qu'il n'aurait jamais dû me laisser et que c'était sa faute parce qu'il avait choisi de partir avec elle, et je pensais, aussi, que je deviendrais folle de ne pas savoir qui était cette femme et que, si je trouvais, il y avait également toutes les chances pour que je devienne folle. Folle de chagrin, de colère, ou de jalousie.

— J'ai entendu dire qu'il avait une liaison, affirma-t-elle avec gravité.

La voix de ma sœur Maria était cependant empreinte d'empathie. J'entendais son bébé pleurer en arrière-plan sonore.

— Je te laisse, tu es très occupée.

J'ai reposé brutalement le combiné sur son support.

Une liaison. Comme la mort, les liaisons arrivaient aux autres, pas à moi et à Greg. Milena Livingstone. Quel âge avait-elle ? À quoi ressemblait-elle ? Tout ce que je savais sur son compte, c'est qu'elle avait un mari qui avait identifié son corps à la même morgue que celle où se trouvait Greg. Peut-être reposait-elle dans le tiroir du dessus. Dans la mort comme dans la vie. J'ai été prise d'un violent frisson, de nausée, puis je suis montée allumer mon ordinateur avant d'entrer son nom dans le moteur de recherche de Google. Les Milena Livingstone ne courent pas les rues.

J'ai cliqué sur la première occurrence et l'écran s'est rempli d'une publicité pour une entreprise, même si je n'ai pas tout de suite compris de quoi il s'agissait. Il était question de tout prendre en charge à votre place, sans omettre aucun détail. Lieux. Repas. J'ai fait défiler la page. Il s'agissait apparemment d'une vulgaire société de restauration et d'organisation de soirées pour gens friqués et débordés. Un menu type. Sashimi de thon, bar mariné au gingembre et citron vert, fondant au chocolat. Et là, oui, se trouvaient les gérants, les hôtesses.

Deux photos me souriaient depuis l'écran. Le visage sur la gauche était pâle et triangulaire, avec des cheveux blond foncé, une coupe courte ingénieuse, un nez droit et un sourire contraint. Elle avait l'air séduisante, intelligente, classe. Ce n'était pas elle. Non, c'était l'autre, avec une crinière fauve (teinte, ai-je songé avec dépit, et je te parie qu'elle les rejette tout le temps en arrière d'une main baguée ; je parie qu'elle fait la moue), de hautes pommettes, des dents blanches, des yeux gris. Une femme plus âgée, donc. Une femme riche, à en juger par son apparence. Une belle femme, mais à mon avis pas le genre de beauté dont Greg, tombé si fort amoureux de moi, aurait pu s'enticher. Milena Livingstone dégageait quelque chose de sophistiqué, glamour. Ses sourcils étaient arqués et son sourire entendu. Elle devait avoir de longs ongles peints, des jambes impeccablement épilées. Une croqueuse d'hommes, me suis-je dit. Mais pas le mien, non. Sûrement pas Greg. De la bile m'est montée à la gorge et j'ai éteint l'ordinateur sans examiner plus de liens, suis allée dans la chambre m'allonger à plat ventre de mon côté du lit. Il faisait presque nuit dehors : les nuits rallongeaient au détriment des jours.

Je ne sais pas combien de temps je suis restée ainsi, mais j'ai fini par me lever et m'approcher de l'armoire. Les vêtements de Greg pendaient du côté droit. Il n'en possédait pas beaucoup : un costume que nous avions acheté ensemble pour notre mariage et qu'il avait à peine porté depuis, deux ou trois vestes décontractées, plusieurs chemises. Comment était-il habillé à sa mort ? J'ai fermé les yeux, fort, et me suis forcée à me rappeler : un pantalon sombre et une chemise bleu pâle, sa veste préférée par-dessus. C'était tout : sa tenue de comptable qui faisait tout sauf comptable.

Je me suis mise à explorer le contenu de l'armoire de manière systématique. J'ai tâté chaque poche, et n'ai trouvé que le ticket du dîner pris ensemble dans un restaurant italien deux semaines auparavant. Je me suis souvenue : j'étais triste, et lui patient et optimiste. Un dépliant froissé pour une soirée jazz, glissé sous nos essuie-glaces quelques jours plus tôt. J'ai ouvert les tiroirs où il gardait des tee-shirts et des sous-vêtements, mais n'ai trouvé aucune petite culotte en dentelle ou lettre d'amour compromettante. Tout était comme ç'aurait dû être. Mais rien n'allait comme ç'aurait dû.

Je me suis plantée devant le miroir, me suis examinée, et j'ai songé que je laissais à désirer. Je me suis pesée et rendu compte que je fondais. Je me suis fait un œuf à la coque, ai découpé un chapeau, puis ai plongé ma cuillère dans le jaune, sans conviction. Je me suis forcée à en avaler la moitié avant de me sentir tellement nauséeuse que j'ai dû m'arrêter. J'avais mal au ventre, une douleur sourde familière dans le dos, aussi me suis-je fait couler un bain dans lequel je me suis glissée, alors que le téléphone se mettait à sonner. Je n'ai pas trouvé le courage de répondre et j'ai entendu la voix de Mary dire au répondeur que le pauvre petit Robin avait de la fièvre, et qu'elle passerait dès qu'elle pourrait. Je me suis allongée dans l'eau chaude et j'ai fermé les yeux. Puis je les ai ouverts et j'ai observé un filet de sang rouge s'écouler hors de moi et se répandre, suivi d'un autre.

Bon.

Cela ne serait pas, après tout. Une fois de plus, comme tous les autres mois passés à essayer, espérer, prier, je n'étais pas enceinte. Greg était mort à bord de sa voiture en compagnie d'une autre femme en me livrant à moi-même. Mais qu'allais-je faire de moi à présent ?...

4

Il bruinait. Gwen et Mary sont arrivées tôt, alors que j'étais encore dans ma robe de chambre en train d'essayer de me décider sur une tenue. Elles étaient toutes deux habillées presque pareil, et j'ai vu qu'elles avaient visé le style décontracté élégant, austère, plutôt que l'allure sombre à laquelle je songeais pour moi-même. Mary avait apporté des pains aux raisins, encore tièdes et poisseux dans leur sac en papier, et j'ai préparé pour nous une pleine cafetière. Nous nous sommes attablées dans la cuisine, plongeant nos viennoiseries dans nos tasses, et ça m'a rappelé l'époque où nous étions étudiantes, assises comme aujourd'hui dans la cuisine de la maison que nous avions partagée durant notre dernière année.

— Ça me fait plaisir que vous ayez pu venir, toutes les deux, ai-je dit. Ça compte beaucoup pour moi.

— Tu croyais quoi ? a répliqué Mary avec emportement. (Elle avait le visage rouge d'excitation.) Qu'on allait te laisser traverser ça toute seule ?

J'ai bien failli pleurer à ces mots, mais me suis retenue, même si le chagrin me faisait l'effet d'une arête de poisson qui ne cesserait de s'aventurer toujours plus profondément dans ma gorge. J'ai demandé à Mary comment allait son fils et elle a répondu avec gêne, empruntée, partant sans doute du principe que je ne serais pas forcément aussi intéressée qu'avant par le moindre de ses renvois et gazouillis. J'appartenais à un autre monde, désormais. Personne ne se sentait autorisé à avoir une conversation normale avec moi, personne n'allait me confier ses petits soucis et peurs quotidiennes comme il l'aurait fait une semaine auparavant.

Je suis montée à l'étage et j'ai choisi ma tenue : jupe noire, chemisier à rayures gris, gilet de laine noir, chaussures plates, collants à motifs, cheveux tirés en arrière. J'étais si nerveuse que j'ai dû m'y reprendre à trois fois pour passer mes boucles d'oreilles dans mes lobes ; mes mains tremblaient tellement que je me suis barbouillée de rouge à lèvres. J'avais l'impression que j'allais passer en justice : quel genre d'épouse faisais-tu, de toute façon, pour que ton mari tc trompe avec une autre femme ? Quelle pauvre idiote, de ne t'en être jamais douté…

En atteignant le palais de justice, un bâtiment moderne, bas, qui ressemblait moins à un tribunal qu'à une maison de retraite, le sentiment d'irréalité a persisté. Pour commencer, nous ne trouvions pas l'entrée : nous avons poussé en vain des portes en verre qui refusaient de bouger, jusqu'à ce qu'un policier de l'autre côté articule quelque chose à notre adresse en pointant le doigt, indiquant que nous devions essayer plus loin, l'entrée suivante. Nous avons emprunté un couloir qui donnait, après une série de portes battantes, sur une vaste salle où des rangées de chaises faisaient face à une longue table. La climatisation ronronnait bruyamment et une lumière fluorescente miroitait au plafond. Je m'attendais à une salle imposante, lambrissée peut-être, avec quelque chose de solennel, mais pas à cette pièce à l'atmosphère aimablement gaie, pourvue de stores vénitiens. Seul le sceau du lion et de la licorne, coincé entre les deux fenêtres, suggérait qu'il s'agissait d'un tribunal. Plusieurs personnes s'y trouvaient déjà, dont deux hommes d'âge moyen portant complet et cravate, des dossiers sur les genoux, et deux policiers au deuxième rang, assis raides et droits.

D'un côté trônait une table avec une feuille de papier ligné scotchée dessus, mentionnant le mot « PRESSE ». Derrière, un jeune homme lisait un journal à sensation, l'air blasé.

Un type aux cheveux gris, en costume, nous barrait le passage. Il avait une moustache et un air de sergent-major.

— Désolé de vous déranger. Puis-je avoir vos noms, s'il vous plaît ?

— Je suis Eleanor Falkner. La femme de Greg Manning. Et voici mes amies.

Il s'est présenté – l'assistant du coroner – et nous a indiqué des places au premier rang. Mary s'est assise à côté de moi, Gwen de l'autre côté. Une femme d'âge moyen en pantalon fauve et pull rouge s'est avancée dans la pièce pour tripatouiller un énorme magnétophone démodé. Elle a fiché des câbles dans des prises et traficoté des boutons. Elle a levé les yeux vers l'assistance et nous a adressé un vague sourire.

— Ça sera arrangé d'ici ce soir, a-t-elle déclaré, avant de s'affairer de nouveau, lançant des sourires joviaux, complices, à la salle, comme si nous étions tous au fait d'une plaisanterie extrêmement drôle.

Deux femmes aux identiques casques blond clair ont pris place juste derrière nous. Elles chuchotaient en pouffant de rire, discrètement, de temps à autre. On se serait cru à un mariage civil. Je me suis essuyé les mains sur ma jupe et j'ai repoussé des mèches de cheveux invisibles derrière mes oreilles.

Juste avant 10 heures, la porte s'est à nouveau ouverte et un groupe de trois personnes a fait son entrée, conduit par l'assistant du coroner jusqu'aux sièges de devant, à quelques places des nôtres. Un homme d'âge moyen aux cheveux gris ondulés avec une cravate de soie ; une jeune femme mince, dont la chevelure claire ondulait dans son dos et dont le nez aquilin palpitait, et un jeune brun mal coiffé, aux lacets défaits, avec un piercing dans le nez. Je me suis crispée et j'ai agrippé le bras de Gwen.

— C'est eux, ai-je soufflé entre mes dents.

— Qui ça ?

— Sa famille.

J'ai dévisagé l'homme. Au bout de quelques secondes, il s'est tourné et a croisé mon regard. J'avais l'impression d'assister à un mariage : les familles du promis et de la promise qui se retrouvent dans la même salle, curieux et réservés. Quelqu'un près de lui a murmuré quelque chose et il s'est retourné. C'était son nom. Hugo. Hugo Livingstone. La séance tardait à démarrer parce que la femme n'arrivait pas à faire fonctionner son magnétophone. Elle pressait et relevait des touches, tapait même dessus mais rien n'y faisait. Deux hommes derrière moi se sont levés et sont allés la rejoindre. À la fin, ils ont simplement fiché la prise mâle dans une autre prise femelle et les voyants se sont allumés. La femme s'est coiffée d'écouteurs et assise derrière l'appareil, qui la dissimulait presque tout entière. L'officier de justice nous a demandé à tous de nous lever. Je m'attendais à un juge en toge et perruque, mais le Dr Gerald Sams n'était qu'un homme en costume, portant un gros tas de dossiers. Il s'est assis derrière la table à l'avant de la salle et s'est exprimé d'une voix calme, posée. Il nous a adressé ses condoléances, à moi-même ainsi qu'au mari de Milena Livingstone et à ses deux enfants.

— *Beaux*-enfants, a marmonné quelqu'un à voix haute.

Il nous a brièvement exposé la procédure. Il a dit qu'il y aurait des détails que les membres des familles risquaient de trouver pénibles, mais que l'enquête était souvent utile pour le plus proche parent, offrant un compte rendu clair de ce qui s'était passé, et peut-être un moyen de tourner la page. Il appellerait des témoins à la barre, mais il ne s'agissait pas d'un jugement. Toute personne intéressée pouvait les interroger et, d'ailleurs, poser des questions à tout moment. Il a aussi ajouté qu'il avait lu les rapports préliminaires, que le cas semblait simple et que nous devrions en avoir vite terminé. Il a demandé si quelqu'un s'était fait représenter. Nul n'a parlé.

J'ai pris un carnet et un stylo dans ma poche. Je l'ai ouvert et ai écrit « Enquête » au sommet d'une page vierge. J'ai souligné le mot, puis ai prolongé mon soulignage en une bordure l'encadrant. Puis transformé ce cadre en une boîte tridimensionnelle, dont j'ai ombré le sommet à coups de hachures diagonales. Dans l'intervalle, un policier s'était avancé jusqu'au petit bureau à l'avant de la pièce et jurait, sur une copie défraîchie du Nouveau Testament, de dire la vérité. C'était un jeune agent, sans rien de spécial, avec des cheveux auburn bien plaqués sur le crâne, mais je l'ai observé attentivement avec crainte et fascination. C'était l'homme qui avait trouvé mon mari.

Il a consulté son carnet et, d'un ton monocorde, comme un acteur insuffisamment préparé et dénué de talent, a relaté, de manière hésitante, comment il avait roulé jusqu'à Porton Way suite à l'appel d'un particulier ayant signalé un feu.

Le Dr Sams a demandé si le policier pouvait décrire Porton Way.

Il a semblé perplexe.

— Il n'y a pas vraiment grand-chose à en dire, a-t-il répondu. Il y avait là des usines et des entrepôts autrefois, mais c'est à l'abandon aujourd'hui, pour l'essentiel. On commence à redévelopper le coin, toutefois. On va y construire de nouvelles habitations et des bureaux.

— Est-ce que la route est passante à cette heure du soir ? a demandé le Dr Sams. Empruntée par des banlieusards rentrant chez eux, par exemple ?

— Non, a déclaré l'agent. Ce n'est pas un intinéraire direct. Il y a bien quelques ouvriers dans la journée mais pas à cette heure-là. Il arrive que des gosses volent des voitures et aillent les faire rouler dans les parages, mais nous n'avons vu personne d'autre.

— Dites-nous ce que vous avez trouvé.

— Le feu s'était éteint le temps qu'on arrive mais on voyait la fumée. La voiture avait glissé le long du talus et s'était renversée. On a dévalé la pente et rapidement constaté qu'il y avait des gens dedans, mais morts, manifestement.

— Manifestement ?

Le policier a grimacé.

— On n'a même pas vu qu'ils étaient deux, au début.

— Et qu'avez-vous fait ?

— Mon collègue a appelé les pompiers et une ambulance. J'ai fait le tour juste pour voir. Je ne pouvais pas vraiment m'approcher. C'était encore chaud.

Il s'exprimait comme s'il était tombé sur un feu de joie qui aurait dégénéré. Le Dr Sams prenait des notes sur un bloc de papier. Quand il a eu fini, il a mis le bout du stylo dans sa bouche et l'a mâchouillé d'un air pensif.

— Vous êtes-vous fait une idée de ce qui s'est passé ?

— C'était évident, a déclaré l'agent. Le véhicule a perdu le contrôle, a quitté la route, dévalé le talus, heurté une arête en béton et pris feu.

— Non, a corrigé le Dr Sams. Je voulais plutôt dire comment c'est arrivé, comment la voiture s'est retrouvée hors de contrôle.

Le policier a réfléchi un moment.

— C'est assez évident, ça aussi, a-t-il répondu. Porton Way va tout droit et soudain vire sur la droite. Ce n'est pas très bien éclairé. Un conducteur inattentif – qui parlerait à son passager, ou quelque chose du genre – pourrait rater le virage, continuer tout droit, et là, se retrouver en grande difficulté.

— Et vous pensez que c'est ce qui s'est passé ?

— On a inspecté les lieux. Il n'y avait pas de trace de pneus, donc il semble que la voiture était lancée quand elle a quitté la route.

Le Dr Sams a poussé un grognement, ajouté encore quelques notes, puis demandé à l'agent s'il désirait ajouter quoi que ce soit. Le policier a regardé ses notes.

— L'ambulance est arrivée quelques minutes plus tard. Les deux corps ont été déclarés morts sur les lieux, mais nous le savions de toute façon.

— Existe-t-il des raisons de penser qu'un autre véhicule ait pu être impliqué dans la collision ?

— Non, a répondu l'agent. Si la voiture s'est écrasée parce qu'elle cherchait à éviter un autre véhicule, alors on aurait relevé des traces de freinage, forcément.

Le Dr Sams a porté son regard sur nous, au premier rang.

— Quelqu'un a-t-il des questions relatives à ce témoignage ?

J'avais tout un tas de questions bourdonnant dans ma tête, mais ne pensais pas trouver la moindre réponse dans le petit carnet noir du policier. Personne d'autre n'est intervenu.

— Merci, a déclaré le Dr Sams. Puis-je vous demander de rester quelques minutes, au cas où des questions se présenteraient ?

Il a acquiescé et regagné sa place, quelques rangs derrière. Il m'est venu à l'esprit qu'il s'agissait sans doute d'une matinée de congé pour lui, une échappatoire au bureau, à l'obligation de remplir des rapports.

Le Dr Sams a ensuite appelé le Dr Mackay. Une femme en tailleur-pantalon s'est avancée et assise sur la chaise. Elle avait la cinquantaine, avec des cheveux bruns qui semblaient teints. Elle n'a pas juré sur la Bible. À la place, elle a lu un engagement écrit sur une feuille de papier. Je n'avais rien à redire sur le principe, mais à mesure qu'elle prononçait les mots, ils m'ont paru faibles et peu convaincants. Je préférais l'idée que, si l'on ne disait pas la vérité, un éclair viendrait vous foudroyer et qu'on serait condamné à l'enfer pour l'éternité.

Le Dr Sams nous a regardés de nouveau, surtout moi, la veuve éplorée, et lui, le veuf éploré.

— Le Dr Mackay a procédé à un examen post-mortem sur les personnes de M. Manning et Mme Livingstone. Il est possible que les détails de sa déposition soient pénibles. En conséquence, certains d'entre vous préféreront peut-être quitter la salle.

J'ai senti une main étreindre l'un de mes bras. Je n'ai pas regardé. Je ne voulais croiser le regard de personne. J'ai simplement secoué la tête.

— Très bien, a repris le Dr Sams. Docteur Mackay,

nous ferez-vous un bref compte rendu de vos conclusions ?

Le Dr Mackay a étalé un dossier sur la table devant elle et l'a ouvert. Elle a scruté le texte quelques instants, puis levé les yeux.

— En dépit de l'état des corps, j'ai pu effectuer un examen complet. Le rapport de police établissait que les deux passagers du véhicule ne portaient pas de ceintures de sécurité et les blessures étaient compatibles avec ce point : je veux dire, compatibles avec l'idée que la tête de chaque personne ait été projetée en avant et ait heurté l'habitacle de la voiture. Le résultat a été un trauma massif. Donc, la cause du décès a été, dans les deux cas, compression du cerveau résultant d'une fracture du crâne par enfoncement.

Un silence s'est abattu sur la salle durant lequel le Dr Sams a pris des notes.

— Donc le feu n'est pas en cause ? a-t-il demandé.

Le Dr Mackay a croisé mon regard. J'ai vu une expression de compassion.

— C'était une question cruciale pour moi, a-t-elle dit. Évidemment, dans les deux cas, nous avons de graves lésions du derme, des tissus sous-cutanés et musculaires. J'ai fait des prélèvements sanguins tant chez M. Manning que chez Mme Livingstone. Les deux se sont révélés négatifs au monoxyde de carbone. (Elle a levé les yeux vers nous.) Cela suggère que les deux avaient cessé de respirer quand le feu a pris. J'ai aussi inspecté les voies respiratoires et les poumons et n'ai trouvé aucune trace de carbone. Par ailleurs, même si les corps avaient subi les brûlures que j'ai évoquées plus haut, ils n'indiquaient aucun signe de réaction vitale. Je peux vous communiquer les détails techniques si vous voulez mais, en gros, les endroits brûlés ne montraient aucun des signes d'inflammation auxquels on pourrait s'attendre si la personne était encore en vie au moment de l'incendie. (Elle m'a regardée une fois encore.) Peut-être les familles seront-elles quelque peu soulagées de savoir que les morts ont sans doute dû être instantanées.

J'ai lancé un bref coup d'œil à Hugo Livingstone. Il n'avait pas l'air réconforté. Ni même franchement bouleversé. Il fronçait un peu les sourcils, comme perdu dans ses pensées.

Le Dr Sams a interrogé le Dr Mackay pour savoir si elle avait vérifié le taux d'alcoolémie de Greg. Elle a répondu que oui et qu'il n'y avait rien de ce côté. Elle m'a lancé un nouveau regard en coin en le disant, comme s'il s'agissait d'une autre bonne nouvelle, d'un autre sujet d'inquiétude à écarter. Le Dr Sams a demandé si quelqu'un avait des questions à poser au Dr Mackay et, une fois de plus, un silence gêné s'est installé.

Je n'avais pas vraiment de question, mais beaucoup de choses à dire. J'avais envie de préciser que Greg avait toujours été un conducteur prudent. Bourré comme un coing et absorbé dans une conversation animée, il n'aurait quand même pas raté un virage sur la route. Il mettait sa ceinture même pour déplacer la voiture de trois mètres. J'aurais pu déclarer cela à la cour, mais alors ç'aurait été à moi de répondre à des questions : que savais-je de son comportement alors qu'il était avec cette autre femme ? N'étais-je pas au courant de cette autre relation, de cette double vie ? Et si je ne l'étais pas, que valaient mes convictions le concernant ? J'ai gardé le silence.

Le Dr Sams a congédié le Dr Mackay, qui a regagné sa place. Il a dit qu'il n'appelait plus d'autres témoins à la barre et demandé si quelqu'un avait une déclaration à faire ou des questions à soumettre à la cour. J'ai regardé mon carnet. Sans m'en apercevoir, j'avais dessiné de petites étoiles autour du mot « Enquête ». Puis de petits cercles autour des étoiles et de petits carrés autour des cercles. Mais je n'avais pas pris la moindre note. Je n'avais aucune question à poser. Rien à dire.

— Bien, a dit le Dr Sams. Il n'y a manifestement aucun doute sur l'identité des victimes, ni sur l'heure et le lieu de leur décès. S'il n'y a pas d'objection, j'aimerais rendre un verdict de décès accidentel dans le cas de Gregory Wilson Manning et Milena Livingstone. Les décès peuvent désormais être enregistrés et les corps restitués pour inhumation. Un certificat suivra dans un jour ou deux. Merci beaucoup.

— La cour se lève, a déclaré l'officier de justice, et nous nous sommes tous mis debout.

Je vous proclame désormais mari et femme. Vous pouvez embrasser la mariée. C'était si familier. J'ai regardé Gwen, qui a réussi à se fendre d'un brave sourire. J'avais l'impression que nous devrions aller déjeuner pour fêter ça. Nous sommes sorties et restées sur le trottoir au soleil.

— Bon, a déclaré Gwen, d'une certaine façon, ce n'était pas aussi moche que ça aurait pu l'être.

5

— Bien, ai-je déclaré, à voix haute.

J'avais remarqué que je commençais à parler toute seule, comme une folle, pour tenter de combler le silence de la maison d'une voix humaine. Je m'en fichais. J'avais un but. J'allais démonter la vie de Greg pièce par pièce et trouver ce qui s'était passé. Il ne m'échapperait pas aussi facilement. Je finirais par l'avoir.

Après l'enquête, j'avais convaincu Gwen et Mary de s'en aller et leur avais assuré que, oui, ça irait, et non, ça ne m'ennuyait pas du tout d'être livrée à moi-même ; en fait, je le voulais. Gwen a demandé si je me remettais au travail et j'ai dit que j'y songeais. Ç'aurait sans doute été une bonne idée. Ç'aurait eu une vertu thérapeutique. Je restaure du mobilier, depuis les précieux meubles anciens, tout de chêne, bois de rose ou acajou brillant, jusqu'aux vieilleries dénuées de valeur, sinon affective. J'avais récupéré la table de cuisine devant laquelle je me trouvais à présent au sommet d'une benne et l'avais réparée. Le lit dans lequel nous dormions, dans lequel *je* dormais… J'avais remis à neuf les étagères au mur. Même si c'était souvent mal payé, en général à mi-temps, parfois en heures sup', parfois même dans des délais intenables, j'adorais mon travail. J'adorais l'odeur du bois et de la cire, la sensation du ciseau à bois dans ma main. Ce boulot m'avait toujours offert un refuge.

Mais pas maintenant. J'ai commencé par la minuscule mezzanine. Elle se trouvait à côté de la salle de bains et donnait sur le jardin, petit et carré, dominé par l'abri branlant au fond où j'entreposais le mobilier sur lequel je travaillais. Elle tenait vaguement lieu de bureau. On y trouvait un classeur rempli de documents genre pièces comptables ou autres polices d'assurance ; une bibliothèque contenant pour l'essentiel les manuels et ouvrages de référence que j'utilise dans mon travail ; et une table que j'avais dénichée dans la brocante du bout de la rue, puis sablée et cirée, sur laquelle trônait l'ordinateur portable de Greg. Je me suis assise et j'ai soulevé le capot, appuyé sur la touche de démarrage et regardé les icônes s'animer à l'écran.

Tout d'abord, les e-mails. Avant de commencer, j'ai cherché « Milena » et « Livingstone » sans résultat. J'ai grimacé en voyant le nombre de messages non lus qui étaient arrivés depuis la mort de Greg. Il y en avait environ quatre-vingt-dix, des spams pour la plupart, et un envoyé par Fergus environ une demi-heure avant que je l'aie appelé pour lui annoncer la nouvelle. Il suggérait qu'ils courent un semi-marathon ce week-end-là avant de regarder le football ensemble. Je me suis mordu la lèvre et l'ai effacé.

J'ai inspecté ses boîtes de réception méthodiquement, sans omettre aucun mail. Même lorsque l'objet était « Service clients » ou « 70 % de remise pour liquidation », je les ai lus. Il ne s'y trouvait presque rien en relation avec le travail : pour ça, Greg avait une boîte de réception à part. Livraisons, questions domestiques, réservations, voyages. Plusieurs étaient de moi et je les ai examinés également. Il en émanait une intimité décontractée qui me semblait lointaine et inconnue désormais. La mort avait fait de Greg un étranger ; je ne pouvais plus considérer sa présence comme allant de soi. Des douzaines de messages étaient de Fergus, organisant des rendez-vous, échangeant des ragots, faisant suivre des liens vers des sites Internet qu'ils avaient évoqués, ou poursuivant une conversation. De Joe, bien sûr. D'autres amis : James, Ronan, Will, Laura, Sal, Malcolm. Des vœux occasionnels, et des prises de rendez-vous. Parfois, mon nom surgissait : Ellie t'embrasse ; Ellie s'est foulé la cheville ; Ellie est un peu déprimée (ah bon ? Je ne m'en souvenais pas) ; Ellie n'est pas là et Ellie est rentrée. Un ou deux de ses frères, Ian et Simon, généralement au sujet d'un problème de famille, mais aucun de sa sœur Kate, ni de ses parents, qui communiquaient avec leur fils aîné en téléphonant le vendredi soir à 6 heures pour bavarder quinze minutes. Des articles en ligne. Des blogs sur des sujets dont j'ignorais absolument qu'il s'y intéressait. Quand se présentait quelque chose d'un tant soit peu intéressant ou curieux au sujet des e-mails qu'on lui avait adressés, j'appuyais sur la petite flèche à côté desdits messages pour voir ce qu'il avait répondu. Il était d'ordinaire plutôt laconique : il avait l'habitude de dire qu'il était difficile de discerner le ton dans un e-mail ; qu'il fallait se méfier de l'ironie ou du sarcasme. Il était prudent et s'en tenait aux faits, rien qu'aux faits, même avec moi.

L'un des correspondants les plus réguliers de Greg était une dénommée Christine, l'ex d'un vieux copain, qu'il voyait de temps en temps ; il n'était pas si prudent que ça avec *elle*. J'ai consulté les messages de cette fille, et les réponses de Greg. Elle se lamentait à l'idée d'avoir bientôt trente-six ans, et lui, répliquait qu'elle était plus séduisante aujourd'hui qu'à l'époque de leur rencontre. Elle le remerciait d'avoir bien voulu jeter un œil à sa chaudière et lui, disait que c'était sympa d'avoir eu une excuse pour la revoir. Elle déclarait qu'il était vraiment très gentil, le savait-il ? Et lui répondait qu'elle devait susciter ce qu'il y avait de meilleur en lui. Il était bronzé à son retour de vacances ; elle était radieuse après les siennes. Il avait l'air fatigué – travaillait-il trop et est-ce que tout allait bien à la maison ? Il lui assurait qu'elle, pour sa part, était aussi fraîche que jamais et que le bleu lui allait bien.

— Mais est-ce que tout allait bien à la maison, Greg ?

Je me suis frotté les yeux de mes poings et j'ai lancé un regard furieux aux mots pleins de sollicitude de Christine, à ses réponses à lui, charmeuses, évasives.

— Allez, dis-moi.

Je suis passée aux messages envoyés, mais les e-mails ne m'éclairaient toujours pas. Ils m'apprenaient qu'il avait commandé des copeaux de bois pour le jardin, de la peinture grise pour la cuisine, des capsules d'oméga-3 pour nous deux ; ainsi qu'un livre d'architecture et un nouveau CD des Howling Bells, dont je n'avais jamais entendu parler. Peut-être l'avait-il offert à quelqu'un. Milena ? Christine ? J'ai affiché sa discothèque et fait dérouler la page : il était là, en toute innocence.

Je suis descendue. Il faisait toujours gris dehors, et la nuit ne tarderait pas à tomber de nouveau. La pelouse était couverte de feuilles détrempées et le poirier près du mur du fond gouttait sans interruption. Je n'avais rien avalé depuis les pains aux raisins de ce matin, aussi me suis-je préparé une tartine de pâte Marmite et une tasse de camomille, que j'ai emportées près de l'ordinateur. Le téléphone a sonné et c'était Gwen, avec le numéro de leur notaire, pour que je prenne contact avec lui. Je n'arrivais pas à me souvenir du nom de celui auquel Greg avait fait appel quand nous avions acheté la maison. Il y avait tant de questions à régler désormais. Je l'ai noté sur le bloc de papier que j'ai trouvé dans le tiroir du bureau et promis de la rappeler le lendemain.

Les courriers indésirables. Je n'ai rien trouvé d'autre à part les publicités pour Viagra, fausses Rolex, offres de placements sensationnels, prêts garantis, crédit sans garantie, et une invitation au casino en ligne, où chacun est roi.

Poubelle. Greg était assez efficace quand il s'agissait de se débarrasser des vieux messages et, de toute façon, ils ne remontaient qu'à quelques semaines : de toute évidence, les plus anciens étaient détruits à un niveau supérieur, quelque part dans le circuit mystérieux de l'ordinateur. J'ai continué laborieusement, obstinément, avec le sentiment de n'aller nulle part et de perdre mon temps. Il y avait un étrange et bref message de Tania, dans lequel elle disait ne pas bien comprendre ce qu'il demandait. Est-ce qu'il voulait bien poser la question à Joe ?

J'ai pris le téléphone de notre chambre – ma chambre – et appelé Joe sur son numéro professionnel.

— Oui ?

Il ne m'avait pas habituée à une intonation aussi sèche.

— C'est moi. C'est sur ce ton que tu réponds aux clients ?

— Ellie.

Sa voix s'est adoucie.

— Ce n'est pas un bon jour, c'est tout. J'allais t'appeler ce soir. Raconte-moi l'enquête. Es-tu toute…

— Votre société avait-elle des problèmes ?

— Comment ça ?

J'ai reposé la question, mentionnant l'e-mail que j'avais trouvé dans l'ordinateur de Greg.

— Quel jour, dis-tu ?

— Il y a une semaine, environ.

Silence.

— Je fais défiler mes mails et aucun des messages de Greg n'évoque le moindre souci.

— Donc, tout allait bien ?

— Ça dépend de ce que tu veux dire. Si tu tiens à ce que je t'emmerde avec des histoires de clients qui ne paient pas en temps et en heure, ne nous donnent pas les informations requises et se plaignent ensuite, ou de fisc sur notre dos, ou encore de bureaucratie tatillonne... Bref, la routine, et tu as tes propres soucis.

— Tout ce travail que Greg devait terminer tard le soir, ce n'était pas parce qu'il y avait des problèmes ?

— Il travaillait souvent tard le soir ?

Son ton était circonspect, avec une note sous-jacente de compassion.

J'ai senti mes joues s'empourprer.

— Enfin, il est rentré tard ces derniers temps. Plus tard que d'habitude, en tout cas.

— Il avait l'air stressé ?

— Non. Enfin, pas vraiment.

— Pas vraiment ?

— Tu sais, je n'arrête pas de repenser au passé et de voir des trucs que je ne remarquais pas à l'époque – ou, en tout cas, d'avoir l'impression que je remarque des trucs. Peut-être était-il un peu préoccupé. À moins que je ne me fasse des idées.

Un silence s'est abattu à l'autre bout de la ligne. J'ai su ce que pensait Joe : peut-être que Greg était préoccupé parce qu'il avait une liaison. Je m'attendais à ce qu'il le dise, mais il ne l'a pas fait. Sans doute par égard pour mes sentiments.

— S'il avait eu des soucis, néanmoins, ai-je repris, je pense qu'il me l'aurait dit. Il ne m'aurait pas protégée. Notre mariage ne ressemblait pas à ça, en tout cas, c'est ce que je croyais. On traversait les choses ensemble. On partageait.

— Je crois que tu as raison, a-t-il concédé. Greg te l'aurait dit.

— Tu veux dire : m'aurait tout dit?

Nouveau silence.

— Ellie, j'ai bientôt fini ici. Je peux passer en rentrant? J'apporte une bouteille de vin et on pourra en discuter tranquillement.

— Je ne serai pas là.

J'ai trouvé son adresse dans son vieux carnet et décidé de marcher, même si elle habitait Clerkenwell et ne serait sans doute pas chez elle de toute façon, et même si le crachin dehors tournait à la pluie torrentielle et régulière. Je ne me sentais pas capable de dire ce genre de chose au téléphone.

En arrivant, je l'ai vue venir d'en face, tâtant le fond de son sac à la recherche de sa clé. Elle portait un imperméable ceinturé à la taille ainsi qu'un foulard noué autour de la tête, et ressemblait à une star de cinéma des années 1950 dans l'un de ces films français classe, en noir et blanc.

— Bonjour.

Je me suis plantée devant elle et elle m'a regardée avec des yeux plissés, méfiants, avant d'avoir un petit sursaut exagéré.

— Ellie? Mon Dieu. Je comptais t'appeler. Je suis

tellement, tellement désolée. C'était un homme tellement merv...

— Je peux entrer?

— Bien sûr. Tu es trempée.

Je me suis regardée. Je portais toujours ma tenue « enquête » et avais oublié de mettre une veste. J'avais froid et j'étais trempée, en effet. Je devais faire peur à voir.

J'ai suivi Christine dans l'escalier, jusque dans une vaste pièce tenant lieu de cuisine et de salon. Elle a retiré son imper et l'a pendu sur le dossier d'une chaise, a ôté son foulard de sa tête et secoué ses cheveux châtains.

— Tu vis seule? ai-je demandé.

— Oui, a-t-elle répondu. Pour l'instant.

Ensuite, elle m'a proposé du thé.

— Non, merci.

— Café alors? Ou une boisson fraîche?

— Alors voilà la chaudière qu'a réparée Greg? ai-je demandé. Il n'a jamais réussi à arranger la nôtre.

— Je suis désolée.

Christine s'est assise en face de moi, puis s'est levée et a rempli la bouilloire mais sans l'allumer. Elle s'est tournée vers moi.

— Es-tu venue pour une raison particulière?

— Je voulais te poser une question.

Son visage a arboré l'expression empressée, obligeante qui m'était devenue si familière depuis la mort de Greg.

— Tu étais amie avec Greg.

— C'est exact, a reconnu Christine. Ça m'a fait un coup terrible quand j'ai appris la nouvelle.

— Dirais-tu que tu étais proche de lui?

— Ça dépend de ce que tu entends par proche.

Son ton était prudent désormais.

— J'ai lu les mails que vous échangiez.

— Oui?

— Il trouvait que le bleu t'allait bien.

Son expression a changé : non plus empressée, mais embarrassée. J'ai continué.

— Proches à quel point?

— Tu veux dire...

Elle s'est interrompue.

— Oui.

— Oh, ma pauvre, a-t-elle lâché doucement.

Je l'ai dévisagée. La honte m'a envahie, me laissant moite. J'ai saisi la table à deux mains.

— Tu me dis qu'il n'y avait rien entre vous, alors?

— On était amis.

— Même si tu lui disais qu'il était un chic type et que tu le complimentais sur son bronzage et lui demandais comment ça allait à la maison, et qu'il a dit qu'il te trouvait radieuse?

Un petit silence désagréable s'est installé, après quoi elle a repris :

— Ça ne voulait rien dire.

— Il n'a jamais tenté de pousser les choses plus loin?

Je me sentais abjecte, et également dégoûtée de moi-même.

Elle m'a dévisagée avec une pitié qui m'a donné envie de ramper sous terre.

— J'ai appris qu'il était en compagnie d'une autre femme.

— Par qui?

— Des gens. Je ne sais pas qui c'était. Greg et moi n'étions qu'amis.

J'ai imaginé Christine en train de parler de Greg et de l'autre femme dans la voiture avec d'autres personnes. Une nausée m'a assaillie.

— Je ferais mieux d'y aller. Je n'aurais pas dû venir.

— Tu es sûre que je ne peux rien t'offrir à boire ?
— Oui.
— Je suis désolée. Pour tout.

Il faisait nuit dehors, la pluie tombait toujours et un vent fort s'était levé, aussi ai-je hélé un taxi où j'ai pris place, les bras serrés autour de moi, me sentant misérable. En arrivant devant ma porte, je me suis aperçue que je n'avais pas assez d'argent sur moi pour payer le chauffeur : j'ai donc foncé chez moi, puis je suis ressortie pour le régler avec des pièces de monnaie dénichées çà et là, dans diverses poches et tiroirs. J'avais trouvé un billet de cinq livres dans la vieille veste en cuir de Greg, qui pendait toujours dans l'entrée. Quand allais-je mettre de l'ordre dans ses affaires ? Une liste de tâches s'est déroulée dans ma tête : contacter le notaire, la banque, l'entrepreneur, me renseigner sur notre situation financière, voir où en étaient notre emprunt immobilier, nos éventuelles assurances-vie, appeler le courtier, organiser les funérailles, répondre à tous les messages que j'avais reçus ces derniers jours, apprendre comment faire marcher le magnétoscope, annuler le rendez-vous que nous avions pris pour nous deux à la clinique de procréation assistée, changer le message sur le répondeur, où la voix de Greg continuait de dire : « Bonjour et merci de rappeler plus tard parce que Greg et Ellie sont sortis pour le moment. » Ellie était là, mais pas Greg, et Greg ne rentrerait plus jamais. Greg avec ses yeux sombres et son grand sourire, et ses mains fortes, chaudes. Il avait l'habitude de me masser la nuque à la fin d'une longue journée. De me laver les cheveux, et de les démêler. De se mordre la lèvre inférieure en lisant. De déambuler tout nu dans la maison en chantant fort et faux. De me raconter ses journées, ou du moins, l'imaginais-je. Il avait l'habitude de me regarder pendant que je me déshabillais, ses bras derrière la tête, arborant un air grave, attendant. De dormir sur le dos et de ronfler légèrement. De se réveiller et de se tourner vers moi, m'adressant un sourire chaleureux tandis que j'émergeais péniblement du sommeil.

Quelle autre nuque avait-il massée, quels cheveux avait-il lavés ? Quelle autre s'était déshabillée pour lui, enlevant ses vêtements un à un pendant qu'il la dévorait d'un regard que je croyais réservé à moi seule ? À côté de qui s'était-il couché, étendant le bras pour la toucher et la réconforter ? Tout d'un coup, une jalousie si pure et viscérale qu'elle m'a presque fait l'effet d'un intense désir physique m'a parcourue, me laissant hors d'haleine et bouleversée. J'ai dû m'asseoir sur les marches quelques secondes, essayant de respirer normalement, avant de réussir à gagner la salle de bains.

J'avais eu l'intention de prendre un bain mais avais oublié de faire couler l'eau. Je me suis débarrassée de mes vêtements trempés et j'ai enfilé un bas de jogging et un épais sweat-shirt ayant appartenu à Greg, trop grand pour moi. L'une des manches était élimée et je l'ai portée à ma bouche, pour la mâcher. Greg le portait quand il allait courir les jours d'hiver et il avait toujours son odeur. Je suis descendue dans la cuisine, toujours un peu sonnée. Je m'attendais presque à le trouver aux fourneaux : tout cela n'aurait été qu'un cauchemar fiévreux. Nous avions fait la cuisine tour à tour, l'avions faite ensemble. Le dernier repas que nous avions pris tous les deux, c'étaient des pâtes sauce chili, rien de spécial. Il n'avait que quelques plats à son répertoire : risotto, ragoût de fayots à la sauce tomate, tagine d'agneau, pommes de terre au four avec crème fermentée et ciboulette, et il les préparait avec une concentration farouche, comme s'il s'agissait d'expériences de laboratoire qui risquaient de fort mal tourner, avec des conséquences désastreuses.

Il m'est venu à l'esprit que, depuis qu'il était mort, je ne m'étais rien préparé en dehors d'une tartine. Gwen m'avait fait de vraies lasagnes, Mary avait cuisiné un filet de saumon avec des tomates cuites au four et m'avait regardée tenter de l'avaler, et Fergus avait apporté un poulet rôti froid avec du pain à l'ail, lequel se trouvait toujours, ai-je songé, dans le réfrigérateur. Ma voisine, Annie, m'avait fait de trop nombreux gâteaux et des soupes, tout comme ma mère. Cuisiner juste pour soi est triste quand on a l'habitude de le faire pour deux. J'ai décidé de me pocher un œuf. « Ça réconforte, un œuf », me suis-je dit, tandis que j'attendais que l'eau bouille dans la casserole, puis j'ai cassé un œuf dedans et glissé une tranche de pain rassis dans le toasteur. Il m'a fallu à peu près trois minutes pour préparer le tout et autant pour l'avaler. Et après ?

Cette nuit-là, j'ai travaillé d'arrache-pied, ne m'arrêtant que pour une tasse de thé à 10 heures, un verre de whisky à minuit (on ne sait trop comment, je m'étais retrouvée pourvue de trois bouteilles de whisky depuis la mort de Greg : les gens doivent s'imaginer que c'est la boisson idéale pour une veuve éplorée), un sandwich au poulet à 2 heures du matin. Je me suis installée dans le salon et ai parcouru son carnet d'adresses une fois de plus, notant les noms qui ne me disaient rien. J'ai feuilleté son agenda, même si ce n'était pas le professionnel, mais simplement le vieux cahier dans lequel il notait ses rendez-vous personnels, et n'ai pas trouvé le moindre détail qui me fasse tiquer. J'ai épluché tous ses papiers, qui avaient été soigneusement triés par catégories puis par dates. J'ai regardé ses bulletins scolaires, ses diplômes et autres titres, ses albums de photos datant d'avant notre rencontre, avant que le monde ne devienne numérique. C'était un adorable enfant, dégingandé, agile : son sourire plein d'attente n'avait pas changé. J'ai vidé le contenu de boîtes par terre et l'ai examiné : de vieux disques vinyle, des cassettes de compilations qu'il avait faites durant son adolescence, des livres que nous n'avions jamais trouvé le temps de ranger sur les étagères, des magazines vieux de plusieurs années. J'ai tiré chaque tiroir dans notre chambre et inspecté ses vêtements, les repliant avec soin et les remettant en place : je me suis aperçue, en effet, que je n'étais pas encore prête à en donner un seul.

J'ai ouvert le placard sous l'escalier et sorti tous les objets qu'il contenait – des sacoches à vélo, une raquette de squash, deux paires de chaussures de course, une vieille tente que nous n'avions pas utilisée depuis ce voyage en Écosse durant lequel il avait plu non-stop et où nous avions mangé des *fish and chips* en écoutant la pluie tambouriner sur la toile. Il m'avait dit alors que tant que j'étais à ses côtés, il se sentait partout chez lui. Nous avions tous les deux pleuré.

À 6 heures, parce qu'il était trop tôt pour sortir et que j'avais tout passé en revue dans la maison, j'ai commencé à établir la liste des gens que je convierais aux obsèques. À la fin, il y avait cent vingt noms et je les ai contemplés avec désespoir. Combien de personnes tiendraient-elles dans la chapelle du crématorium, combien dans le salon ? Fallait-il que je prévoie de quoi boire et se sustenter ? Devrais-je demander aux gens de faire des lectures ou de petits discours ? Et pour la musique ? Pourquoi Greg n'était-il pas là pour me conseiller ?

À 8 heures, je me suis préparé un bol de porridge – mi-lait, mi-eau, avec de la cassonade généreusement saupoudrée par-dessus – et un grand pot de café fort. Ensuite je me suis lavée et revêtue d'une vieille jupe en velours côtelé qui m'arrivait aux chevilles et d'un pull bleu marine avec un trou au coude que m'avait offert Greg au tout début de notre histoire. Parce qu'il faisait froid et gris, j'ai mis un duffel-coat, et enroulé une écharpe rouge autour de mon cou. Avec toutes ces couches superposées, je n'étais désormais plus qu'un ballot de laine irritante.

Kentish Town Road était noire de voitures et de gens, qui se rendaient au travail. Je suis montée à bord du métro bondé qui m'a emportée à Euston, puis ai parcouru à pied les dernières centaines de mètres qui me séparaient du bureau de Greg. Il se trouvait au deuxième étage d'un bloc d'immeubles de bureaux récemment rénovés. Ils y avaient emménagé quelques mois auparavant ; quand leur entreprise s'était développée, leurs trois tables et leurs trois ordinateurs s'étaient révélés insuffisants. Pendant un temps, il n'y avait eu que Joe et Greg ; désormais, certaines têtes m'étaient inconnues. Il leur fallait des pièces séparées pour les clients, des toilettes, une machine à café et un distributeur d'eau réfrigérée. J'ai sonné à la porte et Tania n'a pas tardé à me faire entrer, m'enlever mon manteau et mon écharpe, me présenter une chaise, m'offrant avec trop de sollicitude thé, café, biscuits, n'importe quoi, me dévisageant intensément de ses grands yeux bruns, secouant la tête d'horreur et de compassion, de telle sorte que sa queue de cheval rebondissait. On aurait dit un chiot, un épagneul empressé désireux de plaire.

— Joe est là ?

— Il est dans son bureau. Je vais le chercher.

À cet instant, Joe s'est dirigé vers moi à grands pas, ouvrant les bras bien avant de m'atteindre. Tania a littéralement fondu devant lui.

— Tu aurais dû me dire que tu venais, a-t-il déclaré.

Il a plissé les yeux.

— Tu as l'air exténuée.

— Je n'ai pas dormi de la nuit. J'examinais les affaires de Greg.

— Pour les trier ?

— Pour tenter de trouver ce qu'il fichait.

— Viens là, entre et raconte-moi.

Il m'a prise par le bras et m'a conduite dans son bureau, qui n'était guère qu'un petit box aux parois vitrées. Sur le mur blanc derrière sa table bordélique se trouvait une photo de sa famille : sa femme, Alison, et ses trois enfants, aujourd'hui adolescents mais encore petits sur le portrait. Alison se tenait debout derrière eux, ses bras passés autour du petit groupe d'un geste protecteur. J'ai constaté combien les trois enfants tenaient un peu d'elle, et de lui, puis senti un regret et une tristesse terribles m'envahir de la tête aux pieds.

— Il n'y a rien à dire, ai-je résumé, tout en prenant place sur la chaise qu'il m'avait présentée. Il n'y avait rien de bizarre.

Le front de Joe s'est plissé.

— Tu t'attendais à quoi ?

— Je n'en sais rien. C'est pour ça que je cherchais. Il faut que j'examine ses affaires ici aussi.

Il a paru décontenancé.

— Il n'y a pas grand-chose de personnel ici. Je crois que Tania a déjà emballé l'essentiel. Je ne pense vraiment pas qu'il reste autre chose que les fichiers clients et les documents de réglementation comptable et fiscale.

— Ce sont ses outils de travail que je veux examiner. Ses papiers, son agenda, ses rendez-vous.

— Je vois.

Il avait l'air compatissant mais également sévère, et j'ai baissé les yeux sous son regard.

— Il doit bien y avoir un indice me montrant qu'il avait une liaison avec cette Milena.

— Ellie…

— J'insiste, Joe. Il n'y a rien à la maison – je veux dire *rien* – qui suggère qu'il ait pu entretenir une liaison avec elle ou avec n'importe qui d'autre. Tu n'en avais aucune idée, ou en tout cas, c'est ce que tu prétends. Pas plus que Fergus. Ou quiconque. Pas plus que moi-même. Même maintenant que je réexamine le passé, je n'en vois aucune trace.

Joe a hoché la tête à plusieurs reprises, puis s'est levé pour fixer du regard la pièce voisine. Ensuite, il s'est retourné vers moi. Son visage affichait une expression de patience bienveillante qui m'a mise au supplice.

— Peut-être qu'il était juste doué pour garder un secret.

— Pas à ce point. Pas Greg. Il était incapable de mentir sur quoi que ce soit. S'il avait eu une liaison, quelqu'un l'aurait su. Il y en aurait une preuve quelque part.

— Mais tu ne saisis pas, Ellie ? Quoi que tu fasses, quelle que soit l'énergie que tu dépenseras à chercher, tu ne pourras pas prouver qu'il *n'avait pas* de liaison.

— Il n'aurait pas pu ne pas laisser de trace.

— Peut-être pas. Peut-être que tu vas retourner sa vie sens dessus dessous, tout éplucher, et que tu finiras par trouver quelque chose.

— Très bien, dans ce cas.

— Mais pourquoi tiens-tu à le faire ?

— Pourquoi ? Parce que je dois le faire. Tu ne comprends pas ? Je l'aimais. Je croyais qu'il m'aimait…

— Il t'aimait.

— Je le connaissais bien, Joe. Je savais ce qu'était notre vie ensemble. Ou du moins, je croyais le savoir. Et maintenant il est mort et il y a ce mystère et tout le monde a pitié de moi et j'examine notre passé ensemble et je ne comprends plus rien, n'ai plus confiance en ce que je croyais. C'est comme si les lumières s'étaient toutes éteintes et que tout ce en quoi je croyais, je ne pouvais plus y croire. Et je ne peux pas lui poser la question. J'ai envie de lui demander ce qui se passait, bordel. Je n'arrive pas à admettre qu'il ne pourra plus jamais me le dire, qu'on ne pourra pas en discuter ensemble. S'il était mort, point barre, et qu'il n'y avait pas d'autre femme impliquée dans l'histoire, au moins je pourrais le regretter et me souvenir de lui avec tendresse et me réjouir de ce que nous avons partagé, mais même ça, c'est entaché, maintenant. Je ne peux même pas le pleurer convenablement. Je me sens humiliée, honteuse, prise dans des émotions contradictoires. Un vrai gâchis. Je ne sais plus où j'en suis.

— Il t'aimait, a répété Joe. (Sa voix était douce, insistante.) Même s'il avait une liaison, il t'aimait infiniment.

— Donc tu crois qu'il en avait une, hein ?

— Je dis si.

— Je ne veux pas de si.

— Mais, selon toute vraisemblance, c'est tout ce que tu obtiendras.

— Je ne peux pas m'en contenter.

— Tout le monde a des secrets. Tout le monde fait des trucs qu'on ne voudrait pas voir découverts.

— Toi aussi, alors ?

— Quoi ? Si j'ai eu une liaison ?

— Oui. En as-tu eu ?

— Pourquoi irais-tu croire ma réponse ? Tu penses que je te le dirais si j'en avais eu une ? Et si j'en avais eu une, est-ce que ça rendrait plus plausible l'idée que Greg aussi ? Et même raisonnement si je n'en avais pas eu ?

— Tu en as eu, n'est-ce pas ?

Bien sûr qu'il en avait eu, me suis-je dit. Toutes ces femmes agglutinées autour de lui…

Mais Joe m'a posé une main sur l'épaule.

— Arrête, Ellie.

— Désolée. Mais, Joe, dis-moi, tu *penses* que Greg me trompait ?

— Honnêtement ?

— Oui.

— Eh bien, je... Pour tout te dire, je n'en sais rien. Mais peut-être que oui, en effet. Et puis, évidemment, il y a les circonstances de sa mort.

— Je vois.

Je me suis mordu la lèvre et suis restée assise un moment, pour me calmer.

— Merci.

— Ellie...

Son ton était empli d'une compassion douloureuse.

— Je veux quand même regarder ses affaires.

Il a haussé les épaules, en désespoir de cause.

— Si c'est ce dont tu as besoin. On ne savait pas que tu venais, alors c'est un peu en désordre, je le crains.

C'était pire qu'un peu en désordre : c'était une vraie pagaille. Il y avait des dossiers ouverts sur toutes les surfaces, des tas de papiers empilés sur le bureau et par terre, d'épais livres de comptes descendus des étagères.

— Désolé, a lâché Joe.

Il m'a installée à la vieille table de Greg avec son ordinateur en face de moi, puis son agenda électronique. Tania m'a apporté des dossiers et des classeurs, que j'ai épluchés également. J'ai examiné des comptes, des recettes, des lettres de clients, des recommandations, des statuts, des lignes d'écritures, des formulaires, des procurations, des déclarations de TVA, de revenus, des notes de frais, des questions relatives aux trusts et autres pouvoirs. Il y avait des Post-it roses et jaunes collés sur certains d'entre eux, gribouillés de l'écriture bâclée de Greg. Insignifiants. Je n'avais aucune idée de ce que je recherchais et il m'est vite apparu que j'aurais aussi bien pu lire des hiéroglyphes. Je sentais des élancements dans ma tête en cherchant à établir des connexions que je ne trouverais pas, je le savais. Joe a posé des gobelets de café à côté de moi, que j'ai laissé refroidir. Tania m'a apporté un petit pain au fromage et à la tomate puis m'a demandé s'il y avait quoi que ce soit qui requière des explications.

— Une chose, ai-je répondu. Vous avez envoyé un e-mail à Greg chez lui, lui disant qu'il devrait poser à Joe la question qui le tracassait. Est-ce que vous vous rappelez de quoi il s'agissait ?

Tania a froncé son petit bout de nez et ridé son sourcil lisse.

— Non, a-t-elle fini par répondre, alors ça ne devait pas être important, si ? Vous voulez que je recherche l'e-mail original qu'il m'a envoyé ?

— Si ça ne vous ennuie pas trop.

— J'ai pu le détruire une fois la question réglée.

J'ai regretté de n'avoir pas amené Fergus avec moi : il se débrouillait pas mal en informatique et avait travaillé en free-lance à plusieurs reprises pour la société. Il était même ici le dernier jour de Greg. Il aurait été en mesure de me guider.

J'ai établi une liste de tous les clients auxquels Greg avait rendu visite ces trois dernières semaines, avec leurs numéros de téléphone et leurs adresses, et les ai regardés fixement. Les noms se brouillaient. J'ai consulté le plan de Londres, la tête bourdonnant de fatigue et d'une frustration désespérée. Tout valait mieux que de ne pas savoir. Comment pourrais-je dire adieu à Greg sinon, si je ne savais plus qui il était ? Comment pouvais-je le faire mien de nouveau ?

6

C'est pendant que l'entrepreneur des pompes funèbres m'exposait les différents prix que j'ai sombré dans une forme de maladie mentale. J'ai éprouvé la sensation que j'avais connue une fois, adolescente – comme tous les adolescents sans doute – que j'étais la seule personne réelle au monde et que tous les autres étaient des acteurs en train de jouer un rôle. Les pompes funèbres de Kentish Town ressemblaient à n'importe quel autre magasin de la grand-rue proposant un service, agent immobilier ou revendeur d'appareils électroménagers. Mais celui-ci avait été rénové avec diverses teintes de gris et de faux piliers soutenant le bureau de la réception et des lis blancs dans des vases : l'ensemble faisait assez mausolée. Une musique lugubre genre New Age, avec flûtes de Pan occasionnelles, s'élevait en fond sonore. Comme il se devait, M. Collingwood, directeur de l'entreprise, portait un costume bleu marine avec un œillet blanc à la boutonnière et il m'a présenté ses condoléances d'une voix compassée tout en poussant vers moi une liste de prix au travers de son bureau.

De la même voix basse, il m'a décrit les services qu'ils

proposaient, l'enlèvement et les soins apportés au défunt, les dispositions prises pour pouvoir rendre visite à la chapelle ardente. Il a murmuré qu'il y avait des décisions à prendre : religieux ou profane, inhumation, crémation ou desiderata particuliers, sans oublier les frais supplémentaires. En parcourant la section de la brochure consacrée aux cercueils – aggloméré doublé de plastique, bois plaqué, bois plein, carton, osier tressé – j'ai commencé à percevoir M. Collingwood comme un acteur. Tout cela ne suscitait en moi nulle colère ou amertume. Je ne tenais pas à ce qu'il s'habille en marchand de glaces ou qu'il arbore un large sourire comme s'il cherchait à me vendre une nouvelle voiture. Mais je ne pouvais m'empêcher de penser qu'il était presque 4 heures et demie. Il avait fort bien pu assister à des obsèques ce matin, et il avait certainement dû déjeuner, peut-être dans l'un des nouveaux cafés qui avaient ouvert dans la grand-rue ces deux dernières années. Il avait dû voir au moins deux ou trois autres personnes avant moi, et la journée touchait à sa fin. Peut-être songeait-il aussi à sa soirée, au dîner, à retrouver ses enfants. Peut-être l'un d'entre eux avait-il des difficultés à l'école et devrait-il s'asseoir à leurs côtés pendant qu'ils feraient leurs devoirs. C'était peut-être son anniversaire de mariage – qu'est-ce que j'en savais ? – et il sortait dîner. On lui avait peut-être diagnostiqué une maladie mortelle ou il avait peut-être gagné à la loterie, mais pour l'instant, il jouait le rôle de l'entrepreneur des pompes funèbres, avec juste ce qu'il fallait de dignité, de compétence et de sollicitude.

Il ne pouvait réellement se soucier de moi. De fait, je n'y tenais pas. Il n'avait pas connu Greg, ne me connaissait pas, et si je l'avais soupçonné d'éprouver une réelle émotion face à mon deuil, j'aurais autant flippé que si je l'avais surpris en train d'entrer chez moi par effraction.

Donc, il jouait un rôle, plutôt bien d'ailleurs, et tout en feuilletant la brochure, hébétée, j'ai été soudain frappée par l'idée que tous ceux auxquels j'avais eu affaire avaient tenu un rôle, eux aussi. Le coroner s'était montré respectueux et sérieux, mais avait terminé à temps pour déjeuner ; il s'était peut-être rendu tout droit à son club et avait ri du cas ridicule qu'on venait de lui rapporter, à moins qu'il ne l'ait oublié et qu'il ait raconté des histoires salaces, ou qu'il soit retourné, seul, à son bureau pour y descendre une demi-bouteille de whisky provenant du dernier tiroir de sa table de travail. Peu importait. Assis dans la salle d'audience, il avait joué le rôle du coroner en présence d'une veuve éplorée. Les femmes agents de police s'étaient comportées comme on le fait quand on annonce à une épouse que son mari est décédé. Si elles avaient rapporté un chat perdu à une petite fille, elles se seraient conduites d'une manière appropriée à ce cas précis. Le chef de clinique avait réagi comme il se doit lorsqu'un membre de la famille vient voir un corps.

Il ne pouvait être seulement question d'agir en fonction de leurs émotions parce qu'ils n'étaient plus en mesure de les ressentir, pas après avoir traité des centaines d'affaires de ce type. Et pourquoi le centième endeuillé n'aurait-il pas droit au même traitement que le premier ? En réalité, le centième endeuillé est vraisemblablement mieux traité que le premier. Quand l'émotion est réelle, on ne peut pas la contrôler : elle déborde et se manifeste de manière inopportune. Lorsqu'elle est réelle, on n'est pas digne et sombre : on sourit de façon déplacée et on tient des propos inadéquats en faisant des gestes empruntés.

Je me suis demandé s'il n'y avait que les médecins, les policiers et les entrepreneurs de pompes funèbres qui jouaient un rôle. Cela ne s'appliquait-il pas également un peu à mes amies ? J'ai pensé à Gwen et Mary. Quand il advient quelque chose de très grave, comme un décès, nous tenons les rôles qui nous sont familiers. Elles se comportaient en meilleures amies sur lesquelles on pouvait compter en temps de crise, faisant appel au répertoire d'expressions inquiètes de mise, de gestes et de phrases de consolation d'usage, me prenant la main, touchant mon avant-bras. Je faisais de même, évidemment. Je tenais la vedette. Voilà un autre sentiment qui me rendait presque dingue, l'impression que je devais jouer un rôle moi-même, que je devais afficher, de façon convaincante, des émotions que je ne ressentais pas réellement. Je n'avais pas joué la comédie durant les terribles secondes où l'on m'avait annoncé la nouvelle et j'avais dû offrir une piètre performance, balbutiant, oubliant mes répliques ; désorientée et abasourdie, plutôt qu'accablée de chagrin. Mais quand j'étais entrée dans les bureaux de M. Collingwood, j'avais bien assumé le rôle de la veuve, tout comme il avait bien tenu celui de l'entrepreneur de pompes funèbres. Et ce, jusqu'à ma tenue : digne et sobre, mais pas noire.

— Qu'en pensez-vous, madame Falkner ?

Le ton restait doux, mais il me rappelait à présent que le temps était compté. Greg n'avait pas laissé de testament, encore moins de dispositions relatives à un enterrement. Il n'avait pas prévu de mourir. J'avais tenté de deviner ce qu'il aurait voulu. « Ce qu'il aurait voulu », cette épouvantable façon condescendante de parler des morts, comme s'ils étaient réduits à des caricatures : Greg aurait voulu ceci, Greg se serait amusé de cela. S'il avait organisé lui-même ses funérailles, il aurait sans doute trouvé quelque chose d'étrange et fait maison, un bûcher funéraire viking, des cendres projetées par un canon, répandues en mer. Je ne pouvais rivaliser avec lui, là. J'avais juste besoin de faire simple.

J'ai rapidement pris les décisions. Crémation. Une cérémonie non religieuse. Peut-être quelqu'un pourrait-il prononcer quelques mots, on pourrait passer un morceau de musique. Restait la question du cercueil. Des pensées encore plus hors de propos n'arrêtaient pas de me venir à l'esprit. Quand nous avions décidé de nous marier, Greg avait tenu à m'offrir une bague de fiançailles et nous étions allés à Hatton Garden ensemble. Il s'était avéré que Greg savait tout des divers types de métal, de carats et de pierres. Des choses auxquelles je n'avais jamais seulement songé auparavant s'étaient révélées importantes. J'étais sûre qu'il aurait eu des opinions arrêtées sur le cercueil. L'acajou devait être d'origine douteuse. La doublure de plastique sur le moins cher contribuerait sans doute au réchauffement planétaire. Peut-être toutes les crémations y participaient-elles. Il savait ce genre de choses.

— Les gens achètent vraiment des cercueils en carton? me suis-je enquise.

— Tout à fait, a répondu M. Collingwood. Certaines familles aiment les décorer, les peindre, et ainsi de suite. Ils sont parfois… (il avait l'air de chercher le mot adéquat)… étonnants.

J'aurais pu faire ça. J'aurais même pu construire le cercueil. J'avais fabriqué la plupart des meubles entreposés chez nous ou, en tout cas, les avais restaurés.

— Je pense que je vais m'abstenir sur ce coup-là, ai-je conclu.

J'ai opté pour un cercueil d'osier tressé parce qu'on n'aurait pas dit un cercueil. M. Collingwood a commenté d'un ton approbateur qu'il avait affaire à de nombreuses personnes sensibilisées aux préoccupations environnementales. Pour une raison ou une autre, cela m'a irritée, et j'ai soudain regretté de n'en avoir pas choisi un fait de déchets dangereux. M. Collingwood s'est excusé et retiré dans un petit bureau à l'arrière. J'ai entendu couiner une imprimante et il est revenu avec une feuille de papier, qu'il a poussée vers moi.

— Nous pensons qu'il importe de remettre un devis par écrit, a-t-il déclaré.

Je l'ai regardé et ma gorge s'est nouée.

— Putain!... me suis-je exclamée. Désolée. Je n'avais pas réalisé...

Puis je me suis tue, honteuse. Le sujet ne semblait pas décemment prêter au marchandage, mais ça m'avait fait un choc. Le devis était supérieur à ce que nous avions dépensé pour notre voiture, laquelle n'avait pas été particulièrement bon marché. M. Collingwood ne s'est pas laissé démonter; il avait dû faire face à des cas pires que le mien. Il m'a assuré que les obsèques pouvaient être aussi simples que je le souhaitais.

J'ai étudié le devis, point par point.

— Vous prenez tout en charge?

M. Collingwood a hoché la tête.

J'ai respiré un grand coup.

— Alors, soit, ai-je conclu.

J'avais l'intention de rentrer tout droit chez moi. Il restait tant de choses à faire, tant d'obligations, de listes et de devoirs. Au lieu de quoi je me suis engouffrée dans le métro à la station Kentish Town, ai pris un train en direction du sud et suis descendue à Kennington. En sortant de la station, j'ai eu l'impression, comme toujours quand je passais sur la rive droite du fleuve, d'avoir émergé dans une ville étrangère, même si la langue était étrangement similaire, comme si j'avais débarqué à New York ou Sydney. Je savais que les Livingstone habitaient au numéro seize de Dormer Road, aussi suis-je entrée chez un marchand de journaux pour y acheter un guide de Londres. Il ne m'a fallu que quelques minutes pour m'y rendre à pied mais, durant ces quelques minutes, je suis passée d'un monde, fait de tours et d'immeubles délabrés, à un autre, de richesse discrète et de froide splendeur.

La maison des Livingstone était grande et blanche, en retrait de la route. Son porche à colonnes et son gravier ratissé m'ont aussitôt déplu, ce qui m'a aidée à remonter d'un pas décidé l'allée courbe et à sonner à la porte, avant d'avoir eu le temps de réfléchir à ce que je faisais ou de préparer une justification. Ce n'est que lorsque j'ai entendu des pas s'approcher de la porte que j'ai senti un tremblement d'anxiété me parcourir.

— Ouais ?

Pourquoi avais-je supposé que ce serait Hugo Livingstone, le mari de Milena, qui ouvrirait la porte ? Le jeune qui se tenait devant moi était grand et maigre, tout anguleux et osseux. Je me suis dit qu'il avait un peu moins de vingt ans. Il avait de longs cheveux bruns, non coiffés, des yeux presque noirs. Il portait un boxer-short et un tee-shirt délavé ; comme le jour de l'enquête, il avait un piercing dans le nez. Je lui ai adressé un sourire prudent mais il est resté en travers du passage, les bras croisés sur la poitrine, affichant une expression morne, comme s'il essayait d'évaluer la situation.

— Est-ce qu'Hugo Livingstone est là ? ai-je demandé.

— Non.

— Vous êtes son fils, n'est-ce pas ? Je vous ai vu au tribunal.

— Ouais, moi-même. (Il a singé une révérence, les

genoux noueux sous son short, nullement embarrassé d'être aussi dévêtu ; de fait, je pense qu'il y prenait grand plaisir.) Silvio Livingstone.

— Silvio ? ai-je repris.

— Ben ouais, a-t-il confirmé, d'un ton assuré, comme s'il me mettait au défi de faire un commentaire sur son prénom.

— Je suis désolée pour votre mère, ai-je dit.

— Belle-mère.

Le ton sur lequel il l'avait dit était si ouvertement méprisant que j'en ai tressailli. Il a dû voir mon expression se modifier parce qu'il m'a lancé un sourire provocateur.

— Je n'en reste pas moins désolée, ai-je réussi à rétorquer. Savez-vous quand il…

— Non. Il part tôt et rentre tard.

Tout ce qu'il disait semblait recéler une pointe de sarcasme.

— Y a que moi qui *traîne sans rien faire.*

Manifestement, il imitait quelqu'un en prononçant les derniers mots – sa belle-mère, sans doute.

— Bien, ai-je conclu. Je suis désolée de vous avoir dérangé.

— Vous êtes sa femme, non ?

Je n'ai pas fait mine de ne pas comprendre de qui il parlait : je me suis contentée d'acquiescer.

— Qu'est-ce que vous cherchez ici, dans ce cas ?

— J'ai pensé qu'on devrait se rencontrer. Compte tenu des circonstances.

— Vous voulez entrer ?

— Seulement si votre père est là.

— Il ne l'est pas. (Il a haussé les épaules.) Vous étiez au courant ?

— Au courant de quoi ?

— Pour eux deux, voyons.

— Non, ai-je répondu. Et vous ?

— Je n'étais pas au courant de l'existence de votre mari, a-t-il répondu.

Pour une raison qui m'échappait, je me suis aperçue que j'étais plus à l'aise en compagnie de ce jeune homme terriblement narquois, gauche, en colère, que je ne l'avais été avec quiconque depuis la mort de Greg.

— J'ai changé d'avis. À moins que vous ne pensiez que votre père serait fâché.

— Je suis chez moi aussi.

— Rien que pour quelques minutes, alors. Vous pourriez peut-être me faire un café.

— Et vous pourrez me poser des questions sur elle au lieu de les poser à papa. Au moins, je serai honnête. À moi, elle ne me la faisait pas.

Il m'a fait traverser l'entrée et emprunter un couloir rempli de photos. Elles n'étaient pas du genre que Greg et moi avons – avions – sur nos murs, des patchworks improvisés d'instantanés de nous à différents stades de nos vies, mais des portraits bien encadrés. J'en ai entraperçu quelques-unes en passant : elle, là, teint pâle éclatant au-dessus d'une robe noire au décolleté plongeant ; et elle encore, cheveux relevés, avec un petit sourire aux lèvres. La cuisine était immense, équipée d'appareils électroménagers miroitants ; des portes à deux battants donnant sur le jardin l'inondaient de lumière.

— Café noir ?

— Au lait, ai-je répondu. Alors comme ça, vous n'aviez jamais entendu parler de Greg, mon mari ?

— Pourquoi voudriez-vous qu'on en ait entendu parler ?

— Comment ça ?

— L'intérêt d'avoir une liaison secrète, c'est qu'elle reste secrète. (Je commençais à me lasser sérieusement qu'on me le ressorte à chaque fois.) Milena aimait les secrets. (Il a versé du café moulu dans une cafetière à piston.) C'était son truc, les secrets, les commérages, les rumeurs.

— Donc ça n'a pas été une surprise ?

— Pas vraiment. Sa mort en a été une, bien sûr.

— Et votre père ?

— Je sais pas. J'ai pas posé la question. Tenez, café. Servez-vous de lait.

J'ai versé un peu de lait en éclaboussant à côté et bu une gorgée. Il était assez fort pour me faire suffoquer.

— Donc, vous n'êtes pas absolument certain ?

Pour la première fois une lueur d'intérêt, non, d'intense curiosité, s'est dessinée sur son visage. Il a légèrement plissé les yeux.

— Ils sont morts ensemble, a-t-il fait remarquer. C'est plutôt intime.

— Oui.

— Qu'est-ce que vous voulez dire, alors ?

— Je veux dire, rien n'indique selon vous que votre belle-mère connaissait Greg ?

— Je n'ai jamais cherché. Pourquoi l'aurais-je fait ?

— Et votre père ?

— Mon père ? (Il a haussé les sourcils d'un air sardonique.) Papa bosse dur depuis qu'elle est morte. Il est très occupé.

— Je vois.

— Non, sans doute pas, a-t-il rétorqué.

— Peut-être pas, en effet.

J'ai poussé un soupir et reposé ma tasse, puis me suis levée.

— Merci, Silvio.

J'avais envie de poser ma main sur son épaule, de lui

dire que tout irait bien, mais je n'avais pas l'impression qu'il apprécierait.

— Vous n'êtes pas comme j'imaginais, a-t-il déclaré, à la porte.

— Comme vous imaginiez ?

— L'idée que je me faisais de la femme de l'amant de ma belle-mère.

— À vous entendre, on croirait que vous vous moquez de moi, ai-je répondu.

Soudain, il a rougi et paru plus jeune.

— Ce n'est pas ce que je voulais dire, s'est-il repris.

Une pensée m'a traversée avant que je m'éloigne.

— Elle était comment, comme belle-mère ?

Je m'attendais à un haussement d'épaules ou à une nouvelle raillerie, mais il a rougi et marmonné quelque chose d'inintelligible.

— J'imagine qu'elle ne faisait pas une belle-mère classique, ai-je suggéré.

— Vous n'auriez pas dû venir, a-t-il rétorqué. Ça ne vous regarde pas.

Il a refermé la porte si brusquement que j'ai dû reculer en vitesse pour que mon pied ne reste pas coincé.

7

Il me restait une chose à faire avant les obsèques, je le savais. J'y avais pensé depuis l'enquête, imaginant ce à quoi cela ressemblait, et m'étais même mise depuis peu à en rêver, émergeant en sursaut de cauchemars d'une fosse profonde en plein Londres, de la voiture rouge de Greg se précipitant au fond pour y prendre feu. Porton Way. Je me réveillais assaillie d'images de sa figure collée au pare-brise, la bouche ouverte dans un hurlement de terreur. Ou de son corps écrasé contre celui de Milena, tous deux léchés par les flammes.

Si je l'avais demandé à Gwen ou à Mary, elles m'auraient volontiers accompagnée, mais c'était quelque chose que je devais faire seule. Et c'est ainsi que, la veille de la cérémonie funèbre, alors que j'étais censée prendre d'ultimes dispositions, j'ai mis le cap à l'est. Je ne connaissais pas vraiment ce quartier de Londres, même si ce n'était pas loin de celui où nous vivions (où *tu* habites, me suis-je corrigée vertement; on ne dit plus « nous ») et je me suis trompée de ligne, sortant à Stratford. Il m'a fallu environ vingt-cinq minutes pour rallier à pied Porton Way, manquant de peu me faire tuer en traversant les voies à grande circulation qui menaient hors de la capitale. Le ciel, qui était gris depuis que j'étais sortie ce matin-là, a pris une teinte d'un marron-pourpre menaçant ; un orage approchait, et des gouttes d'eau éparses s'écrasaient sur mes joues. Un vent glacial balayait les rues londoniennes, emportant détritus et dernières feuilles d'automne, qui tournoyaient sur le trottoir.

La zone entière semblait en construction désormais. De gigantesques grues ponctuaient l'horizon et de larges bandes de terrain n'étaient plus que décombres et boue gluante, balafrées de vastes tranchées. Il y avait des baraques de chantier derrière de hautes clôtures, des hommes coiffés de casques conduisant des pelleteuses, des feux tricolores provisoires faisant dévier la circulation.

Porton Way, situé au creux d'une pente raide, était lugubre, à l'abandon, rempli d'entrepôts à moitié démolis et des vestiges d'anciennes maisons, rasées, rendues à l'état de briques et de blocs de ciment. L'une d'entre elles tenait toujours au milieu des ruines, quoique sa façade ait été emportée. Même d'en dessous, je distinguais encore le papier au mur et la vieille baignoire. Des gens avaient vécu ici, ai-je songé, s'étaient assis dans cette cuisine.

J'ai étudié le plan, suivant du doigt le chemin qu'avait emprunté Greg. Quel endroit terne, morne, affreux pour un rendez-vous galant. Mais tranquille. Même à cette heure-ci, au beau milieu de la matinée, il n'y avait personne alentour ; le travail avait l'air interrompu pour le moment. Alors que je progressais péniblement vers le tournant fatal, il s'est mis à pleuvoir, les cieux se sont ouverts et déversés sans pitié, de l'eau ruisselait sur mes joues, s'infiltrant dans ma veste peu adaptée à un tel déluge. Le bas de mon jean s'est bientôt retrouvé trempé. J'avais de l'eau dans mes chaussures. Mes cheveux mouillés me fouettaient le visage. Je distinguais à peine où j'allais.

Mais je suis arrivée au virage, à l'abrupt virage. C'est

là que c'était arrivé. Greg avait foncé tout droit et plongé au pied de ce talus. J'ai fermé les yeux, puis les ai rouverts. Où avait-il atterri au juste ? Restait-il quoi que ce soit de la voiture ? J'ai quitté la route et descendu la pente tant bien que mal, mais le terrain crayeux était glissant et j'ai failli tomber, avançant ma main pour me retenir, déchirant ma manche sur un roncier touffu. J'ai entendu un sanglot m'échapper.

Parvenir au bas du raidillon m'a semblé interminable et, le temps que j'arrive, j'étais couverte de boue et complètement trempée. Mon front picotait et j'y ai passé la main. Quand je l'ai regardée, elle était rouge du sang qui me coulait lentement dans l'œil : je voyais encore moins bien où j'allais. J'ai ôté mon écharpe et l'ai maintenue contre la plaie.

Mais qu'est-ce que je faisais ici, de toute façon ? Qu'espérais-je prouver ? Que Greg ne serait jamais venu ici ? Jamais, non, mais il l'avait fait. Qu'il n'aurait pas quitté des yeux un virage serré ? Jamais, non, mais il l'avait fait. Qu'il aurait porté sa ceinture de sécurité ? Certainement, mais pas cette fois-ci. Qu'espérais-je trouver ? Sentir ? Un moyen de… – quel était l'horrible mot qu'avait employé le coroner durant l'enquête ? – … tourner la page, en quelque sorte ? Bien sûr que non, et pourtant, n'importe comment, je savais que j'avais besoin de venir, pour accomplir un rituel qui resterait sans effet et ne changerait rien à rien.

En fait, l'endroit où la voiture avait atterri était tout à fait évident, même s'il avait été manifestement déblayé depuis longtemps. On voyait une parcelle de terre carbonisée, un petit cratère dans celui, élargi, que formait Porton Way. Je m'en suis approchée, me suis accroupie. C'était donc ici qu'était mort Greg. J'ai contemplé l'entaille infligée au sol. J'ai cligné des yeux sous la pluie battante et repoussé mes cheveux en arrière. Des gouttes de sang se sont échappées de l'écharpe que je tenais toujours contre mon front et j'en ai senti le goût sur mes lèvres, leur saveur forte, métallique. La femme présente à l'enquête avait dit que Greg n'avait pas souffert. Savait-il seulement, alors qu'il s'en allait, que c'était la fin, ou avait-ce été trop rapide pour ça ? Avait-il pensé à moi ?

Enfin, je me suis relevée, transie et trempée, misérable, le jean collé aux jambes. Il n'y avait rien ici pour moi. J'ai tourné le dos à l'emplacement fatidique et péniblement grimpé la côte. À un moment donné, j'ai réalisé que j'avais laissé tomber mon écharpe, et en me retournant, je l'ai aperçue, petite tache de couleur sur le sol boueux. Le sang ruisselait sur ma figure comme des larmes et, quand j'ai enfin regagné le métro, j'ai eu comme l'impression qu'on me regardait d'un air bizarre. Peu m'importait.

Quand je suis arrivée chez moi, l'après-midi était à moitié écoulé et j'avais les doigts si gourds que c'est tout juste si j'ai réussi à tourner la clé dans la serrure.

— Ellie ?

J'ai sursauté en entendant sa voix dans mon dos, et fait demi-tour.

— Joe… Mais que fais-tu ici ?

— À ton avis ? Je suis venu te voir. Mais qu'est-ce que tu as fichu, Seigneur ! Tu as une tête… (Il s'est interrompu, me dévisageant avec une sorte de fascination.) Pas croyable, a-t-il enfin conclu.

— Oh, rien. Je suis juste sortie, et il s'est mis à tomber des cordes, ai-je menti sans conviction.

Je ne tenais pas vraiment à évoquer ma journée, même pas devant Joe.

— Tu as du sang partout sur la figure.

— Ah, ça. Ce n'est rien. Ça a sans doute l'air pire que ça n'est à cause de la pluie. Tu veux entrer ?

— Rien que pour une minute.

J'ai réussi à ouvrir la porte et nous sommes entrés. J'ai enlevé mes bottes complètement crottées et me suis extirpée de ma veste, puis suis restée plantée là, à goutter par terre.

— Tiens, a dit Joe. C'est sans importance mais j'ai pensé que tu aimerais l'avoir. Il était dans la cuisine et on l'avait loupé.

Il m'avait apporté le mug préféré de Greg. Il comportait une photo de lui à l'arrivée du marathon l'année précédente, même si les lavages répétés en avaient en partie effacé l'image. Je l'ai pris des mains de Joe et l'ai regardé, fixant le sourire triomphant, épuisé, de Greg. J'avais été le rejoindre après, avais passé mes bras autour de son corps en nage, avais embrassé son visage en sueur et ses lèvres salées.

— Et je voulais voir s'il y avait quoi que ce soit que je puisse faire pour les obsèques.

— Tu voulais juste voir comment j'allais, point barre, ai-je répliqué.

Il m'a adressé un sourire contrit.

— Eh bien, tu prends grand soin de toi, à ce que je vois. Va prendre un bon bain.

— C'est ce que je compte faire.

— Pendant que tu y es, y a-t-il quoi que ce soit que je puisse faire ? Un peu de ménage ou te préparer quelque chose de chaud à boire ?

— C'est gentil à toi, mais non merci.

— Ellie ?

— Oui ?

— Tu vas bien ?

— Hein ? Oui. Enfin…

— Tu me le dirais, si ça n'allait pas ?

— Oui.

8

Par la suite, je me suis remémoré les obsèques comme autant de moments épars, tous pénibles. En raison des services précédents et à suivre, on nous avait dit de nous présenter avec cinq minutes d'avance, la cérémonie étant prévue à 11 heures et demie. C'est ainsi que nous nous sommes retrouvés à la porte du crématorium du nord de Londres à attendre notre tour. Nous étions une poignée de vieux amis, de membres de la famille, battant le pavé, ne sachant quoi dire ou quoi faire. J'ai vu du coin de l'œil des gens se reconnaître, se fendre d'un sourire, puis se rappeler l'objet de leur visite et reprendre une mine attristée de circonstance.

Le corbillard est arrivé, la porte arrière s'est ouverte, et le cercueil d'osier s'est retrouvé exposé aux regards. M. Collingwood n'en parlait jamais qu'en terme de bière, comme si ce terme était plus respectueux pour le défunt. Il n'a pas été enlevé par des porteurs funéraires, mais poussé bruyamment dans la chapelle sur un ridicule petit chariot qu'on aurait dit conçu pour transporter des caisses au supermarché. Il trépidait gauchement sur les pavés. M. Collingwood m'en avait alertée par avance, expliquant que la chose leur avait été imposée par leurs assureurs. On avait signalé de graves lésions dorsales chez les employés chargés de porter les cercueils.

Une femme d'une cinquantaine d'années, qui avait dû être une parente de Greg, a demandé si la cérémonie allait commencer.

— Ils vont le mettre en place, ai-je déclaré. Je ne suis pas sûre que le groupe avant nous ait terminé.

C'était comme si nous avions réservé un court de tennis. La parente de Greg, si c'était bien le cas, est restée à mes côtés. Je ne ressentais pas le besoin de lui faire des politesses.

— Je suis infiniment désolée, a-t-elle déclaré.

Je n'avais pas encore trouvé quoi répondre quand les gens me disaient à quel point ils étaient désolés. « Merci » ne semblait pas tout à fait approprié. Il m'arrivait de marmonner quelque chose d'inintelligible. Cette fois-ci, je me suis contentée de hocher la tête.

— Ça doit être vraiment affreux pour vous, a-t-elle poursuivi.

— Ben, oui. Le choc a été terrible.

Mais elle ne s'éloignait pas.

— Je veux dire, a-t-elle insisté, les circonstances étaient si regrettables. Ça doit être si… enfin, vous savez… pour vous.

Et là je me suis dit : « Ah, bon, compris. » Soudain, je me suis sentie d'humeur rebelle.

— Que voulez-vous dire ?

Elle était toutefois plus coriace que moi, et ne se laisserait pas démonter.

— Je veux dire : les circonstances, a-t-elle répété. Cette personne avec laquelle il est mort. Ça doit être tellement bouleversant.

J'ai eu l'impression d'avoir une plaie ouverte, dans

laquelle cette femme aurait inséré le doigt et exercerait des pressions pour voir si j'allais crier de douleur. Je ne voulais pas lui donner cette satisfaction. Ni lui accorder quoi que ce soit.

— Je suis juste triste d'avoir perdu mon mari, ai-je déclaré. Il n'y a rien à ajouter.

Je me suis éloignée d'elle pour regarder les jardins. Il y avait des arbustes et de petites haies du genre institutionnel, celui qu'on trouve dans le parking d'un complexe de bureaux. Le bâtiment lui-même possédait une robustesse très années 1950, mais en même temps sans caractère, tenant autant de l'église que de l'école. Mais derrière, et le surmontant, se trouvait une cheminée. Pas moyen de la cacher. De la fumée s'en échappait. Ce ne pouvait être Greg. Pas encore.

Maintenant, j'en étais sûre. J'en étais déjà consciente, mais peut-être l'avais-je délibérément écarté de mon esprit, surtout pour les obsèques. Tout le monde, tout le monde sans exception, savait que Greg était mort en compagnie d'une autre femme et que cela signifiait qu'ils entretenaient une liaison. Et que pensaient-ils de moi ?

Le souvenir qui me revient souvent de la cérémonie me situe à l'intérieur, au premier rang, à côté des parents de Greg. Je sentais la présence des endeuillés derrière moi, contemplant ma nuque. Ils étaient désolés pour moi, mais que ressentaient-ils d'autre ? Un peu d'embarras, de mépris ? Cette pauvre Ellie. La voilà devenue veuve mais en plus on l'a humiliée, abandonnée, son mariage n'était que du vent, personne ne l'ignore plus aujourd'hui. S'interrogeaient-ils à notre sujet ? Était-ce Greg, toujours à l'affût d'une nouvelle conquête ? Étaient-ce les défaillances d'Ellie en tant qu'épouse ?

Le frère de Greg, Ian, et sa sœur Kate m'avaient tous deux téléphoné pour me faire des suggestions concernant le service. Je l'avais tout d'abord mal pris. Je me sentais possessive, ne voulais pas d'intrusion sur mon terrain. Puis, soudain, la cérémonie m'était apparue comme une version cauchemardesque de l'émission *Desert Island Discs* de la BBC, durant laquelle des invités doivent choisir les huit disques qu'ils emporteraient sur une île déserte : comme s'il s'agissait de sélectionner de la musique et des poèmes pour montrer quelle personne sensible et intéressante avait été Greg et à quel point je l'avais compris. L'idée de faire ces choix en gardant à l'esprit ce que les gens penseraient de mon bon goût m'a inspiré une telle répulsion que j'ai rappelé Ian et Kate pour leur dire que je m'en remettais à eux.

Ian s'est avancé pour lire un poème victorien qui se voulait consolant, mais j'ai cessé d'y prêter attention au milieu. Puis l'autre frère de Greg, Simon, a lu un extrait de la Bible qui me rappelait vaguement quelque chose datant des assemblées de prière matinales de l'école. Je n'ai pas réussi à suivre non plus. Les mots, pris un à un, avaient du sens, mais j'oubliais la signification des phrases à mesure qu'on les déroulait. Ensuite Kate a dit qu'elle allait passer un morceau qui avait beaucoup compté pour Greg. Un silence s'est étiré, pesant, après quoi l'une des enceintes au mur a émis un crépitement tandis que quelqu'un pressait la touche « play ». Une chanson s'est ensuite élevée, qui n'était pas la bonne, à l'évidence, peut-être un air qui devait être joué durant la cérémonie suivante, ou avait été joué durant la précédente. C'était une ballade rythmée que je me rappelais avoir entendue dans un film, avec Kevin Costner. Elle n'avait rien à voir avec Greg, qui avait aimé les airs éraillés joués sur des guitares hawaïennes par des Américains ratatinés ayant tâté de la prison, ou ayant une tête à en avoir fait. J'ai jeté un regard en biais et surpris l'expression affolée de Kate. Elle se demandait visiblement si elle pouvait sortir en courant et couper net ce morceau épouvantable, trouver le bon CD et le mettre, pour décider en fin de compte qu'elle ne le pouvait pas.

C'est le seul moment de la cérémonie qui m'ait réellement atteinte. L'espace d'un instant, j'ai eu la vision très nette de la manière dont les choses se seraient déroulées si Greg avait été présent, et de quelle façon il m'aurait regardée, du fou rire que nous aurions réprimé, que nous aurions laissé exploser par la suite, du sujet de plaisanterie continuel que cela serait devenu. C'est à ce moment-là que j'ai été le plus près des larmes ; mais même alors, je n'ai pas pleuré.

Alors que nous nous déversions au-dehors, nous nous sommes heurtés à un autre groupe sur le point d'entrer et je me suis rendu compte que, dans une heure, ils se heurteraient à un autre encore. Nous défilions sur un tapis roulant d'endeuillés.

Tout le monde a été convié chez moi pour la pire réception de tous les temps. Ce n'était pas que le buffet soit mauvais, loin de là. J'avais tout d'abord envisagé de faire un tour au supermarché et d'acheter des plats tout prêts, après quoi je m'étais décidée à cuisiner moi-même. J'avais passé la soirée et la nuit précédente à faire des tartelettes au fromage de chèvre, avec oignon rouge, tomates cerises, mozzarella et salami. Il y avait de petits toasts grillés nappés de garnitures diverses. J'avais fait des poivrons rouges farcis et des allumettes au fromage. J'avais acheté un kilo d'olives aux anchois et aux piments. Une caisse de vin rouge et une autre de blanc. J'avais préparé deux gâteaux. Il y avait du café, du thé, une sélection d'infusions, et pourtant, c'est resté la pire réception de tous les temps.

Elle a réuni les ingrédients de différentes sortes de fêtes ratées. Pour commencer, nombre de personnes se sont excusées. Certains amis n'étaient même pas aux obsèques. D'autres ne sont pas venus chez moi. Peut-être étaient-ils embarrassés par les circonstances, par l'humiliation. Ce qui a conféré à la réception une atmosphère de délaissement, de rejet.

Une fois que les gens ont commencé à arriver, ça m'a rappelé ces épouvantables soirées d'ados où les garçons étaient agglutinés dans un coin, en train de pouffer de rire entre eux, de dévisager les filles sans oser les approcher. Il s'est produit un phénomène tribal. Peut-être ma perspective avait-elle été biaisée, mais j'avais l'impression que c'était comme si Greg m'avait quittée pour Milena et qu'il y avait ceux qui prenaient son parti contre le mien.

Gwen et Mary étaient là et, bien sûr, elles étaient à fond dans mon camp. Elles ont été chercher les boissons et les plats et se sont affairées autour de moi, murmurant des mots de réconfort. Je m'attendais presque à ce que nous posions nos sacs à main par terre pour danser autour.

Mes parents étaient là, vieux et décomposés, et ma sœur Maria, qui semblait furieuse – comme si Greg lui avait causé un préjudice personnel en mourant comme il l'avait fait. Venait ensuite Fergus, les yeux gonflés de chagrin : je le lui enviais. Il avait tenté de lire quelque chose durant la cérémonie mais au dernier moment, s'était rétracté. Il a dit qu'il ne pensait pas pouvoir y arriver. Sa femme, Jemma, à la grossesse avancée, m'avait laissé entendre qu'il n'avait cessé de fondre en larmes depuis que c'était arrivé.

Il y avait des gens comme Joe et Tania, qui allaient d'un camp à l'autre, faisant des efforts héroïques et voués à l'échec pour tenter de les réunir. Il y avait les groupes d'amis de Greg, les miens, mais tout semblait contraint et maladroit.

D'une étrange façon, les gens qui m'ont le plus réconfortée n'étaient pas les amis, certainement pas la famille, mais ceux que je n'avais jamais rencontrés auparavant. Parmi eux, un vieux copain du temps de l'école primaire, un dénommé James que j'ai identifié comme celui avec qui Greg avait fait des courses à trois pattes. Un gros monsieur avec une tête de détective qui avait enseigné le piano à Greg durant son adolescence. Plusieurs clients sont venus me trouver pour me dire à quel point ils se reposaient sur Greg, lui faisaient confiance, l'appréciaient, et combien il leur manquerait maintenant qu'il était parti. La compagnie de ces gens qui n'étaient pas au courant des circonstances de sa mort, qui n'étaient là que pour lui faire leurs adieux me procurait un énorme soulagement.

— C'était un jeune homme tout à fait attachant, a déclaré Mme Sutton d'une voix aiguë.

Elle portait une robe de soie noire et des bas à couture, avait un visage tout ridé et des cheveux argentés relevés en un chignon impeccable. Elle paraissait très âgée et très riche, son nez était aquilin et son port, altier, semblait appartenir à une autre époque.

— Oui, en effet, ai-je convenu.

— Je me réjouissais toujours de ses visites. Il va me manquer.

— Je suis désolée, ai-je répondu de manière absurde.

— En fait, il se trouve qu'il devait venir me voir le lendemain de sa mort. C'est comme ça que j'ai appris : comme il n'arrivait pas, j'ai téléphoné à son bureau et demandé où il était. Ça a été un tel choc. (Elle m'a adressé un regard perçant.) J'aurai quatre-vingt-huit ans dans deux mois. C'est quand même bizarre, non? Ces gens qui partent avant leur heure.

Je n'ai pas réussi à dire un mot et elle a levé une main semblable à une griffe qu'elle a posée légèrement par-dessus la mienne.

— Vous avez toute ma sympathie, ma chère.

Dans l'ensemble, cependant, il semble que personne ne soit parvenu à faire, durant cette réception funéraire, le genre de choses pour lesquelles sont conçues ces réceptions. Les gens n'ont pas réussi à présenter leurs condoléances sans avoir l'air embarrassés ou flippés; ils ne pouvaient se lancer dans l'évocation de souvenirs simples, pleins d'émotion, du défunt. Ils n'arrivaient pas à faire quoi que ce soit d'autre non plus. Certains tripotaient leur nourriture sans y toucher, d'autres avalaient leur vin d'une traite (la femme qui m'avait approchée devant le crématorium a bu bien plus que de raison, que ce soit par remords ou par une forme de revanche perverse). Et peu à peu, ils se sont juste éclipsés un à un.

À la fin, ne restaient plus que Gwen, Mary et moi, en compagnie d'une poignée de parents de Greg que je ne connaissais pas. Ils avaient commandé un taxi qui n'en finissait pas d'arriver. Ils ont pris place sur le canapé avec des verres vides, refusant que nous les leur remplissions, refusant la nourriture que nous leur présentions, parce que cela gâcherait leur dîner. Ils ont rappelé la société de taxis à maintes reprises pendant que nous rangions, essuyions, et pour finir, passions l'aspirateur autour d'eux. Ils sont enfin partis, expliquant vaguement qu'ils trouveraient un taxi dans la rue ou prendraient le métro.

Nous sommes demeurées toutes les trois, j'ai ouvert une nouvelle bouteille de vin en leur parlant de la femme devant le crématorium, leur rapportant ce qu'elle avait dit, et Mary a déclaré :

— Tu n'as pas à lutter contre, tu sais.

Je lui ai demandé ce qu'elle entendait par là et elle a répondu que je n'avais aucune raison de me sentir mal à ce sujet. Les hommes étaient des salauds. Mes amis m'aimaient et me soutiendraient. Je m'en remettrais. Je ne me rappelle pas avoir répondu grand-chose. Je me suis contentée d'enchaîner les verres de vin et de les boire comme si j'avais une soif insatiable. Elles m'ont demandé si je voulais qu'elles restent et je leur ai répondu que non, aussi sont-elles parties. Je crois avoir vidé encore un autre verre, mais un grand, plein presque à ras bord, de sorte qu'il m'a fallu le tenir à deux mains.

J'avais perdu mon grand-père à l'âge de dix ans. Je ne voulais pas aller à l'enterrement mais ma mère a dit que c'était là qu'on faisait ses adieux aux trépassés. On pensait à eux et on pleurait pour eux, on leur disait au revoir, après quoi on reprenait le cours de sa vie.

Je me suis allongée sur mon lit tout habillée et n'ai pas pu décider si la pièce tournait autour de moi ou si mon lit tournoyait dans la pièce ou si, en termes profonds, philosophiques, cela faisait une différence. Mais étendue là, plus ivre que je ne l'avais jamais été depuis ma première année à la fac, j'ai su que ce jour-là je n'avais pas pleuré Greg et, par-dessus tout, que nos adieux n'étaient pas terminés.

9

Au milieu de la nuit, je me suis soudain assise dans le lit, plissant les yeux pour tenter de distinguer quelque chose dans le noir. Je ne savais pas quelle heure il était. J'avais éteint le réveil à affichage numérique : ces dernières semaines, j'en étais en effet venue à redouter de me réveiller au petit matin et de regarder le temps s'écouler. Tout ce que je savais, c'est qu'il faisait noir et que quelque chose m'avait réveillée. Une pensée, qui avait dû s'immiscer dans mes rêves. Un souvenir.

Comme la plupart des couples, j'en suis sûre, Greg et moi discutions de nos amis, nous demandant lesquels étaient infidèles. Après tout, s'il est exact qu'un partenaire sur trois trompe l'autre, ou quelque chose d'approchant, nous nous disions que nous devions être entourés de gens qui se trahissaient les uns les autres. Je me remémorais en cet instant l'une de ces conversations avec une netteté telle que c'était comme de se retrouver à nouveau, là, au lit ensemble, au chaud sous les couvertures, nous faisant face dans le demi-jour granuleux, sa main sur ma hanche et mon pied reposant contre son mollet.

— Mes parents ? disait-il, et je riais : Nooooon !...

— Tes parents ?

— Je t'en prie !

— Qui alors ?

— Fergus et Jemma ? ai-je suggéré.

— Impossible. Cela ne fait que deux ans qu'ils sont ensemble et ce n'est pas le genre de Fergus.

— Quel genre ? Et de toute façon, ce n'est pas nécessairement lui, ça pourrait être elle.

— Elle est trop droite. Et trop enceinte. Et que dirais-tu de Mary et Eric ?

— Elle me l'aurait dit, ai-je affirmé.

— T'en es sûre ? Et si c'était lui ?

— Elle me l'aurait dit, ça aussi, sûr et certain. Même si elle ne l'avait pas fait, je serais au courant.

— Comment ?

— Je le saurais, c'est tout. Elle ment très mal. Elle rougit dans le cou.

— Et moi, tu le saurais ?

— Oui, alors gare à toi.

— Comment le saurais-tu ?

— Je le saurais, c'est tout.

— Naïve que tu es...

Nous nous sommes souri, sûrs de notre bonheur.

Je me suis levée, ai enfilé mes pantoufles, suis descendue dans la cuisine, allumant le plafonnier, clignant des yeux sous la lumière aveuglante. L'horloge au mur m'a appris qu'il était presque 3 heures. Le vent soufflait au-dehors et quand j'ai pressé mon visage contre la fenêtre, m'efforçant de distinguer la silhouette des toits et des cheminées, j'ai imaginé tous ces gens, sagement couchés deux par deux, au chaud, immergés dans leurs rêves. J'entendais toujours la voix de Greg, je voyais toujours son sourire, et le contraste entre l'intense réconfort de ce souvenir et le froid, la solitude de cette nuit, m'ont porté comme un coup à l'estomac, me faisant monter les larmes aux yeux. Personne ne vous dit à quel point le chagrin peut être physique, combien ça fait mal aux sinus, à la gorge, dans les glandes, les muscles, les os.

Je me suis préparé un bol de chocolat chaud, que j'ai bu lentement. Le visage de Greg s'est estompé. Je savais qu'il n'était pas là, qu'il n'était nulle part. Ses cendres se trouvaient dans un petit coffret carré ceint d'un ruban de gomme. Mais j'entendais sa voix, qui me taquinait : « Naïve que tu es », me lançait-il.

— Fergus.

— Ellie ? (Ses yeux se sont écarquillés de surprise. Il était encore en robe de chambre, pas rasé et bouffi de sommeil.) Ça va ?

— Je te réveille ?

— Que se passe-t-il ?

— Je peux entrer ?

Il a reculé, resserrant sa robe de chambre autour de sa taille, et je l'ai précédé dans la cuisine, où nous nous étions si souvent tenus tous les quatre, dînant de plats pris chez le traiteur, jouant aux cartes, buvant presque jusqu'au petit jour. Les restes du dîner étaient encore sur la table : deux assiettes empilées, un plat vide, une bouteille de vin rouge à demi descendue. Fergus a entrepris de les ramasser, laissant échapper les fourchettes, qui sont tombées avec fracas sur le sol carrelé.

— Je sais qu'il est un peu tôt.

— Ce n'est pas grave. Café ? Thé ? Petit déjeuner ? Rognons de veau sauce Devilled ? Cette dernière suggestion était une blague. Jemma va certainement rester au lit pendant des heures. Elle est en congé maternité maintenant.

Comme il disait ces mots, j'ai lu une anxiété fugace sur son visage : Jemma était en congé maternité et moi, sans enfant, stérile, honteuse et seule.

— Café, s'il te plaît. Quelques toasts, peut-être.

— Marmelade, miel, jambon ?

— Peu importe. Miel.

— Si on en a. Non. Pas de miel. Ni de confiture, d'ailleurs.

— Marmelade, ça ira.

— Les obsèques se sont bien déroulées, on dirait, a-t-il avancé prudemment, tout en remplissant la bouilloire et en insérant une tranche de pain dans le grille-pain.

— C'était atroce.

Il m'a souri d'un air contrit.

— Personne ne savait quoi me dire.

— Au moins, c'est fini.

— Pas vraiment.

Il m'a regardée, le sourcil haussé.

— Comment ça ?

— J'ai décidé de lui faire confiance.

La bouilloire s'est mise à siffler, envoyant des bouffées de vapeur dans les airs. De façon très méthodique, il a mesuré des cuillerées de café qu'il a déversées dans la cafetière, avant d'y ajouter l'eau chaude. Ce n'est qu'après m'avoir remis un mug brûlant qu'il a croisé mon regard.

— Répète-moi ça ? a-t-il dit.

— Greg n'avait pas de liaison.

— Ah, a réagi Fergus, posant soigneusement son mug sur la table avec un petit bruit sec, avant de s'essuyer la bouche du revers de la main. Bien.

— D'un côté, nous avons les apparences : lui qui meurt aux côtés de cette autre femme.

— Oui.

— Et de l'autre, la confiance que j'ai en lui.

— Oui.

— J'ai toujours confiance en lui. Je ne le laisse pas tomber.

Je m'attendais à ce que Fergus me dise qu'il était mort, mais il ne l'a pas fait. Il a répliqué :

— Je vois. (Il a repris son mug, tout en me dévisageant par-dessus le bord.) Eh bien, c'est une bonne chose, je suppose.

— Oui, c'est une bonne chose.

— Une bonne chose, je veux dire, si ça te permet d'accepter les faits.

— Non.

— Non ?

— Parce que : que s'est-il passé ?

Fergus a plissé le front et passé ses mains dans ses cheveux, qui se sont dressés, lui donnant l'air d'un clown triste. Il a trempé un doigt dans son café et l'a léché.

— Pourquoi ne pas me dire à quoi tu penses, Ellie ? a-t-il fini par suggérer.

— Quand tu bossais pour lui, à son bureau, as-tu perçu le moindre signe qu'il ait pu… enfin tu vois… avoir une liaison ?

— Non.

— Rien ?

— Rien. Ce qui ne signifie pas…

J'ai coupé court à ce qu'il allait avancer, j'en étais certaine.

— Écoute, Fergus, Greg est mort en compagnie d'une autre femme. Mais il n'avait pas de liaison avec elle. Pas de liaison. D'accord ? Donc, que faisaient-ils ensemble ? Voilà la question, n'est-ce pas ? Pour commencer, il y a d'autres possibilités. (Fergus m'a regardée sans dire un mot.) Comme ça, à brûle-pourpoint, ç'aurait pu être une auto-stoppeuse.

Fergus a réfléchi un moment.

— Sans vouloir jouer l'avocat du diable, cette femme…

— Milena Livingstone.

— C'était plus ou moins une femme d'affaires, non?

— Plus ou moins.

— Elles font du stop? En plein Londres?

— Ou peut-être rien qu'un contact professionnel.

— Absolument.

— Qu'il ramenait quelque part.

— Fort bien.

— Donc tu le crois?

— Ellie, il ne s'agit pas de le croire ou non. Ton mari – mon meilleur ami, l'homme que nous aimions tous les deux et qui nous manque cruellement – est mort. C'est la seule réalité qui compte, non? C'est comme si en te persuadant, on ne sait comment, qu'il n'en baisait pas une autre, il n'était pas mort, après tout. Tu vas devenir folle si tu persistes dans cette voie.

— Tu ne le penses que parce que tu crois que je me trompe, que je me berce d'illusions, et que Greg m'était infidèle.

— Tu ne découvriras jamais ce qui s'est passé, a-t-il déclaré d'un air las.

J'aurais dû compter le nombre de fois où l'on m'avait soutenu la même chose.

— J'ai confiance en lui, ai-je réaffirmé. Ça me suffit. Au fait, le pain brûle.

Déjeunant dimanche avec Joe, Alison, et l'un de leurs trois enfants, Becky, qui avait le regard bleu de son père, la pâleur et la réserve de sa mère, j'ai répété ce que j'avais dit à Fergus. C'était plus dur devant trois personnes. J'avais l'air de me forcer et d'insister plus que de raison. J'ai vu les épaules de Joe s'affaisser, tout comme je l'ai vu lancer un regard impuissant à Alison avant de se tourner vers moi, une feuille de laitue pendue à sa fourchette.

— Chérie… a-t-il commencé.

— Je sais ce que ça veut dire, l'ai-je coupé. *Chérie*. Ça veut dire que tu vas m'expliquer très patiemment pour quelle raison tu crois que je m'oriente dans une mauvaise direction, et de manière autodestructrice. Tu vas me dire que je ne saurai jamais la vérité, que je dois apprendre à vivre avec ce doute, et passer à autre chose. Et aussi, sans doute, que c'est une façon de faire son deuil.

— En gros, oui, c'est bien ça. Et qu'on t'aime et qu'on aimerait t'aider de toutes les façons possibles.

— Tu veux mettre de l'eau à chauffer, Becky? a demandé Alison d'une voix douce. Je vais chercher le fromage.

— Tu n'as pas besoin de prendre des gants, Alison. (Je lui ai souri.) On se connaît toutes les deux depuis trop longtemps et trop bien pour ça. Tout va bien. Je vais bien. Vraiment. J'ai juste pensé que vous deviez savoir que Greg ne m'était pas infidèle.

— Bien.

— Ce serait mieux si quelqu'un me croyait.

L'homme se tenait sur mon seuil, à peine visible derrière le rocking-chair délabré qu'il tenait à bout de bras.

— Terry Long, s'est-il présenté. Je vous ai apporté le fauteuil.

Il m'a lancé un regard, avec l'air d'attendre quelque chose.

— Je ne… ai-je commencé.

— Pour ma femme. C'est son cadeau de Noël. Vous avez dit que vous le répareriez pour nous. Il est en piteux état, comme vous pouvez voir. Mais il appartenait à son grand-père, alors il a une valeur sentimentale.

— Il doit y avoir une erreur.

— Je vous ai appelée début septembre. Vous avez dit que ça irait.

— Il y a eu du changement, ai-je répondu. Je ne prends plus de commandes.

— Mais vous aviez *dit*... (Son visage s'était durci. Il a posé le fauteuil à terre, qui s'est doucement balancé entre nous en émettant un cliquetis. L'un de ses patins balanciers était très abîmé.) Vous ne pouvez pas laisser tomber les gens comme ça.

— Je suis désolée.

— C'est tout? Vous êtes désolée?

— Je suis vraiment désolée. Je ne peux pas, c'est tout. Je ne peux vraiment pas. Désolée.

J'ai continué à répéter le mot : « désolée, désolée, désolée ». Pour finir il est parti, laissant le fauteuil cassé derrière lui. Même de dos, il semblait fâché.

J'ai ramassé le fauteuil à bascule, ai refermé la porte, et traversé maison et jardin où j'ai déverrouillé mon abri : la porte était renforcée et on y avait ajouté trois cadenas depuis la fois, l'année précédente, où une bande de jeunes y était entrée par effraction pour m'y voler quelques outils. À l'intérieur, étaient entreposés plusieurs chaises avec dossiers en échelle, un placard d'angle en chêne sombre, un ravissant petit meuble en frêne sans fond, un coffre sculpté avec une affreuse estafilade le long de son couvercle et des traces là où s'étaient autrefois trouvés certains de ses motifs en relief, ainsi qu'un bureau géorgien. Ils attendaient que je m'occupe d'eux. Je suis entrée, sans allumer, et j'ai laissé courir mon doigt sur les surfaces de bois. Même si cela faisait des jours que je n'étais venue, la merveilleuse odeur de sciure et de cire flottait encore. Des copeaux de bois raboté jonchaient le sol. Je me suis accroupie, ai ramassé une boucle pâle et l'ai palpée un moment, me demandant si je reviendrais jamais travailler ici.

Greg et moi nous querellions pour des broutilles. À qui était-ce le tour d'aller vider la poubelle ? Pourquoi ne rinçait-il pas le lavabo après s'être rasé ? Pourquoi ne comprenais-je pas à quel point c'était irritant quand je faisais le ménage autour de lui, en pestant juste assez fort pour qu'il m'entende ? Quand il me coupait au milieu d'une phrase. Quand j'avais utilisé toute l'eau chaude. Nous nous disputions au sujet de vêtements qui rétrécissaient au lavage, de rendez-vous mal fichus, de pâtes trop cuites et de pain brûlé, de mots inconsidérés, de questions insignifiantes de désordre et de mauvaise organisation. Nous ne nous fâchions jamais sur des sujets graves, tels que Dieu ou la guerre, l'infidélité ou la jalousie. Nous n'étions pas restés assez longtemps ensemble pour ça.

— Donc tu ne me crois pas ?

Je me promenais en compagnie de Mary sur la colline de Hampstead Heath. Le temps était froid et gris, le vent charriait avec lui quelques gouttes de pluie. Nos pieds traînaient des amoncellements de feuilles détrempées. Robin, son petit âgé d'un an, se trouvait dans un porte-bébé sur son dos. Il était endormi et sa tête chauve, lisse, dodelinait et retombait dans son cou au rythme de notre marche. Son petit ballot de corps dansait à chaque pas de Mary.

— Je n'ai pas dit ça. Pas exactement. J'ai dit...

— Tu as dit : « Les hommes sont des vrais salauds. »

— Oui.

— Ce qui signifie ?

— Ce qui signifie que les hommes sont des vrais salauds. Écoute, Ellie, Greg était un amour.

— *Mais*?

— Mais ce n'était pas un saint. La plupart des hommes s'égarent si l'occasion se présente.

— S'égarent? (Je commençais à me sentir fâchée et ébranlée.) Comme un mouton sorti de son pré?

— Ce n'est qu'une question d'occasion et de tentation. Cette Milena a sans doute fait le premier pas.

— Cette Milena n'avait rien à voir avec lui. Ni lui avec elle.

Soudain, Mary s'est arrêtée. Ses joues étaient rougies par le froid. Par-dessus son épaule, Robin a vaguement ouvert les yeux avant de les refermer. Un filet de salive se frayait un chemin le long de son menton.

— Tu n'es pas convaincue de ce que tu avances, n'est-ce pas? a-t-elle demandé. Pas vraiment.

— Si, j'en suis sûre. Même si toi pas, manifestement.

— Que je ne sois pas d'accord avec toi ne signifie pas que je ne sois pas de ton côté. Est-ce que tu essaies de nous repousser, tous? C'est nul, ce qui s'est passé. C'est vraiment horrible. Je ne sais pas du tout comment je le vivrais à ta place. Mais, écoute. (Elle a posé une main sur mon bras.) Il se trouve que je peux comprendre en partie ce que tu traverses. Tu connais Eric? Évidemment que tu connais Eric. Tu sais ce qui s'est passé juste après la naissance de Robin? Et quand je dis « juste après », c'est bien de ça qu'il s'agit. Trois semaines et demie, pour être précise. (Un sentiment de découragement s'est abattu sur moi.) Il a couché avec une collègue de bureau. J'étais sonnée, au bord des larmes et fatiguée, j'avais mal aux seins, je venais tout juste de me faire retirer mes points de suture et, du coup, je pouvais à peine m'asseoir, il était hors de question de faire l'amour : j'étais une grosse vache, complètement à l'ouest. Et pourtant j'étais heureuse. J'étais si heureuse que j'avais l'impression que j'allais me dissoudre de bonheur. Et ça n'est pas arrivé qu'une fois, une erreur d'homme bourré ou autre, ça a duré des semaines. Il rentrait tard, prenait plein de douches, se montrait super attentif, était super irritable. Tellement cliché, hein? Quand j'y repense, je n'arrive pas à croire que je n'ai pas compris ce qui se passait. Ce n'est pas comme si les indices n'étaient pas clairs. Mais j'étais aveugle, dans ma propre petite bulle de satisfaction. Il a fallu que je les voie pratiquement ensemble pour le comprendre.

— Pourquoi ne m'as-tu rien dit avant?

Je me suis de nouveau remémoré la conversation avec Greg, durant laquelle j'avais soutenu mordicus que j'aurais su si Eric avait trompé Mary.

— Parce que je me sentais humiliée. Et bête. (Elle m'a lancé un regard furieux.) Si grosse et moche, incapable et honteuse. Tu dois comprendre ce que ça fait, maintenant, après ce qui t'est arrivé. C'est pour ça que je t'en parle.

— Mary. Je suis désolée. Je regrette qu'on n'en ait pas parlé plus tôt. Mais ce n'est pas la même chose.

— Pourquoi seriez-vous différents, toi et Greg?

— Il n'aurait pas fait ça.

— C'est ce que je disais d'Eric.

— Je le sais, c'est tout.

— Tu n'arrives pas à accepter la réalité. Je suis ton amie. Tu te rappelles? On peut se dire la vérité, même si elle fait mal.

— Ça ne me fait pas mal parce que ce n'est pas vrai.

— T'est-il venu à l'esprit qu'il en avait peut-être marre d'être obligé de faire l'amour pour faire un enfant?

Je n'ai pas pu me retenir : j'ai tressailli de douleur, comme si Mary m'avait giflée.

— Oh, Ellie.

Son visage s'est attendri : j'ai vu des larmes dans ses yeux. Dues au froid ou à l'émotion, je n'aurais su dire.

L'agent de police Darby Show m'a menée dans une petite pièce. Il y avait des fleurs en plastique rouges et roses dans une cruche sur le bureau, et d'autres encore – jaunes cette fois, une copie des *Tournesols* de Van Goh – encadrées au mur. Je me suis assise et elle a pris place face à moi, joignant ses mains sur la table. Elles étaient larges et fortes, avec des ongles rongés. Pas de bagues aux doigts. J'ai étudié son visage, buriné, perspicace et d'une franchise aimable sous sa coupe de cheveux sévère, et j'ai eu la certitude d'avoir trouvé là le bon interlocuteur. Nous avons échangé quelques propos anodins, après quoi je me suis interrompue.

— Ce n'est pas ce que tout le monde pense, ai-je déclaré.

Elle s'est légèrement penchée vers moi, son regard gris rivé sur ma figure.

— Je ne crois pas qu'il ait eu de liaison avec Milena Livingstone.

Elle n'a pas sourcillé. Elle s'est contentée de continuer à me dévisager, attendant que je poursuive.

— En fait, ils ne se connaissaient même pas, selon moi.

Elle a souri nerveusement et, quand elle a repris la parole, c'était avec lenteur, en détachant bien chaque syllabe, comme si elle s'adressait à une gamine.

— Ils étaient dans la même voiture.

— C'est pour ça que je suis là, ai-je dit. C'est un mystère. Je pense que vous devriez rouvrir le dossier.

Dans le silence, je percevais les voix à l'extérieur, dans le couloir. L'agent Darby a tendu les doigts, avant de les joindre du bout des phalanges, et respiré un grand coup. J'ai su ce qu'elle allait dire avant qu'elle ne le fasse.

— Madame Falkner, votre mari est mort dans un accident de voiture.

— Il ne portait pas sa ceinture, mais Greg la mettait *toujours*. Il faut approfondir l'enquête.

— Le coroner est parvenu à la conclusion qu'il s'agissait d'un tragique accident et qu'aucun autre véhicule n'était impliqué. Je comprends bien que le fait qu'il se soit trouvé en compagnie d'une autre femme vous perturbe et vous peine. En matière de preuve, peu importe comment ils se sont rencontrés.

— Il n'y a aucun indice, aucune preuve, d'aucune sorte, ai-je insisté. Rien qui indique qu'il la connaissait.

Encore une fois, j'ai su ce qu'elle allait dire.

— S'il entretenait une liaison et la gardait secrète, peut-être n'est-ce pas étonnant.

— Je vous le répète, il ne la connaissait pas.

— Non. Vous me dites que vous *pensez* qu'il ne la connaissait pas.

— Ça revient au même.

— Sauf votre respect, non. Vos convictions et la vérité ne reviennent pas nécessairement au même.

— Donc vous allez laisser les choses en l'état, c'est tout ?

— Oui. Et je vous conseille d'en faire autant. Vous devriez peut-être envisager de voir quelqu'un pour…

— Vous pensez que j'ai besoin de soutien psychologique pour faire mon deuil ? D'une aide professionnelle ?

— Je pense que vous avez vécu un choc terrible et que vous avez du mal à accepter les faits.

— Si quelqu'un me reparle d'« accepter les faits » encore une fois, je crois que je vais hurler.

10

J'ai relu les e-mails de Greg si souvent que je les connaissais presque par cœur. Je me disais qu'ils me donneraient peut-être une indication sur l'humeur dans laquelle il se trouvait durant les jours et les semaines qui avaient précédé sa mort. Y avait-il trace d'anxiété ? De colère ? D'inquiétude ? Je n'ai rien trouvé et peu à peu, ils me sont devenus familiers, comme des airs qu'on a écoutés si souvent qu'on ne les entend plus. Puis j'ai remarqué quelque chose d'évident, d'aveuglant même, une chose que tout le monde, dans les pays développés, devait déjà savoir, sauf moi : chaque e-mail indiquait l'heure exacte à laquelle il avait pressé la touche « envoi ». Chaque e-mail, que ce soit depuis l'ordinateur de son domicile ou de son bureau, stipulait très précisément où Greg se trouvait à un moment donné.

En moins d'une demi-heure, j'étais de retour de la papeterie avec deux gros sacs en plastique. J'en ai renversé le contenu sur le tapis. Il y avait un gros rouleau de feuilles cartonnées de la taille d'un poster, des règles, des stylos et des feutres de différentes couleurs, des surligneurs, et des tonnes de petits autocollants – ronds, carrés et étoiles. On aurait dit les éléments d'un projet artistique de maternelle.

J'ai étalé quatre des cartons en cercle sur le sol, me servant de livres lourds pour en retenir les coins. Puis, à l'aide d'une règle et d'un fin stylo d'architecte, j'ai commencé à dessiner des grilles sur chaque feuille, représentant chacune une semaine du dernier mois de la vie de Greg. J'ai tracé sept colonnes, puis tiré des lignes horizontales, les coupant en deux, puis en quatre, puis en huit et ainsi de suite, jusqu'à ce que j'aie obtenu cent vingt rectangles, représentant chacun dix minutes d'une journée débutant à 8 heures et s'achevant à minuit. Je ne me suis pas souciée des nuits parce que nous n'avions pas passé une seule nuit séparément ce dernier mois.

Rien que de mémoire, j'ai pu barrer des soirées entières que nous avions passées ensemble, je le savais. Sur les week-ends, j'ai pu éliminer des journées entières d'un trait de noir épais : le samedi où nous avions pris le train jusqu'à Brighton, marché sur la plage, mangé d'infects *fish and chips*, acheté un livre de poésie d'occasion, et où je m'étais endormie sur son épaule pendant le trajet du retour. Le jour où nous avions longé Regent's Canal depuis Kentish Town jusqu'à la Tamise. Ces deux jours-là, il n'avait pas couché avec Milena Livingstone.

Puis j'ai attaqué les e-mails. Au bureau, Greg en avait rédigé vingt à trente par jour, parfois plus. En me basant sur chacun, j'ai noté « B » pour bureau dans la case appropriée de la fiche géante. Certains se présentaient en nuée. Il avait l'habitude d'envoyer une rafale de messages dès son arrivée au travail, un autre juste avant 13 heures et un autre encore vers les 17 heures, mais d'autres étaient éparpillés sur le cours de la journée. Il ne m'a guère fallu plus d'une heure pour en finir avec tous les e-mails et, une fois que ç'a été chose faite, je me suis reculée pour embrasser le résultat du regard. Le tableau était déjà bien rempli, et il restait pourtant tant à faire.

Le jour suivant, j'ai demandé à Gwen de passer me voir. J'ai dit que c'était urgent mais elle travaillait et n'a pu me rejoindre avant 6 heures ou presque. À son arrivée, je l'ai emmenée en vitesse dans la cuisine, ai mis de l'eau à bouillir et préparé du café.

— Tu veux un biscuit ? ai-je proposé. Ou une tranche de pain d'épice ? J'ai fait les deux cet après-midi. J'ai été super efficace.

Gwen avait l'air amusée et un peu alarmée.

— Du pain d'épice, a-t-elle répondu. Une petite tranche.

J'ai versé le café et lui ai servi le gâteau sur une assiette. Je n'avais pas faim. J'avais ressenti le besoin de cuisiner mais pas celui de manger.

— Alors, quoi de neuf ? a dit Gwen. Tu m'as fait venir ici pour me faire goûter ton pain d'épice ? Super, d'ailleurs.

— Tant mieux, ressers-toi. Non, rien à voir. Bois ton café et je te montre.

— Tu me montres ? Qu'est-ce qui se passe, il y a une fête surprise ?

— Rien de tel, ai-je rétorqué. J'ai quelque chose à te montrer. Je crois que ça va t'intéresser.

Gwen a avalé en vitesse quelques gorgées de son café et déclaré qu'elle était prête. Je l'ai guidée le long du couloir jusque dans le salon.

— Là. Qu'est-ce que tu en penses ?

Gwen a contemplé les quatre grandes feuilles cartonnées, désormais couvertes de marques et d'autocollants, de toutes formes et de toutes couleurs.

— Très joli, a-t-elle commenté. Et c'est censé… ?

— Ça représente la vie de Greg durant le mois qui a précédé sa mort.

— Comment ça ?

J'ai expliqué à Gwen que les grilles figuraient des jours et des portions de ces jours. Je lui ai parlé des e-mails horodatés, de mes propres souvenirs, des reçus de sandwicheries où Greg achetait son déjeuner. Tous ces tickets, que ce soit pour de l'alimentaire ou de l'essence, ou des fournitures de bureau, indiquaient la date mais aussi l'heure exacte, à la minute près, de l'achat.

— Donc, tous ces autocollants, les ronds jaunes et les carrés verts, indiquent les moments où je sais exactement où se trouvait Greg. C'est assez incroyable, non ?

— Oui, mais…

— Deux ou trois fois par semaine, Greg allait rendre visite à des clients. Alors je me suis fait passer pour une de ses assistantes, j'ai téléphoné et dit que pour des raisons fiscales, je devais connaître l'heure exacte à laquelle le rendez-vous s'était tenu. Les gens se sont montrés très coopératifs. J'ai noté tous ces rendez-vous en bleu. Même comme ça, il m'est resté des blancs entre le moment où il quitte le bureau et celui où il arrive chez le client. Mais j'ai trouvé un site sur le Net. En entrant le code postal du bureau et celui du client, ça te donne la distance exacte à faire en voiture et même une durée de trajet estimée. Ça, je l'ai noté en rouge. Évidemment, vu qu'il circulait dans Londres en pleine journée, ce n'est pas une science exacte, mais même comme ça, ça tient plutôt bien la route. Il m'a fallu une journée et demie. Et regarde…

— Quoi ?

— Tu vois quoi ?

— Plein de couleurs, a répondu Gwen. Plein d'autocollants.

— Non, ai-je insisté. Cherche ce que tu *ne vois pas*. Il

y a à peine un trou durant quatre semaines où je ne sais pas où il était et ce qu'il faisait.

— Ce qui veut dire ?...

— Regarde cet emploi du temps, Gwen, ai-je repris. Il montre Greg en train de travailler, beaucoup, de se déplacer, de se nourrir, d'acheter des trucs, d'aller au cinéma avec moi. Mais où voit-on qu'il a pu me tromper ? Où trouve-t-on un moment lui permettant seulement de retrouver la femme avec laquelle il est mort ?

S'est ensuivi un long silence.

— Ellie, a-t-elle commencé, pour l'amour du ciel...

— Non, l'ai-je coupée. Arrête. Écoute-moi un instant. J'en ai parlé avec Mary, pas de ça, ai-je ajouté en indiquant les tableaux, je veux dire, de mon sentiment à propos de Greg. Elle ne s'est pas montrée compréhensive. Elle était même en colère contre moi, comme si je l'insultais personnellement en n'acceptant pas aussitôt que mon mari avait entretenu une liaison et qu'il s'était écrasé en voiture avec celle qu'il aimait vraiment.

— Personne ne dit ça, a protesté Gwen. (Elle a regardé mes tableaux avec une expression qui tenait presque de la pitié.) Je ne sais pas quoi en penser au juste. (Elle m'a pris la main.) Je ne suis pas experte mais j'ai entendu dire qu'il y avait des étapes dans le deuil et qu'au début, on vit dans la colère et le déni. Il est tout à fait compréhensible que tu ressentes de la colère, je pense que tout le problème du deuil est de passer au-delà et d'atteindre une sorte d'acceptation.

J'ai ôté ma main.

— Je sais tout ça, lui ai-je accordé. J'ai lu un article là-dessus un jour dans *Cosmo*. Et tu sais à quoi je pensais en faisant ce truc de dingue avec ces autocollants de couleur et en appelant les gens sous des prétextes fallacieux ? Ce qui me simplifierait les choses, ce serait de trouver rien qu'un e-mail supprimé, rien qu'un petit bout de papier dans une poche, qui m'indiquerait que Greg avait une liaison. Ou rien qu'une occasion où il ne se trouvait pas là où il aurait dû être, ou un après-midi où personne ne saurait où il était. Oublie le déni. Dans ce cas, je n'aurais plus qu'à me fâcher et être triste, et ma vie reprendrait son cours. Ce n'est pas compliqué de prouver que quelqu'un s'envoie en l'air avec une autre. Il suffit de les pincer une fois, et voilà tout. Mais comment prouve-t-on que quelqu'un est innocent ? Tu as une idée ?

Gwen a secoué la tête.

— Je ne sais pas.

— On est obligé de faire un truc comme ça, ai-je répondu. Un truc de maniaque, et d'excessif. On est obligé de remplir tous les trous, puis les espaces entre les trous jusqu'à ce qu'il n'y ait plus de place pour cette relation. Tu sais que je suis retournée voir la police ?

— Ellie, tu n'as pas fait ça !

— J'ai dit à cette femme agent que j'étais convaincue que mon mari n'avait pas de liaison. Elle n'a pas eu l'air de me croire. Elle ne m'a pas semblé penser que ça ait eu seulement de l'importance. Le dossier était clos. Elle n'avait pas envie d'en entendre parler. Mais si je montrais ces tableaux à la police, tu crois que ça ferait une différence ?

Gwen, le front plissé, a contemplé les grilles un long moment.

— Honnêtement ?

— Oui.

— C'est impressionnant, a-t-elle convenu. Effrayant mais impressionnant. Je ne pense pas que la police y prêterait beaucoup d'attention, mais dans le cas contraire, ils diraient sans doute : « Peut-être voyait-il cette femme tout en faisant autre chose. Peut-être le voyait-elle quand il achetait son sandwich, ou l'accompagnait-elle dans sa voiture à ses rendez-vous. » À moins que tu aies raison. Peut-être ne se sont-ils pas vus ce mois-là. Elle était peut-être partie et ils devaient se retrouver le jour où ils ont eu leur accident.

J'ai inspiré profondément. Mon premier réflexe était d'en vouloir à Gwen, de l'engueuler et de la mettre à la porte, mais je me suis retenue. Elle aurait pu abonder dans mon sens. Au lieu de quoi, elle avait exprimé le fond de sa pensée.

— Et s'ils devaient dire quoi que ce soit, a repris Gwen, ce serait que tu nies le seul début de preuve important, à savoir que Greg et cette femme sont morts ensemble. En fait, que peux-tu répondre à ça ?

J'ai réfléchi un moment.

— Qu'il est difficile d'être innocent, ai-je conclu. Et que c'est impossible de prouver qu'on l'est.

11

J'ai su avant de sonner à la porte et de toquer à l'aide du lourd heurtoir de cuivre qu'il n'y avait personne : pas de lumière, à aucune des fenêtres, aucune voiture garée dans l'allée. La maison semblait inoccupée. Mais je suis restée, tapant des pieds dans le froid, patientant pour être sûre. J'ai ouvert la boîte aux lettres et n'ai vu que le sol ciré. J'ai jeté un œil par la fenêtre du rez-de-chaussée et aperçu le salon bien rangé, vide, le foyer de la cheminée balayé, le plateau brillant d'un piano à queue, et dessus, des photos dans des cadres argentés. C'était trop arrangé et parfait, comme une scène plutôt qu'un véritable chez-soi. Je me suis demandé ce que ressentait Hugo Livingstone en ce moment. Était-il seul, révolté, triste ? Pensait-il à Greg comme je songeais à Milena, avec haine, jalousie et perplexité ? Pensait-il à moi ? Savait-il quelque chose que j'ignorais ?

Ce matin, attablée devant un petit déjeuner qui laissait à désirer, composé de pain légèrement rassis et des dernières lichettes de marmelade, j'avais décidé que je devais examiner l'envers du décor. J'avais disséqué la vie de Greg et n'avais rien trouvé, mais qu'en était-il de celle de Milena? Encore que dire que j'avais « décidé » soit inexact : j'avais en fait erré dans la maison, comme une âme en peine, ramassant des objets pour les reposer aussitôt, ouvrant le réfrigérateur et le refermant, sortant d'un pas traînant dans le jardin, délaissé et couvert de feuilles détrempées, déverrouillant la porte du cabanon et contemplant le mobilier qui attendait que je m'en occupe. Puis j'avais enfilé mon manteau, enroulé une écharpe autour de mon cou et marché jusqu'à la station de métro, sans même m'avouer que je retournais chez les Livingstone et sans avoir la moindre idée de ce que j'espérais y trouver. Silvio, avec un sourire sarcastique aux lèvres? Une lettre datée et signée de Greg à Milena, accompagnée d'une photo du couple fou d'amour? Son père, m'assurant que sa femme n'avait jamais entretenu de liaison avec Greg et qu'il pouvait le prouver, avec... avec quoi? Rien ne pouvait prouver une chose semblable.

Et voilà comment je me suis retrouvée, par un matin gris et humide de novembre, en train de regarder par les fenêtres vides d'une vaste demeure et de me demander, perdue, quoi faire ensuite. Parce que je ne pouvais pas regagner ma propre petite maison froide et m'occuper des trucs qui s'entassaient : factures, lettres, messages téléphoniques, lessive, feuilles mortes, chaises cassées, poussière et grisaille. J'ai préféré consulter mon plan et faire à pied les huit cents mètres et quelques qui séparaient la maison Livingstone de l'adresse de la société *Party Animals*, l'affaire que Milena et son conjoint avaient dirigée ensemble.

J'avais étudié le site Internet de l'entreprise, lu les articles relatant des réceptions données à la Tour de Londres et au zoo, des bals en robe du soir, des noces d'or aux couleurs coordonnées, des fêtes commémorant l'anniversaire de la naissance du poète national écossais

Robert Burns, où l'on proposait des *haggis* conçus spécialement pour les gens qui n'aimaient pas le *haggis*, et des dîners servis pour vos clients les plus prestigieux, comportant six plats raffinés. J'ai songé aux fêtes que nous avions organisées, Greg et moi : on invite ceux qui sont disponibles à la dernière minute à venir se serrer dans le salon, en leur demandant d'apporter du vin, puis on prépare un *chili con carne* et du pain à l'ail, on met de la musique, et on voit ce que ça donne.

Tulser Road était une tranquille rue résidentielle à deux pas de Vauxhall Bridge. On n'aurait pas dit un quartier de bureaux et, de fait, le numéro onze n'était à l'évidence qu'une simple maison, semblable à celles qui se trouvaient de part et d'autre de la rue : grande et mitoyenne, avec une allée sur le côté menant à un jardin, un entresol et des bow-windows. Il n'y avait qu'une sonnette, et aucune indication suggérant que c'était ici que l'on organisait des événements excitants et originaux, taillés sur mesure pour satisfaire chaque client. Mais il y avait de la lumière à la fenêtre du rez-de-chaussée : quelqu'un, enfin. J'ai levé la main pour actionner la sonnette et vu mon alliance. Je l'ai regardée un moment, presque sans émotion, comme si elle venait soudain d'apparaître. En fait, je ne l'avais pas retirée depuis que Greg l'avait – laborieusement – passée à mon doigt au bureau de l'état civil. Je l'aurais crue difficile à ôter, mais j'avais perdu du poids et elle est venue sans difficulté. C'était désormais un objet, et non plus une part de moi-même. Je l'ai mise dans mon porte-monnaie, puis j'ai sonné à la porte.

La femme venue ouvrir était un peu plus âgée que ce à quoi je m'attendais. Elle était grande et élancée, avec de longues jambes et des seins d'une plénitude inattendue. Ses cheveux blonds, rehaussés par un balayage, avaient une élégante coupe courte, avec de douces et fines mèches encadrant son visage triangulaire. Son teint pâle commençait tout juste à se rider, et elle portait d'épaisses lunettes rectangulaires. Elle était vêtue d'un pantalon noir remarquablement bien taillé et d'un chemisier en lin bleu ciel, avec de minuscules pierres dans ses oreilles percées et une fine chaîne en argent autour du cou. Si elle portait du maquillage, il était du genre invisible. Elle faisait très chic, dégageait un charme sobre et intelligent qui m'a aussitôt plu.

— Oui? Puis-je vous aider?

Sa voix était lente et voilée; ses manières polies, mais légèrement impatientes. Quelque part dans la maison a retenti un grand coup, comme si on laissait tomber un objet. Je l'ai vue grimacer et se mordre la lèvre.

— C'est ici que se trouve le siège de la société *Party Animals*?

— En effet. Vous projetez quelque chose?

— Non, ai-je répondu. Je suis venue voir Milena Livingstone.

J'ai vu ses yeux s'agrandir, sur quoi elle a fait un effort visible pour se dominer. J'ai cru me voir. J'ai reconnu cette impression usante qu'il faudrait raconter l'histoire de A à Z à nouveau.

— Vous êtes une de ses amies? (Sans me donner le temps de répondre, elle a ajouté :) Vous n'étiez pas au courant?

Il y a bien eu une fraction de seconde durant laquelle j'aurais pu répondre que si, j'étais au courant, parce que l'homme en compagnie duquel elle était morte était mon mari. Mais quelque chose m'a retenue.

— Au courant de quoi? ai-je demandé.

— Entrez un instant. Désolée, je m'appelle Frances Shaw.

Elle m'a tendu une main que j'ai serrée. Sa poignée était chaude, ferme. J'ai vu que ses ongles étaient vernis, un rose très pâle. J'ai enjambé le seuil, et elle a refermé la porte derrière nous, avant de me conduire le long d'un couloir.

— On ferait mieux de descendre dans le bureau, si on peut appeler ça comme ça. C'est vraiment le bazar, je le crains.

Elle m'a menée à l'entresol, une vaste pièce avec une longue table au centre. Dessus se trouvaient plusieurs tas de papiers et de dossiers empilés à la hâte. Il y avait un canapé couvert de brochures et un bureau contre le mur, également noyé sous les classeurs.

Un téléphone sonnait et une jeune femme, portant une ombre à paupière sombre à l'effet saisissant et des bottes à talons franchement hauts, a surgi de la pièce adjacente.

— Je prends ? a-t-elle demandé.

— Non, laisse faire le répondeur, a répondu Frances. Mais dis-moi, Beth, peut-être pourrais-tu nous préparer un café. Enfin… si vous prenez du café, a-t-elle ajouté en se tournant vers moi.

— Du café, ce serait parfait.

J'étais un peu sonnée.

— Asseyez-vous.

Frances s'est emparée des brochures sur le canapé, leur a jeté un regard impuissant, avant de les poser par terre.

— Quand avez-vous vu Milena pour la dernière fois ?

— Je ne voudrais pas que vous croyiez que… ai-je commencé.

Le téléphone a sonné de nouveau, puis son portable, qui se trouvait sur la table.

— Bon sang. Désolée. Je suis à vous dans une seconde.

Elle l'a ouvert d'une chiquenaude et s'est détournée. Je l'ai entendue murmurer quelque chose. En haut, des portes de placard ont claqué, et les talons de Beth cliqueté sur le sol. J'ai pris place sur le canapé, ôtant ma veste. La pièce chaleureuse, en pagaille, me faisait l'effet d'un nid.

Frances a refermé son portable d'un coup sec et s'est assise à côté de moi.

— Je suis étonnée que vous n'ayez pas appris la nouvelle. Je suis vraiment désolée de devoir vous annoncer que Milena est décédée.

C'était ma dernière chance de lui dire qui j'étais, mais je ne l'ai pas fait. Je ne savais même pas vraiment pourquoi. Peut-être éprouvais-je du soulagement à l'idée d'être extérieure aux événements pour un temps, plutôt que la victime.

— Oh ! me suis-je exclamée en me frottant la figure parce que je ne savais pas au juste quelle expression afficher.

— Ça doit être un choc.

— On n'était pas précisément proches, ai-je dit (ce qui était exact).

— Elle est morte il y a peu dans un accident de voiture.

— C'est épouvantable… ai-je marmonné.

Je me sentais comme une actrice, en train de prononcer des mots qui ne signifiaient pas grand-chose pour moi.

— Ç'a été terrible. Elle était avec un homme. (Silence.) Quelqu'un dont nul ne soupçonnait même l'existence.

— Si jeune… ai-je commenté.

L'occasion de dissiper le malentendu s'est éloignée, après quoi – alors qu'elle me disait que le mari de Milena et ses beaux-enfants tenaient le coup aussi bien qu'il était possible de l'espérer et que j'exprimais mes condoléances – elle s'est évanouie pour de bon.

— D'où le désordre, a conclu Frances en indiquant la pièce.

— Ça doit être dur pour vous, ai-je commenté. Vous étiez proches ?

— Quand on travaille ensemble comme nous le faisions, on est forcément proches.

Elle a grimacé.

— Pour le meilleur ou pour le pire. Elle n'était pas précisément...

Frances s'est interrompue. Je me suis demandé ce qu'elle s'apprêtait à dire. Que n'était pas Milena ? J'avais envie de demander comment elle était, mais j'étais censée le savoir. Aussi ai-je plutôt hoché la tête et dit : « Oui », sur un ton suggérant : « Je vois exactement où vous voulez en venir. »

La porte s'est ouverte à la volée et Beth est entrée d'un pas chancelant, portant un plateau sur lequel se trouvaient une cafetière, deux mugs, un pot de lait, un bol de sucre en morceaux et une assiette de biscuits. En approchant, elle a marché sur un dossier et trébuché. Elle a tenté de garder le contrôle mais le désastre était inévitable, comme durant les secondes qui suivent le dynamitage d'un immeuble. Il y a eu un moment de calme, suivi de bruit et de chaos. La cafetière a heurté le plancher et explosé, envoyant des jets de café absolument partout. Le pot a volé en éclats et une rivière de lait s'est élancée sur le sol en direction de Frances. Les mugs se sont brisés sous le choc et des tessons ont valsé à travers la pièce. Les morceaux de sucre ont rebondi selon des angles improblables.

— Merde, a dit Beth à terre. Oh, merde, merde, merde et merde !

— Tu t'es fait mal? s'est enquise Frances.

Elle ne semblait pas particulièrement surprise, juste très, très lasse.

— Désolée, a répondu Beth, se relevant tant bien que mal avec une expression de surprise quasi comique.

— Sacré gâchis, non?

— Laissez-moi vous aider, ai-je proposé.

— C'est hors de question, a coupé Frances.

J'ai attrapé Beth par le bras.

— Allez, ai-je insisté. Montrez-moi où vous rangez les affaires.

— Vraiment? C'est gentil. Il y a une serpillière et un balai dans le grand placard de la cuisine, de l'essuie-tout dans un dévidoir, et une pelle et une balayette sous l'évier.

Nous sommes montées dans la grande cuisine, qui sentait le café et le pain tout juste grillé. À notre retour, Frances était en ligne, protestant avec vigueur. Après avoir raccroché, elle a ôté ses lunettes pour se frotter les yeux.

— Un problème?

J'ai étalé des couches d'essuie-tout sur les flaques de lait et de café et me suis mise à ramasser les morceaux de verre et de porcelaine pour les lâcher dans un sac. Beth errait à mes côtés, évitant la vaisselle brisée.

— Ce qu'il me faut, a répondu Frances, c'est que le monde s'arrête une huitaine de jours, le temps pour moi de rattraper le travail en retard et de remettre un semblant d'ordre dans ma vie. Milena – puisse-t-elle reposer en paix – n'était pas la plus organisée des femmes. Je n'arrête pas d'apprendre des trucs qu'elle a faits ou promis de faire et dont il n'y a trace nulle part. En tout cas… (elle a jeté un regard alentour)… pas de traces sur lesquelles je puisse mettre la main.

Elle m'a regardée recueillir les morceaux de sucre un à un, balayer les miettes de biscuits, soulever le paquet d'essuie-tout trempé et le jeter dans un sac-poubelle.

— Ce n'est pas à vous de faire ça.

— J'aime assez ranger, ai-je rétorqué. Pour ce qui est de votre travail, en revanche, vous devriez procéder par étapes. Vous ne pouvez pas tout résoudre d'un coup. Peut-être devriez-vous vous faire aider, en tout cas pour le moment.

— Je ne peux pas faire plus, a dit Beth d'un ton maussade.

— Je ne te le demande pas, a rétorqué Frances.

J'ai rassemblé quelques documents éparpillés sur le sol.

— Que voulez-vous que j'en fasse ?

— Rien. Vous en avez déjà assez fait comme ça. Je les trierai plus tard.

— Je peux faire des tas pour vous, si vous voulez. Je suis assez douée pour l'organisation.

— Je ne peux pas vous demander une chose pareille.

— Vous ne me le demandez pas. Je vous le propose. Je ne fais rien en ce moment. Je suis… (j'ai hésité)… entre deux contrats.

— Vous feriez ça ?

Un instant, elle a semblé sur le point d'éclater en sanglots ou de m'étreindre.

— Juste pour trier ce tas, là. Après tout, ça ne serait pas arrivé si vous ne m'aviez pas proposé de café.

Beth s'est affairée dans son coin sans grand résultat tandis que Frances et moi triions les papiers : salles de réception, traiteurs auxquels *Party Animals* faisait appel, réceptions en cours d'organisation, devis. Il n'y avait rien qui me donnât le moindre indice relatif à la vie privée de Milena, même si certains documents comportaient sa signature griffonnée à la hâte, et Frances parlait des douzaines de lettres de condoléances qu'elle avait reçues et auxquelles elle n'avait pas encore répondu.

Beth a préparé du café dans une carafe et l'a apporté mug par mug, arborant un air triomphant. Je me sentais étrangement, absurdement détendue, même si j'étais ici sous de faux prétextes. Ça me soulageait d'aider quelqu'un, au lieu d'être celle dans le besoin. Peut-être cela me faisait-il aussi du bien de prendre congé de moi-même, de la veuve éplorée et de l'« épouse bafouée », de l'amie qui fait pitié, avec son idée fixe. Quand l'heure est venue pour moi de partir, Frances, l'air à la fois embarrassée et désespérée, a demandé s'il y avait une chance que je puisse repasser. J'ai répondu, m'efforçant d'adopter un ton dégagé, que je serais ravie de donner un coup de main, et suggéré le lendemain.

— Oh, chouette… a commenté Frances. Seigneur, c'est incroyable. Vous êtes mon sauveur. J'étais sur le point de… Attendez, je ne sais même pas comment vous vous appelez.

Et j'ai répondu, sans me démonter :

— Gwen. Gwen Abbott.

12

Sitôt rentrée chez moi, j'ai été chercher le nom de Gwen dans l'annuaire. Il ne s'y trouvait pas, sans doute parce qu'elle enseigne les maths dans un établissement d'enseignement secondaire. Si son nom devait y figurer, son téléphone n'arrêterait pas de sonner : c'est quoi, les devoirs pour demain ? Je n'arrive pas à faire le problème numéro trois. Pourquoi mon enfant a-t-il raté son examen ? Et, désormais, des messages déroutants d'une société d'organisation d'événementiel pour laquelle elle ignorait travailler.

Ensuite, j'ai cherché celui de Hugo Livingstone et, avant d'avoir pu m'en empêcher, ai composé son numéro. À la deuxième sonnerie, une femme a répondu, qui s'exprimait avec un fort accent d'Europe de l'Est.

— Allô ?

— Bonjour. Pourrais-je parler à Hugo Livingstone ?

— Il n'est pas là.

— À quelle heure me suggérez-vous de rappeler ?

— Il sera absent plusieurs jours. Il est aux États-Unis.

— Ah. Désolée de vous avoir dérangée.

J'ai mis une pomme de terre au four, me suis servi un

verre de vin, puis un autre, tout en méditant ce que je venais de faire. Avais-je commis un crime ? Je ne le pensais pas. Tant que je ne le faisais pas dans l'intention de frauder ou de voler, je ne pouvais me faire arrêter. Juste, Auguste ?...

Étais-je malhonnête ? Eh bien... sans le moindre doute.

Était-il moralement condamnable de donner un faux nom, et non seulement un faux nom, mais le nom de quelqu'un d'autre, celui de l'une de mes meilleures amies par-dessus le marché ? Mais emprunter une identité, ce n'était pas comme emprunter un pull sans demander la permission. Je ne dépossédais pas Gwen de ce nom. Je n'allais pas le compromettre ou le salir. J'avais induit Frances et Beth en erreur. Mais si j'avais avoué qui j'étais, elles auraient pu me croire folle. Ce qui m'amenait à la question...

Étais-je folle ? Ou n'avais-je fait que quelque chose d'insensé ? Les deux ? Ou aucun des deux ? Et si j'étais dingue, étais-je en mesure de le dire moi-même, de l'intérieur, en quelque sorte ?

Une heure plus tard, environ, j'ai sorti la patate du four et l'ai écrasée avec beaucoup de beurre, puis l'ai saupoudrée de sel et de poivre. J'en ai d'abord mangé le cœur tendre, puis la peau croustillante. C'était délicieux. Le téléphone a sonné.

— Mais où es-tu ?... a lancé Mary.

— Comment ça ?

— Tu viens dîner ce soir, m'a-t-elle rappelé.

— Ah bon ?

— Je t'ai invitée il y a plusieurs jours. Tu as dit oui.

— Tu es sûre ?

— On va tous passer à table.

— Tous ?

— On est sept. Ou plutôt, on sera sept avec toi.

— Dix minutes, ai-je répliqué. Quinze, maxi.

J'étais tout à fait certaine que Mary ne m'avait pas invitée. D'un autre côté, étant donné le chaos qui régnait dans mon existence, le fait que je sois tout à fait certaine ne signifiait pas pour autant qu'elle ne me l'avait pas proposé. Tout en moi, élans du corps et de l'âme, me criait de ne pas y aller. Ce dont j'avais réellement envie, c'était d'un bain, de mon lit, et d'heures de sommeil lourd, sans rêves. Qui plus est, j'avais déjà pris un repas solide et bu plusieurs verres de vin. J'ai proféré des obscénités à voix haute en prenant une douche de trente secondes, enfilé une robe et ébouriffé mes cheveux dans l'espoir qu'ils aient l'air ingénieusement coiffés. J'ai mis un manteau, ai quitté la maison au pas de course et sauté dans un taxi au bout de la rue.

Mary m'a accueillie plutôt froidement en ouvrant la porte, mais ne pouvait décemment engueuler une veuve devant Eric et ses quatre autres invités. J'en connaissais deux : Don et Laura étaient de vieux amis de Mary et j'avais comme l'impression qu'elle nous recevait toujours ensemble pour que nous nous rapprochions, ce qui, pour des raisons que je n'ai pas comprises, ne s'est jamais fait. Ensuite venait Maddie, qui travaillait avec Mary, et Geoff, qui m'a expliqué qu'il avait fait la connaissance de Mary et Eric durant des vacances en Sicile, quelques années plus tôt, à vélo, et qu'ils étaient restés en contact depuis. Je me suis demandé, avec une pointe de ressentiment, si Mary tentait déjà de me recaser, puis m'en suis aussitôt voulu. Qu'était-elle censée faire? Si elle avait invité deux couples, j'aurais pu être fâchée de me sentir exclue.

Durant les présentations, j'ai lu l'expression empreinte de sollicitude désormais familière sur le visage de tout un chacun. Il était clair que Mary les avait informés de ma situation. Mais j'ai bientôt eu d'autres motifs de souci. Mary a dit que nous devions manger et a marmonné dans sa barbe que tout avait dû brûler.

J'étais reconnaissante à Mary, en théorie du moins, de m'avoir invitée. Ce ne pouvait être la perspective la plus réjouissante qui soit. Elle devait bien savoir que je ne serais pas le boute-en-train de la soirée. Les autres avaient l'air gênés eux aussi, peut-être par la nécessité d'éviter tout sujet qui pourrait sembler malvenu : la mort, les enterrements, les mariages. Et j'en savais désormais bien trop sur l'état du couple de Mary : je n'arrêtais pas d'observer Eric à la dérobée, pour détourner les yeux avant qu'il ne croise mon regard. Geoff m'a relaté avec des détails inutiles le périple qu'il avait fait à vélo l'année précédente, et avec des détails plus superflus encore celui qu'il s'apprêtait à faire cet été.

— Vous faites du vélo ? m'a-t-il demandé enfin.

— Non, ai-je répondu – ce qui était plus ou moins censé mettre un terme à toute conversation ; en tout cas, telle était mon intention.

Je me suis tournée vers Laura, laquelle s'est penchée vers moi, a posé sa main sur la mienne et m'a chuchoté :

— Ellie, comment vas-tu ?

— Bien, bien. Je veux dire… aussi bien qu'on puisse l'espérer.

— Je voulais juste te dire : s'il y a quoi que ce soit que je puisse faire, il te suffit de demander.

Je me suis obligée à lui répondre les amabilités requises : je l'ai remerciée et j'ai dit qu'il n'était pas réellement question d'aide, juste de m'en remettre, et d'être entourée d'amis, et le temps que j'arrive à la fin de la phrase, je ne pouvais plus me rappeler comment ça avait commencé. Entre-temps, je ne rendais pas justice à la cuisine de Mary. L'entrée a consisté en un *mezze* grec : houmous, feuilles de vigne, tarama, petites tranches de halloumi frit, olives piquées sur des cure-dents avec des bouchées de feta. Ç'aurait été alléchant si je n'avais pas juste ingéré une énorme patate gorgée de beurre. Eric a rempli mon assiette, comme si la double ration qu'il me servait était préconisée dans mon état. J'ai picoré, tranchant les hors-d'œuvre et les redisposant dans mon assiette, dans l'espoir que cela donnerait l'impression que j'avais bien mangé.

On a poursuivi sur le thème grec avec le plat principal. Mary avait préparé une copieuse moussaka, dont Eric m'a servi une généreuse portion. Je l'ai obligé à en reprendre la moitié, ai déployé beaucoup d'ingéniosité et d'efforts à semer la pagaille tout en portant de temps à temps la nourriture à ma bouche. J'ai dépensé la même énergie à ne pas boire le vin, parce que j'avais déjà trois verres d'avance sur tout le monde.

J'ai de la même façon trituré fromages et biscuits, et Mary a fini par me demander si je me sentais bien. J'ai répondu que oui et elle n'a pas insisté, attribuant sans doute mon manque d'appétit au chagrin. Je me suis lâchée sur le café, cependant. J'en ai bu trois tasses bien fortes, après quoi mes mains se sont mises à trembler. Je me sentais férocement éveillée, de manière inhumaine, et fatiguée en même temps.

À la fin de la soirée, j'ai décliné l'offre de Geoff, qui proposait de me déposer chez moi en voiture. J'avais envie de marcher pour m'éclaircir les idées, éliminer le café. De toute façon, j'aimais bien marcher en ville la nuit et j'avais besoin de réfléchir, de mettre de l'ordre dans mes pensées.

J'avais plus ou moins résolu de ne pas retourner au bureau de Frances, parce que ce n'était pas bien, quelle que soit la façon d'envisager la question. Mais en repensant à la soirée passée chez Mary, je me rendais bien compte, aussi, que je ne pouvais pas continuer comme ça. Si on s'en tenait aux apparences, j'avais probablement l'air d'aller bien, tel un robot qu'on aurait programmé pour se comporter comme un être humain, avec un relatif succès : je ne m'étais pas donnée en spectacle, n'avais pas pleuré, n'avais mis personne dans l'embarras. De mon point de vue, de l'intérieur, c'était une tout autre histoire.

Peut-être était-ce un signe de succès que de pouvoir traverser les jours, jusqu'en fin de soirée, sans craquer, ni crier, ou se disputer à mort avec quelqu'un. Mais ce n'était pas ce que j'attendais de ma vie, cette horrible impression de dissociation, de jouer un rôle qui n'était pas le mien, d'être une personne que je ne reconnaissais plus. Ça, et de ne pas savoir la vérité au sujet de Greg. Peut-être s'agissait-il a priori de deux choses distinctes, mais dans mon esprit elles étaient liées. Si je réussissais juste à prouver que Greg et cette femme avaient entretenu une liaison – ou qu'ils ne l'avaient pas fait –, je pourrais recommencer à vivre en tant que personne réelle. Si je parvenais à mettre la main sur la lettre, l'e-mail ou la carte postale prouvant qu'il avait couché avec elle – parce que ma présence lui aurait pesé, ou que je ne l'avais pas comblé –, je pourrais lui en vouloir et peut-être, je dis bien peut-être, lui pardonner.

C'est ainsi que le lendemain, j'ai enfilé une tenue de bureau, ne faisant toutefois pas trop bureau vu que, de toute façon, je n'en possédais aucune : on ne s'habille pas pour restaurer des meubles dans la cabane du jardin. J'ai choisi un pantalon de toile noir avec un fin pull gris clair, ai noué mes cheveux en un chignon négligé, mis des boucles d'oreilles, une chaîne en argent autour de mon cou, et même de l'eye-liner et du mascara. À présent, je n'étais plus Ellie mais Gwen : obligeante, calme, organisée, discrète, un tant soit peu matheuse. J'ai sorti mon portefeuille de mon sac : si, pour une raison quelconque, que j'avais du mal à imaginer, j'en avais besoin, je pourrais faire semblant de l'avoir oublié. J'ai juste emporté un peu de liquide. J'ai soigneusement inspecté mon sac à bandoulière, ôtant tout ce qui pouvait m'identifier. J'ai vérifié ma main gauche. Pas d'alliance.

À 10 heures 5, quand je suis arrivée au bureau, Frances a ouvert la porte avec un sourire de bienvenue et de soulagement si manifestes qu'ils m'ont fait sourire malgré moi.

— J'ai cru que vous ne viendriez pas, a-t-elle avoué. Je me suis dit que je vous avais rêvée hier, par désespoir. La situation est tellement catastrophique. Je suis obligée de travailler ici, pas vous.

— Je vais vous aider un jour ou deux, ai-je annoncé. J'ai du travail qui m'attend, moi aussi, mais vous traversez une passe difficile, alors s'il y a quoi que ce soit que je puisse faire…

— Je traverse en effet une passe difficile, a convenu Frances, une grosse crise, et ce qui est terrible, dans tout ça, c'est que je ne vois pas ce que vous pouvez faire pour vous rendre utile, à part foutre le feu.

— Je ne sais pas organiser de réception, ai-je répondu, ou m'habiller en serveuse, ou préparer un repas de cinq plats pour cinquante personnes, mais si quelqu'un pouvait m'offrir une tasse de café, je serais heureuse de passer en revue tous les papiers de ce bureau et d'y répondre ou d'en faire quelque chose, ou de les classer, ou encore de les jeter. Après quoi je retournerai à mes oignons.

Le sourire de Frances s'est mué en un vague froncement de sourcils.

— Qu'ai-je fait pour vous mériter ?

J'ai senti un infime frisson d'appréhension. Étais-je en train de dévoiler mon jeu ?

— J'essaie de faire pour autrui ce que j'aimerais qu'on fasse pour moi, ai-je répondu. Ça sonne trop cucul la praline ?

Frances a retrouvé le sourire.

— Je suis submergée, et on m'aide à sortir la tête de l'eau, a-t-elle déclaré. Et après ?

13

Beth est arrivée juste après 11 heures. Elle a présenté des excuses, expliquant qu'elle était sortie tard, mais elle semblait on ne peut plus fraîche et reposée. Et elle était impeccablement vêtue, dans un genre tout autre que celui de la veille : une jupe crayon gris foncé légèrement fendue sur l'arrière, des chaussures à talons très plats, et un gilet sur un chemisier blanc bien repassé. Son teint resplendissait, ses cheveux tombaient en cascade sur ses épaules. À côté d'elle, je me suis sentie miteuse, vieille et chiante. Elle a paru surprise – et pas tout à fait heureuse – de me voir.

— Où est-ce qu'elle va se mettre ? a-t-elle demandé à Frances.

— Elle va tourner, ai-je répliqué, avant que Frances ait pu répondre. Ranger et résoudre quelques trucs, c'est tout, sans déranger personne.

— Je posais juste la question, a précisé Beth, interrompue par un petit air joyeux émanant de son portable.

Elle l'a ouvert et m'a tourné le dos. J'ai remarqué des coutures sur ses collants noirs.

Il m'est vite apparu qu'il faudrait plus d'un jour ou

deux pour remettre de l'ordre dans le chaos du bureau. J'ai été étonnée que Frances ait laissé les choses en arriver là : elle semblait du genre calmement et instinctivement organisée : petites culottes pliées dans son tiroir à sous-vêtements, herbes et épices rangées par ordre alphabétique sur l'étagère de la cuisine, police d'assurance et certificats de contrôle technique de la voiture soigneusement classés.

— C'est Milena qui s'occupait de l'organisation et du classement ? me suis-je enquise, comme nous buvions notre premier café de la journée servi dans une nouvelle cafetière à piston.

— C'est une blague ? a dit Frances. Non. Milena était la superbe représentante de *Party Animals*. Son boulot, c'était de faire de la lèche aux clients, de flirter avec les fournisseurs et de trouver de brillantes idées.

— Et vous, que faisiez-vous ?

— Nous, on ramassait les morceaux, a répondu Beth, de l'autre bout de la pièce.

— Un sacré tempérament, on dirait, ai-je commenté.

— Vous avez dû le voir vous-même, a suggéré Frances.

— Je voulais juste dire qu'on ne sait jamais comment sont les gens au travail, ai-je bafouillé, me maudissant en silence. Elle doit vous manquer.

— Elle a laissé un vide, certes, a répondu Frances, tout en ramassant son téléphone et composant un numéro.

J'ai trouvé un peu de place libre dans le fond du bureau, qui donnait sur les marches menant au jardin. J'ai entrepris d'ajouter des documents aux piles que j'avais constituées la veille. Je me suis efforcée de ne pas parler pendant un moment, inquiète à l'idée de me trahir de nouveau. Je manquais de sursauter et me sentais double chaque fois que Frances m'appelait Gwen. Ne voyait-elle donc pas que je n'étais pas une Gwen entre deux engagements mais une Ellie qui avait déjanté? Que mon pantalon noir, mon pull gris et mon eye-liner ne constituaient qu'un piètre déguisement? Je m'attendais sans cesse à ce qu'une main rude s'abatte sur mon épaule.

— Comment avez-vous connu Milena? m'a demandé Frances.

— Oh… (Mon esprit a fusé.) Je l'ai rencontrée à une soirée de charité. Pour le cancer du sein, ai-je précisé. C'était rasoir et elle, drôle, du coup on est restées en contact. Vaguement. Mais je ne saurais pas dire au juste quand on s'est vues pour la dernière fois.

J'ai jeté un regard en coin à Frances : elle n'avait pas l'air de trouver mes propos invraisemblables.

— Qu'est-ce que vous faites d'habitude, Gwen? a-t-elle demandé.

— Je suis prof de maths dans le secondaire.

Jusque-là, rien de mensonger sur Gwen Abbott.

— Pas étonnant que vous soyez douée pour ce genre de travail. Mais pourquoi avez-vous arrêté?

— Je n'ai pas arrêté, pas que je sache, pas pour de bon. Je fais un break. J'aime bien enseigner, mais c'est très stressant.

Frances a hoché la tête avec sympathie et j'ai brodé sur le thème, me remémorant des trucs qu'avait dits Gwen, des documentaires vus à la télévision, et mes propres souvenirs datant de l'école, époque où j'avais haï les maths.

— J'enseigne dans une école de quartier difficile à…

Des quartiers m'ont traversé l'esprit et j'ai sauté sur le premier qui se trouvait loin au nord mais toujours dans l'agglomération de Londres.

— … Leytonstone. La moitié des gosses n'ont pas envie d'être là. Certains parlent à peine anglais et ont besoin de bien plus de soutien que celui qu'ils reçoivent dans la réalité. Au lieu de leur enseigner ma matière, j'essaie de maintenir l'ordre. J'ai pensé prendre quelques mois sabbatiques et réfléchir à la suite. Si je dois changer quelque chose à ma vie, c'est maintenant. Peut-être que je vais voyager.

— Super, a commenté Frances, contemplant une brochure et fronçant les sourcils. Où ça ?

— Au Pérou, ai-je répondu. Mais j'ai aussi toujours rêvé d'aller en Inde.

Sans prévenir, des larmes me sont montées aux yeux. Greg et moi avions parlé de partir en Inde ensemble. J'ai cligné furieusement des paupières et enfoncé deux reçus dans le classeur approprié.

— Vous êtes mariée ?

— Non. Je suis restée longtemps avec quelqu'un mais ça n'a pas marché.

J'ai haussé les épaules d'un air contrit.

— Entre deux jobs, entre deux mecs. Vous voyez, je dispose de l'un de ces rares moments de liberté.

— Pas d'enfants ?

— Non, ai-je répondu brièvement. (Avant d'ajouter, sans me rendre compte que j'allais le faire, prise au dépourvu par les mots :) J'ai toujours eu envie d'avoir des enfants.

Et l'espace d'un affreux moment, j'ai baissé la garde et suis redevenue moi, Ellie, accablée de chagrin parce qu'elle n'avait pas réussi à avoir d'enfants et que désormais… Je me suis redressée, ai refermé un classeur d'un coup sec.

— Peut-être un jour ?… ai-je conclu – ou plutôt a conclu Gwen – avec une jovialité forcée.

— Je n'ai jamais eu envie d'avoir des enfants, a déclaré Frances. Ça semblait si prenant, et si fatigant, d'échanger sa liberté contre le bien-être d'autrui. J'ai vu des rigolotes, des insouciantes, ne parler plus que d'érythème fessier et se mettre à bâiller à 8 heures du soir et je me suis dit : « Sans moi, merci. » David était aussi de cet avis. Je remerciais Dieu d'être née à une époque où il était permis d'avouer qu'on ne possédait pas l'instinct maternel. Mais ensuite, il y a quelques années, j'ai soudain commencé à penser combien ce serait doux d'avoir un petit bout à choyer de la sorte. Combien ç'aurait été, devrais-je dire. Trop tard, maintenant. Tic-tac, a-t-elle conclu, avec un petit rire triste.

Je n'ai pas recueilli beaucoup d'informations sur Milena d'après les documents que j'ai examinés ce matin-là, rien que des signatures hâtives sur des copies de lettres relatives au coût des amuse-gueules et de la location de flûtes à champagne, même si j'ai noté chaque date et chaque endroit pertinents dans mon petit carnet. J'ai opté pour une approche plus directe.

— Dites-moi, ai-je lancé, comme nous nous asseyions pour boire d'autres mugs de café, cet homme avec qui Milena est morte : qui était-ce ?

J'ai fait courir mon doigt sur le rebord de la chope, m'efforçant d'avoir l'air dégagée. Ma voix tremblait-elle ?

Frances a haussé les épaules.

— Je ne sais rien de lui. Je crois qu'il était marié. Silvio a mentionné avoir rencontré sa femme une fois. Apparemment, elle lui a fait plutôt forte impression – mais bon, Silvio est un type bizarre.

Le visage me cuisait. Comment réagirait une personne normale ? Devrais-je demander qui était Silvio ? Non. J'étais censée connaître Milena.

— Vous ne l'avez jamais rencontré ?

— Je ne savais même pas qu'il existait.

— Étrange, ai-je commenté.

— Pas dans l'univers de Milena.

— Comment ça ?

J'ai reposé mon mug et remué des papiers, comme si la réponse ne m'intéressait pas particulièrement.

— La vie privée de Milena a toujours été un peu compliquée. Et mystérieuse.

— Vous voulez dire qu'elle n'était pas fidèle.

La figure de Frances a rougi d'embarras, à moins que ce ne soit de peine.

— En gros, oui.

— Oh… ai-je commenté. Je ne savais pas. Ça ne lui faisait rien, à son mari ?

Frances m'a regardée d'un air bizarre.

— Je ne sais pas s'il était seulement au courant. Les gens voient ce qu'ils veulent voir, non ?

— Alors elle ne se confiait pas à vous ?

— Quand elle en avait envie… J'ai cru deviner qu'elle avait fait une nouvelle rencontre, récemment. Elle rayonnait, comme à chaque fois. (Elle a souri, d'un petit sourire amer.) Vous me trouvez sans doute sans cœur, à dire comme ça du mal d'une défunte.

— Vous êtes honnête. Milena était une femme compliquée.

J'ai redouté d'être allée trop loin. Je ne voulais pas que Frances s'imagine que je la poussais à calomnier son amie.

— Et bordélique, ai-je ajouté, en me levant pour traverser la pièce et chercher une autre pile de papiers en vrac.

— Je ferais mieux de m'attaquer à ce tas.

— Gwen ?

— Oui.

— C'est vraiment sympa de vous avoir là.

Je me suis efforcée de sourire.

— C'est sympa d'être ici.

Au déjeuner, Beth est montée dans la cuisine et nous a préparé le genre de repas que prenaient selon moi les femmes sortant de chez le coiffeur : une salade légère avec des haricots verts, des haricots blancs et des germes de soja, saupoudrée de graines bien saines et assaisonnée d'une vinaigrette au citron. Quand nous avons eu fini, j'avais encore plus faim qu'auparavant.

Répondant aux questions de Frances, j'ai appris d'autres trucs sur le compte de ladite Gwen : il s'est avéré qu'elle avait grandi dans le Dorset, qu'elle était la plus jeune d'une fratrie de cinq enfants, qu'elle était allée à l'université de Leeds où elle avait étudié les maths et la physique, qu'elle aimait jardiner et disposait même d'un jardin familial (stop ! me suis-je ordonné – tu ne sais rien des jardins ouvriers), que son père était mort. Je sentais monter l'anxiété à mesure que j'inventais au petit bonheur. Ç'aurait été beaucoup plus simple de s'en tenir aux faits de ma propre existence – ou à ceux de la véritable Gwen, à tout le moins. Désormais, j'étais tenue de me souvenir de tout ce que j'avais dit. Beth ne parlait pas, se contentait de me regarder. Avais-je commis une erreur ? Il suffisait que Beth ou Frances connaissent un peu trop bien le Dorset, ou Leeds, ou Leytonstone, et qui sait ce qui se passerait alors ? En même temps, je ressentais un frisson de plaisir à me concocter ainsi une vie imaginaire. J'avais toujours rêvé d'être la plus jeune d'une grande famille unie, plutôt que l'aînée d'une petite famille désunie : désormais, j'étais bel et bien la plus jeune, pour quelques jours. Et peut-être me ferais-je attribuer un jardin ouvrier. Pourquoi pas ? Tout est possible quand on décide d'être quelqu'un d'autre.

Vers 4 heures, quand le jour s'est assombri à l'approche du crépuscule, Beth a répondu au téléphone, puis murmuré quelque chose à Frances.

— Et merde... a pesté Frances. Bon, on ferait mieux d'y aller.

Elle est restée assise, perdue dans ses pensées un moment, puis m'a regardée comme si elle avait oublié mon existence.

— Gwen, a-t-elle commencé, il vient de se passer un truc. On doit aller voir. Ça vous ennuierait de monter la garde ?

Non, ça ne m'ennuyait pas de monter la garde. J'avais positivement envie de monter la garde. J'ai attendu jusqu'à ce que la porte d'entrée se referme et que je les voie – ou, en tout cas, que je voie leurs moitiés inférieures – passer devant la fenêtre de l'entresol. Puis je me suis relevée d'un bond et me suis mise à fureter. J'ignorais ce que je cherchais, mais je savais que cela ne se trouverait probablement dans aucun des dossiers ou classeurs sur lesquels je planchais. Peut-être dans les tiroirs du bureau. J'ai ouvert le premier d'un coup sec et me suis mise à fourrager dans les papiers, ne trouvant rien hormis des enveloppes, des trombones, des cartouches d'encre et des Post-it. Mais dans le second, je suis tombée sur deux bouteilles de vodka, l'une vide, l'autre à moitié pleine. Je suis restée assise une minute ou deux, à les contempler, puis les ai remises en place avant de refermer le tiroir. J'ai porté mon attention vers l'ordinateur. J'ai pressé une touche au hasard et attendu qu'il s'allume.

La sonnerie a retenti à la porte. J'ai bondi sur ma chaise, le cœur battant la chamade dans ma poitrine et la gorge soudain sèche. J'ai éteint l'ordinateur, l'ai regardé entamer son décompte avant que l'écran ne passe au noir.

On a sonné de nouveau. Je me suis léché les lèvres, lissé les cheveux, puis ai plaqué sur mon visage une expression toute « Gwen venue s'enquérir calmement » avant d'aller répondre.

L'homme qui se tenait sur la marche a paru surpris de me voir. Il était plutôt petit et mince, presque hâve, et vêtu d'un complet gris avec une chemise blanche. Il avait les joues creuses, des yeux gris furtifs et des cheveux bruns qui commençaient à se clairsemer.

— Puis-je vous aider? me suis-je enquise.

— Qui êtes-vous?

— Pourquoi tenez-vous à le savoir?

— On va juste continuer à se poser des questions comme ça, sans répondre? Frances est là? En voilà une autre, de question.

— Non. Je lui donne un coup de main pour quelque temps. Je m'appelle Gwen.

— Johnny.

Il a tendu une main, que j'ai serrée. Il n'a pas croisé mon regard mais a lancé un coup d'œil par-dessus mon épaule comme s'il ne me croyait pas seule.

— Frances a oublié que je venais?

— Elle est un peu dépassée en ce moment. Elle sera bientôt de retour.

— Je patienterai.

Il est passé devant moi, manifestement chez lui dans les locaux de Frances.

— Vous travaillez avec Frances? ai-je demandé.

— C'est moi qui gère l'essentiel de la partie traiteur pour elle.

— Vous n'avez pas l'allure d'un chef, ai-je répliqué.

Mon commentaire semblait plus brutal que je ne l'avais voulu. Il a baissé les yeux sur son costume.

— Vous croyez que je fais semblant? On m'a catapulté

à la direction, raison pour laquelle je lui ai apporté un menu pour la semaine prochaine. Vous voulez le voir ?

— Je ne suis pas vraiment qualifiée pour…

— Vous êtes là, non ?

Nous avons pris place ensemble sur le canapé et il m'a montré le menu. Il m'a expliqué comment faire des soufflés à l'avance ; il m'a dit qu'il se procurait ses ingrédients localement ; il a mis la main sur mon bras ; il m'a informé que son restaurant s'appelait le Zeste, que le logo figurant sur sa vaisselle était un pied de porc farci et qu'il fallait que je lui rende visite sans tarder ; il m'a écoutée parler avec attention ; il a ri et m'a regardée droit dans les yeux ; il m'appelait Gwen à chaque phrase : « … vous ne trouvez pas, Gwen ? », puis « Je vais vous dire, Gwen… » Et Gwen rougissait d'embarras et de plaisir, un plaisir gêné, confus.

Quand Frances est revenue, trempée par la pluie qui s'était mise à tomber, elle nous a regardés tous deux sur le canapé avec un air d'amusement attendri.

— Je vois que je ne vous ai pas manqué.

Elle a retiré son beau manteau pour le jeter sur le dossier de la chaise, puis a embrassé le visiteur sur les deux joues.

— Je te rate à chaque fois, a-t-il dit, mais on s'est bien occupé de moi.

Il a posé les mains sur ses épaules et l'a tenue à distance de lui, l'examinant avec sérieux.

— T'as l'air crevée, Frances. Tu prends bien soin de toi, au moins ?

— Non, mais Gwen le fait, a-t-elle répliqué.

Tous deux m'ont souri, et leur assentiment m'a réchauffé le cœur.

Johnny m'a déposée à la station de métro. Il a pris ma main dans les siennes et dit que ç'avait été un réel plaisir de me rencontrer et que nous serions certainement appelés à nous revoir bientôt. J'ai marmonné quelque chose en réponse et évité son regard pétillant. Pourquoi devrais-je me sentir coupable parce qu'un homme gentil flirtait avec moi – ou, en tout cas, avec moi prétendant être une autre ? Après tout, j'étais une femme libre, et cela faisait longtemps qu'on ne m'avait pas regardée sans gêne ni pitié. Mais je ne me sentais pas libre : j'avais l'impression d'être toujours liée à Greg, et que répondre à des avances correspondrait, d'une bien perverse façon, à une trahison.

La nuit était tombée, il bruinait, et je suis rentrée à pied chez moi depuis le métro. Des flaques luisaient sous les lampadaires. Dans quelques semaines, ce serait la nuit la plus longue de l'année. Les jours raccourcissaient et Noël approchait. On avait décoré les vitrines et tendu des lampions entre les réverbères. Je me suis demandé, abattue, ce que je ferais pour Noël. Un instant, à l'idée de me réveiller seule dans mon grand lit vide le vingt-cinq, j'ai suffoqué de douleur. Je me suis arrêtée, ai porté une main contre mon cœur. Puis j'ai tourné dans ma rue et vu ma petite maison devant moi, avec ses fenêtres plongées dans le noir et son jardin de devant détrempé, livré à lui-même.

Alors que j'entrais, mon portable s'est mis à sonner. J'ai vu que c'était Gwen qui appelait et, un moment, je suis restée interdite.

— J'ai essayé de te joindre toute la journée.

— Désolée, j'étais occupée.

— Une bonne chose. T'as oublié que c'était ton anniversaire dans quelques jours ?

— Non, ai-je répondu. C'est juste que je n'y ai pas vraiment pensé.

— Ça serait sympa d'organiser un petit pot en ton honneur.

— Je n'en suis pas si sûre.

— Chez toi. Tu n'auras rien à faire, à part être là. Je m'occupe de tout. Je ferai même le ménage pour toi.

— À t'entendre, on croirait que t'as déjà tout organisé.

— Pas tout à fait. Mais je me suis assurée que des gens comme Mary pouvaient venir.

— Comment ça, « des gens comme Mary » ? Qui d'autre ?

— Quelques-uns, seulement. Moi, Mary et Eric, Fergus et Jemma, évidemment, Joe et Alison, Josh et Di. C'est tout. Et tous ceux que tu voudrais inviter.

— Je n'en sais rien, Gwen.

— Je préparerai des petits trucs à grignoter et Joe a dit qu'il s'occupait du vin.

— Et ça se passe quand, tout ça ?

— Après-demain.

J'ai renoncé à protester.

— Je vais voir si je suis libre, ai-je répondu ironiquement, mais je suis presque sûre que je n'ai rien de prévu ce soir-là.

— Bien. Voilà qui est arrangé. J'arriverai vers 5 heures, direct en sortant de l'école, et on préparera tout ça.

14

À mon arrivée au bureau, Frances était au téléphone. Elle m'a fait signe d'entrer d'un geste vigoureux. Apparemment, on lui passait un savon.

— Ah, oui, disait-elle. Oui, je vois... Vraiment?... Est-ce qu'on n'a pas?... C'est grave?... Que fait-on, alors?

J'ai traversé la pièce sur la pointe des pieds, ai préparé deux mugs de café et en ai tendu un à Frances. Elle m'adressait des grimaces comme une actrice de films muets, signifiant tant « merci pour le café » que frustration et exaspération.

— Oui, concédait-elle. Mais les choses ont été un peu difficiles, vous comprenez, compte tenu des événements... Oui, mais vous ne pouviez pas le leur expliquer? Est-ce que ça arrangerait les choses?... Ah, je vois... Bon, très bien.

Pour finir, elle a reposé le combiné. J'ai cru qu'elle allait se mettre à pleurer.

— Je n'ai jamais voulu devenir femme d'affaires, a-t-elle déclaré d'une voix qui confinait au gémissement. Je vous ai dit que j'avais fait les Beaux-Arts?

— Non.

— Je devais devenir peintre. C'était ça, l'idée. J'étais douée, mais en fin de compte il n'y a de place que pour trois ou quatre peintres en même temps en Angleterre, et il était clair que je n'en serais pas.

— C'était qui, au téléphone ?

— Notre horrible comptable, a-t-elle expliqué. Il est censé travailler pour nous – on le paie assez cher pour ça – mais tout ce qu'il fait, c'est m'engueuler. On dirait un parent déçu. Apparemment, nous sommes en retard pour la TVA, et apparemment, c'est grave. Je croyais que c'étaient les comptables qui étaient censés s'occuper de ce genre de trucs. Seigneur, Gwen, je déteste ça – je suis dépassée, là...

Je me suis rappelé une conversation que j'avais eue avec Greg, à nos débuts, quand nous apprenions à faire connaissance, obsédés que nous étions par le moindre détail de la vie de l'autre. Je l'avais taquiné sur son métier. Ne s'agissait-il pas juste d'additionner des colonnes de chiffres et de remplir des déclarations ? Il avait ri. Ce n'était pas du tout comme ça, pas avec les clients qu'il avait. Sa fonction lui demandait d'être autant psychiatre que magicien, négociateur de prise d'otage que démineur, avec quelques déclarations à remplir au final.

— Beth ne fait pas ça trop bien, a avoué Frances. Le truc avec Beth, qui, soit dit en passant, n'est toujours pas là, c'est qu'elle est très jeune, très décorative et très sûre d'elle-même. On peut l'emmener partout et elle a tout le temps l'air occupée même si, en fin de compte, il n'est pas particulièrement facile de comprendre ce qu'elle a fichu. Elle est douée pour l'événementiel. Les clients tiennent beaucoup à elle. Les clients masculins, je veux dire. Ce n'est pas sans rapport avec ses vingt-deux ans. Et ses seins.

— Ils sont très jolis.

— Peut-être bien, mais les seins ne remplissent pas les

déclarations de TVA. Et Noël nous arrive droit dessus. Gwen, vous êtes sûre que je ne peux pas vous confier un poste ? Ou un contrat d'un mois pour nous aider à franchir cette mauvaise passe ?

J'ai secoué la tête et tenté de penser à ce que Greg disait de ce genre de situations.

— Ce qu'il vous faut, en réalité, ai-je suggéré, c'est savoir exactement où vous en êtes aujourd'hui. Savoir ce que vous devez, ce qu'on vous doit, ce que vous avez en caisse, et ce que vous comptez faire. On peut résoudre tous ces points en quelques jours, après quoi tout ira bien.

— Je voulais être artiste, a repris Frances, et j'ai rencontré Milena, ça devait être super sympa. On aimait sortir, on aimait recevoir, pourquoi ne pas en faire notre gagne-pain ? Rien ne m'empêchait de faire l'artiste par ailleurs. Le destin en a décidé autrement. On ne s'amuse jamais vraiment à sa propre fête, vous n'avez pas remarqué ? On s'inquiète toujours de savoir si l'on va manquer de boisson ou à l'idée que quelqu'un s'ennuie. C'est comme ça tout le temps.

— C'était comme ça pour Milena aussi ?

— Non, a répondu Frances avec un sourire triste. Milena ne s'encombrait jamais de détails.

— J'en fais mon affaire désormais, ai-je proposé. Au moins pour les quelques jours à venir.

Pour une raison mystérieuse, quand il ne s'agit pas de sa propre vie, ce n'est pas si difficile. Pendant deux heures, j'ai joué le rôle d'une comptable, tel que le concevait Frances. Il n'y avait rien de sorcier là-dedans, ni fumée ni miroirs, nulle ingéniosité. Je me suis contentée d'empiler des documents d'aspect similaire. J'ai dressé des listes de dates, que j'ai aussi, subrepticement, transférées dans mon propre carnet, j'ai pointé des reçus par rapport à des relevés bancaires. À 11 heures, Beth est arrivée. Je lui ai remis une liste de coups de fil à passer pour vérifier des dates de livraison. Elle était aussi choquée que si je lui avais demandé de déboucher les canalisations. Elle a fait la moue et jeté un œil noir à Frances, mais s'est exécutée.

Vingt minutes plus tard débarquait Johnny : il m'a adressé un signe de tête, puis s'est assis à côté de Frances pour discuter menus. J'ai à peine levé les yeux. Je m'efforçais de retenir un maximum d'informations dans ma tête, pour le moment. Si je parlais ou pensais à autre chose, même un instant, elles se dissiperaient pour l'essentiel, et il me faudrait tout recommencer.

Je ne sais pas combien de temps s'est écoulé au juste mais, peu après, j'ai senti une présence à mes côtés. C'était Johnny.

— Ce n'est peut-être pas une bonne idée de marcher par ici, a-t-il commenté en indiquant les piles de papiers entourant ma chaise.

— Alors ne le faites pas, ai-je répondu, contrariée d'avoir été interrompue.

— Ce n'est…

— Un instant, l'ai-je coupé, en levant une main.

J'ai noté une date suivie d'une somme, puis du montant de la TVA. J'ai ensuite levé les yeux vers lui.

— Oui ? me suis-je enquise.

— J'allais dire que vous faites tous les trucs chiants de ce boulot, et pas les sympas.

J'ai indiqué le bureau de la main.

— C'est, semble-t-il, ce dont on a besoin, ai-je répondu.

— Alors que, a continué Johnny, ma propre stratégie consiste à faire les trucs sympas et laisser les trucs chiants se résoudre d'eux-mêmes.

— Une recette pour le dépôt de bilan, on dirait.

— Tous les restaurants finissent par faire faillite.

— On ne peut pas dire que ce soit marrant.

— C'est super, a rétorqué Johnny, avant d'ajouter, pensif : jusqu'à ce que ça s'arrête. Alors on recommence. Il y a une sorte de rythme inhérent au métier. Mais ce que je voulais vraiment dire, voulais vraiment demander, en fait – je vous ai parlé de mon restaurant, vous vous rappelez ? – c'était si vous accepteriez de venir, que je vous montre le genre de cuisine que je fais. Un jour. Aujourd'hui ou demain, ou un de ces quatre.

Il était séduisant, dans le genre décadent, bien habillé. L'homme ne se laissait pas démonter par ses faillites chroniques. Il était parfait, d'une certaine façon. Parfait si je n'étais pas moi – encore que, évidemment, celle à qui il s'adressait ne soit pas réellement moi.

— Je ne peux pas, ai-je répondu. Pas maintenant. Pas pour l'instant, désolée.

— Oh, non, a-t-il rétorqué, sans se démonter pour autant. Je ne suggérais pas un rendez-vous galant. Je ne vous cours pas après. Je me suis juste dit, entre professionnels, que ce serait intéressant et utile pour vous de voir le genre de cuisine qu'on fait.

— J'y réfléchirai, ai-je répondu. Ma vie est un peu compliquée, là, mais j'y réfléchirai.

Dans mon propre métier, j'avais pris l'habitude de poncer des chaises, de vernir un coffre, sans autre compagnie que celle de la radio, que je percevais plus ou moins consciemment, selon les moments. Le bureau des *Party Animals* était presque un lieu public, avec des gens qui allaient et venaient, des paquets qu'on livrait, des clients, avérés ou potentiels, qui passaient. Parfois, le potentiel du client semblait très vague, en effet. J'en suis venue à penser que Frances avait exagéré le fardeau de la bureaucratie inhérent à son métier. L'essentiel de la matinée et du début de l'après-midi s'est envolé en longues conversations sonores, par téléphone ou au bureau.

Certains clients semblaient connaître Beth, également, et j'ai vu un autre côté de sa personnalité, un éclat, une assurance, tandis qu'elle flirtait avec les hommes ou papotait avec les femmes. En l'écoutant – il était impossible de faire autrement –, j'en suis venue à réaliser que j'avais pénétré un tout autre univers, un monde plus riche que le mien, avec ses propres règles, ses propres critères, sa culture.

Parmi ces visiteurs, plusieurs étaient des femmes élégamment vêtues qui semblaient disposer de pas mal de temps libre. J'aurais pu en éprouver une pointe de ressentiment si je ne m'étais fourrée moi-même dans ce pétrin. Quoi qu'il en soit, moins Frances et Beth en faisaient, plus j'avais de chances d'apprendre du nouveau. Je me suis installée à l'autre bout de la pièce, leur tournant le dos, la tête entre les mains, me couvrant les oreilles, de façon à pouvoir me concentrer.

Peu après 3 heures, j'ai entendu arriver un visiteur. Un peu surprise de percevoir une voix masculine, j'ai regardé derrière moi. Et sursauté. C'était Hugo Livingstone. Un homme que je n'avais vu qu'une fois, durant l'enquête. Un instant, j'ai ressenti une colère aussi vaine que ridicule : mais que fichait-il ici ? Puis, j'ai maudit ma stupidité. C'était le mari de Milena. N'était-il pas naturel qu'il passe au bureau de sa défunte épouse ? N'avais-je pas fait de même ? En tout cas, j'ai tenté d'imaginer un moyen de quitter la pièce sans lui montrer mon visage. Je pouvais ramper à quatre pattes ; sortir par la fenêtre. Mais je savais que ce n'était pas possible. Un seul regard suffirait. L'idée qu'on me voie, qu'on me reconnaisse et qu'on m'oblige à tenter de trouver une explication était si terrible que je me sentais fiévreuse, à guetter ainsi l'explosion nucléaire qui révélerait mon identité et mon embarras.

Je me suis efforcée de continuer à travailler ou, plutôt, de faire semblant. Je me suis penchée sur des papiers comme si je les étudiais avec un soin tout particulier. D'autres étaient passés sans me prêter la moindre attention. Si je pouvais juste rester sagement assise, peut-être qu'il s'en irait. J'ai tenté de comprendre ce qu'il était venu chercher, mais il parlait entre ses dents, et ne me parvenaient que quelques mots épars. Je n'avais pas ce problème avec Frances. J'ai entendu des murmures de sympathie, parler de la situation désastreuse dans laquelle elle se trouvait, et là, j'ai su que je n'y couperais pas.

— Oh, je te présente Gwen, a-t-elle dit. C'est un amour, vraiment. Elle a surgi de nulle part et maintenant elle met de l'ordre. Gwen ?

Pétrifiée de panique, j'ai tendu la main vers un truc, n'importe quoi, qui puisse m'éviter d'avoir à me retourner. Il n'y avait nulle trappe, nulle corde à grimper, mais mon portable était posé sur le bureau. Éteint, que personne ne puisse m'appeler. Je l'ai pris.

— C'est ça, ai-je commenté. Vous pouvez vérifier? Oui, ça presse. Oui.

J'ai très légèrement détourné la tête et levé ma main libre dans un geste qui ressemblait pas mal à celui que j'avais vu esquisser par Frances, plus tôt dans la journée. J'espérais qu'il signifiait : « Désolée, je serais ravie qu'on me présente, mais je suis au beau milieu d'une conversation absolument cruciale et ne saurais être dérangée. » J'ai décidé que je m'adressais à un entrepreneur qui faisait des réparations d'urgence dans ma chambre. J'ai tenté de me le figurer à l'autre bout de la ligne pour avoir l'air plus convaincante. J'ai continué à dire oui et non, à murmurer des demi-phrases. Même si je m'habituais de mieux en mieux à vivre dans un monde parallèle, ça sonnait néanmoins pitoyablement faux à mes oreilles.

Durant les intervalles entre mes répliques débiles, j'essayais d'écouter ce que disait Frances. Je redoutais par-dessus tout qu'elle lui confie que j'avais été une amie de Milena, auquel cas il risquait bel et bien de rester, quelle que soit la durée de ma conversation dans un téléphone éteint, pour savoir comment nous avions fait connaissance. Mais Frances s'est alors mise à parler d'illustres inconnus et, quelques minutes plus tard, j'entendais des pas, puis la porte d'entrée qui s'ouvrait et se refermait. Je me suis obligée à poursuivre la conversation encore un peu.

— Donc on reparle des couleurs ensemble? ai-je convenu gaiement, à voix forte. Super. On se voit peut-être à mon retour?... Demain, d'accord. Au revoir.

— Tout va bien? a demandé Frances avec bienveillance.

— C'est l'artisan qui travaille chez moi... si on peut parler d'artisan. Vous savez ce que c'est.

J'espérais de tout mon cœur que Frances savait ce que c'était, parce que je n'en pouvais plus de mentir. Il y aurait trop de mensonges à me fourrer dans le crâne. Elle s'est contentée de hocher la tête. Je ne pense pas qu'elle ait en fait tenu à en apprendre plus sur ma vie.

Je mettais réellement de l'ordre dans les papiers de l'entreprise. Là, je ne mentais pas. Mais en même temps je notais à la hâte toute indication concernant l'endroit où Milena avait pu se trouver tel jour. Si je comparais l'information à la grille que j'avais établie pour Greg, peut-être pourrais-je découvrir où ils s'étaient rendus ensemble, ou à proximité, ou là où leurs chemins s'étaient croisés. Il ne s'agissait pas nécessairement d'une nuit dans un hôtel, ce pouvait être un train, une station d'essence. De fait, j'ai décidé, tout en travaillant, que je m'arrêterais à la papeterie sur le trajet du retour pour y acheter plus de carton et de feutres colorés, et que j'établirais un tableau séparé pour Milena.

Je travaillais avec une telle concentration que, lorsque j'ai entendu Frances prononcer mon nom, c'était comme si je m'étais endormie et réveillée pour m'apercevoir que la nuit était tombée.

Elle n'était pas seule. Un homme se tenait à côté d'elle, grand, distingué, riche. Face à lui, je me suis sentie échevelée et assez mal à l'aise. Il devait avoir dans les cinquante ans, avec des cheveux courts gris foncé, tirant sur l'argenté aux pointes. Il portait un pardessus et une écharpe bleu marine.

— Je te présente Gwen, ma bonne fée, a déclaré Frances, et une fois de plus j'ai dû me retenir de chercher Gwen autour de moi. David, mon mari.

Il m'a adressé un sourire quelque peu narquois et tendu la main. Elle était impeccablement manucurée mais, de toute façon, tout en lui semblait impeccable, ses cheveux, ses mocassins en cuir noir. Sa poignée de main était sèche et molle.

— David, il faut que tu persuades Gwen de rester.

Il l'a dévisagée d'un regard froid, avant de hausser furtivement les épaules.

— Vous voyez à quel point on tient à vous? a-t-il dit, d'un ton qui parvenait à joindre le sarcasme à l'indifférence.

— Ce ne sont que des vacances, pour moi, ai-je répondu.

— Drôles de vacances, a-t-il commenté.

— Elle est prof de maths, est intervenue Frances.

— Ah, a fait David, comme si ça expliquait tout.

— Il est temps d'y aller, a dit Frances. Mais attendez une seconde.

Elle s'est dirigée vers son bureau et a griffonné quelque chose. Puis elle est revenue et m'a tendu un chèque.

— Je ne peux pas accepter, ai-je répliqué.

— Ne soyez pas ridicule, a-t-elle rétorqué.

— Non, ai-je maintenu. *Vraiment*, je ne peux pas.

— Ah, je vois. Vous voulez parler des taxes ? David, tu veux bien me passer ton portefeuille, chéri ?

Il a soupiré et le lui a remis. Elle a fouillé dedans, sorti quelques billets et me les a offerts. J'avais envie de refuser mais me suis dit qu'une personne qui débarque et travaille pour vous, remet le bureau en ordre, puis refuse tout paiement, cesse de passer pour une sainte et commence à faire un peu louche, peut-être même suspecte. J'ai pris l'argent.

— Merci.

— Demain ? s'est-elle enquise.

— Demain, au moins, ai-je confirmé.

Nous avons quitté la maison ensemble.

— Vous savez qu'on vous adore tous, a fait Frances.

— Arrêtez…

— Je veux dire, c'est simple, Johnny est en adoration devant elle, a-t-elle confié à son mari, qui arborait un sourire distant et s'est dégagé de la main qu'elle avait posée sur son bras.

Je l'ai vue faire la grimace quand elle a réalisé l'affront. Elle était trop en demande, ai-je songé, et trop anxieuse, tandis que lui la traitait avec quelque chose qui tenait presque du mépris. J'ai ressenti un accès de pitié pour Frances – une belle femme menant une vie privilégiée, et pourtant malheureuse, à l'évidence.

La vieille dame derrière le comptoir du magasin solidaire Oxfam de Kentish Town Road a paru déconcertée quand je lui ai donné les billets en ajoutant que je ne souhaitais rien acheter. Elle a tenté de me persuader de prendre une robe ou même un livre, mais je ne voulais rien entendre et elle a fini par laisser tomber, à contrecœur. Je suis repartie comme une voleuse, avec l'impression d'avoir commis un délit, mais inversé.

15

— Vous pensez, ai-je suggéré, que ce serait une bonne idée que j'examine les e-mails de Milena pour m'assurer qu'il n'y a pas d'autres mauvaises surprises qui vous guettent ?

Frances venait juste de s'apercevoir qu'elle et Milena étaient attendues dans la vaste demeure d'une cliente, à Kingston upon Thames, pour discuter des dispositions à prendre pour le mariage de sa fille. Même à l'autre bout de la pièce, j'entendais la voix de la femme surgir du téléphone, furieuse et haut perchée.

— Milena n'en a jamais parlé, a commenté Frances, d'un ton abattu, après avoir mis fin à la conversation et promis d'y être le lendemain. Elle était censée tout consigner dans l'agenda du bureau.

— Je peux voir cet agenda ? ai-je demandé. Juste pour vérifier encore une fois.

— Vous feriez ça ?

J'ai pris le grand cahier relié, tout gribouillé, couvert de rayures et de notes de rappel ; et tenté de retenir les rendez-vous pour pouvoir les comparer à ceux de la grille de Greg, mais j'ai vite renoncé. Il me faudrait les reporter par écrit plus tard.

Frances n'avait pas d'objection à ce que je passe au crible les messages de Milena, mais l'ordinateur, oui. Je me suis aperçue que pour accéder à sa boîte il me fallait entrer un mot de passe.

— C'était quoi ? ai-je demandé à Frances.

— Pas la moindre idée.

— Oh.

J'ai contemplé l'écran avec frustration. J'avais comme l'intuition que les réponses dont j'avais besoin étaient enfermées dans cette mince petite boîte, si seulement je pouvais en trouver la clé. À tout hasard, j'ai essayé les noms de ses deux beaux-enfants, sans succès.

— Aucune suggestion ? ai-je demandé à Frances.

Elle a haussé les épaules, impuissante.

— Vous pourriez essayer son nom de jeune fille. Furness.

— Non, ai-je commenté, quelques secondes plus tard.

— Sa date de naissance : le 20 avril 1964.

Donc elle avait quarante-quatre ans, dix de plus que moi. Je l'ai tapé. Rien.

— Elle me parlait parfois d'un chien qu'elle avait eu enfant.

— Qui s'appelait ?...

— Elle ne l'a jamais dit. Mais, écoutez, il n'y a pas moyen de contourner ce genre de trucs ?

La suggestion m'a fait sourire, je n'ai pu m'en empêcher.

— Sans doute, mais s'il y en avait, vous pensez vraiment que je les connaîtrais ?

— Bon ben... j'imagine qu'il ne nous reste plus qu'à espérer qu'il n'y a pas d'autres rendez-vous à rater. Entre-temps, il faut que j'obtienne des devis de tentes d'ici demain matin.

Ce jour-là, j'avais annoncé à Frances que j'avais besoin de partir tôt. Malgré cette précaution, et après avoir remonté la rue d'un pas pressé, Gwen m'attendait déjà à la porte, plusieurs sacs à ses pieds.

— Joyeux anniversaire ! m'a-t-elle souhaité, en m'embrassant sur les deux joues. Mais où étais-tu passée ? J'avais peur que tu aies oublié et changé d'avis.

— J'essayais juste de rattraper un peu le retard, ai-je répondu vaguement.

Elle m'a regardée d'un air curieux.

— Tu fais bien des mystères.

Je me suis énervée.

— Ce n'était pas mon intention. C'est juste que j'ai des trucs à résoudre, genre... l'argent, par exemple.

Faux, même si, bien sûr, c'est de cela que j'aurais dû m'occuper. Ces derniers temps, dès que je pensais à ma situation financière, je me sentais étourdie d'angoisse.

— Ça te coûte, hein ? a répondu Gwen avec compassion.

— Il faut bien le faire.

J'ai extirpé ma clé de ma poche.

— Rentrons, il fait froid. Laisse-moi porter quelques trucs. Qu'est-ce qu'il y a là-dedans ? Je croyais que tu avais dit rien que quelques personnes.

Nous sommes allées dans la cuisine.

— C'est bien ça. Quinze, vingt au maximum.

Elle s'est mise à déballer le sac sur la table.

— Houmous avec pita, et guacamole. J'ai acheté des avocats pour ça. Tortillas avec sauce piquante, pistaches. Pas grand-chose à faire si ce n'est les mettre dans des bols.

— À quelle heure est-ce qu'ils arrivent tous ?

J'étais paniquée. J'avais pris l'habitude d'être Ellie-et-Greg ensemble face au monde. J'avais perdu celle de m'en sortir toute seule – enfin… à moins de prétendre être une autre, auquel cas je m'en tirais bien mieux, à ce qu'il semblait.

— Vers 6 heures, 6 heures et demie.

— Qu'est-ce que je mets ?

— Calme-toi. C'est juste tes amis. On ira jeter un œil dans ton armoire d'ici un moment, mais c'est décontracté. Les gens viendront directement du boulot. Tu peux rester comme tu es, si tu veux.

— Non, ai-je rétorqué, avec une brusquerie qui m'a moi-même surprise.

Parce que je portais ma tenue Gwen : mon pantalon noir, une fois de plus, un chemisier gris à rayures, un pull sans manches par-dessus, et des bottes de daim noires avachies.

— Je ne peux pas rester habillée comme ça. Je ne me sentirais pas à l'aise.

— J'ai quelque chose pour toi, a dit Gwen. Un cadeau d'anniversaire. (Elle m'a tendu un petit paquet.) Allez, ouvre.

J'ai déchiré le papier d'emballage pour tomber sur une petite boîte. Dedans se trouvait un jonc en argent massif.

— Il est magnifique.

Je l'ai glissé à mon poignet en levant le bras pour que Gwen puisse l'admirer.

Son expression s'est modifiée, mais pas comme je m'y attendais.

— Ellie, tu as ôté ton alliance.

J'ai senti mon visage, puis mon cou gagnés par une rougeur cuisante, tandis que nous contemplions mon doigt dénudé.

— Oui, ai-je enfin convenu.

— C'est à cause de?...

— Je n'en sais rien, l'ai-je coupée. Elle est dans mon portefeuille. Peut-être que je ferais mieux de la remettre... Je la remets?

— Seigneur, Ellie, je n'en sais rien. On en reparlera quand tout le monde sera reparti. Pour l'instant, allons choisir ta tenue.

Pour finir, j'ai hésité, tracassée, devant le miroir, jusqu'à ce que Gwen choisisse pour moi : jean et chemisier blanc de tissu fin flambant neuf que je n'avais jamais porté parce qu'il était trop beau, trop impeccable, et que je le gardais toujours pour une occasion spéciale. Je me suis coiffé les cheveux, que j'ai relevés au sommet de mon crâne.

— Là, ça ira comme ça?

— Tu es splendide.

— C'est ça, oui...

— Non, je t'assure. J'ai invité Dan. Ça ne t'ennuie pas?

— Qui est Dan?

Gwen est devenue d'un cramoisi intense.

— Un type que j'ai rencontré.

— Super, me suis-je enthousiasmée. Tant que Dan mesure la chance qu'il a d'être invité par toi.

Gwen n'avait pas beaucoup de chance avec les hommes. Je n'arrêtais pas de lui dire qu'elle était trop bien pour eux et, d'une certaine façon, c'était vrai. Les hommes, ai-je songé amèrement, choisissent des femmes comme Milena, qui les maltraitent, qui n'en ont rien à fiche. C'est l'excès d'attentions qui provoque notre ruine.

On a sonné à la porte.

— Qui c'est? C'est déjà l'heure? J'aimerais qu'il soit déjà 9 heures, que tout le monde soit reparti et qu'il ne reste plus que toi et moi, en train de commenter la soirée. Ainsi que Dan, évidemment.

— Ça doit être Joe. Il a dit qu'il viendrait tôt avec les boissons.

Comme de juste, c'était Joe, avec sa voiture garée sur le trottoir, coffre ouvert. Il m'a donné une chaleureuse accolade : sa barbe de trois jours m'a écorché la joue et son pardessus, gratté la peau.

— Comment va la reine de la soirée ?

— Ça va...

— Bon, je mets tout ça dans la cuisine ?... Douze bouteilles de champagne – enfin, de mousseux, pour être honnête. Douze bouteilles de rouge.

— Ça fait vingt-quatre bouteilles, Joe !

— Tu pourras garder le reste pour plus tard. On en ouvre une maintenant, ça te dit ?

Il a ôté le fil de fer et la feuille d'aluminium et fait doucement sortir le bouchon d'une bouteille de champagne, laissant la mousse déborder du goulot et retomber. Puis il a servi trois verres, que nous avons levés pour trinquer ensemble.

— À notre chère Ellie, a-t-il déclaré.

Pourquoi avais-je tant envie de pleurer ? Pourquoi les yeux me piquaient-ils, pourquoi avais-je mal aux sinus ? Pourquoi une boule de tristesse est-elle venue se loger dans ma gorge ?

Les gens sont arrivés par petits groupes, puis déversés, laissant des parapluies dans l'entrée, jetant des pardessus sur la rambarde et le dossier du canapé. Bientôt, ma petite maison s'est retrouvée remplie de monde. Il y en avait dans le salon, dans la cuisine, assis sur les marches de l'escalier. Tous avaient apporté un cadeau : whisky, biscuits, plantes, boucles d'oreilles, un petit bol de céramique. Josh et Di sont venus avec un feu d'artifice qu'ils ont été installer dans le jardin, même si les instructions indiquaient que la fusée devait se trouver à cinquante mètres de tout bâtiment.

Et voilà mes amis, ai-je songé, et voilà ce qu'est ma vie aujourd'hui. Fergus était un peu éteint mais très gentil et tendre, Joe d'humeur volubile, accueillant les gens par de grandes accolades, versant trop de vin dans leurs verres. Gwen parlait avec Alison, mais jetait un coup d'œil discret à sa montre toutes les cinq minutes parce que Dan n'avait pas encore pointé son nez. Mary avait coincé Jemma et lui décrivait avec force détails atroces et sordides à quoi s'attendre durant l'accouchement. Laurie et Graham jouaient aux échecs dans un coin. J'allais de groupe en groupe, une bouteille à la main. De la sorte, je n'étais pas tenue de rester longtemps avec quiconque : juste assez pour dire bonjour et les embrasser avant de passer aux suivants. Je n'ai pas bu, ni parlé véritablement à qui que ce soit, et nul n'a mentionné Greg. C'était le fantôme de la soirée.

À 7 heures et demie – juste après que Gwen eut été ouvrir la porte et fut revenue, timide et le rose aux joues, accompagnée d'un homme qui devait être Dan –, Joe a fait teinter sa fourchette contre son verre en grimpant sur une chaise fort peu solide, qui a craqué de manière inquiétante sous son poids.

— Rappliquez ici ! a-t-il tonné.

— Oh non…

— Ne t'en fais pas, Ellie, ce n'est pas un discours, rien qu'un toast.

— Tant mieux…

— On ne sait pas ce que Joe entend par « toast », a prévenu Alison, debout à mes côtés.

— Non, vraiment… Tout ce que je voulais dire, c'est que tu as traversé des moments terribles, et que je sais que je parle au nom de tout un chacun si je dis qu'on sera toujours là pour toi, dans toutes les épreuves. Joyeux anniversaire, Ellie.

— Joyeux anniversaire, ont-ils repris en chœur, plus ou moins en même temps.

— Un discours ! a lancé quelqu'un.

— Eh bien… merci, voilà tout, ai-je répondu. Merci à vous tous.

— À boire ! a ordonné Joe.

— Ça vient !…

À l'autre bout de la pièce, Fergus débouchait une bouteille et une mousse écumante s'est répandue autour du goulot, jusque sur la petite table près de la fenêtre.

— Et merde, j'en ai renversé… C'est quoi, d'ailleurs ?

— Oh… ai-je commenté, me maudissant de ne pas l'avoir mis de côté. C'est… Eh bien, c'est mon tableau.

Fergus s'est penché dessus, épongeant le vin de sa manche.

— Très coloré. Du travail ?

— Non. (J'ai hésité.) En fait, ça montre où se trouvait Greg durant les dernières semaines de sa vie.

— Sérieux ?

— Oui.

— La vache, Ellie… (Il avait l'air sidéré.) Impressionnant. Ça a dû te prendre un temps dingue. Mais pourquoi ?

— Parce que…

Je me suis félicitée de n'avoir pas encore sorti le tableau de Milena : il n'était pas achevé.

— C'est quoi ?

Jemma était venue nous rejoindre tout comme, quelques

minutes plus tard, la plupart des autres convives dans la pièce.

— Il n'y a pratiquement pas une seconde de libre !

Josh avait l'air, au choix, impressionné ou effrayé, je n'aurais su dire.

J'ai respiré un grand coup. C'étaient mes amis, après tout, et soudain il m'a semblé important d'en parler ouvertement.

— Je l'ai fait parce que je voulais comprendre quand Greg aurait pu se trouver avec cette femme. Et comme vous le voyez… (j'ai indiqué le tableau), il ne pouvait pas. Il y a à peine quelques trous. Il n'en a tout simplement pas eu le temps.

Je les ai dévisagés. Nul ne souriait ni ne hochait la tête : chacun me scrutait, l'air grave, ou gêné.

— Donc, il se tramait autre chose, ai-je déclaré d'un ton sinistre, entendant mes propres paroles tomber dans le silence. Quelque chose de moche.

— De moche ?

— Je pense qu'on l'a assassiné.

On aurait pu entendre une mouche voler.

— Laisse-moi te resservir, a enfin commenté Joe, prenant la bouteille des mains de Fergus.

— Non merci. Vous pensez tous que je suis cinglée, je le sens bien.

— Non ! s'est récrié Fergus. On pense que… (Je le voyais chercher le mot juste)… tu es d'une loyauté remarquable, a-t-il conclu.

Jemma, à côté de lui, a hoché la tête de manière véhémente.

— J'ai fait un gâteau, est intervenue Mary, tentant de dissiper le malaise ambiant. C'est le moment de le couper ?

Tout le monde s'est empressé d'acquiescer ; j'ai soufflé

la bougie symbolique sur le gâteau de Savoie au café et aux noix, puis y ai enfoncé le couteau.

— Ça porte malheur si on l'entend toucher l'assiette, a prévenu Di, à l'instant même où on l'entendait distinctement tinter contre la porcelaine.

— N'importe quoi, a rétorqué Joe en lui jetant un regard mauvais, comme si elle était une criminelle. (Il a passé un bras autour de mes épaules.) Dorénavant, cela sera uniquement synonyme de chance, a-t-il ajouté en déposant un baiser sur mon front.

— Tu me crois folle ?

— Non, pas folle. Triste.

— Et un peu rabat-joie.

— Je te présente Dan, a coupé Gwen, surgissant à mon côté. Dan, je te présente Ellie.

Il était grand, timide, avec une voix calme, grondante. Il m'a aussitôt plu, pour la façon qu'il avait de regarder Gwen.

— Josh ne va pas tarder à lancer la fusée, a dit cette dernière, passant son bras sous le mien. Viens la voir dehors, et après, je renvoie tout le monde. Ça marche ?

— OK, ai-je accepté, me sentant soudain affreusement lasse et abattue.

Et seule aussi… encore plus maintenant, dans cette foule d'amis trop soucieux de me venir en aide.

— Mais je reste et je range. On peut commander un plat à emporter si tu veux. Alors ne t'approche pas du gâteau pour l'instant.

Ç'a été le meilleur moment de la soirée : une fois tout le monde reparti, et les verres lavés, les bouteilles vides sorties pour le ramassage des poubelles, je me suis attablée dans la cuisine en compagnie de Gwen et de son gentil nouveau jules, pour dîner d'un curry à même les plats en carton sans avoir à faire plus d'efforts. Il n'y a pas beaucoup de gens avec lesquels on peut se contenter de garder le silence.

À plusieurs reprises, j'ai failli confier à Gwen que je lui avais volé son identité et que je me faisais passer pour une « prof de maths en déroute devenue assistante » auprès de l'associée de la femme qui était morte aux côtés de Greg. Mais je me suis retenue. Elle m'aurait prise pour une folle.

16

Une fois Gwen et Dan repartis, j'ai fini la vaisselle et sorti un sac-poubelle rempli de restes visqueux, odorants. Je me suis préparé un mug de thé, j'ai allumé la télévision, et le temps que j'aille me coucher, il était plus de 2 heures du matin. Peu importait : on était samedi le lendemain. Mon projet, si on pouvait parler de projet, était de dormir jusqu'à ce que je me réveille et puis de me rendormir. Si je devais me lever, ce serait pour manger, avant de retourner à mon état d'hibernation. Au lieu de quoi, j'ai été tirée de rêves étranges – gris, sévères, sombres, lents – par la sonnette de la porte d'entrée. J'ai enfilé une robe de chambre et descendu l'escalier, marmonnant dans ma barbe comme une clocharde. Je m'attendais à devoir signer quelque chose, mais c'est Fergus que j'ai trouvé sur le seuil.

— Je te réveille ?

J'étais toujours engourdie de sommeil.

— T'as oublié quelque chose ?

— Non, rien de tel, a-t-il répondu.

— Quelle heure est-il ?

— L'heure du petit déjeuner, a-t-il répondu, souriant. Je peux entrer ?

J'ai été sincèrement tentée de dire non et de claquer la porte. Mais je me suis écartée pour le laisser passer, puis suis montée, ai pris une douche et enfilé un jean sur mes jambes lasses, pâles. J'ai mis un vieux sweat-shirt de Greg et déniché des pantoufles dans un fond de placard. Je pouvais déjà sentir l'odeur du café.

À mon arrivée dans la cuisine, Fergus avait débarrassé la table et disposé des mugs et des assiettes.

— J'ai trouvé un muffin dans le congélateur, m'a-t-il dit. Je suis en train de le décongeler. À moins que tu ne veuilles des œufs au bacon.

— Je n'ai même pas envie de muffin, ai-je répondu.

— Bien sûr que si, a-t-il rétorqué.

Il a sorti le petit cake du micro-ondes, l'a tartiné de beurre, puis de confiture à la framboise, et l'a posé sur une petite assiette avant de me le tendre. Il a rempli un mug de café pour moi, un autre pour lui. Puis a pris place face à moi.

— Je vais si mal que ça ?

Il a souri et siroté son café. Je me sentais fâchée, fatiguée et mal réveillée, et sa gaieté persistante était irritante, comme de la musique jouée trop fort.

— On a tenu une conférence, a-t-il déclaré.

— On ?

— Les suspects habituels. C'est moi que l'on a délégué pour venir te voir. Enfin, je me suis désigné tout seul, en fait.

— C'est le tableau, n'est-ce pas ? J'aurais dû le mettre dans un placard.

— On n'a pas veillé sur toi d'assez près, a-t-il continué.

— Tout le monde a veillé sur moi, ai-je protesté. Vous êtes venus fêter mon anniversaire. On m'a invitée à dîner. Les gens se sont accommodés de mon comportement dérangé.

— Tu ne t'es pas montrée dérangée, a dit Fergus.

— Je traverse les étapes du deuil, voilà tout : colère, marchandage, déni. Beaucoup de déni. (J'ai marqué une pause.) S'agit-il vraiment d'étapes de deuil, ou plutôt de mourir à petit feu ? Peu importe. Je pense avoir reçu assez d'aide comme ça. Peut-être l'heure est-elle venue de m'aider moi-même.

— Je ne suis pas autorisé à essuyer un refus, a fait Fergus.

— Par qui ?

— Par Gwen et moi, Joe et Mary, et d'autres, sans nul doute.

— Depuis la soirée ?

— En partie. Mais le téléphone n'a pas arrêté de sonner, aussi.

— Je regrette que les gens ne s'adressent pas directement à moi.

— Mais *je* m'adresse à toi.

— Alors, c'est quoi, l'idée ? Quelqu'un va m'emmener au bord de la mer ? Vous vous cotisez pour m'offrir un massage ?

— Arrête avec tes sarcasmes, a répondu Fergus. C'est la forme d'esprit la plus basse. Dans l'immédiat, l'idée, c'est que tu manges ce muffin, et qu'ensuite tu me fasses faire le tour de la maison.

— Tu sais bien comment c'est.

— S'il te plaît, avale.

J'ai grignoté le muffin, me sentant comme une enfant qu'on viendrait de gronder. Il était sec dans ma bouche, difficile à avaler.

— Je n'ai pas besoin de toute cette aide, ai-je déclaré. Je ne devrais pas en avoir besoin. Il était ton ami. Tu l'as connu bien plus longtemps que moi-même. Le perdre a dû être aussi dur pour toi que ça l'a été pour moi, peut-être plus.

Fergus a pris une mine pensive.

— Je ne pense pas pouvoir retrouver un ami comme lui, jamais. Je ne pourrais pas. C'est lié au fait qu'il m'a vu bourré et pas franchement à mon avantage, qu'il connaissait mes points faibles. (Il a souri.) Et il y a eu les trucs chouettes aussi. Les voyages, les filles... Enfin, je ferais sans doute mieux de ne pas m'aventurer sur ce terrain. Tout ça pour dire : il ne s'agit pas d'une compétition.

— C'est moi qui devrais veiller sur *toi*, ai-je affirmé.

— Commençons par le commencement, a rétorqué Fergus. Ça ira comme ça. Assez de muffin. Allez, on monte.

Alors que je grimpais avec lui à l'étage, je me suis soudain remémoré mes dix-sept ans, et ma mère entrant dans ma chambre.

— Tu étais censée avoir rangé ta chambre, disait-elle.

— Mais je *l'ai* rangée ! protestais-je.

— Eh bien, on ne dirait pas !

Et ainsi de suite. Il me semblait avoir passé des journées entières, interminables, à m'occuper des affaires de Greg, mettant globalement les choses en ordre, mais quand j'ai vu ma chambre, le débarras et la chambre d'amis à travers les yeux de Fergus, j'ai dû admettre que ce n'est pas l'impression que ça donnait. Si le deuil comporte des étapes, il en existe aussi dans le rangement. Le premier stade est votre foutoir de base. Le deuxième consiste à décider d'agir. Le troisième implique de vider les tiroirs, les armoires et les étagères de façon à voir ce à quoi on a affaire. Ce troisième stade a nécessairement l'air pire que le premier. Pour ce qui est du quatrième, je ne savais pas trop, faute de l'avoir atteint.

Des vêtements de Greg s'entassaient dans la chambre. La chambre d'amis faisait plus ou moins office de bureau. Elle avait une jolie vue sur le jardin, sur le platane qui poussait chez les voisins. Nous ne l'avions jamais convertie en vrai bureau parce que nous devions transformer le débarras en bureau et faire de la chambre d'amis une chambre d'enfant, mettre au mur un papier peint débile avec des clowns, ou ce genre-là. La chambre d'amis et le palier étaient engorgés de dossiers, de documents, de classeurs et de livres, dont certains en rapport avec le travail de Greg.

— Ça présente mal, je sais. Je suis en train de trier tout ça.

Il y avait tant de choses que je ne pouvais dire, à commencer par ma prétendue excuse : je n'avais pas rangé la maison parce que j'étais à Camberwell, en train de mettre de l'ordre dans le bureau de Milena Livingstone.

— Ne t'en fais pas, a-t-il répliqué. J'étais déjà au courant, grâce à l'un de mes espions.

— Qui était-ce ? Je te parie que c'était Mary. Même si je devais devenir centenaire et que je passais tout mon temps à faire le ménage, jamais je ne satisferai à ses critères de propreté.

— Je ne dirai rien, a répondu Fergus. Je ne suis pas autorisé à révéler mes sources. Ce que je peux te dire, en revanche, c'est quelle est l'idée.

— L'idée ?

— Tu es chez toi aujourd'hui ?

— Je n'avais pas prévu de bouger.

— Bien. Tu vas peut-être avoir de la visite.

— Qui ça ? Qu'est-ce qu'ils comptent faire ?

— Je pense que tu les reconnaîtras. Ce qu'ils vont faire, en gros, c'est t'aider à gérer tout ça. Ils te fileront un petit coup de main sur place, pour tout remettre comme c'était avant ; mais on ne veut surtout pas être dans tes pattes. On peut emporter des trucs, les trier et les régler. Enfin... si tu nous fais confiance.

J'ai avancé d'un pas, passé mes bras autour de lui, et enfoui mon visage dans son épaule, comme le font les bébés quand on les porte. Je ne pouvais voir son expression. Peut-être était-elle horrifiée, pour ce que j'en savais, mais j'ai senti ses bras m'envelopper. Je me suis reculée.

— C'est vraiment adorable de votre part, ai-je dit, vraiment adorable. Mais c'est une chose dont je devrais pouvoir me charger moi-même. Et il n'y a pas que ça. Je veux trier tout ça, Fergus, bien sûr que je le veux. Mais ce que je ne veux pas, c'est qu'on ampute Greg de ma vie. J'ai besoin de ses affaires autour de moi. Pas nécessairement en tas par terre. Mais pour passer à autre chose, je n'ai pas besoin qu'on enlève toutes ces affaires de la maison et qu'elles finissent dans une benne.

— Ce n'est pas de ça qu'il s'agit. On veut juste t'aider à en finir. Si c'est une question de vie privée, si tu ne tiens pas à ce qu'on fouille dans tes affaires, tu n'as qu'à le dire et on laisse tomber.

— Ce n'est pas ce que je veux dire. Je n'ai rien à vous cacher, les amis. Il est trop tard pour ça. C'est juste que je devrais pouvoir le faire moi-même. Ça me met mal à l'aise.

— Ça ne devrait pas, a répondu Fergus. Laisse-nous faire ça pour toi. Quand Jemma me larguera, tu pourras me renvoyer l'ascenseur.

Une pensée épouvantable m'a traversé l'esprit.

— Y a-t-il quelque chose que tu me caches ? ai-je demandé. Est-ce que vous pensez tous que j'ai besoin d'aide ? D'une aide psychiatrique, je veux dire ?

Fergus a ri et secoué la tête.

— Rien que de nous. Parole !

Je restais néanmoins mal à l'aise à l'idée de savoir que j'avais fait l'objet de discussions, comme si l'on avait ourdi un complot contre moi. Une heure plus tard débarquaient Joe, Gwen et Mary, l'air un peu penauds. Je leur ai dit que j'en étais malade. C'était leur week-end. N'avaient-ils pas des engagements, des gens à voir ? Ils m'ont serrée dans leurs bras en émettant des protestations confuses. Je ne savais pas au juste s'il était plus difficile de recevoir de l'aide ou d'en apporter. J'ai préparé un supplément de café et nous sommes montés à l'étage évaluer l'ampleur des dégâts. Des marmonnements discrets se sont fait entendre.

Joe m'a donné un petit coup de coude affectueux.

— Ce n'est pas si terrible, a-t-il commenté. T'as qu'à te dire qu'il reste de la déco à faire et qu'on est venus pour peindre et coller du papier peint.

— Je vous explique ce qu'il faut faire ? ai-je demandé.

— Ce qu'on veut, a dit Gwen, c'est que tu sortes et que tu ailles faire du shopping ou que tu ailles à la piscine, n'importe quoi, et on fera le tour ; on en mettra un peu dans des cartons, à emporter. Dans quelques jours, on te les rapporte et là, au moins, on aura réussi à remettre tes pendules à l'heure, du moins en partie. Enfin… on espère.

J'ai réfléchi un instant.

— J'ai le sentiment que je devrais refuser tout ça, ou vous en vouloir, mais en fait, c'est un tel soulagement…

— Alors va-t'en, a conclu Mary.

Ce que j'ai fait, mais pas avant d'avoir roulé l'emploi du temps de Milena en cours d'établissement et de l'avoir rangé dans mon sac. Il y a des choses que même les amis ne doivent pas savoir.

J'ai été nager à la piscine municipale, après je me suis lavé les cheveux sous la douche, avant de mettre des vêtements propres. J'ai trouvé un café, commandé du thé et lu le journal. Je suis allée à pied jusqu'à Kentish Town Road, où j'ai acheté des légumes et de la salade. Quand je suis rentrée chez moi, ils étaient partis. Je suis montée à l'étage et c'était miraculeux. Tout avait disparu, ou presque, et ce qui n'avait pas disparu était bien rangé sur une étagère ou un bureau. Quelqu'un avait également dû dénicher l'aspirateur, faire mon lit, et mettre le lave-linge en route. Il ne me restait rien à faire si ce n'est me préparer une salade, puis bien nettoyer derrière moi, au cas où on reviendrait vérifier.

Le matin suivant, Joe a téléphoné. Il avait épluché les affaires professionnelles de Greg et l'essentiel pouvait être géré au bureau. Tout ce qui était personnel, il le rapporterait plus tard dans la semaine. Il n'y avait rien d'urgent. Dans l'après-midi, Gwen a rappliqué avec une pile de dossiers sous le bras, tout ce qui relevait de l'économie domestique. Elle les avait étudiés, triés et, sur une feuille de papier, avait établi une liste de choses « à faire » : de gens à rappeler, de factures à régler, de lettres à écrire. Elle avait dessiné une étoile à côté de celles dont il fallait s'occuper sans tarder. Elle était pour moi la Gwen que j'étais pour Frances, mais je ne pouvais pas le lui dire.

Je n'ai pas vérifié les appels entrants sur mon portable de tout le week-end. Le dimanche soir, j'ai téléphoné à Frances pour lui annoncer que je ne serais pas là le lendemain. Je ne savais pas au juste si j'y retournerais un jour, mais n'en ai rien dit. Le lundi matin, je suis allée dans l'atelier, ai mis le lecteur de CD en route – de la musique baroque – et me suis attelée au rocking-chair de ce type. Je l'ai poncé avec un soin excessif, non parce que je tenais à ce que mon travail soit irréprochable, mais parce que ça me rassurait de m'investir dans une tâche si physique et précise et m'empêchait de penser à autre chose. Presque automatiquement, comme en rêve, j'ai poursuivi mon ouvrage, et lorsque j'ai émergé de ma torpeur, le fauteuil était là, achevé et parfait, presque trop beau pour m'en défaire.

De retour dans la maison, j'ai téléphoné au propriétaire du rocking-chair et lui ai annoncé que, en fin de compte, j'avais trouvé le temps de le réparer et qu'il pouvait venir le chercher quand il le souhaiterait. Puis j'ai pris un long bain, après quoi je me suis rappelé que je n'avais pas vérifié si j'avais des messages sur mon répondeur, comme si j'avais voulu maintenir le monde à distance, pour l'instant, en tout cas. Il y avait un message de Fergus. Je l'ai appelé.

— Tu es chez toi ? s'est-il enquis.

— Oui.

— Dans les dix minutes qui viennent ?

— Oui.

Il a raccroché. J'étais à peine habillée qu'on sonnait à la porte. C'était Fergus mais il n'était pas le même que samedi matin, quand il était apparu au même endroit. Il était distrait, fuyant mon regard. Il est passé devant moi pour entrer tout droit au salon. Il s'est assis sur le canapé et j'ai pris place à côté de lui. Sans dire un mot, il a sorti quelque chose de sa poche qu'il a posé sur la table basse devant nous. On aurait dit une carte à jouer, grande et étroite.

— Je pense que tu devrais jeter un œil là-dessus, a-t-il déclaré.

17

C'est marrant, les trucs que l'on remarque. Notre cerveau n'arrête jamais de travailler. Quand j'ai pris la carte et que je l'ai retournée, mes mains tremblaient mais, même ainsi, j'ai vu que c'était un menu comportant une date – 12 septembre – griffonnée en travers. Il y avait le choix entre fromage de chèvre et salade aux noix ou soupe de cresson en entrée, suivi de bar aux topinambours rôtis ou bien d'agneau gallois avec purée de patate douce et légumes miniatures vapeur. Enfin, pour le dessert, fondant au chocolat ou fruits de la forêt. J'ai tout vu, alors même que je lisais le message écrit en haut d'une main assurée. « G. chéri, tu as été formidable ce soir. La prochaine fois, reste, que je te montre de nouveaux trucs ! » Je n'ai pas eu besoin de lire la signature pour savoir qui l'avait écrit : j'avais passé des journées avec cette écriture sous le nez, sur des factures, des reçus, des courriers professionnels.

J'ai reposé le menu sur la table, à l'envers.

— Ellie, a commencé Fergus.

— Attends, l'ai-je coupé.

Je me suis levée et dirigée vers la commode où j'avais

rangé le tableau. Je l'en ai sorti, l'ai étalé et j'ai examiné la grille à la recherche du 12 septembre. Il y avait un trou non expliqué d'une heure et douze minutes. J'ai commencé par me dire qu'il s'agissait d'une coïncidence étonnante, mais j'ai rapidement pris conscience que ça ne pouvait en aucun cas être un hasard. Les faits étaient sous mes yeux. J'ai replié le tableau et l'ai remis dans le tiroir, puis suis revenue m'asseoir à côté de Fergus.

— Où était-ce ? lui ai-je demandé.

Ma voix semblait tout à fait calme. Mes mains ne tremblaient plus.

— Dans l'un de ses livres de comptes courants. Je les ai feuilletés cet après-midi. Jemma a dit que je n'aurais pas dû venir. J'en suis malade, Ellie. Ai-je bien fait de te le montrer ?

Je l'ai dévisagé, comme si j'essayais de le voir à travers un brouillard.

— Tu as fait ce qu'il fallait.

— Je suis désolé, Ellie.

— Merci, ai-je répondu poliment, en croisant les mains sur mes genoux.

J'ai contemplé mes doigts entrelacés et songé que je ne remettrai pas mon alliance, finalement.

— Tu as été formidable, de croire en lui comme ça.

— N'est-ce pas ?

— Au moins, maintenant, tu sais.

— C'est vrai.

— Je peux te préparer une tasse de café ?

— Non, merci.

Il avait l'air si malheureux que je me suis sentie obligée de faire un effort.

— Ça doit être vraiment terrible pour toi, Fergus. Mais je suis heureuse que tu me l'aies dit. Ç'aurait été mal de ne pas le faire. Je t'en suis reconnaissante.

— Il a fait le con. Il s'est conduit en imbécile. Mais il t'aimait, Ellie. Il t'aimait, je le sais. Tu ne dois pas l'oublier.

— C'est gentil à toi de dire ça. Si ça ne t'ennuie pas, j'aimerais bien être seule maintenant, Fergus.

Il s'est levé, et je n'ai pas bougé, de sorte qu'il a dû se pencher maladroitement pour m'embrasser sur les deux joues.

— Je t'appelle plus tard, a-t-il conclu.

Après son départ, je suis restée sur le canapé, les mains jointes. Je ne sais pas combien de temps je suis restée comme ça, ou ce à quoi je pensais. Peut-être à ces mots : « Je te montrerai d'autres trucs. » Curieux billet doux, avec sa suggestivité vulgaire et provocante, comme si Greg était un poney de cirque et elle Monsieur Loyal avec son fouet et ses bottes noires. J'ai fermé les yeux de toutes mes forces, tâchant de refouler les images qui se déversaient en moi. Peut-être me disais-je qu'il avait fait preuve d'un talent extraordinaire, tout à fait remarquable, pour me le dissimuler, comme un espion professionnel. Un sans-faute, vraiment. Peut-être me disais-je que c'était incompréhensible, ou au contraire, très clair maintenant, enfin.

J'ai fini par me lever, ressortant le tableau, contemplant le trou dans l'emploi du temps que je pouvais désormais remplir : Greg était avec Milena. J'ai aussi déroulé le tableau bien moins rempli de l'emploi du temps de madame. Rien au 12 septembre non plus. Bon. Elle voulait qu'il reste passer la nuit la fois suivante. L'avait-il fait ? Je n'arrivais pas à voir quand cela aurait été possible, pas plus que je ne voyais en quoi cela m'importait, désormais. Je détenais la preuve que j'avais recherchée et redoutée. Aussi clairement que si elle avait été dans la pièce, j'ai entendu la voix de Mary : « Maintenant, tu peux passer à autre chose, et te remettre à vivre. »

Bien. Je me suis redressée brutalement et suis montée dans notre chambre. Dans *ma* chambre. J'ai ouvert l'armoire et sorti une brassée de chemises élégantes de Greg, que je lui avais offertes pour la plupart, au fil des ans, et ses vestes. Ça irait pour commencer. J'avais prévu de les distribuer à ses amis, mais cela ne me semblait plus opportun, dorénavant. En redescendant, j'ai attrapé son vieux peignoir suspendu derrière la porte. Plus question de m'y blottir par une soirée fraîche.

Dans le jardin, je les ai rassemblés en tas et y ai mis le feu. On aurait pu croire que des vêtements brûleraient facilement, mais pas ceux-là. Il faisait presque nuit, il bruinait, ce qui n'arrangeait rien, et le voisin de droite, qui s'était une fois plaint de notre musique trop forte, me regardait d'un air inquisiteur tout en vidant ses épluchures de légumes dans son bac à compost. Je suis allée dans la cabane, ai pris de la paraffine sur l'étagère du haut et en ai renversé un peu sur le tas humide. Je n'ai même pas eu besoin d'ajouter d'autre allumette : une braise devait encore rougeoyer dans les replis d'une veste, parce qu'un bang a retenti, suivi d'un « ouahouh ! » par-dessus la clôture, et une vive flamme orange s'est élevée de plus d'un mètre dans les airs en grondant. J'ai senti une odeur de brûlé et me suis rendu compte que mes cheveux étaient roussis. Et alors ?... Qu'est-ce qu'on en avait à foutre de ce que pensait le voisin, ou sa femme, qu'il avait désormais sommée d'assister à la scène en cours ? Qu'est-ce que ça pouvait bien faire si des nuages de fumée âcre s'échappaient maintenant de mon feu, que des pétales de cendre flottaient dans les airs ? Ça m'était égal. J'ai ajouté ses ravissantes richelieux en cuir. Elles ont dégagé une odeur épouvantable. Alors que je les regardais noircir, j'ai soudain eu une vision de Greg en train de les polir avec un chiffon doux, avec cet air concentré sur son beau visage. J'ai eu envie de me précipiter pour les sauver, mais il était trop tard.

Ma fièvre exaltée était retombée et je me sentais vide, désolée, nulle, vaincue. Lasse de toute cette histoire désolante, lasse d'être en colère, d'avoir honte, d'être triste, d'être seule. D'être moi.

Peut-être est-ce pour cette raison que je suis retournée chez Frances le lendemain matin. Parce que là, pour un temps, rien ne m'obligerait à être moi. Je pouvais être Gwen : organisée, calme et maîtresse d'elle-même, aidant les autres à mettre de l'ordre dans le désordre de leur vie. La veille, je m'étais couchée tôt, sans rien avaler et serrant contre moi une bouillotte : même s'il ne faisait pas particulièrement froid ce soir-là, j'étais frigorifiée et frissonnais. Je suis restée allongée dans le noir, les yeux grands ouverts. J'avais envie de pleurer, de la même façon que j'aimerais vomir parfois, quand je me sens horriblement nauséeuse, mais les larmes ne sont pas venues, ne pouvaient venir. À plusieurs reprises, j'ai entendu le téléphone sonner et des voix laisser des messages : Fergus, Gwen, Joe, Gwen encore. Ils devaient être au courant maintenant. Bientôt, tout le monde saurait.

Il m'a fallu longtemps pour choisir quoi mettre. J'ai essayé des jupes, des hauts, diverses chaussures. Debout devant le miroir, je portais sur moi un regard critique et n'aimais pas ce que je voyais. J'étais pâle. Des traces de fatigue se lisaient sous mes yeux. Mes cheveux, qui n'avaient pas été coupés depuis des mois, étaient longs et ne ressemblaient à rien. En fin de compte, j'ai enfilé un genre de robe sac plissée couleur chocolat, des collants côtelés et mon unique paire de bottes, même si l'un des talons ne tenait plus très bien. J'ai mis un pendentif d'ambre autour de mon cou, pour l'unique raison que ce n'était pas Greg qui me l'avait offert, et noué mes cheveux en un chignon négligé. J'ai mis du fard à paupières de couleur sombre, de l'eye-liner, du mascara sur mes yeux et du gloss sur mes lèvres. Enfin, peu après 11 heures, alors qu'un soleil pâle s'était montré derrière les nuages, je ressemblais suffisamment à quelqu'un d'autre pour m'aventurer hors de chez moi.

Un instant, j'ai cru que Frances allait m'embrasser, mais elle s'est contentée de poser une main sur mon épaule et de m'adresser un sourire chaleureux, soulagé.

— Bonjour, ai-je dit. Désolée pour hier.

— Je suis juste contente que vous soyez là aujourd'hui. Venez, descendons. Johnny nous a préparé du café.

— Johnny ?

— Oui. Écoutez, j'ai besoin que vous me rendiez un service. De toute façon, ce sera plus intéressant pour vous que de vous borner à éplucher des papiers.

— Quoi donc ? ai-je demandé.

Fouiller dans les papiers était exactement ce que je voulais faire : je n'en avais pas encore terminé avec Milena Livingstone. Son tableau était incomplet. Le besoin que j'avais d'en savoir plus sur elle ne s'était pas éteint suite à ce seul message vulgaire, griffonné de manière si désinvolte au dos de l'un de ses menus. Désormais, je voulais savoir pourquoi Greg s'était entiché d'elle. Qu'avait-elle de plus que moi ?

— Je dois filer. (Elle a vaguement agité la main dans les airs.) Une urgence. Mais j'ai promis à Johnny que j'irais tester certains des plats qu'il suggère, pour finaliser les choix. Vous pouvez y aller à ma place ?

— Ce ne serait pas mieux si c'était Beth ?

Frances a froncé les sourcils.

— Beth n'est pas encore arrivée. Du reste, elle ne le mérite pas.

— Je n'y connais rien en cuisine.

— Vous mangez, non ?

— Plus ou moins.

— Alors vous allez vous régaler. Vous avez faim ?

J'ai tenté de me rappeler la dernière fois où j'avais fait un repas digne de ce nom.

— Bien. Donc, c'est entendu, a conclu Frances, comme si elle avait lu dans mes pensées.

Johnny est entré avec le café. Il m'a embrassée sur une joue puis sur l'autre, et dit que j'étais ravissante. J'ai bégayé quelques mots et surpris une expression amusée chez Frances, ainsi qu'autre chose. De la tendresse ?

Le restaurant de Johnny se trouvait à Soho, le long d'une petite ruelle. J'ai su que l'adresse devait être confidentielle parce qu'il était quasi impossible à repérer depuis la rue. La salle était petite, ne comportant que dix tables environ, dont une seule libre quand nous sommes entrés. Avec son plafond bas et son papier peint d'un rouge profond, on avait l'impression d'être chez quelqu'un plutôt que dans un lieu public. On entendait le bourdonnement des conversations, le tintement des couverts sur la porcelaine ; des serveurs allaient et venaient à pas feutrés, tournant avec déférence autour de la clientèle, versant ce qu'il restait de vin dans les verres.

— Joli, ai-je commenté.

— Ils sont tous ici en représentation, a répondu Johnny avec dédain. Ils ne goûtent même pas ce qu'ils avalent. Pourquoi se donner autant de mal ?

— Je me mets là ?

J'ai indiqué la seule table libre.

Il a secoué la tête et m'a fait franchir en vitesse une porte au fond. Soudain, je me suis retrouvée dans un autre monde, un espace puissamment éclairé, tout de surfaces en inox et de tables de cuisson rutilantes. On aurait dit un laboratoire où des hommes et des femmes en tablier blanc se penchaient sur leur ouvrage, lançant parfois des instructions à voix haute ou tirant sur de grands tiroirs pour révéler des ingrédients. Je regardais autour de moi, fascinée. Johnny a tiré un tabouret et m'a installée dessus, au bout du plan de travail.

— Je vais vous faire goûter quelques trucs.

— C'est à moi de choisir le menu pour Frances ?

— Non, je l'ai déjà arrêté.

— Qu'est-ce que je fais ici, dans ce cas ?

— Je vous ai trouvée triste. Je vais m'occuper de vous. Attendez.

Il a disparu par une petite porte battante, est revenu portant un grand verre avec une toute petite quantité d'un liquide doré au fond.

— Buvez ça, pour commencer.

Docile, j'ai avalé une gorgée. C'était doux, âcre, comparable à des abricots.

— Maintenant, un peu de soupe. Radek, une soupe pour madame !

On ne me l'a pas servie dans un bol, mais dans une minuscule tasse à thé, et elle était mousseuse comme du cappuccino. Je l'ai sirotée lentement, la finissant à la petite cuillère.

— Qu'est-ce que c'est ?

— Vous aimez ?

— C'est délicieux.

— Artichaut.

Le repas a été servi en portions miniatures : une lamelle de bar aux champignons des bois, un unique raviolo posé au milieu d'une flaque de sauce verte au centre d'un grand plat, trois centimètres carrés d'agneau sur une minuscule galette de pomme de terre, une cuillerée de riz au lait à la cardamome. J'ai mangé très lentement, comme en rêve, tandis qu'autour de moi le remue-ménage faiblissait peu à peu, à mesure que le restaurant se vidait et que la cuisine se remplissait de bacs d'assiettes et de verres lavés. Johnny était aux petits soins pour moi, désireux d'obtenir mon assentiment. Le gâchis de ma vie s'est estompé ; dans ce lieu réconfortant, j'avais l'impression que je n'aurais plus jamais à recouvrer ma véritable identité.

— Je n'ai jamais mangé comme ça de toute ma vie, ai-je dit, attablée devant un café noir et fort, accompagné d'une truffe au chocolat amer.

— Dans le bon sens ?

— Je me sens choyée, ai-je répondu.

— C'est ce que je voulais. (Il a posé une main sur mon épaule.) Que se passe-t-il, Gwen ?

Nos regards se sont croisés. Un instant, j'ai ressenti une telle envie de lui dire la vérité que je pouvais presque sentir les mots dans ma bouche, attendant d'être prononcés. Puis j'ai secoué la tête, tout en lui adressant un sourire.

— Tout le monde traverse de mauvaises passes. Vous avez éclairé la mienne.

— C'est ce que je voulais. (Sa main était toujours sur mon épaule.) Dites-moi quelque chose, s'il vous plaît.

— Quoi ?

— Il y a quelqu'un dans votre vie ?

— Il y avait, ai-je répondu. Il y a eu, longtemps. Mais il n'y a plus. C'est fini maintenant.

Je me sentais si triste en prononçant ces mots. Enveloppée de tristesse, de fatigue, rassasiée, réchauffée, réconfortée, et pleine d'admiration pour cet étranger si attentionné.

Je l'ai laissé me raccompagner. Pas chez moi, évidemment, chez lui : un appartement près du restaurant, au deuxième étage, donnant sur un marché en plein air justement en train de remballer. Ce n'était pas par désir mais par besoin, et à cause de la solitude absolue, âpre, monumentale qui s'était emparée de moi : être serrée dans les bras de quelqu'un à la tombée de la nuit, m'entendre dire que j'étais belle. J'ai fermé les yeux et me suis efforcée de ne pas voir le visage de Greg, de ne pas me souvenir et comparer.

Ensuite, quand il a essayé de m'enlacer, de me caresser les cheveux, mon corps ne tenait plus en place. Je suis sortie du lit et me suis habillée en lui tournant le dos, pour ne pas le voir en train de m'observer. Une heure plus tard, en ouvrant la porte de chez moi, j'ai ressenti un soudain malaise, comme si la maison elle-même m'en voulait de ce que j'avais fait.

18

— Comment ça s'est passé avec Johnny ? s'est enquise Frances.

J'ai levé les yeux des dossiers et me suis demandé si elle pouvait voir mes joues rougir. Avait-il bavassé ?

— Comment ça ?

— Sa cuisine, a-t-elle précisé. Vous en pensez quoi ?

— C'était bien, ai-je répondu.

— C'était bien ? C'est tout ?

— C'était bon. Non, c'était vraiment chouette.

— Des détails, des détails, a dit Frances. J'ai besoin de tout savoir.

Frances a versé du café dans sa tasse et dans la mienne, et j'ai détaillé le moindre des plats que Johnny m'avait servi, décrivant son aspect, sa texture. Sous le feu des questions de Frances, j'ai été tenue de me remémorer les ingrédients, les garnitures, la présentation. Alors que je parlais, elle s'est penchée en avant, lèvres entrouvertes, comme si elle goûtait les plats en imagination. J'ai soudain vu en elle une femme affamée, non seulement de la cuisine que je décrivais, mais assoiffée d'intimité, de tendresse.

— Mmm, a-t-elle conclu, quand j'ai eu fini. Veinarde. Vous pensez qu'on peut en faire usage ?

— C'est peut-être un peu sophistiqué.

— Ça a du bon, le sophistiqué.

— Johnny ne m'a pas montré de menu, mais j'imagine que c'est cher.

— C'est tout l'intérêt de la chose, a tranché Frances, brusquement. Vous avez épluché les factures, non ? En période de bonus, le problème pour la plupart de nos clients, c'est de trouver des trucs suffisamment chers. Et qui fassent suffisamment cher, aussi, sans être vulgaires. Mais vous le savez. Ce dont je voulais en fait parler avec vous, c'est de Johnny. Vous l'avez vu à l'œuvre en cuisine ?

— C'est là que j'ai dîné.

— Pour un premier rendez-vous ? s'est étonnée Frances.

— Ce n'était pas à proprement parler un premier rendez-vous.

— Enfin bref... Mais n'était-ce pas formidable, de le regarder cuisiner ? Je me rappelle la première fois qu'il a préparé un repas pour David et moi : c'était une révélation. C'était comme de connaître quelqu'un et de se dire qu'il est plutôt commun, puis de découvrir qu'il sait jongler ou faire des tours de magie. Il cuisinait avec une telle aisance. Rien que sa façon de couper les légumes ou de manipuler une pièce de viande. Je n'arrivais pas à comprendre comment il faisait ça aussi vite et avec autant de désinvolture. Sauf que ça n'avait rien de désinvolte. Quand je l'ai vu à l'œuvre, j'ai pensé qu'il aimait la cuisine plus qu'il n'aimait les gens.

— Je vois de quoi vous voulez parler.

— Préparer un repas, le goûter... Je crois que ça lui manque, occupé qu'il est à gérer plutôt qu'à passer tout son temps aux fourneaux, à mettre la main à la pâte, à se poisser les doigts.

— Je vois ce que vous voulez dire, ai-je répondu, essayant de trouver un moyen de changer de sujet.

— David est l'un des principaux bailleurs de fond du restaurant, continuait-elle. On pourrait presque parler de collusion d'intérêts, je le crains.

— C'est comme ça que David gagne sa vie ?

— Parfois. C'est difficile à expliquer ; je ne suis pas sûre de bien comprendre moi-même. David est un homme plutôt mystérieux. (Elle a légèrement froncé les sourcils, comme si une idée déplaisante lui avait traversé l'esprit. J'ai vu comment ses mains se nouaient, serrées, de sorte que son épaisse alliance en or s'est incrustée dans son annulaire.) Il achète des trucs, les modifie légèrement puis les revend, en général bien plus cher qu'il ne les a achetés. Et il résout les problèmes des gens qui se sont foutus dans la panade, financièrement.

— On appelle ça comment ?

Frances a ri.

— Je ne sais pas au juste. Mais ça lui rapporte un max de blé. Quand vous l'avez rencontré, il s'est présenté sous son meilleur jour. Je ne suis pas sûre que j'aimerais être dans l'une de ces sociétés quand il leur inflige le traitement qu'il leur réserve, à élaguer ou dégraisser, peu importe comment il appelle ça. Enfin bref, c'est ce qui me permet de faire ce genre d'activité.

— À vous entendre, on croirait qu'il s'agit d'un passe-temps, me suis-je étonnée.

— Du point de vue de David, c'est le cas, a-t-elle répondu, avec une pointe de mélancolie, me suis-je dit. Pas du mien. Mais il me surveille, pour ce que ça vaut. D'ailleurs, je crois qu'il déjeune avec Johnny aujourd'hui.

— Pourquoi ?

— Je ne sais pas. Juste pour discuter de choses et d'autres. Mais je doute qu'il ait droit au repas en cuisine, lui.

Ce déjeuner a dû être très long : l'après-midi était en effet bien avancé quand ils sont arrivés tous les deux au bureau, sans se presser, l'air parfaitement détendus. Je n'arrivais pas à croiser le regard de Johnny. Je me demandais s'il viendrait vers moi et m'embrasserait ou poserait un bras sur mon épaule, esquisserait un geste suggérant ce qui s'était passé, mais il a feint de ne pas me voir, pour autant que je pouvais en juger la tête baissée, faisant semblant d'être concentrée. Je l'ai entendu mentionner à Frances, à voix basse, une fête qui se préparait. Au même moment, j'ai détecté une autre présence tout près de moi. J'ai senti une odeur d'après-rasage et d'alcool.

— Vous le prenez comment ? demandait David.

Je me suis retournée. Il portait un complet couleur fauve fait d'une matière bizarre qui était sans doute rare, coûteuse et très recherchée.

— Ni lait ni sucre, ai-je répondu.

— Facile, alors, a-t-il dit, en me tendant le mug de café qu'il tenait à la main.

Je m'attendais à ce qu'il aille rejoindre les autres mais il a tiré une chaise et pris place à côté de moi. J'ai siroté le café pendant qu'il se penchait sur mon bureau. Il s'est emparé d'une feuille de papier. C'était un simple récapitulatif de factures avec le détail de ce qui avait été perçu ou non, réglé ou non, mais il l'a scruté le front barré. Il l'a reposé avec un grommellement que je n'ai pas su interpréter.

— Il y a un problème ?

— Loin de là, a-t-il répondu. À voir ça, je n'arrive pas à imaginer ce que fabriquaient Frances et Milena. Mais vous risquez de faire de cette société une affaire florissante.

— Je me contente de mettre de l'ordre.

Il m'a adressé un sourire languissant.

— C'est environ quatre-vingt-dix-neuf pour cent de ce qu'il faut pour gérer une boîte. (Il a jeté un regard à sa femme, en pleine conversation rapprochée avec Johnny, à l'autre bout de la pièce.) Vous perdez votre temps ici, a-t-il repris. J'aurais bien besoin de quelqu'un d'aussi qualifié que vous.

— Ce n'est pas mon métier.

— Vous voulez dire que vous aimeriez retourner enseigner à une classe de jeunes vauriens ? Vous perdriez votre temps, laissez-moi vous le dire.

J'ai eu le sentiment que je devais m'empresser de prendre la défense de ces gosses, même s'ils n'existaient pas ; même si la personne qui défendait leur cause n'existait pas vraiment.

— Je ne suis pas d'accord, ai-je rétorqué.

— Vous ne vous lassez pas d'enseigner les logarithmes et la trigonométrie après toutes ces années ?

— Heu... si ! ai-je lancé éperdument, priant pour qu'il ne me demande rien de technique.

Je connaissais les additions, les soustractions, les multiplications simples et même les divisions encore plus simples : en gros, c'était tout.

Il a passé ses doigts dans ses cheveux épais, grisonnants, comme s'il s'agissait d'un trait architectural dont il tirait une tranquille fierté.

— Johnny m'a parlé de vous au déjeuner. Non, ne vous en faites pas, s'est-il empressé d'ajouter. (Peut-être avait-il décelé une expression inquiète sur ma figure.) Vous l'impressionnez beaucoup. Il dit que vous avez un don pour le métier et que Frances a eu de la chance de vous trouver.

Je n'ai rien répondu. Comme tant de conversations

dans ce bureau, je n'avais pas envie que celle-ci aille plus loin. J'étais inquiète et, qui plus est, je n'aimais pas l'idée que ces deux hommes parlent de moi à table comme si j'étais un spécimen. Et je n'appréciais pas la façon que Johnny avait eue de ramener David au bureau, comme s'ils allaient veiller sur moi ensemble, ou comme s'il avait cherché à exhiber sa dernière conquête.

— Vous êtes une énigme. C'est ce que dit Johnny. On perd Milena de manière soudaine et tragique, et vous surgissez tel un chevalier blanc. C'est le destin.

J'ai sauté sur l'occasion pour orienter la conversation dans une autre direction.

— Ça me fait bizarre. Milena est tellement présente ici, et tellement absente, en même temps. Vous en pensiez quoi ?

— Vous la connaissiez, non ?

Son ton était cassant.

— Pas bien, me suis-je défendue. Vous étiez proche d'elle ?

Je m'attendais à voir David sourire et faire une blague mais son visage s'est fait de marbre.

— Non, a-t-il répondu. Je ne dirais pas que j'étais proche d'elle.

— Mais elle avait un sacré tempérament, non ?

Il s'est autorisé un sourire, tout petit, très forcé.

— Par certains côtés, oui.

— On n'a pas l'impression que vous l'aimiez beaucoup.

— « Aimer » est un mot plutôt tiède quand il s'agit de quelqu'un comme Milena. Soit les gens trouvaient son numéro attachant et attirant, soit… eh bien, pas du tout. (Il m'a observée plus attentivement.) C'est drôle de vous imaginer liée à Milena parce que vous êtes aussi différentes qu'il est possible de l'être.

« Et pourtant, ai-je songé, elle a eu une liaison avec mon mari. » Peut-être était-ce précisément ce qu'il avait recherché : mon strict opposé.

— Vous voyez ? a-t-il ajouté. Vous avez réussi à me faire changer de sujet. Vous m'avez fait parler de Milena, alors que ce que je veux, c'est parler de vous. Milena aurait adoré. Elle voulait être au centre de l'attention. Elle aurait aimé l'idée que nous parlions d'elle, même après qu'elle est morte et enterrée. Ou morte et dispersée aux quatre vents, en l'occurrence. Pour en revenir à vous, Johnny m'a confié qu'il pensait le plus grand bien de vous – comme je vous l'ai déjà dit – mais qu'il n'arrivait pas à vous cerner. Réservée, mystérieuse, voilà les mots qu'il a employés à votre sujet.

Je me suis forcée à rire. J'avais l'impression d'être acculée dans un coin.

— Il n'y a rien de mystérieux chez moi, ai-je répliqué. J'aimerais bien. Je ne suis guère qu'une vulgaire femme de ménage ici. J'avais envie d'aider Frances, c'est tout.

— Pourquoi ? s'est enquis David. Pourquoi vouliez-vous l'aider ? Par amour de votre prochain ? Un appel religieux ? Aurions-nous affaire à un bon Samaritain ?

— C'est simple. Quand j'étais petite, j'adorais ranger ma chambre, constituer des piles et les arranger. Quand j'ai vu dans quelle pagaille se trouvait ce bureau, j'ai eu envie d'y mettre de l'ordre. Une fois que ce sera fait, je retourne à mon ancienne vie.

David m'a jeté un coup d'œil plus acéré.

— C'est ce qu'on verra, a-t-il commenté. D'après moi, vous aurez plus de mal à vous en aller d'ici que vous ne le croyez.

Il avait employé un ton suave, détaché : il m'était difficile de déterminer s'il me faisait un compliment ou s'il me menaçait. Il s'est éloigné et j'ai tenté de continuer à travailler, mais il s'est servi une tasse de café avant de revenir à mon côté. Il a examiné les reçus, les lettres et les factures avec moi, émis des commentaires et des suggestions. Il m'aidait, mais j'avais l'impression qu'il me jaugeait en même temps dans le cadre d'un examen dont j'ignorais l'enjeu, faute de savoir ce que signifiaient les questions.

Au bout de quelques minutes, j'ai senti une main sur mon épaule et Johnny a tiré une chaise. J'ai marmonné un bonjour sans croiser son regard. Inutile que je me soucie de cacher mon malaise parce que les deux hommes bavardaient avec désinvolture comme si je n'étais pas là. Ils parlaient d'un autre restaurant qu'ils envisageaient de retaper. Après quoi ils ont erré dans la pièce, passant des coups de fil, buvant du café, devisant jusqu'à 5 heures. Comme je me levais pour partir, David m'a lancé :

— Ça vous dirait de venir boire un verre avec nous ?

— Je ne peux pas, ai-je répondu en omettant délibérément de lui donner une excuse, et matière à discuter.

Johnny a fait un pas en avant.

— Je prends la voiture dans votre direction, a-t-il dit. Je pourrais vous reconduire.

J'ai haussé les épaules, et il m'a accompagnée dehors. Nous avons pris place à bord du véhicule.

— J'ai cru qu'il fallait que je vous tire de leurs griffes, a-t-il déclaré.

— Je suis assez grande pour me débrouiller toute seule, ai-je rétorqué.

— C'est sans doute vrai. (Silence.) Mais j'étais sérieux quand je vous proposais de vous reconduire. Où allons-nous ? Chez moi ou chez vous ? J'aimerais bien voir où vous vivez. J'aimerais bien en savoir un peu plus sur vous.

L'idée de Johnny rôdant dans ma maison, tâchant d'en

apprendre plus sur moi, sur la vraie Gwen qui n'était pas Gwen, m'était insupportable.

— Allons chez vous, ai-je répondu.

Il m'a regardée pendant que je me déshabillais, comme si me voir nue était une façon de découvrir qui j'étais en réalité. Mais même dépouillée de mes vêtements, même enlacés dans son lit, j'ai tenté de me convaincre que je n'étais pas vraiment là.

Ensuite, je suis restée allongée dos à lui, sentant ses doigts courir dans mes cheveux, le long de ma colonne vertébrale.

— Ça ne signifie rien pour toi, hein ? s'est-il enquis.

Je me suis retournée pour lui faire face. Soudain, je me sentais dure et cruelle. J'avais passé trop de temps enfermée dans ma propre misère, me comportant comme si j'étais la seule personne réelle et que tous les autres ne tenaient que des seconds rôles dans mon drame.

— Je suis désolée, ai-je dit. Mais... bref, je ne suis pas à ma place. Pas au bon endroit, pas au bon moment. Travailler pour Frances ne devait être qu'un intermède. Il faut que j'arrête et que je retourne à ma vraie vie.

Johnny a levé sa main et passé un doigt le long de mon nez, de ma joue, de ma mâchoire.

— Je ne comprends pas de quoi tu parles, a-t-il répondu. Qu'est-ce que ceci, si ce n'est ta vie ?

Voilà une question à laquelle je ne pouvais répondre.

— J'ai l'impression de compenser l'absence d'une morte, et ce n'est pas bien.

— Tu dis des conneries, là.

— C'est autour de Milena que tournait la boîte, c'est d'elle que tout le monde parle. Il faut qu'elle soit remplacée, et je n'en serais pas capable, même si je le voulais.

Johnny s'est mis à rire.

— Tu veux dire que tu n'es pas une comédienne. Que tu n'es pas terriblement désorganisée. Pas un monstre d'égocentrisme. Que tu n'es pas manipulatrice. Sais-tu qu'elle croyait ressembler à Julie Delpy, l'actrice ?

— Il me semble l'avoir vue dans un film.

— Elle ne lui ressemblait pas du tout, évidemment. Tout ça parce qu'elle avait envie d'avoir une touche française et bohème. On peut compter sur toi. Tu n'es pas malhonnête.

— Digne de confiance. Organisée. Désintéressée. Mignonne. À t'entendre, je mérite un badge de scout.

— Ce n'est pas ce que je voulais dire.

Je me suis penchée pour déposer un baiser, sur son front, seulement.

— Il faut que j'y aille.

Je me suis extirpée du lit et me suis mise à enfiler mes vêtements, en lui tournant le dos, pour ne pas le voir m'observer.

— Il y avait un truc, cependant, a lancé Johnny. Elle ne partait pas au milieu de la nuit.

J'ai fait volte-face. L'information s'est insinuée en moi, amère et toxique.

— Tu n'as pas ?... ai-je commencé, alors que bien sûr que oui, je le savais, et comment ne l'avais-je pas compris plus tôt ? (Milena s'était immiscée dans la vie de tout le monde, elle était toujours là maintenant, aussi puissante morte qu'elle l'avait été vivante.) Dis-moi que ce n'est pas vrai.

— C'est un problème ?

— Milena ?

— Milena, oui.

— Pourquoi ne pas me l'avoir dit ?

— Tu veux dire, te parler d'une liaison avec une

personne qui n'est plus de ce monde et qui a eu lieu avant que toi et moi ne fassions connaissance?

J'ai passé mon pull par-dessus ma tête.

— Tu aurais dû me le dire, ai-je rétorqué.

— Et qu'est-ce que ça aurait changé? C'était avant qu'on se rencontre, a-t-il répété, enfilant un jean et un sweat-shirt, puis m'emboîtant le pas dans l'escalier, jusque dans la rue.

Nous sommes restés là en silence jusqu'à l'arrivée du taxi et il m'a aidée à grimper dedans. Éprouver de la colère, même à mauvais escient, me facilitait le départ.

Le lendemain matin, dès mon arrivée, j'ai allumé l'ordinateur de Milena et cliqué sur son e-mail. Quand est apparue la fenêtre demandant le mot de passe, j'ai tapé « juliedelpy ». J'y étais.

19

« Était-ce un rêve ? Une erreur ? Recommencerons-nous ? J xx. »

J'ai cliqué sur la flèche semi-circulaire à côté du message de Johnny pour voir ce que lui avait répondu Milena : « Ce soir, 11 h 30, chez toi. Fais un feu. »

Le lendemain : « Tu as oublié tes bas. La prochaine fois, ne peux-tu rester ? »

À quoi Milena répondait : « Peut-être as-tu oublié que je suis mariée. »

Deux jours plus tard : « Ne peux quitter le restaurant à 10 h, malheureusement. Possible plus tard ? Pense à toi chaque minute de la journée, J xxxx. »

Et la réponse, un laconique « Non », auquel Johnny répondait par « OK, OK, entre toi et la crème brûlée, c'est toi que je choisis. À 10 h, alors. »

Trois e-mails auxquels elle ne donnait pas suite. Le premier était anxieux : « Pourquoi n'es-tu pas venue ? A-t-il appris ? Dis-moi, je t'en prie. » Le second, implorant : « Milena, dis-moi au moins ce qui se passe. J'en suis malade. » Le troisième, furieux : « Très bien, va te faire foutre ! »

Il y en avait des douzaines, et je les ai tous lus. Leur liaison avait duré des semaines. Ils se retrouvaient généralement tard le soir, mais trouvaient parfois une heure ou deux dans la journée. Ils se voyaient chez Johnny, chez Milena, quand Hugo n'y était pas, dans un hôtel quelquefois, et une autre, à en croire le compte rendu dithyrambique dont j'ai pris connaissance en grimaçant de honte, à l'arrière de la BMW de Milena. J'ai remarqué que là où les e-mails de Johnny étaient souvent guidés par les sentiments – fous d'amour, transportés de joie, emplis de reconnaissance, fâchés ou meurtris –, ceux de Milena étaient presque toujours semblables : brefs, pratiques, prenant souvent la forme d'ordres ou d'ultimatums désinvoltes. Elle parlait rarement de son mari, et quand elle le faisait, c'était comme d'un obstacle dérangeant; elle indiquait à Johnny des dates, des heures, des lieux, et voilà tout. Je me sentais désolée et gênée pour lui : Milena était très sûre du pouvoir qu'elle détenait sur lui, et dans les messages qu'il lui adressait, il n'était pas l'homme sardonique et assuré que je connaissais mais un être manquant d'assurance, ayant besoin d'attentions, d'une soumission pénible. Vers la fin, ses messages dégénéraient en reproches injurieux au sujet d'autres amants, et l'accusaient de trahison et d'avoir le cœur froid, sans pitié, calculateur. À ces derniers, Milena ne s'était pas donné la peine de répondre.

Dans son travail, Milena s'était montrée brouillonne et désorganisée, omettant de consigner ses rendez-vous, ses frais ou même des accords formels, agissant sur des coups de tête dont, souvent, elle n'avait même pas fait part à Frances. Mais ses e-mails personnels, faits de trahison, de jalousie, d'abandon, étaient organisés de manière inquiétante, singeant presque les professionnels dans leur agencement. La première chose que j'ai découverte, en pénétrant l'univers virtuel de Milena, c'était qu'elle avait une boîte de réception particulière pour ses affaires de cœur, intitulée « Divers ». Johnny s'y trouvait, ainsi qu'un amant de l'année précédente, qui était au départ un client. Il m'est soudain venu à l'esprit qu'elle les appelait rarement par leur nom : ce n'était jamais « Cher Johnny » ou « Cher Craig ».

Peu à peu, j'en suis venue à éprouver une certaine admiration, réticente, épouvantée, pour la femme qui m'avait piqué mon mari : elle avait peut-être été déloyale et froide, mais ce n'était pas une hypocrite. Elle ne disait pas « faire l'amour » mais « baiser ». Elle ne prétendait pas ressentir des sentiments qu'elle n'avait pas. Elle n'employait jamais le mot « amour ». J'ai été frappée par l'apparente absence de plaisir, de joie énergique dans ses liaisons. Et elle en avait eu tellement ! Comment avait-elle fait ? Toute cette planification, toutes ces duperies, tous les mensonges qu'elle avait dû raconter, des mensonges différents selon les hommes, avec la nécessité de se rappeler quelle version d'elle-même elle devait assumer face à tel partenaire. Je me sentais épuisée rien que d'y penser.

J'ai cherché Greg par son nom, mais ne me suis pas découragée quand rien n'a surgi : si j'avais appris quelque chose durant ces sombres dernières semaines, c'est que leur secret était bien caché. Je ne tomberais pas dessus par hasard, mais devrais le déterrer avec patience et ruse. J'ai jeté un coup d'œil aux boîtes de réception, une à une. Johnny, le client Craig, un dénommé Richard, dont l'aventure avait été concomitante à celle de Johnny et qui s'était éclipsé sans façons. Il y avait une boîte intitulée « Comptes ». À cette vue, mon cœur s'est emballé si violemment que j'ai pressé ma main contre ma poitrine pour le calmer : j'étais prise de vertiges à l'idée terrifiante que j'allais enfin pénétrer l'univers caché de mon défunt mari. Mais son contenu correspondait à ce qu'il annonçait : des échanges où transparaissait une exaspération croissante entre Milena et le conseiller financier de Hugo au sujet de ses comptes, manifestement mal gérés. Il y avait aussi plusieurs personnes qui ne signaient pas de leur propre nom, et dont l'adresse ne fournissait pas d'indice évident sur l'identité de leurs propriétaires – peut-être, me suis-je dit, que l'un d'entre eux se trouverait être Greg, se cachant sous un nom d'emprunt. Et enfin, évidemment, venaient ceux auxquels on n'avait pas réservé de compartiment particulier, mais qui se retrouvaient éparpillés au hasard dans la boîte des messages reçus, ou qui avaient été transférés dans la boîte fourre-tout intitulée « Personnel », contenant aussi des e-mails d'amis, de connaissances, et de membres de la famille.

— Qu'est-ce que vous faites ?

J'ai sursauté. J'étais si absorbée que je n'avais pas vu Beth arriver. J'ai eu l'impression d'avoir été prise en flagrant délit. Peut-être était-ce le cas, d'une certaine façon.

— Je vérifie quelques trucs, ai-je répondu.

— Café ?

— Volontiers.

Pendant l'absence de Beth, je me suis demandé si ce que je faisais était mal. Enfin... bien sûr que ça l'était. Restait à savoir à quel point, et est-ce que ça avait une quelconque importance ? Frances était ma patronne et elle voyait sans doute en moi une amie. Et voilà que, sous de faux prétextes, j'étais en train de fureter dans son bureau, de violer la vie intime de sa défunte amie, de me comporter comme une espionne. À son retour, Beth m'a remis le café mais n'est pas repartie, comme elle le faisait d'habitude, mener son petit train-train et parler au téléphone. Elle a tiré une chaise et pris place juste à côté de moi, serrant son mug entre ses mains. J'ai prestement refermé la fenêtre des e-mails de Milena.

— Qu'est-ce que vous faites ici ? a-t-elle demandé.

Je me suis forcée à rire.

— Comment ça ?

— Je travaille ici parce que Frances est une vieille amie de ma mère. Ça ne paie pas beaucoup, mais le métier est pas mal pour se faire des relations. Et c'est toute la vie de Frances. Mais je ne comprends pas ce que vous y trouvez.

Je n'arrivais pas à déterminer si Beth me taquinait, se montrait curieuse ou soupçonneuse. Avait-elle été alertée par une erreur ? J'ai tenté de changer de sujet.

— Et Milena ? Qu'est-ce qu'elle y trouvait ?

— Pourquoi êtes-vous si curieuse à son sujet ? C'est comme une obsession chez vous : Milena ceci, Milena cela…

— C'est bizarre qu'elle ne soit pas là, ai-je répondu. C'est comme d'aller voir une pièce dans laquelle manquerait l'actrice principale.

— C'est drôle, a fait Beth. Je n'avais jamais réellement connu de personne qui ait perdu la vie jusqu'ici. Il y avait une fille à la fac qui est morte dans un accident de voiture, mais ce n'était pas vraiment une amie. J'ai travaillé un an pour Milena et je n'avais jamais rencontré quelqu'un comme elle. Il m'arrive encore de me réveiller le matin et de me rappeler soudain qu'elle est morte… À chaque fois, c'est un choc.

— Oui, je sais, ai-je commenté, même si je ne pensais plus à Milena.

Quand nous avons eu fini notre café et que Beth a remporté mon mug, je me suis dit que je ne devais plus regarder les e-mails de Milena, que c'était trop risqué tant que Beth était là. Je n'ai pourtant pas pu m'en empêcher. J'ai tourné l'écran de façon qu'elle ne puisse pas le voir et ouvert un carnet, histoire d'avoir l'air de faire des comptes, et j'y suis retournée avec crainte, mais en proie à une irrésistible curiosité.

En premier – en tout cas dans la mémoire de cet ordinateur, qui remontait à deux ans et neuf mois – venait Donald Blanchard, avocat et collègue de Hugo, qui qualifiait Milena de « panthère » et souffrait de bouffées d'angoisse à l'idée de trahir son ami, sans parler de sa propre femme, ce qui ne l'avait pas empêché d'emmener Milena à Venise un week-end.

J'ai pu suivre l'une de ces liaisons, avec un homme qui signait J, comme si c'était un morceau de musique. Ça commençait, à l'instar de plusieurs autres, avec le souvenir de « la nuit dernière » et l'attente fébrile de la prochaine fois. Ça ne revenait pas à lire des lettres d'amour, mais plutôt des séries de notes prises dans un agenda, heures et lieux. Puis la relation se mourait peu à peu, même s'il y avait quelques soudains remous vers la fin. Le dernier message tenait en une simple phrase menaçante : « Bien, je n'ai plus qu'à l'appeler, dans ce cas. » Manifestement, Milena n'aimait pas qu'on la quitte.

Cela se déroulait en même temps qu'une autre liaison plus prolongée avec Harvey, débarqué des États-Unis. Il est reparti chez lui, et Richard est entré en scène. Durant l'époque de Richard, Milena avait eu quelques aventures sans lendemain : l'une avec un homme bien plus jeune qu'elle-même, qu'elle appelait son « toy-boy » et qu'elle avait congédié dès qu'il s'était montré trop insistant. Après Richard, il y avait eu Johnny. Et après Johnny, durant le mois crucial qui avait précédé la mort de Greg et Milena, un seul autre protagoniste significatif : il ne signait jamais d'aucun nom, n'écrivant que deux ou trois croix en fin de message. J'ai noté son adresse dans mon carnet.

J'ai scruté l'écran jusqu'à en avoir mal aux yeux. L'amant anonyme était-il Greg ? Il terminait par des baisers et son adresse hotmail était « partipêcher » – la boîte de réception contenait des douzaines de messages de lui, étalés sur trois mois. C'étaient des lettres d'amour : elles faisaient des remarques sur ses cheveux, ses yeux, ses mains, son expression quand elle lui souriait, ce qu'il ressentait en la voyant avant qu'elle relève la tête et l'aperçoive à son tour. Un moment, j'ai dû m'arrêter de lire. J'avais une boule dans la gorge et ma vision s'était brouillée. Si c'était Greg, il ne m'avait jamais écrit sur ce ton. Et si c'était bien lui, il écrivait à une Milena que nul autre n'avait connue : quelqu'un de plus tendre et plus sympathique que la femme intelligente, brillante, sans cœur dont tous les autres semblaient garder le souvenir. Et cela se tenait, d'une certaine façon, même horrible : je ne pouvais imaginer Greg entretenir une liaison dénuée de sentiments, mais je pouvais l'imaginer tombant amoureux d'une femme, et par son amour, la transformer en une autre personne, meilleure. Je pensais autrefois qu'il avait eu ce pouvoir sur moi : qu'il avait révélé une autre dimension de moi-même qui n'existait que lorsque j'étais avec lui… et qui s'était éteinte avec lui.

La douleur dans ma poitrine s'est peu à peu atténuée et j'ai pu regarder l'écran de nouveau. J'ai momentanément mis de côté les messages en provenance d'amoureux anonymes et parcouru les messages reçus pour voir si quoi que ce soit de pertinent se présentait. Il y avait plusieurs messages de « S », loufoques et sans retenue. J'ai examiné deux e-mails qu'elle lui adressait et retrouvé le ton flirteur qu'elle réservait à certains hommes, très différent du style plus brusque qu'elle adoptait avec Frances, Beth ou les clientes. Lire le message de Beth alors qu'elle se trouvait dans la pièce me procurait un sentiment de trahison tout particulier, mais bon, je commençais à m'y connaître dans ce domaine.

J'allais ouvrir un e-mail du mari de Milena quand j'ai entendu s'ouvrir la porte d'entrée. Frances a descendu les marches en hâte, toute rouge.

— Salut ! a-t-elle lancé, jetant son manteau sur le canapé et s'approchant pour m'embrasser sur la joue, qui me semblait cuire de honte et d'anxiété. Désolée de m'être absentée si longtemps.

— Pas de problème.

— Alors, quoi de neuf ?

— Un peu de tri, c'est tout, ai-je marmonné.

Ne voyait-elle donc pas que tout se trouvait exactement là où c'était quand elle était partie, que pas un seul morceau de papier n'avait bougé, été réglé ?

— Bien, a-t-elle commenté. Mais n'en faites pas trop, tout de même.

— Non, non, ce n'est pas le cas.

Elle a regardé Beth.

— Tu nous préparerais du thé, chérie ?

Beth a adopté une mine boudeuse, s'est levée et a quitté la pièce ostensiblement à contrecœur.

Frances s'est approchée et postée près de moi.

— Ça nous a fait du bien de vous avoir ici, a-t-elle déclaré, d'une voix fatiguée. Je ne vous l'ai pas dit – enfin… je ne l'ai dit à personne – mais, quand Milena est morte, j'ai envisagé de tout laisser tomber.

— Vraiment ?

— Pour être honnête, même avant ça, les choses n'allaient plus très bien… Milena avait… (Frances a marqué une pause.) Disons juste que ce qui m'avait attirée dans ce métier avait disparu, pour beaucoup.

— Alors les choses allaient mal avant qu'elle meure ?

S'est ensuivie une nouvelle longue pause, durant laquelle le visage de Frances a adopté une expression préoccupée que je ne lui avais pas vue auparavant.

— C'est du passé tout ça, maintenant, a-t-elle conclu, et ce n'est pas de ça dont je voulais parler. Peut-être un jour. On pourrait aller déjeuner dehors, ou dîner, même.

— Avec plaisir.

— On peut facilement se confier à vous et, pour être honnête, j'ai besoin de conseils. Il y a des choses que j'ai besoin de dire.

Je ne savais pas comment réagir : j'avais l'impression que ma duplicité se voyait comme mon nez au milieu de ma figure. J'ai émis un son vague et contemplé mes mains, mon doigt sans alliance.

— Ce que j'allais dire, a repris Frances, c'est que je sais que David vous en a touché un mot, mais je voulais vous demander de manière officielle si vous envisageriez de rester.

— Ici ? ai-je confirmé bêtement.

— En gros, c'était l'idée, oui.

— Je vous ai donné une fausse impression, ai-je répondu. Je ne suis qu'une prof qui prend quelques vacances.

— Votre présence m'est agréable. La plupart des gens m'irritent. Pas vous.

— Merci. (Je n'arrivais pas à croiser son regard.) Mais je ne crois pas que ce soit possible.

— Ne dites pas non d'emblée. Réfléchissez-y, au moins. Vous êtes là demain ?

— J'ai des affaires à régler.

— Je vous serais reconnaissante si vous pouviez nous

consacrer une heure ou deux dans la matinée. Je dois sortir.

— D'accord, ai-je répondu. Sur ce, je ferais mieux d'y aller maintenant. Des trucs à faire.

— Mais avant que vous ne partiez, je devrais vous payer pour ces derniers jours, je pense.

— Plus tard.

— Gwen ! Tout le monde croirait que vous avez travaillé gratuitement.

— Ne vous en faites pas, je ne suis pas une sainte.

— Johnny vous trouve pas mal de qualités, semble-t-il. (Le visage m'a cuit. Je me suis entendue marmonner quelque chose d'inintelligible.) Ne vous en faites pas. Il ne m'a rien dit. Il est assez discret. C'est juste que j'ai remarqué la façon dont il vous regarde.

— On se voit demain, ai-je réussi à dire, avant de filer.

Je me suis dit que je ne devais pas y retourner, mais c'était devenu comme une drogue. Il fallait que j'y aille, juste pour examiner le reste des e-mails de Milena. Je suis rentrée chez moi dans un état d'agitation extrême. Mon répondeur clignotait mais je ne me suis pas donné la peine d'écouter mes messages. Je me suis préparé une tasse de thé et l'ai bue tout en faisant les cent pas dans la maison. J'ai ouvert le réfrigérateur et pris l'un des yaourts à boire qu'avait apportés Mary. Elle disait que ce serait bon pour ma digestion. Il avait un goût de noix de coco et de vanille, et m'a collé au palais. Je me suis rendue dans mon petit jardin négligé. La nuit descendait, conférant un air mystérieux à toute chose. J'ai remarqué les amoncellements de feuilles détrempées sur la pelouse, les orties qui poussaient le long du mur du fond. Il restait encore quelques roses jaunes sur le buisson près de la porte du fond. Le petit merle trempé chantait obstinément dans l'obscurité. Je me suis rappelé qu'il était encore temps de planter des bulbes pour le printemps. L'automne précédent, nous avions prévu des perce-neige, des hellébores d'hiver, des jonquilles et des tulipes rouges. Greg avait adoré les tulipes. Il disait que c'étaient les seules fleurs aussi belles en fanant qu'elles l'étaient en s'épanouissant. Je me suis aperçue que je n'avais plus aucun mal à penser à lui au passé. Quand cela s'était-il produit ? Quel jour avait-il glissé entre les failles de ma mémoire pour reposer, avec d'autres disparus, au fin fond de mon esprit ?

De retour dans la maison, j'ai étalé mes deux tableaux sur la table de la cuisine et les ai étudiés, tandis que mon cerveau fourmillait en vain. J'ai sorti mon carnet de mon sac et contemplé les deux adresses. Que faire, maintenant ? Le téléphone a sonné et je n'ai pas décroché. J'ai guetté le message, mais il n'y en a pas eu. Puis il a sonné de nouveau, mais je n'ai toujours pas répondu. La sonnerie a retenti encore une fois. C'était au premier qui se dégonflerait. J'ai fini par renoncer et prendre l'appel.

— Je savais que tu étais là.

C'était Fergus.

— Désolée, j'étais fatiguée.

— Je voulais t'inviter à dîner. Jemma a mis un poulet au four, j'ai fait du feu.

— Comme je te l'ai dit, je suis un peu fatiguée.

— Si tu ne viens pas, on met le dîner dans la voiture et on te l'apporte. Et si tu ne nous laisses pas entrer, on dînera sur le pas de ta porte et on te mettra la honte devant les voisins.

— OK, OK, j'arrive.

— J'arrive, *merci*.

J'ai ri.

— Désolée, je suis mal élevée. Oui, merci pour votre invitation.

Jemma était enceinte jusqu'aux dents. De temps à autre, elle grimaçait quand le bébé lui flanquait un coup de pied. Sur son invite, j'ai posé ma main sur son ventre et senti le petit se tortiller et donner du poing. Elle m'a dit qu'il n'arrêtait pas d'avoir le hoquet.

— Il y a tant de choses que les gens n'osent plus me dire, ai-je commenté, deux verres de vin plus tard.

— Comment ça ?

Fergus s'est penché en avant pour remplir mon verre mais je l'ai couvert de la main.

— Eh bien, par exemple, vous ne me parlez plus du bébé à moins que je vous y encourage. Vous vous dites que ça risque de me faire du mal – à cause de Greg, parce qu'on n'a jamais réussi et que, maintenant, il est trop tard. Et bien sûr que ça me fait du mal, mais ce n'est pas comme si je n'y pensais pas jusqu'à ce que vous m'en reparliez. Je préfère qu'on me dise les choses, autrement je me sens marginalisée, exclue. Mary n'arrêtait pas de me raconter en détail ce que faisait Robin – ses moindres reniflements, ses couches, la façon qu'il a de refermer son poing autour de son doigt – et aujourd'hui c'est tout juste si elle mentionne son nom. Gwen me parlait de sa vie sentimentale. Joe se plaignait régulièrement à moi quand il était enrhumé ou me racontait quand il avait un client sacrément riche. Plus maintenant.

— Dans ce cas, a répondu Fergus, quêtant un regard approbateur auprès de Jemma, on voulait te demander quelque chose.

— Oui ?

— Tu veux bien être sa marraine ?
— Sa marraine ?
— Oui.
— Mais vous ne croyez pas en Dieu.
— Bof, c'est pas vraiment la question.
— Et moi non plus…
— C'est donc un non ?
— Bien sûr que je serai sa marraine ! J'en serai très heureuse…

Je pleurais, les larmes ruisselaient sur mes joues jusque dans ma bouche. Je les ai essuyées du dos de la main en tendant mon verre, pour qu'on me resserve.

— À… qui que tu sois.
— À qui que tu sois !

Fergus s'est levé pour m'étreindre.

— Je suis si désolé, pour tout, a-t-il chuchoté.

J'ai haussé les épaules.

20

Rentrée chez moi, j'avais décidé de la marche à suivre. Il aurait été facile d'envoyer des e-mails depuis le compte de Milena en me contentant de répondre aux messages qu'elle avait reçus d'anciens amants, mais cela me semblait trop risqué. Même si je gardais l'anonymat, l'expéditeur serait forcément quelqu'un qui connaissait le mot de passe de Milena. Cela pourrait même établir un lien avec l'ordinateur de Milena ou son bureau. L'idée la plus prudente semblait être de me créer une adresse hotmail. Je ne savais pas du tout s'il était ou non facile de remonter à la source des e-mails, mais je n'avais sans doute pas affaire à des experts en informatique, en l'occurrence. En créant la nouvelle adresse, je me suis contentée de laisser planer mon doigt au hasard sur le clavier et me suis retrouvée avec j4F93nr4wQ5@hotmail.com. J'ai entré « J » en guise de prénom, et « Smith » en guise de nom. Comme mot de passe, j'ai tapé une séquence de chiffres et des lettres en majuscules et minuscules. Une fois que ça a été fait, je me suis envoyé un e-mail, juste pour vérifier. Il était là : « J Smith », la ligne du sujet, la date et l'heure, l'adresse. Cela me semblait plutôt sûr.

J'ai entré la première des adresses électroniques que j'avais récupérées dans l'ordinateur de Milena, écrit « Au sujet de » derrière « Objet », puis, après quelques moments de réflexion, tapé : « Très cher Robin, tu me manques, vraiment, et… » Je me suis efforcée de trouver un nom plausible. « Petra ». Non… n'était-ce pas un nom de chien ? Ainsi qu'une destination touristique. « Katya ». Assez exotique. Je me suis rendu compte que les prénoms qui me venaient à l'esprit faisaient trop « Milena ». J'ai étudié les livres sur l'étagère. « Richmal ». Laisse tomber. « Elizabeth ». S'appelait-on encore Elizabeth de nos jours ? « Eliza ». « Beth ». « Bessie ». Tous me paraissaient ridicules. Enfin bref, quelle importance ? « Lizzie » ferait l'affaire. Et là, je me suis souvenue. Non, ça n'irait pas. Il fallait que le prénom commence par un J. Jackie, alors. « Une revenante : Jackie. Appelle dès que tu rentres, tendresses, Jackie xxxxx PS : j'espère que c'est bien ton adresse e-mail et si ce n'est pas le cas, merci à vous, illustre inconnu(e), de me le faire savoir !! !! ! »

Je l'ai lu et relu. J'ai cliqué sur « Envoyer » : il était parti. J'ai écrit le même message à la seconde adresse et l'ai également envoyé. Je me suis rappelé mon enfance, et comment il m'était arrivé de craindre de poster une lettre : quand je la poussais dans la fente et que je l'entendais tomber, je me rendais compte qu'elle était toujours là, en effet, à quelques centimètres, mais hors de portée, impossible à modifier ou récupérer.

Le lendemain matin, à mon arrivée au bureau, Frances était au téléphone. Elle préparait une réception pour une société de juristes de la City qui devait se dérouler dans un vieil entrepôt à proximité de la Tamise. Alors que j'allumais l'ordinateur de Milena, elle a brutalement reposé le combiné et s'est approchée de moi d'un pas décidé.

— Ils veulent un thème shakespearien, a-t-elle déclaré. Je ne sais même pas ce que ça veut dire.

— Vous ne pouvez pas juste embaucher quelques jeunes acteurs? ai-je suggéré. Ils peuvent circuler avec les canapés et déclamer des vers de Shakespeare. Genre « La musique est l'aliment de l'amour », et... enfin bref, il doit y avoir d'autres allusions à la nourriture.

— Et ils veulent de la cuisine élisabéthaine. Je vous jure!... J'avais une espèce de cruche en ligne à l'instant et j'ai dit : « Qu'entendez-vous par cuisine élisabéthaine? De la carpe? Du brochet? Du chapon? » Elle a répondu : « Oh non : Ils veulent juste dîner normalement, mais avec un zeste d'élisabéthain. »

Il y avait des étagères de livres et de revues dans le bureau dédiés à ce genre de crise et Frances s'est mise à farfouiller dedans, parlant autant pour elle-même que pour moi. Je suis allée consulter mon nouveau compte. Impossible de me rappeler ma nouvelle adresse e-mail et mon nouveau mot de passe. J'ai dû les taper laborieusement en consultant la feuille sur laquelle je les avais notés.

— C'est quoi, au juste, des ris de veau? demandait Frances. Un genre de glandes, non?

— Je ne suis pas sûre que ça convienne pour des amuse-gueules, ai-je répondu.

Je devais faire un effort pour garder la voix calme parce que je venais de remarquer qu'il y avait deux messages pour moi. Le premier souhaitait la bienvenue au nouveau détenteur du compte. Le second provenait de « partipêcher ».

Frances a traversé la pièce dans ma direction, tout en lisant à voix haute.

— Civet de lièvre, disait-elle. Homard. C'est désespérant. On ferait aussi bien de préparer des langues d'alouettes.

— Il faut juste des petits trucs qui fassent légèrement désuet, ai-je suggéré. Des œufs de caille. Des petits bouts de bacon. Des boulettes. Des coquilles Saint-Jacques.

J'ai cliqué sur le message.

« Qui êtes-vous ? » était-il écrit.

J'ai cliqué sur « Répondre » et tapé en vitesse.

« Jackie, comme vous pouvez le voir. Je me suis trompée d'adresse ? Qui êtes-vous, vous ? »

J'ai surligné et souligné le dernier mot. Puis cliqué sur « Envoyer ».

— Ça me paraît pas mal, a dit Frances. On n'a qu'à mettre des garnitures genre vieil anglais sur les assiettes. Des bouts de parchemin. Des branches de romarin. Des petites collerettes. On peut pendre des tapisseries et des guirlandes aux murs. Des noix marinées dans du vinaigre, a-t-elle ajouté en s'enthousiasmant pour le sujet. Des nèfles. Des coings. Le problème, c'est que les gens ne vont pas savoir ce que c'est.

— Ça leur procurera un sujet de conversation. En fausse langue élisabéthaine, bien sûr. Sacrebleu. Vous voyez ?

Un ping a retenti depuis l'ordinateur de Milena. Un message de « partipêcher ».

« Qui êtes-vous ? » redisait-il, comme précédemment. J'ai à nouveau cliqué sur « Répondre ».

« Ne comprends pas, ai-je tapé. Avez-vous reçu mon dernier message ? Ai-je la mauvaise adresse ? Pourriez-vous m'indiquer votre nom ? »

J'ai cliqué sur « Envoyer ».

J'ai patienté une minute, deux, mais toujours pas de réponse.

Entre-temps, Frances feuilletait un nouvel ouvrage.

— Ils mangeaient des huîtres, à l'époque ?

— Je pense que oui.

— Je me méfie toujours un peu des fruits de mer. Vaudrait mieux éviter d'empoisonner une pleine salle d'hommes de loi.

Mes pensées se sont égarées et j'ai soudain entendu que Frances avait élevé la voix, comme si elle essayait de me tirer du sommeil.

— Désolée. Je n'ai pas entendu ce que vous disiez. J'essayais de résoudre un problème dans ma tête.

Elle m'a regardée, l'air soucieuse.

— Vous allez bien ? Vous êtes assez pâle.

— Ça va. Peut-être un peu fatiguée.

Frances s'est affairée autour de moi comme si elle était ma grand-mère. Elle m'a tâté le front de sa main fine et froide. Elle m'a préparé du café et m'a même demandé si j'aimerais qu'elle y ajoute une goutte de brandy.

— Ah, ça, ça pourrait être une idée pour la fin de la soirée, a-t-elle repris. Est-ce qu'on buvait du café à l'époque élisabéthaine ? Je suis sûre qu'ils buvaient du brandy.

À contrecœur, j'ai laissé mon bureau et nous avons feuilleté des livres de cuisine en quête d'idées. Nous avons devisé filets de sole frits en goujon, blanchailles à la diable, champignons à la crème et anguille fumée, tomates cerises farcies au crabe, et pommes de terre nouvelles fourrées au caviar. Frances avait des doutes sur cette dernière suggestion.

— Il faudra que je fasse accepter ça par la vieille Daisy, chez G & C ! a-t-elle dit. Ça risque d'être un peu raide, même pour eux. J'ai vu du caviar chez Fortnum's l'autre jour. Ça valait environ un million de livres le gramme.

Alors qu'elle parlait, j'ai entendu un « ping » en provenance de l'ordinateur de Milena et soudain, j'ai eu l'impression d'être comme projetée dans un rêve où les mots de Frances n'étaient plus qu'un bruit de fond insignifiant. J'ai dû prendre sur moi pour parler normalement tandis qu'elle reposait les livres de cuisine et s'éloignait en direction des étagères, en quête d'un catalogue d'exposition.

— Vous m'accordez une minute? ai-je demandé, en m'approchant de l'ordinateur de Milena.

J'ai cliqué sur le nouveau message.

« Personne n'a cette adresse », ai-je lu. « Comment vous l'êtes-vous procurée? »

J'ai rassemblé mes esprits et me suis forcée à épouser le personnage de Jackie, personnage imaginaire né de l'imagination d'un autre personnage fictif.

« Peut-être l'ai-je mal notée, ai-je répondu. Je voulais juste savoir qui vous étiez pour vérifier si j'avais pu la confondre avec celle de quelqu'un d'autre. Mais si c'est un problème, laissez tomber. »

Je l'ai envoyé et suis retournée auprès de Frances, qui avait déniché un vieux catalogue sur une exposition de miniatures élisabéthaines. Elle a souri et indiqué le portrait ovale, d'une délicatesse exquise, d'une femme portant un haut chapeau avec une plume d'autruche blanche, une fraise en dentelle, des manches ballon et rebrodées de fil d'or avec un corset rigide, richement orné.

— Elle vous ressemble, a-t-elle dit. Je vous verrais bien, là-dedans.

— Je n'ai pas le tour de taille requis.

Frances m'a regardée d'un œil expert, comme si j'étais un cochon dont elle envisageait l'acquisition.

— Mais si, a-t-elle rétorqué. Comment vous faites? Exercice, ou hygiène de vie?

Jeûne, privation de sommeil, anxiété permanente, ai-je songé, tout en me contentant de sourire avec ce que j'espérais être une modestie contrite. Nous avons parcouru le somptueux catalogue, nous arrêtant sur des portraits d'hommes avec fraise et pourpoint, bas et haut-de-chausses ; des femmes en houppelande et jupon, corset et vertugadin.

— Si on peut habiller comme ça certains de nos jeunes acteurs, a repris Frances, et leur faire apprendre quelques vers, ce devrait être magnifique. Si on veut que ça ait l'air authentique, il faudrait probablement aussi faire jouer les femmes par des hommes.

— Je ne pense pas que ce serait du goût de ces juristes, ai-je rétorqué. Quand ils ont demandé élisabéthain, ils imaginaient sans doute des jeunes filles distribuant des bonbonnes d'*ale* et se comportant comme des catins. La soirée risque d'être éprouvante pour certaines d'entre elles.

Frances a grommelé.

— Les filles de l'école d'art dramatique auxquelles on fait appel sont assez difficiles à choquer, a-t-elle répondu. Vous savez : « Si on les couchait toutes bout à bout dans le jardin », etc., etc.

J'ai entendu un autre « ping » en provenance de l'ordinateur et me suis laissé distraire une fois de plus.

— ... etc., quoi ?...

— ... je n'en serais nullement étonnée.

— Hein ?

— C'est une vieille blague. Je l'ai éventée, maintenant. Si l'on couchait les filles bout à bout dans le jardin. Vous savez ?... Je ne serais aucunement étonnée... qu'elles aient couché[1].

— Ah !... oui, il me semble l'avoir déjà entendue.

1. Jeu de mots intraduisible. « If all the girls who attended the Yale prom were laid end to end, I wouldn't be a bit surprised », où « laid » signifie tant « allongées » que « plus vierges », d'où la chute.

— Dorothy Parker, je crois.

— Oui, ai-je confirmé. Excusez-moi un instant. Quelqu'un vient de m'envoyer un message.

Je ne pouvais faire mine de poursuivre la conversation. Je suis allée rejoindre l'ordinateur et j'ai cliqué sur le nouveau message.

« Désolé de me montrer paranoïaque, disait le message. C'est une question de sécurité. Donnez-moi juste votre numéro de téléphone, je vous appelle et je vous dirai mon nom. »

En prenant connaissance du message, j'ai eu le sentiment d'être soudain devenue, sans préavis, immensément plus bête. J'étais comme une personne en pays étranger qui comprenait tout juste ce que signifiaient les mots essentiels mais ne parvenait pas à en saisir le sens sous-jacent, ce qu'ils impliquaient, quelles étaient les coutumes que tout le monde tenait pour acquises. J'ai rencontré d'énormes difficultés à évaluer ce que signifiait le message, ses implications. Y avait-il seulement moyen de communiquer un numéro de téléphone ou autre à cette personne ? Était-il concevable qu'il appelle et me dise qui il était, me révélant ainsi qui était cet amant de Milena ?

Soudain, tout se muait en puzzles que je n'étais pas équipée pour résoudre.

Était-il possible que cette personne, quelle qu'elle soit, croie que mon message avait été une erreur ? Pouvait-il s'agir d'une question de sécurité ? Y avait-il réellement une chance qu'il se donne la peine d'appeler pour tirer les choses au clair ? Mes pensées tournaient au ralenti, comme embourbées, mais en définitive, avec Frances qui se balançait d'un pied sur l'autre et m'attendait à l'autre bout de la pièce, j'ai décidé que non, ce n'était pas possible. J'étais allée trop loin. Je m'étais dévoilée.

Mon mot de passe semblait sûr. En tout cas, il était sans nul doute à l'abri de moi-même, dans la mesure où il n'y avait aucune chance que je puisse jamais m'en souvenir. Mais par mesure de sécurité, j'ai supprimé tous les messages, ceux que j'avais reçus comme ceux que j'avais conservés, puis ai effacé les e-mails supprimés. Si j'avais pu, j'aurais aussi détruit ces derniers eux-mêmes, mais pour autant que je puisse en juger, ils étaient aussi pulvérisés qu'on peut l'être dans le cyberespace.

J'ai rejoint Frances et nous avons élaboré de nouveaux plans élisabéthains, puis sommes sorties déjeuner, d'un repas qui semblait aussi éloigné de la cuisine élisabéthaine que possible, composé de minuscules tranches de carpaccio de thon et de tas miniatures de nouilles épicées. Mais bon, je ne connais rien à la cuisine élisabéthaine à part ce que j'en ai vu dans des reconstitutions historiques à la télévision. Pour autant que je sache, les contemporains d'Élisabeth mangeaient peut-être de délicates garnitures de germes de soja avec leurs cuissots de chevreuil. Nous avons également pris un petit bol de saké chaud que Frances a bu d'une traite et goulûment, jetant à peine un œil à son assiette avant d'en commander un second. Je me suis rappelé les bouteilles de vodka dans le tiroir de son bureau. Elle envisageait de louer les services d'un bouffon au Comedy Store et se demandait si l'inspection du travail autoriserait des torches aux murs, si nous pouvions embaucher des musiciens élisabéthains, et à quoi ressemblait la musique élisabéthaine. Et pourquoi pas des danseurs folkloriques ? Est-ce que les danseurs de Morris dance étaient élisabéthains ?

— Ce n'est qu'une question d'argent, a conclu Frances, pensive, alors que nous nous attardions sur le café. Quand on est à Londres et qu'on a l'argent, on peut à peu près tout acheter. (Sur quoi elle a repoussé son assiette, quasi intacte, et ajouté :) Sauf le bonheur, bien sûr. Ça, c'est une tout autre histoire.

Je ne savais pas quoi dire. En temps normal, j'aurais tendu la main et touché son bras, demandé ce qu'elle voulait dire par là, tenté de lui tirer les vers du nez. Mais nous n'étions pas « en temps normal ». Si elle cherchait du réconfort auprès de moi, elle se tournerait vers une personne fictive et qui la quitterait sous peu qui plus est. Aussi ai-je froncé le sourcil et murmuré quelque chose d'insignifiant.

— Vous estimez-vous heureuse, Gwen ? a-t-elle demandé, levant vers moi son visage pâle, aux traits délicats.

— Bof… (J'ai planté ma fourchette dans la dernière tranche de thon.) Difficile à dire. Je veux dire, c'est quoi le bonheur ?

— Je l'étais, a-t-elle repris. Ça m'a semblé facile, un temps. À moins que je n'aie pas réellement été heureuse. Peut-être que je ne faisais que m'amuser. Ce n'est pas la même chose, vous êtes d'accord ? Je crois que j'étais très égoïste. Je n'avais pas saisi que les actions engendrent des conséquences. Quand on s'est rencontrées, au début, Milena et moi, avant d'être mariées, on était un peu comme Beth, j'imagine : tous les soirs dehors, plein de jules, plein de fêtes, plein d'alcool. Mais ensuite tout a changé. On récolte ce que l'on sème, dit le dicton. Mais je regrette de n'avoir pas compris à l'époque ce que je semais. On prend un vin doux ?

— Ça ira pour moi, ai-je répondu. Si je bois dans la journée, je m'endors. Mais allez-y si ça vous tente.

— Non, vous avez sans doute raison, et on devrait retourner travailler, j'imagine. Désolée de radoter. Parfois je me sens si… (Mais elle s'est interrompue, a secoué la tête comme pour s'éclaircir les idées, a rechaussé ses lunettes, m'a adressé un sourire ironique.) Bien. Allons-y, et retournons à nos bas et à nos pourpoints.

En regagnant le bureau, je sentais l'ordinateur de Milena m'attirer comme si j'y étais reliée par des cordes invisibles. Mais je n'ai pas travaillé sur écran cet après-midi-là. J'ai développé nos idées pour la réception en une proposition cohérente. C'était si léger et intéressant que j'ai ressenti un regret en pensant que cela constituerait sans doute mon adieu à ma collaboration avec Frances. J'ai mis un point final à la proposition et j'avais presque débarrassé mon bureau quand David est venu la chercher. Il était de mauvaise humeur et m'a tout juste accordé un regard. Frances a fait une grimace contrite. J'ai marmotté une excuse et suis partie.

En arrivant chez moi, j'ai allumé l'ordinateur sans même ôter ma veste. Je me suis coltiné les pénibles étapes consistant à taper ma nouvelle adresse e-mail et mon nouveau mot de passe, recopiant les caractères un à un. Il y avait un nouveau message, et j'ai cliqué dessus.

Les messages précédents s'affichaient au-dessus de ce dernier mais, désormais, les anciens avaient été supprimés. La ligne consacrée à l'objet du mot annonçait : « Qui êtes-vous ? » et le message reprenait : « Qui êtes-vous ? »

21

Faisant fi de mon habituel bon sens, j'avais promis d'assister à la dernière réception de *Party Animals* parce que Beth était partie pour le long week-end qu'elle avait prévu. Un très long week-end, de six jours.

— Juste pour vous donner une meilleure idée de ce que nous faisons, avait dit Frances, l'après-midi précédent. Vous n'aurez rien à faire, honnêtement. Hormis vous fondre dans le décor et surveiller ce qui se passe. (Elle m'avait examinée d'un air dubitatif.) C'est la fête « Femmes d'affaires » que vous avez chiffrée, a-t-elle précisé. Vous savez, des douzaines de femmes hyper-puissantes qui se mettent en réseau et se plaignent des hommes. Alors si vous pouviez…

Elle a hésité.

— Porter un tailleur ?

— Oui. Un truc du genre. Merci, Gwen.

Je ne possédais pas de tailleur, ni même des vêtements qui, une fois assemblés, pourraient passer pour un pseudo-tailleur. Je me suis tirée du lit à grand-peine et me suis douchée à l'eau tiède parce que le chauffe-eau fonctionnait de manière mystérieuse et sporadique et que je n'avais pas les moyens de le faire réparer – je n'avais même pas de quoi manger, d'ailleurs, mais je ne pouvais pas penser à l'état de mon compte en banque pour l'instant. Cela devrait attendre, tout comme le reste : les amis, le travail, la vraie vie.

Effectivement, il n'y avait rien dans l'armoire susceptible d'obtenir l'approbation de Frances. Le seul complet qui s'y trouvait était le gris-vert de Greg, qu'il avait porté à notre mariage et que, même dans ma crise de démence enragée, je n'avais pas réussi à me résoudre à brûler. Je l'ai sorti et examiné. Il était magnifique, simple et léger. Je l'avais aidé à le choisir et c'était le vêtement le plus coûteux que nous ayons jamais acheté, lui ou moi. Je l'ai serré contre moi : il était un peu long mais je pouvais rouler les jambes et mettre une ceinture autour de la taille. Quand je l'ai essayé, j'ai été stupéfaite de constater à quel point je semblais différente, joyeusement androgyne. J'ai mis une chemise blanche et noué un lacet autour du cou en guise de cravate. Un chapeau mou aurait complété l'effet, mais je n'en possédais pas, aussi me suis-je coiffée d'une casquette en velours côtelé genre marchand de journaux que nous avions dénichée à Brick Lane un matin de printemps. J'ai fourré mes cheveux dessous, et accroché des boucles à mes oreilles. Désormais, je n'avais plus l'air d'Ellie ou de Gwen, mais d'une tout autre personne.

Il me restait du temps avant de devoir prendre le chemin de la City, aussi me suis-je préparé un café instantané en avalant les dernières miettes de corn-flakes désormais ramollis que mangeait Greg de temps en temps. La lumière clignotait sur mon répondeur, mais j'ai décidé de ne pas écouter les messages. Je savais déjà que la moitié d'entre eux seraient de Gwen ou de Mary et qu'ils diraient : « Où es-tu ? » et « Rappelle-moi dès que tu peux », et « Que se passe-t-il ? » Puis, comme une accro au crack, je suis retournée devant l'ordinateur pour regarder l'e-mail reçu la veille au soir. Nul besoin, évidemment. Il n'y avait toujours que ces trois mots : « Qui êtes-vous ? » Je ne savais pas du tout quoi faire ensuite et, même si le bon sens me dictait de laisser tomber – d'abandonner Frances et *Party Animals*, d'arrêter d'espionner et de mettre mon nez dans leurs affaires, de renoncer à ma malheureuse prétention à être quelqu'un d'autre, de retourner à la vie que j'avais laissée derrière moi et d'essayer de me construire un avenir viable, je savais très bien que je n'en ferais rien. Pour le moment, en tout cas. Mais j'entrevoyais un moyen de découvrir l'identité de « partipêcher ». Je ne pouvais lui communiquer mon numéro de téléphone, évidemment, que ce soit le fixe de la maison ou mon portable. Je ne désirais pas lui parler, ni lui permettre d'entendre ma voix. Je devais néanmoins lui laisser un numéro où me rappeler.

Peut-être pouvais-je demander à Gwen de lui parler, tout en se faisant passer pour quelqu'un d'autre, bien sûr, puisque Gwen, c'était moi. Mais j'ai écarté l'idée, parce que je ne voulais pas qu'on me dise – comme on le ferait très certainement – que ce que je faisais était peu judicieux, mal, et que je devais arrêter ça tout de suite. Je le savais déjà.

J'ai fixé l'écran jusqu'à ce que les mots se brouillent. J'ai contemplé ma nouvelle adresse e-mail : j4F93nr4wQ5@hotmail.co.uk. Et l'idée m'est venue : ce que je devais faire, c'était simplement refaire ce que j'avais déjà fait avec mon e-mail et me procurer un nouveau portable, dont je ne communiquerais le numéro à personne si ce n'est à « partipêcher ». Quand il appellerait, je ne répondrais pas, mais j'aurais au moins son numéro dans mon appareil. Ça serait toujours ça de pris.

J'ai trouvé le temps d'acheter un téléphone avec carte prépayée et néanmoins d'arriver en avance au déjeuner « Femmes d'affaires », qui se déroulait dans un sous-sol voûté au cœur de la City, un beau lieu faiblement éclairé, de vieilles briques, de pierre froide et d'échos assourdis. Un feu flambait dans la cheminée à un bout de la salle, et des vases remplis de roses rouges veloutées se dressaient à intervalles réguliers sur la longue table. Des verres à vin élancés – dont nulle ne se servait parce qu'elles buvaient toutes de l'eau gazeuse – et des couverts en argent miroitaient. Tout cela faisait très vieux jeu et masculin, ce qui, comme me l'avait expliqué Frances, était le but recherché : cela se devait de ressembler à un club de gentlemen classique, investi par des dames. Je reconnaissais bien là Frances : faire quelque chose d'aussi *establishment* en même temps qu'ironique.

En effet, les femmes, quand elles arrivaient, portaient la tenue réglementaire du club. Toutes en jupe, veste et robe superbes, dans des tons de noir, gris et marron foncé, avec des chemises blanches, d'élégantes chaussures, des bas très fins, de discrets reflets d'or à leurs oreilles et à leurs doigts. Elles affluaient dans l'escalier, remettant manteaux de cachemire, gants de cuir, minces serviettes et parapluies enroulés aux serveurs, et restaient debout regroupées dans leur richesse discrètement ostentatoire. Je me sentais miteuse, furieuse, tout à fait déplacée dans ce contexte, comme un bouffon à la cour d'un roi. J'avais envie de rentrer chez moi, de remettre mon bon vieux jean et de raboter des copeaux de bois blond, bien sec.

Mais à ma vue, Frances a haussé les sourcils.

— Vous êtes tout à fait charmante, a-t-elle dit en souriant. Vous avez à n'en pas douter un style bien à vous, Gwen.

Je ne savais pas si c'était un compliment ou un sarcasme déguisé.

Je n'ai pas vraiment eu l'impression de travailler : j'ai erré de la cuisine au vestiaire, puis dans la salle à manger, veillant au bon déroulement des choses, m'assurant que le déjeuner se passait bien et que les plats étaient servis à temps. Pourtant, vers la fin, je me sentais lasse, épuisée, en grand besoin d'air frais, de lumière naturelle. En sortant dans la rue, j'ai étouffé un cri et me suis ratatinée dans l'embrasure de la porte. Joe marchait sur le trottoir dans ma direction, son manteau ondulant autour de sa silhouette solidement charpentée. Il portait un sac et semblait perdu dans ses pensées. Puis un froncement de sourcil contrarié lui a barré le visage. J'ai eu l'impression d'être poignardée. J'avais la bouche sèche et mon cœur cognait contre mes côtes. Il était hors de question qu'il me voie, vêtue du costume de mariage de Greg et dans le personnage de Gwen, pas quand, dans quelques instants, Frances remonterait les marches à ma suite et le verrait saluer Ellie. Je me suis pliée en deux, prétendant refaire mes lacets, quoique mes chaussures en soient dépourvues, et lorsque j'ai furtivement relevé les yeux, il était passé de l'autre côté de la rue, même si je pouvais encore distinguer sa silhouette familière s'éloignant à grands pas, en direction de quelque établissement bancaire, peut-être. Je me suis relevée en m'efforçant de reprendre mes esprits, même si le choc m'avait rendue un peu nauséeuse. Il s'en faudrait de peu que mes deux univers entrent en collision et volent en éclats.

À mon retour, un morceau de papier gisait sur le paillasson. « Où es-tu, que fais-tu, et pourquoi ne réponds-tu pas à mes appels ? APPELLE-MOI IMMÉDIATEMENT ! Gwenxxxx. »

J'ai mis le petit mot de côté, sorti le nouveau téléphone de sa boîte et l'ai mis à recharger. Puis j'ai ouvert mon compte hotmail et copié la nouvelle adresse e-mail. « Voici mon numéro de téléphone », ai-je écrit, avant de la taper. J'ai pris une profonde inspiration et pressé « Envoyer ». Là, c'était parti. Tout ce qu'il me restait à faire, désormais, c'était attendre.

Je ne pouvais pas m'abstenir d'écouter mes messages téléphoniques plus longtemps : Gwen, Joe, Gwen, Gwen, mon conseiller bancaire, Joe, Mary, ma mère – deux fois –, Mary de nouveau, Gwen, Gwen, toujours Gwen, ma sœur, Fergus – deux fois –, une femme appelant au sujet d'une commode à décaper, mon conseiller bancaire à nouveau, un faux numéro, Gwen, qui avait l'air folle d'angoisse à présent. J'ai ressenti une pointe de culpabilité. Je l'appellerais bientôt. Demain. Une fois que j'aurais résolu ce dernier détail. Je ne pouvais parler à personne d'ici là. Impossible.

Mais alors même que je me disais cela, des coups pressants se sont fait entendre à la porte. Je me suis levée pour aller ouvrir, puis me suis rassise. Non : ce devait être Gwen ou Mary, Joe ou Fergus, et je n'étais pas d'humeur. Si je n'y répondais pas, ils s'en iraient. Les coups ont continué. Savaient-ils, on ne sait comment, que j'étais là ? Puis ils ont cessé.

J'ai poussé un soupir de soulagement et me suis levée. Et maintenant, quoi ? J'ai ouvert la porte du réfrigérateur et plongé un regard découragé dans son ventre blanc. Un rogaton de fromage durci, une plaquette de beurre périmée et un bout de chorizo sous film plastique traînaient sur des clayettes vides par ailleurs. Alors que je me tenais plantée là, j'ai eu comme l'impression fort désagréable que je n'étais pas seule. J'ai perçu un bruissement derrière moi, en provenance du jardin et, très lentement, j'ai fait demi-tour. Quelqu'un me dévisageait par la fenêtre. Gwen. Son doux visage était formidablement renfrogné. Un autre a surgi à son côté et les deux m'ont fusillée du regard. Sur quoi Mary a levé le poing pour taper sèchement contre la vitre.

— Laisse-nous entrer ! a-t-elle vociféré.

J'ai ouvert la porte de service et me suis écartée pour les laisser entrer.

— À quoi tu joues ? a sifflé Gwen, lâchant un énorme sac de courses sur la table.

— Mais qu'est-ce que c'est que ces fringues ? a dit Mary.

— T'as pas eu mes messages ? Mon mot ? As-tu idée du sang d'encre qu'on s'est fait, tous ?

— J'étais... occupée, ai-je répondu entre mes dents.

— Occupée ? Ben je l'étais aussi, figure-toi. Tu ne peux pas te planquer comme ça, tu sais. Merde ! Je t'imaginais allongée dans un fossé – ou dans une baignoire avec les poignets entaillés... Si tu ne veux pas nous voir, très bien, mais au moins dis-nous que tu vas bien. On allait appeler la police si on ne t'avait pas trouvée ce soir.

— Désolée. Je n'ai pas réfléchi.

— Ben t'aurais mieux fait !... Ce n'est pas une excuse. Tu pourrais avoir un peu plus d'égards pour les autres.

Gwen s'est mise à déballer le sac. Du café moulu, du lait, des sablés, du pain complet, de la salade, des carottes, une bouteille de vin, des œufs. Elle les flanquait sur la table avec rage.

— C'était le costume de Greg ? a demandé Mary.

— Oui, ai-je répondu sèchement.

— Il te va bien. (Il y avait un soupçon de reproche

dans sa voix. Les choses se seraient mieux déroulées si j'avais été hagarde, les yeux rougis de chagrin.) Tu ne trouves pas qu'elle a chouette allure, Gwen ?

— Hmm. Où étais-tu passée ?

— J'avais des trucs à régler.

Gwen a renâclé.

— Piètre excuse.

— Mais c'est vrai ! ai-je insisté. (Après tout, ça l'était, d'une certaine manière.)

— Tu t'es remise au travail ?

— Pas vraiment. Un peu.

— Un peu. T'es-tu occupée de tes problèmes financiers, es-tu allée à la banque, as-tu vu ton notaire, rendu visite à tes parents, comme tu avais promis de le faire ?

— Bientôt.

— Alors qu'est-ce que tu as fichu ?

— J'ai… Plein de trucs.

Mon excuse était si boiteuse que j'ai rougi jusqu'à la racine des cheveux.

— Qu'est-ce que tu mijotes, Ellie ? a demandé Gwen.

— Rien du tout.

Mais je ne pouvais pas croiser son regard.

— C'est nous, tu te souviens ? est intervenue Mary.

Elle s'était attablée et croquait machinalement une carotte apportée par Gwen.

Le téléphone a soudain sonné et je me suis raidie. Mais ce n'était que ma ligne fixe et nous avons patienté en silence tandis que le répondeur prenait l'appel et que la voix de Joe se faisait entendre : « Ellie. Ellie, chérie ? C'est moi. Allez… » (Silence, puis, de nouveau :) « Ellie ? » avant de raccrocher.

— Tu vois ? Un autre ami inquiet.

Un instant, j'ai envisagé de leur dire tout ce que j'avais fait. Mais pour ça, ne serais-je pas aussi tenue de renoncer à mes subterfuges, mes mensonges, mes duperies et autres obsessions maladives ?

— Je suis vraiment, vraiment désolée, ai-je répété. Sincèrement. Je sais que je me comporte de façon un peu bizarre, pas bien. C'est difficile à expliquer. Je me suis laissé complètement dépasser. (J'ai croisé les mains, tordu mes doigts nus, dépouillés de leur alliance.) Je continue de penser que les choses finiront par s'arranger.

— On est là pour t'aider, a dit Gwen. Tu le sais bien. Ne nous repousse pas.

— Non...

— Maintenant qu'on est là, je nous fais du thé ? a suggéré Mary. Thé-gâteaux, et après on sort. Eric s'occupe de Robin ce soir, alors je suis libre. Qu'est-ce que tu en dis ? Un cinoche et un restau, rien que nous trois, comme au bon vieux temps ?

J'aurais aimé leur répondre que je me sentais fatiguée, agitée, que mon cœur rebondissait dans ma poitrine comme une balle en caoutchouc et que la seule chose que j'avais envie de faire était d'attendre auprès du téléphone, mais leurs deux visages, gentils, familiers, trahissaient une telle inquiétude que j'ai dit :

— Ce serait très sympa, en effet.

Je suis rentrée chez moi peu après minuit et me suis jetée sur le nouveau téléphone. Il n'y avait pas de message, mais un appel en absence. Je me suis saisie de l'appareil. Reposant dans ma main, il me faisait l'effet d'une bombe susceptible d'exploser à tout instant. Une fois couchée, le téléphone posé sur la table de nuit à côté de moi, je me sentais survoltée d'excitation et d'appréhension, et quand j'ai enfin trouvé le sommeil, il était intermittent, rempli de rêves où j'étais victime de moqueries.

Frances m'a embrassée sur les deux joues.

— Je suis très contente que vous soyez là. Je dois filer dans une heure environ, et ne serai pas de retour avant le milieu de l'après-midi. Ce serait formidable si vous pouviez examiner la nouvelle brochure pour moi. Je dois l'apporter à l'imprimerie cet après-midi et elle est truffée d'erreurs.

— Ce n'est pas que ça m'ennuie, mais pourquoi ne pas la confier à Beth ?

— Oh, vous pouvez la lui montrer, mais ça ne servira à rien. Elle a étudié la gestion d'événementiel à la fac, autant dire qu'elle sait à peine lire et écrire.

— Bon. Je ferai de mon mieux.

— Mais commençons par un café.

— Je vais le chercher ?

— Non, non, je m'en occupe.

Il y avait quelque chose de fiévreux chez elle ce matin : on aurait dit qu'elle ne tenait pas en place. Elle n'arrêtait pas d'ôter ses lunettes pour les remettre aussitôt, de se passer la main dans les cheveux.

— Vous allez bien ? me suis-je enquise.

— Moi ? Bien. Pourquoi cette question ?

— Vous avez l'air un peu fébrile.

— Peut-être bien. C'est une période un peu bizarre.

— Je n'en doute pas.

— En tout cas, je suis bien contente que vous soyez là, Gwen. Je n'ai pas tellement d'amies femmes à qui parler.

Qu'elle voie en moi une amie m'a emplie d'une nouvelle vague de honte. J'ai plongé mon visage dans ma tasse de café pour cacher mon expression.

— C'est drôle, non ? Parfois, je pense que les femmes

sont bien plus rivales et vaches entre elles qu'elles ne le sont avec les hommes. Vous ne trouvez pas ?

Sans doute visait-elle Milena, mais je me suis remémoré le comportement de Gwen et Mary la veille, leur loyauté et leur amour ronchons, infatigables, et j'ai secoué la tête.

— Pas toujours, ai-je contesté.

— Vous avez des amies proches ?

— Quelques-unes.

— Bien. (Elle avait l'air mélancolique.) Une bonne chose. On a tous besoin d'amis. Écoutez, il faut que je vous avoue quelque chose. Autrement ce sentiment que j'ai, de culpabilité et de dégoût de moi-même, va finir par me pourrir les entrailles et m'empoisonner. J'ai besoin de me confesser.

Que pouvais-je dire ? J'ai fait un léger signe d'acquiescement pour l'encourager à poursuivre.

— Dans vos relations, a-t-elle demandé, avez-vous toujours été honnête ?

— Oui, ai-je répondu, puisque c'était la vérité.

— Ça doit être agréable.

Sa voix était si douce que je pouvais à peine distinguer les mots. Elle a plongé son regard dans mes yeux quelques secondes, avant de le détourner. Lorsqu'elle a repris la parole, elle fixait un point à quelques centimètres de moi.

— Quand je me suis mariée, a-t-elle commencé, j'ai pris des engagements, mais je n'ai pas pris toute la mesure de ce qu'ils signifiaient, pas comme il aurait fallu. Et David et moi… enfin bref, vous nous avez vus ensemble. Ce n'est pas génial. Ça ne l'est plus depuis un bon bout de temps. Il était très occupé, moi aussi, on avait chacun notre vie. On s'est éloignés peu à peu sans s'en apercevoir. Je me suis sentie de plus en plus seule

– mais je ne m'en rendais pas compte non plus. Ça s'est fait petit à petit. Et un jour, j'ai compris que je n'étais pas heureuse. Ma vie me semblait complètement ratée, mais j'étais piégée. Et là… (Elle s'est tournée et m'a regardée un bref instant.) Ça fait cliché, hein ? J'ai rencontré un homme. Un homme très spécial. Il m'a remontée dans ma propre estime. C'était comme s'il reconnaissait qui j'étais, qu'il voyait un trésor derrière la façade que j'avais construite.

Elle s'est frotté les yeux avec lassitude.

— Mais c'était la vraie pagaille. Pas seulement parce que j'étais mariée, d'ailleurs, ça m'a à peine gênée. Il y avait d'abord eu quelque chose entre lui et Milena.

J'ai réussi à émettre un faible son. J'avais le cœur gros et endolori.

— Une aventure, c'est tout, mais vous savez comment était Milena. Elle n'a pas bien pris qu'il me préfère. C'est le moins que l'on puisse dire. Elle m'a haïe, vraiment haïe. J'avais l'impression que les flammes de sa haine allaient littéralement me consumer dès que j'entrais dans la pièce. (Frances a frissonné.) Et après, elle est morte.

— Et cet homme, ai-je dit, elle savait que vous sortiez avec lui ?

— Oh, oui… Milena savait toujours tout.

— Il était marié, lui aussi ?

C'est tout juste si je reconnaissais ma propre voix.

— À votre avis, Gwen ? Oui, il était marié.

— C'était qui ?

Son expression s'est durcie.

— La question n'est pas là, a-t-elle rétorqué d'un ton quasi dégoûté. Quelle importance ?

— Je ne voulais pas…

— C'est fini, c'est la seule chose qui compte. (Elle a lâché un rire qui n'était pas franchement un rire, du tout, non... plutôt un sanglot.) Il s'est passé un truc. Je n'arrive toujours pas à comprendre, Gwen. Ça me tourmente. C'est pour ça que j'avais besoin d'en parler à quelqu'un... faute de quoi je vais devenir dingue.

Frances s'est penchée en avant et, à cet instant, on a sonné à la porte. Elle s'est redressée.

— Ça doit être mon taxi. (Elle m'a adressé un sourire contrit.) À suivre, a-t-elle conclu.

Là-dessus, elle est partie, jetant son splendide manteau sur ses épaules, attrapant son sac, me lançant un sourire implorant, montant les marches en courant. J'ai entendu claquer la porte.

Je suis demeurée sans bouger. Je m'efforçais de respirer. J'avais l'impression d'avoir des couteaux plantés dans la poitrine et chaque petite inhalation me faisait mal. Plusieurs minutes se sont écoulées avant que je me sente capable de me lever mais, même alors, je suis restée plantée au milieu de la pièce, ne sachant trop quoi faire ensuite. Des pensées fusaient dans ma tête. Tout était trouble et confus.

Mais j'étais venue travailler – et c'est ce que j'ai fait : j'ai relu la brochure très attentivement en signalant les coquilles pour les imprimeurs. Quand Beth est arrivée, je la lui ai donnée à revérifier. Je m'inquiétais à l'idée qu'elle m'en veuille, mais Beth ne protestait jamais contre quoi que ce soit susceptible d'alléger sa charge de travail. Tandis qu'elle la feuilletait, téléphonait ou faisait du thé, j'ai classé les dernières factures et les derniers reçus. J'ai répondu aux appels qui se présentaient. J'ai même un peu rangé la pièce. Et tout ce temps-là, le portable était dans ma poche, avec son unique appel en absence. Plus j'essayais de me l'ôter de l'esprit, plus il occupait mes pensées, à tel point qu'à la mi-journée, je ne songeais plus qu'à ça. À ça, et au secret de Frances, celui qui lui avait rongé les entrailles et qu'elle avait désormais confessé.

Je ne pouvais composer le numéro en question : qu'aurais-je dit ? Et pourtant si je n'appelais pas, à quoi bon tous ces efforts ? Peut-être devrais-je tenter le coup et essayer de rapprocher ce numéro de l'un de ceux des nombreux carnets d'adresses de Milena. J'ai commencé, et très vite renoncé : impossible.

Je suis sortie jusque chez le traiteur de la rue où j'ai pris un déjeuner pour nous deux : des paninis aux légumes grillés, au pesto et à la mozzarella fondue. Pendant que nous mangions, Beth m'a posé des questions sur ma vie avant de reporter rapidement la conversation sur la sienne. Ça nous allait bien mieux comme ça, à toutes les deux, et elle m'a parlé des défauts de son petit ami du moment.

Ensuite, j'ai remué des papiers. J'ai rangé des livres sur des étagères. J'ai sorti le portable de ma poche et l'ai posé sur le bureau. Je l'ai remis de côté : loin des yeux, loin du cœur, me suis-je ordonné avec sévérité. J'ai refait du café, très fort cette fois-ci, que j'ai bu alors qu'il était encore trop chaud, de sorte qu'il m'a brûlé la langue et le palais. J'ai ressorti l'appareil une fois de plus, l'ai fixé comme s'il pouvait parler. J'ai passé du courrier indésirable au destructeur de documents et arrosé les plantes sur le rebord de la fenêtre. Quand Beth a fini sa journée, je n'ai pas pu m'en empêcher. J'ai pris le téléphone, j'ai affiché la fenêtre des appels en absence et appuyé sur « Appeler », avant d'annuler aussitôt.

J'ai relancé l'appel une nouvelle fois et cette fois-ci, tenu bon. Je l'entendais sonner maintenant et j'ai fermé les yeux, déglutissant avec peine, m'efforçant de respirer normalement en dépit de l'affolement dans ma tête et des coups sourds dans mes oreilles.

— Allô ? a fait une voix d'homme au téléphone.

Et « Allô ? » a-t-on entendu, sur le pas de la porte.

— Qui... ? ai-je commencé, troublée, avant que la prise de conscience ne se déverse en moi. J'ai lestement planté mon doigt sur la touche de fin de conversation et flanqué le téléphone sur le bureau. Il a dérapé sur la surface brillante et s'est écrasé au sol avec fracas.

— Allô ? redisait la voix derrière la porte, désormais coléreuse. Il y a quelqu'un ? Allô ? Allô ?

Je tremblais à tel point que je pouvais à peine tenir assise correctement. La porte s'est ouverte à la volée.

— Bonjour, Gwen, a dit David, remettant son portable dans sa poche.

J'ai fait mine d'être si absorbée par mon travail que je ne l'avais pas réellement entendu. Je contemplais des chiffres et en ai souligné quelques-uns. Mes mains étaient agitées de secousses et le stylo a tracé des ratures incompréhensibles au travers de la page. « David, me suis-je dit. Ainsi donc, c'était David. »

— Gwen ?

Je me sentais incapable de parler de façon cohérente. C'est tout juste si je pouvais respirer. Mais je me suis obligée à dire quelque chose, comme si j'étais un être humain normal.

— David, l'ai-je accueilli, comment allez-vous ?

Même s'il m'avait adressé la parole, il n'a pas eu l'air d'entendre ma réponse. Il ne cessait de faire les cent pas dans la pièce. J'ai fixé ma feuille, et tenté de comprendre ce que je venais d'apprendre. Il y avait tant d'informations que je ne pouvais les traiter que de manière fragmentaire. David était l'un des amants de Milena. Ces e-mails tendres, pleins d'effusions, avaient été de lui – lui qui était d'ordinaire si ironique et amusé. Milena avait pris connaissance de ses messages dans ce bureau même, lui avait écrit, pendant que Frances se trouvait dans la même pièce, à quelques mètres d'elle, à peine. Comment avait-il pu?... Avec son amie, sa collègue? Sous son nez? Comment avait-elle pu?... Ou avais-je mal compris? Cela faisait-il partie de l'excitation? On dit qu'il n'y a aucun intérêt à parier de petits montants. Il faut que ça fasse mal quand on perd. Peut-être en va-t-il de même avec l'infidélité. Tout le monde peut vivre un coup d'un soir en voyage d'affaires, à l'occasion d'une conférence à l'étranger. Le vrai frisson, c'est de le faire comme un illusionniste en risquant d'être découvert à tout moment, d'être témoin de l'ignorance de sa victime.

En repensant aux messages de Milena, à leur froideur, leur côté manipulateur, je me suis demandé si c'était plus pour elle une question de pouvoir que de sexe. Le sexe n'était-il pour elle qu'une façon de démontrer qu'elle pouvait avoir tous les hommes qu'elle voulait? Et triompher de n'importe quelle autre femme, dans n'importe quelles circonstances? Y avait-il une chance que Greg ait pu résister à ça? Était-il si différent des autres?

J'ai tenté de me rappeler ce que David m'avait dit au sujet de Milena et Frances. Durant toutes ces conversations où je lui avais menti, il m'avait menti, tout comme il avait également menti – à moins que?... – à Johnny et Frances. En tout cas, s'il l'avait fait, il n'était pas le seul à tricher. Frances en était au même point, avec sa propre infidélité. Ils s'étaient trahis l'un l'autre.

— Frances est par là?

Je me sentais comme un ivrogne torché à mort tâchant d'imiter quelqu'un de sobre sans savoir si son numéro est convaincant ou ridicule.

— Je ne sais pas, ai-je répondu, articulant chaque mot avec soin. Elle doit voir l'imprimeur cet après-midi, mais je ne sais pas à quelle heure.

— Ne vous en faites pas, a répliqué David. Je peux l'appeler.

Je n'y tenais plus. Je me suis levée et j'ai tendu la main vers ma veste. David m'a jeté le regard calculateur que je trouvais toujours si difficile à déchiffrer.

— Je ne vous chasse pas, au moins ?

— J'ai un rendez-vous. Il faut que j'y aille.

— À votre école ? a-t-il demandé.

— Non, ai-je lancé, avant de m'interdire d'entrer dans les détails. (Je ne voulais pas risquer des mensonges dans lesquels je pourrais me retrouver piégée.) Pouvez-vous dire à Frances que je l'appelle tout à l'heure ?

Je me suis dirigée vers la porte. À l'instant même où je l'ouvrais, j'ai entendu David m'appeler. Quoi ? Avais-je commis une erreur ?

— Désolée, Gwen, j'avais oublié.

— Oui ?

— Est-ce que vous voulez venir déjeuner avec nous demain ?

— Volontiers.

— Hugo Livingstone sera des nôtres. On s'est dit que ce serait bien si vous pouviez venir. Avec ce qui est arrivé à Milena, Hugo traverse une passe difficile. Ça lui ferait du bien de rencontrer une de ses amies.

— Ça serait super, ai-je confirmé d'une voix que j'entendais trembler. Je m'en réjouis d'avance.

Tout le trajet du retour, je me sentais comme entachée. J'avais retourné une pierre et mis au jour d'horribles trucs visqueux mais, somme toute, à quoi cela m'avançait-il ? Qu'est-ce que j'avais appris ? Et pourtant, je me sentais contaminée. Rentrée chez moi, j'ai pris une longue douche, tâchant de me laver de toute cette Gwenitude, de toutes ces supercheries et ces imbroglios. J'y suis restée jusqu'à ce que le ballon d'eau chaude soit bientôt vide et que l'eau devienne tiède. Ensuite, j'ai enfilé un vieux jean déchiré et un vieux pull informe. Je suis sortie dans le jardin et y suis restée un moment, goûtant la fraîcheur de la nuit sur mon visage.

J'ai pensé appeler Gwen et lui demander de venir dormir chez moi, mais je la savais avec Daniel ce soir. Mary ? Elle s'occupait de Robin, et je ne pouvais souffrir l'idée de lui parler pendant qu'elle serrerait son petit corps contre sa poitrine et roucoulerait dans ses cheveux duveteux. Fergus ? Il était avec Jemma, guettant les premières contractions. Joe ? Je pouvais l'appeler et il rappliquerait dans la minute, avec une bouteille de whisky et sa tendresse bourrue, m'appelant sa « petite chérie » et me tirant des larmes. J'ai failli décrocher, mais me suis alors soudain vue telle qu'ils devaient me voir : pauvre Ellie, se complaisant dans sa misère, enfermée chez elle, avec son besoin d'attention, triste et incapable de passer à autre chose, s'agrippant à la vie des autres.

Aussi suis-je retournée dans ma cuisine, où j'ai commencé par téléphoner à *Party Animals*, sachant que Frances n'y serait pas : tout ce que j'avais à faire, c'était laisser un message disant que je ne revenais pas et que je lui souhaitais bonne chance pour l'avenir. Après quoi, j'ai ouvert le petit tiroir de la table, où je fourrais divers dépliants, prospectus, factures, et en ai sorti la liste qui m'avait été remise par l'agent de police, celle avec tous les numéros de téléphone utiles pour les victimes, les affligés, les blessés, les endeuillés, les sans défense.

22

Judy Cummings était une petite femme trapue, qui abordait la cinquantaine. Elle possédait une abondante chevelure rêche d'un châtain foncé, avec quelques mèches grises éparses, d'épais sourcils surmontant des yeux noisette, et elle était enveloppée d'un long cardigan volumineux. Sa poignée de main a été ferme et brève. J'avais redouté le genre de poignée de main que pourrait vous accorder un thérapeute, qui s'éternise et tente de se faire condoléance, fausse intimité, ce qui m'aurait poussée à prendre la fuite. Mais on aurait quasiment dit un rendez-vous d'affaires.

— Je vous en prie, asseyez-vous, Ellie.

La pièce était petite et chaude, vide, exception faite de trois profonds fauteuils et d'une table basse sur laquelle, ai-je remarqué, se trouvait une discrète boîte de mouchoirs en papier.

— Merci.

Je me sentais empruntée, muette.

— Je ne sais pas pourquoi je suis venue, ai-je déclaré. Je ne sais absolument pas quoi vous dire.

— Pourquoi ne pas commencer par le commencement, a-t-elle suggéré, et voir où ça vous mène ?

Aussi ai-je débuté par les coups à la porte, ce lundi soir d'octobre. Je ne regardais pas Judy en lui parlant mais je me suis penchée en avant dans mon fauteuil, une main devant les yeux. J'ai passé sous silence mon travail de détective amateur, ou la difficulté que j'avais à croire que Greg ait pu avoir une liaison. J'ai juste dit ce que ça faisait de l'avoir perdu et, à ma grande surprise, cela a pris l'heure qui nous était allouée.

— Je me sens tellement triste et vide, ai-je enfin conclu. J'aimerais pouvoir pleurer.

— Je suis sûre que vous y parviendrez, le moment voulu. (Sa voix était plus douce et plus basse, à présent. La pièce me semblait plus sombre, comme si la lumière avait baissé durant l'entretien et que nous étions entrées dans quelque monde crépusculaire.) Il se passe tant de choses, non ? a-t-elle continué. Chagrin, colère, honte, solitude, peur de l'avenir.

— Oui.

— Et le fait d'être obligée de reconsidérer le passé sous un autre angle.

— Mon bonheur. Je me croyais heureuse.

— Effectivement. Même ça doit vous paraître sujet à caution, à présent. Mais en venant ici, vous avez fait un grand pas en avant sur votre chemin.

J'ai ôté ma main de mes yeux, et croisé son regard noisette.

— Ça fait si mal. Le chemin.

Nous avons convenu de nous revoir la semaine suivante et, en sortant de chez elle, je suis allée faire les boutiques. Je m'étais promis de commencer à prendre soin de moi. Plus de placards vides et d'en-cas de minuit, pris debout, faits de fromage et d'une poignée de céréales. Des repas réguliers. Un travail régulier. Un travail *honnête*. J'ai mis des pâtes, du pesto, du riz, du parmesan, de l'huile d'olive, six œufs, des boîtes de thon et de sardine, de la salade, un concombre et un avocat dans mon caddie. Du muesli. Des blancs de poulet, des filets de saumon – difficile d'acheter pour une seule personne : tout est conditionné par deux. « À partager », lisait-on, sur le pain azyme que j'ai ajouté au reste. Ce soir, ai-je songé, je me préparerai un dîner simple. Je m'installerai à table pour le prendre, avec un verre de vin. Suivi de – je l'ai tâtée du pouce pour vérifier si elle était assez mûre et l'ai ajoutée au reste – une mangue. Je lirai un livre et j'éteindrai à 11 heures.

Les choses ne se sont pas tout à fait déroulées comme ça, même si j'avais bien commencé. J'ai écouté mon répondeur, j'ai téléphoné aux parents de Greg et convenu d'aller leur rendre visite le week-end suivant. J'ai vérifié mon portable et vu qu'il y avait trois messages et deux textos de la part de Frances. En gros, tous disaient la même chose : « J'ai besoin de vous. Beth est partie. Je suis seule. Je vous en prie, revenez. » J'ai allumé mon nouveau portable à carte et constaté qu'il y avait trois nouveaux appels en absence provenant de celui que je savais désormais être David. J'ai mis un CD de jazz, lavé la vaisselle qui traînait dans l'évier, puis fait mariner l'un des blancs de poulet dans de la coriandre et du citron, rangé l'autre au congélateur avec les filets de saumon. J'ai été jusqu'à ouvrir une bouteille de vin, disposer une assiette, un couteau et une fourchette sur la table, et poser une casserole sur le feu pour chauffer l'huile. Mais j'ai été interrompue par des coups frappés à la porte. J'ai donc retiré la casserole du feu et suis allée ouvrir.

Alors que la porte pivotait sur ses gonds et que je découvrais qui se tenait sur le seuil, j'ai envisagé de la claquer, de mettre la chaîne de sécurité, de monter l'escalier en courant et d'enfouir ma tête sous la couette, de m'enfoncer les doigts dans les oreilles, de laisser le monde à ma porte, ainsi que tout ce merdier. Mais alors même que je formulais ces pensées, nous nous tenions face à face, et il n'y avait rien que je puisse faire à part me plaquer un sourire débile sur la figure et espérer qu'il ne verrait pas la panique sous-jacente.

— Gwen ?

— Johnny !

— Ne fais pas cette tête. Tu ne croyais tout de même pas que j'allais te laisser disparaître comme ça, si ? Tu ne pourras pas t'en tirer aussi facilement, tu sais.

— Mais comment as-tu su où j'habitais ?

— C'est un problème ?

— Non... c'est juste que je ne me rappelle pas te l'avoir dit.

— Je t'ai entendue donner l'adresse au chauffeur de taxi l'autre soir. Tu me laisses entrer ?

— C'est le foutoir. Peut-être qu'on ferait mieux de sortir boire un verre, ai-je suggéré au hasard.

— Tu as vu comment c'était chez moi. Maintenant, je vais voir comment c'est chez toi, a-t-il répondu en franchissant le seuil. Ça n'est pas si bordélique que ça.

— J'allais sortir.

— J'ai plutôt l'impression, a-t-il dit en entrant dans la cuisine comme s'il était chez lui, que tu allais te préparer un bon petit dîner en solo. Je nous sers du vin ?

— Non, ai-je répliqué. Ou plutôt : si. Oui. Pourquoi pas ? Rien qu'un demi-verre.

— Alors comme ça, tu aimes le jazz?

Des enveloppes avec mon nom dessus traînaient sur la table, et je m'en suis emparée, les froissant dans mon poing. Et, ô mon Dieu, il y avait une photo de moi et Greg retenue au frigo par un aimant. J'ai traversé la pièce d'un pas titubant pour me poster devant. À moins que cela ne soit pas grave que Johnny la voie?... Je n'arrivais pas à réfléchir. J'avais l'esprit en ébullition et de la sueur me picotait le front.

— Le jazz? ai-je répété bêtement. Oui.

Mes yeux parcouraient la pièce nerveusement. Il s'y trouvait tant de choses susceptibles de me trahir. Par exemple, posées sur l'appui de la fenêtre, et coincées dans le cadre, plusieurs cartes postales comportant mon nom, ou même mon nom et celui de Greg. Tombé par terre, juste derrière le pied gauche de Johnny, un bout de papier qu'on avait glissé sous ma porte : « Où es-tu, que fais-tu, et pourquoi ne réponds-tu pas à mes appels? APPELLE-MOI IMMÉDIATEMENT! Gwenxxxx. »

Et là, soudain, le téléphone s'est mis à sonner – et si le répondeur s'enclenchait, quelqu'un dirait à haute voix, avec insistance : « Ellie, Ellie? Décroche, Ellie. »

— Une minute, ai-je dit d'une voix enrouée, avant de foncer dans l'entrée pour décrocher. Oui?...

De là où je me trouvais, je pouvais voir Johnny examiner la photo de moi et Greg sur le réfrigérateur.

— Ellie, c'est moi, Gwen.

— Gwen, ai-je répété comme une bécasse.

Puis, pour maquiller mon erreur, je l'ai redit, d'un ton neutre, comme si j'expliquais qui j'étais à l'interlocuteur :

— Gwen à l'appareil.

— Hein? C'est Gwen.

— Oui, je sais.

— Je peux passer?

— Hein ? Maintenant ?

— Ce qu'il y a, c'est... C'est Daniel, et je ne pensais pas me confier à toi vu... bref, tu sais, vu les événements, mais après je me suis dit que ce n'était pas juste pour moi, parce qu'après tout...

— Une seconde. Désolée. Écoute. Il faut que tu viennes, bien sûr, mais laisse-moi une demi-heure.

— Si ça te pose un problème...

— Aucun. (Merde, est-ce qu'il allait regarder les cartes postales, maintenant ?) Une demi-heure, ma chérie. Faut que j'y aille. Bye.

J'ai brutalement reposé le combiné, mais l'ai décroché de nouveau et laissé à côté de son socle pour éviter qu'il ne sonne. Puis je suis retournée en trombe à la cuisine.

— Je n'ai pas beaucoup de temps, ai-je annoncé à Johnny, posant ma main sur son épaule pour le détourner des cartes postales sur le rebord de fenêtre. Viens finir ton vin dans le salon.

— C'est qui le type avec toi sur la photo ? a-t-il demandé, comme nous prenions place – lui dans le canapé, et moi dans le fauteuil, et oh, non, non, non, le tableau se trouvait sur la table juste derrière lui. Ne le voyait-il pas ? Même d'ici, le nom de Milena, en majuscules et soigneusement souligné, me faisait l'impression de clignoter.

— Quelqu'un que je voyais.

— Sa tête me dit quelque chose. Est-il possible que je l'aie rencontré ?

— Non.

— C'est à cause de lui que tu es aussi évasive ?

Inutile de tourner autour du pot.

— Oui. Je suis désolée, Johnny. Ce qu'il y a, c'est que... – et j'aurais dû le dire plus tôt – je ne suis pas prête pour une autre relation.

— Alors, c'est tout ?

— Oui.

— Tu crois que tu peux te comporter comme tu l'as fait et t'en tirer comme ça ?

— Mon intention n'était pas de te blesser.

— Vous êtes toutes les mêmes, a-t-il déclaré en se relevant.

Il était encore plus près du tableau, à présent. Je l'ai adjuré de regarder ailleurs et c'est ce qu'il a fait, avec un ressentiment brûlant dans ses prunelles.

— Je ne retourne pas travailler, ai-je dit. Tout cela était une erreur. Tu n'auras donc plus à me revoir.

— J'étais désolé pour toi. Tu avais l'air si triste.

— Johnny...

— Je croyais que tu m'aimais bien.

— C'est le cas.

— Les femmes sont douées pour faire semblant. Comme l'autre. Milena.

— Je ne crois pas ressembler à Milena, en aucune façon. Je suis tout son contraire.

— C'est ce que je croyais, moi aussi, quand je t'ai rencontrée. Peut-être que c'est pour ça que tu m'as plu – tu avais l'air calme, et gentille. Mais j'avais tort. Vous êtes toutes les deux des comédiennes. Vous jouez des rôles. (Je l'ai dévisagé, tandis que la panique se ruait dans mes veines.) J'ai bien vu comment tu te comportais avec Frances : Mademoiselle Je-sais-tout-faire. Tu l'as fait marcher, et l'as conduite à devenir dépendante de toi. Elle croit que tu es son amie. Milena savait faire ça, elle aussi, être toute sorte de choses pour tout un tas de gens. Elle se cachait toujours derrière un masque. On croyait avoir entraperçu quelque chose de la vraie Milena et soudain, on comprenait que ce n'était qu'un autre masque. Je n'ai jamais oublié la fois où elle parlait du ramadan, qui venait de débuter ce soir-là, avec un très gentil musulman qui lui expliquait qu'il ne pouvait rien avaler après le lever du soleil ou avant son coucher. Elle s'est montrée si compréhensive et intelligente à ce sujet que j'ai cru découvrir un nouvel aspect de sa personne. Mais une heure ou deux plus tard, quand on s'est retrouvés tous les deux chez moi, elle s'est déchaînée contre l'islam et ses fidèles, quelque chose de bien. Elle a fait preuve d'un tel mépris pour l'homme envers qui elle s'était montrée si gentille. C'était comme une fenêtre sur son âme.

— Johnny…

— Je me suis dit ce jour-là que je devrais la jeter dehors, qu'elle ne m'apporterait que du chagrin. Bien sûr, je n'en ai rien fait : elle est restée toute la soirée et toute la nuit, et je lui ai préparé des œufs Bénédicte pour le brunch. (Il a eu un rire amer.) Ne jamais croire une femme. Surtout quand elles sont gentilles avec vous.

— C'est injuste, ai-je commencé. (Mais je n'avais pas le temps d'en débattre avec lui. Gwen était en route, la *vraie* Gwen.) Il faut que tu t'en ailles, maintenant.

— Je n'ai pas fini mon vin.

— Crois-moi, tu ferais mieux d'y aller.

— Laisse-moi préparer ce dîner pour toi.

— Non.

— Tu es seule, et moi aussi, et au moins on peut se donner mutuellement…

— Non, ai-je répété, fermement. Je n'ai pas été honnête avec toi. On n'a rien à s'apporter.

— Tu me laisses tomber, tu laisses tomber Frances, tu tournes la page. C'est ça ?

— Arrête, ai-je dit. On n'était pas mariés. On a couché ensemble deux fois. C'était une erreur. Je te présente mes excuses. Maintenant, il faut que tu t'en ailles.

Il a reposé son verre pile sur le haut du tableau.

— Très bien, a-t-il conclu. Parfait. (Il m'a dévisagée.) Je me suis trompé sur ton compte.

Trois minutes après le départ de Johnny, Gwen arrivait. Elle a fondu en larmes sur le seuil et je l'ai tirée dans la maison, ai refermé la porte et l'ai serrée dans mes bras jusqu'à ce que ses sanglots s'apaisent.

— Je suis une vraie conne, a-t-elle dit.

— Qu'est-ce qu'il a fait ?

— Rien.

Là-dessus elle a reniflé longuement, inconsolable.

— Viens me raconter ce rien. Je vais nous faire à dîner, à moins que tu aies déjà dîné. Un peu de vin ? J'ai une bouteille ouverte.

— Merci.

— Alors, raconte-moi.

— Il est resté pendant des lustres avec une bonne femme qui s'est tirée avec un de ses potes. Il lui a fallu un temps fou pour s'en remettre. Tu l'as rencontré ; c'est un gros nounours. Enfin bref, elle a repris contact avec lui parce que cette relation a pris fin. Il est avec elle en ce moment, en train de la « réconforter ». Je crois qu'elle veut qu'il revienne.

— C'est lui qui t'a dit tout ça ?

— Pas la dernière phrase.

— Et lui, il veut retourner avec elle ?

— Il jure que c'est moi qu'il veut. Mais je ne sais pas si je dois le croire. Tu sais quelle chance j'ai avec les hommes. Je peux avoir un Kleenex ?

— Sers-toi. Et tiens, prends ton verre de vin.

— Je suis bête ?

— Qui peut le dire ? La seule chose dont je sois sûre, c'est qu'il aurait bien tort de te quitter et, à t'entendre, il joue totalement franc-jeu avec toi. En plus, il a l'air très attaché à toi.

— Tu crois ?

— Tout ce que je sais, c'est l'impression qu'il me fait : gentil, homme d'honneur, amoureux.

— Oui. Désolée. Je ne sais pas ce qui m'a pris. J'étais assise toute seule chez moi et, soudain, c'est devenu insupportable.

— Je comprends.

— C'était si doux, d'être en couple.

Gwen m'a serrée dans ses bras. Nous avons trinqué. J'ai fait cuire le poulet et l'ai partagé en deux, ajouté à un sachet de feuilles de salade. Ça faisait un dîner assez frugal pour deux femmes complètement vidées et affamées, mais nous avons terminé par la mangue et plein de chocolats au whisky, puis nous nous sommes installées ensemble sur le canapé, sous ma couette, pour regarder un DVD, avant que j'appelle un taxi pour la ramener chez elle.

Je me suis réveillée en sursaut et j'ai regardé le réveil à côté de moi. Trois heures, tout juste passées. Je devais rêver de Greg, parce que j'avais une image de lui en train de jeter des raisins dans les airs et d'essayer de les rattraper avec sa bouche, mais ils retombaient n'importe où. Peut-être était-ce ce que Johnny m'avait dit du jeûne lors du ramadan qui était à l'origine de ce rêve. Un rêve plutôt drôle, en tout cas heureux. Je suis restée allongée dans le noir en m'efforçant de retenir l'image dans ma tête.

Je me suis réveillée de nouveau à 5 heures. Quelque chose me tracassait, une vague idée fugace qui se dérobait. Une chose que j'avais vue ?... Entendue ?... Et à l'instant même où je renonçais à chercher et que le sommeil me remportait, cela m'est venu.

Je me suis levée et j'ai enfilé ma robe de chambre. Il faisait très froid dans la maison. Je suis allée jusqu'à l'ordinateur, l'ai allumé et, quand il s'est animé, j'ai tapé « ramadan » dans Google. Je savais que cette période se déroulait toujours durant le neuvième mois de l'année. Cette année, il avait débuté le 12 septembre.

Combien de temps suis-je restée là, à fixer la date ? Je ne sais pas, peut-être pas si longtemps que ça. Le temps s'est presque arrêté. Enfin, je me suis rendue au salon pour me planter devant mon tableau. Le verre de vin vide de Johnny était toujours posé dessus. Je l'ai enlevé et j'ai étudié très soigneusement les grilles. Mon souffle résonnait dans la pièce silencieuse. Je suis allée jusqu'au tiroir de mon bureau et en ai sorti le menu que m'avait remis Fergus, ai contemplé la date inscrite en haut, et le message griffonné : « G chéri, tu as été formidable ce soir. La prochaine fois, reste, et je te montrerai de nouveaux trucs ! »

Le soir du 12 septembre était la seule et unique fois où Greg s'était à coup sûr trouvé en compagnie de Milena, je le savais. Mais désormais, je savais également que c'était impossible, puisqu'elle était avec Johnny.

23

J'ai été tentée d'annuler mon rendez-vous suivant chez la thérapeute. Je ne l'ai pas fait, mais en arrivant j'ai eu le sentiment d'être là pour de mauvaises raisons, sentiment que je nourrissais où que j'aille et quoi que je fasse. Elle m'a invitée à m'asseoir puis a pris place face à moi, mais pas de manière inquisitrice.

— Alors, comment s'est passée votre semaine, Ellie ? s'est-elle enquise.

J'ai failli répondre « Bien », et m'en tenir là. Mais j'ai ensuite décidé qu'assise ici, dans cet espace protecteur, j'allais faire un effort pour dire la vérité, même si je l'arrangeais un petit peu.

— Vous évoquiez le fait que je serais en chemin, en quelque sorte, ai-je commencé. Je crois que j'ai régressé, un peu. Un peu beaucoup, en fait.

Elle a semblé perplexe.

— Que voulez-vous dire ?

— La semaine dernière, vous m'avez demandé si j'acceptais que mon mari, Greg, ait pu me tromper. J'ai dit que oui. Cette étape a été horriblement difficile à franchir. Aujourd'hui, j'ai franchi une autre étape difficile, en me rétractant sur ce point. Je n'en suis plus sûre. En fait, je crois qu'il est possible qu'il ne m'ait pas été infidèle.

Judy n'a pas eu l'air fâchée. J'ai continué avant de lui laisser une chance de prendre la parole : je savais en effet qu'il y avait pire que ce que je venais d'admettre, et que je ferais mieux de tout déballer. Elle ne m'a pas quittée des yeux pendant que je parlais.

— J'arrive tout droit du commissariat. Je les ai appelés et j'ai demandé à voir un inspecteur. J'avais surtout eu affaire à un agent, une femme. J'imagine qu'on me l'a envoyée pour me tenir la main et me calmer, comme une espèce de thérapeute amateur. Cette fois-ci, j'ai fait en sorte d'obtenir un rendez-vous avec une autorité décisionnaire. Je vais être honnête avec vous, même si cela doit me faire passer pour plus folle à vos yeux que vous ne le pensez déjà. (J'ai marqué un temps d'arrêt et attendu que Judy me coupe la parole, dise qu'elle ne me croyait pas vraiment folle, mais elle s'est tue, aussi ai-je repris.) Il aurait été bien plus facile de prouver que Greg avait eu une liaison avec cette femme et, d'ailleurs, j'ai trouvé cette preuve, ou du moins, c'est ce que je pensais. Allez-vous me demander quelle était cette preuve ?

Judy avait l'air perdue.

— Je doute que cela rentre dans le cadre de mes fonctions.

— C'était un mot, écrit sur un menu, un menu pour une date particulière, et mentionnant cette date. On aurait dit la preuve qu'il y avait réellement eu une histoire et que, on ne sait comment, il avait réussi à me la dissimuler. Mais j'ai découvert depuis… (J'ai senti une bouffée d'horreur, comme si un abîme s'ouvrait sous mes pieds, à l'idée de raconter à Judy dans quelles circonstances je l'avais appris.)… Bref, je n'entrerai pas dans les détails, mais il suffit de dire que je sais maintenant, sans l'ombre d'un doute, que ce jour-là, Milena ne pouvait coucher avec mon mari parce qu'elle couchait avec un autre. Et cette découverte m'a laissée face à un problème. Deux problèmes, en fait. Le premier, c'est que je ne pouvais en rester là et reprendre le cours de mon existence comme si de rien n'était. Le second, c'est que maintenant que j'avais à nouveau confiance en Greg, la preuve devenait beaucoup plus lourde de conséquences et plus compliquée.

Je tenais à être aussi honnête que possible, aussi ai-je raconté à Judy de quelle manière j'avais conçu les tableaux, de quelle façon je les avais comparés et comment, ce matin, je les avais glissés dans un carton à dessins et embarqués au commissariat. On m'avait emmenée dans une salle d'interrogatoire et là, je les avais déballés sous le regard stupéfait du jeune inspecteur. Je lui avais détaillé les points les plus importants pendant qu'il consultait son propre dossier, plutôt maigre.

— Je savais que je ne parviendrais pas à les convaincre, ai-je finalement dit à Judy. C'est quoi, la fameuse phrase ? Pour être en mesure de me comprendre, vous devez être d'accord avec moi. Pour la police, l'aspect le plus important du dossier, c'est qu'il est classé, et qu'on a tiré un trait dessus. Peu leur importe la vérité : c'est une question de statistiques. S'ils rouvraient le dossier et résolvaient l'affaire, leurs statistiques demeureraient inchangées, sauf qu'ils auraient fourni pas mal de boulot supplémentaire.

Judy a consulté sa montre.

— Je suis désolée, ai-je ajouté. Je vous ennuie ?

— J'allais dire que notre séance est terminée, a-t-elle répliqué. Je tiens à rester très rigoureuse là-dessus. Je m'aperçois que ça aide les patients de savoir que leur temps est compté. Mais rien que pour cette fois-ci, je vais continuer quelques minutes. Qu'a répondu l'inspecteur ?

— Tout un tas de trucs, tous négatifs. Il a soigneusement étudié mes tableaux avant d'appeler un de ses collègues à venir jeter un œil, lui aussi, mais je ne pense pas que c'était parce qu'il les jugeait intéressants ou convaincants. À mon avis, il trouvait tout ça si bizarre qu'il fallait que quelqu'un le constate de ses propres yeux, pour qu'ils n'aillent pas croire qu'il inventait quand il le leur raconterait au pub, plus tard dans la soirée. Ensuite, il m'a servi le genre de discours que les gens n'ont pas cessé de me rabâcher depuis le début. En clair, que je n'ai pas prouvé que Greg et Milena n'étaient pas ensemble. J'ai juste prouvé qu'ils ne l'étaient pas *ces jours-là*. Après, il a ajouté qu'ils n'avaient peut-être pas de liaison, en effet, et que, si c'était le cas, il espérait que cela me serait un réconfort. On a eu une conversation assez agitée à ce sujet. J'ai dit que je n'avais même pas trouvé de preuve qu'ils se connaissaient, tout court. Il a répondu que, si on allait par là, ils n'avaient même pas besoin de se connaître. Ils auraient pu se rencontrer pour la première fois ce jour-là. Il aurait pu la conduire quelque part sans raison aucune. J'ai tenté de souligner que cette dernière suggestion posait un problème : il existait un mot, de Milena à Greg, que j'ai trouvé dans les affaires de mon mari, relatif à un rendez-vous d'ordre sexuel un jour où il était impossible – rigoureusement impossible – qu'ils se soient trouvés ensemble. N'était-il pas d'accord que ça posait un problème ?

— Et qu'a-t-il répondu ? a demandé Judy.

— C'est vous la psychologue.

— En fait, je suis psychiatre.

— Ça revient au même.

— Euh...

— Vous devez savoir que quand les gens ont adopté une position dans une controverse, confrontés à une preuve du contraire, ils ne font que se retrancher de façon plus catégorique encore dans le point de vue qu'ils soutenaient déjà. Il n'avait pas de réponse à ça. Enfin, pas vraiment. Il a juste dit que chaque cas présente des aspects qui ne collent pas et qu'il n'était jamais possible de mettre tous les points sur les *i* et les barres en travers des *t*. Il ne voyait aucune raison de rouvrir le dossier et il a peut-être même ajouté quelque chose au sujet du fait que je ferais mieux de trouver une autre occupation, ou un cliché dans le genre. Il m'a signifié très clairement qu'il ne voulait plus entendre parler de moi ou de ma théorie. Aussi ai-je ramassé mes tableaux et suis-je partie, et me voilà en train de tout vous raconter, et je ne m'attends pas à ce que vous vous montriez beaucoup mieux disposée à mon égard que ne l'a été l'inspecteur principal Carter.

— Il y a une chose que je ne comprends pas, a dit July.

— Quoi donc?

— Comment avez-vous fait pour établir le tableau de Milena? a demandé Judy. Je peux comprendre que vous ayez pu reconstituer les déplacements de votre mari, mais comment avez-vous pu établir l'emploi du temps de quelqu'un que vous ne connaissiez pas?

Je me suis traitée de tous les noms. Mentir était bien plus difficile que dire la vérité : la vérité, en effet, s'emboîtait d'elle-même.

— Ce n'était pas à proprement parler un tableau, ai-je expliqué, en désespoir de cause. Je détenais des bouts d'information, çà et là.

Judy s'est penchée en avant et son visage a adopté une expression finaude.

— Ellie, y a-t-il des choses que vous ne me dites pas?

— Rien d'important, ai-je soutenu, avec le sentiment

inconfortable que mon nez aurait alors dû s'allonger comme celui de Pinocchio.

S'est ensuivi un silence, durant lequel Judy a de nouveau regardé sa montre.

— Je ferais mieux d'y aller, ai-je déclaré.

— Que diriez-vous si vous étiez assise à ma place, en train de vous écouter ?

— Probablement que je suis folle, ai-je répondu. Mais bon, quand il m'est arrivé de m'entendre parler sur des enregistrements, j'ai toujours haï ma voix. C'est différent de l'intérieur. En fin de compte, je me fiche pas mal de convaincre les autres. Je savais que ça n'intéresserait pas la police, mais j'avais le sentiment qu'il était de mon devoir, en tant que citoyenne, de leur faire part de ce que j'avais découvert. J'ai besoin de savoir la vérité. C'est aussi simple que ça. Du moment que je sais, je me fous de ce qui peut arriver par ailleurs.

— Ellie, j'ai eu une fois une patiente, une femme, qui avait une petite fille atteinte d'un cancer, laquelle a fini par mourir. Il a été suggéré que les premiers symptômes de la maladie avaient pu échapper aux médecins. Le père est devenu obsédé par cette idée alors que son enfant vivait encore. Il a orchestré une campagne médiatique, entrepris une action en justice, et s'est battu durant des années. Je me demande si le procès n'est pas toujours en cours, d'ailleurs. Il a pris une retraite anticipée. Cette affaire est devenue son métier, à part entière. Je n'ai jamais été bien sûre des tenants et des aboutissants de l'histoire, mais le résultat, c'est que le temps qu'il aurait dû passer avec son enfant, quand chaque minute était précieuse, et par la suite, le deuil après sa mort, a été passé en rendez-vous, en dossiers à remplir, en courriers à écrire. Il n'arrêtait pas de dire à sa femme qu'il voulait que quelque chose de positif ressorte de l'expérience vécue par leur petite mais, aux yeux de sa femme, il semblait juste éviter de se confronter à ce qui s'était produit, et éviter de le vivre. Il s'occupait pour ne pas avoir à s'arrêter, penser, et ressentir.

— Ses efforts ont peut-être changé les procédures pour que d'autres enfants soient sauvés, ai-je dit. Et vous vouliez qu'il laisse tomber juste pour que lui et sa femme puissent se sentir mieux? De toute façon, je ne suis pas comme cet homme. Je n'ai pas d'enfant mourant à soigner. Je n'ai pas de compagnon que je pourrais négliger. La seule façon pour moi de négliger mon mari aujourd'hui serait de permettre que d'autres gens se fassent une fausse idée de lui alors qu'il est mort et qu'il ne peut pas se défendre.

— Si c'est ce que vous croyez, que faites-vous là? a demandé Judy. Vous savez que je ne suis pas de la police. Je ne suis pas à même de déterminer la valeur d'une preuve ou de discuter de points de droit. Je suis là pour aider les gens à guérir. Pour qu'ils n'aient pas besoin de faire des trucs en ressortant de chez eux, de redresser des torts ou de se venger eux-mêmes de leurs ennemis. Pour qu'ils s'accordent le simple droit d'être normaux.

— C'est pour cette raison que je suis venue, ai-je fait remarquer. C'est comme une piqûre de rappel. Vous me rappelez qu'il existe une autre façon de vivre. C'est comme quelqu'un de terriblement déprimé essayant de se rappeler que les choses finiront bien par lui apparaître sous un autre jour. L'heure viendra où j'irai acheter des chaussures et boire un verre, flirter, et être une bonne amie de nouveau...

— À vous entendre, être normale, c'est être frivole.

— Ce n'est pas ce que je veux dire. Ce que je veux dire, c'est que venir ici, c'est comme de regarder par la fenêtre un jardin où j'adorerais aller; et peut-être que j'irai, un jour. Mais pour le moment, je ne m'accorde pas le droit d'être normale, bien au contraire. Je m'accorde le droit d'être anormale. Je vais m'en tenir à mes tableaux et mes théories de conspiration et je ne vais pas jouer le rôle de la veuve éplorée résignée, passive, en gros invisible.

Judy a secoué la tête.

— Ça ne marche pas comme ça. Il ne s'agit pas seulement de rôles entre lesquels on peut choisir. On ne peut pas repousser la guérison comme si c'était un voyage à l'étranger.

J'ai réfléchi un instant.

— Peut-être suis-je en vacances maintenant. En congé de la normalité, de la gentillesse, et de ce que tout le monde attend de moi.

— On appelle ça le chagrin, a dit Judy.

— Non, faux. Le chagrin viendra après, quand je saurai ce que je pleure.

24

Il y avait des choses, cependant, que je ne pouvais remettre à plus tard, même si ce n'est pas l'envie qui m'en manquait, loin de là.

— Je le redoute, ai-je confié à Gwen, juste avant de partir. Pourquoi est-ce que je le redoute autant ? C'est presque comme une phobie.

— Dans ce cas, n'y va pas.

— Je ferais tout aussi bien d'en finir.

J'avais vu les parents de Greg aux obsèques, et leur avais parlé brièvement à deux reprises depuis, j'avais effacé plusieurs de leurs messages sur mon répondeur, ainsi que ceux de ses frères et de sa sœur Kate. Je m'étais efforcée de ne pas penser à eux parce que je savais que, quoi que je traverse, c'était sans doute pire pour eux. Aucun parent ne devrait jamais enterrer un enfant. Greg était leur premier-né. Quel que soit le traitement qu'ils lui avaient infligé de son vivant – son père s'était montré condescendant, l'avait malmené et rudoyé, tandis que sa mère l'avait comparé défavorablement à ses frères et sœur plus conventionnels et prospères – ils l'avaient aimé, à leur façon. Et sans doute cela rendait-il les choses plus douloureuses encore de l'avoir perdu avant d'avoir eu une chance de se réconcilier. Leurs derniers échanges (Paul avait reproché à Greg de faire partie de cette génération égoïste qui n'avait même pas encore donné de petits-enfants à ses parents) avaient été amers et vifs.

Ils m'attendaient à la gare de Bristol Temple Meads, et j'ai grimpé à l'arrière de la voiture avant de me pencher en avant pour les embrasser sur les joues et leur remettre les fleurs que j'avais achetées.

— Tu es un peu en retard, a dit Paul, démarrant la voiture et ajustant son rétroviseur, de sorte qu'un instant je me suis retrouvée plongeant droit dans ses yeux légèrement injectés de sang.

— Le train a pris du retard.

— Tu aurais mieux fait de venir en voiture.

— Je n'ai plus de voiture, ai-je rétorqué.

Ce constat est resté suspendu dans les airs entre nous. Je n'avais plus de voiture parce que Greg était mort dedans. Avec une autre.

— Tu as l'air en forme, a commenté Kitty sans conviction, comme le véhicule s'éloignait du trottoir et s'insérait prudemment dans le trafic.

— Merci. (Je savais que non.) Vous aussi, Kitty. Comment allez-vous depuis la dernière fois ?

Elle s'est tournée dans son siège et m'a adressé un sourire plaintif.

— J'ai un peu la goutte au nez ce matin. Je crois que je suis en train d'attraper la crève.

— J'en suis désolée. Mais je voulais dire, depuis la mort de Greg.

— Oh, a-t-elle jeté, interloquée.

Paul a toussé. Manifestement, la mort de Greg était un sujet tabou.

— C'est dur, a admis Kitty. Très dur. Surtout qu'il…

Elle s'est soudain tue. Ses yeux se sont remplis de larmes et elle s'est mise à tripoter nerveusement ses cheveux.

— ... soit mort avec cette femme dans sa voiture ? ai-je suggéré.

Paul a toussé de nouveau, puis lâché :

— Nous voilà rendus dans notre humble demeure.

La maison était bien rangée et remplie des objets que Paul et Kitty avaient collectionnés au fil des ans : les ours en peluche sur le canapé, les dés à coudre dans la vitrine, les chats de verre sur le piano dont nul ne jouait plus depuis que Greg avait quitté la maison à dix-huit ans. Il y avait des photos sur le rebord de la fenêtre, et pendant que Kitty s'en allait chercher le déjeuner, je les ai examinées.

— Où sont passées toutes les photos de Greg ? ai-je demandé à Paul.

Il a été repris d'une toux sèche.

— On s'est dit que tu aurais peut-être envie de les récupérer. Je les ai mises dans un sac, que tu pourras prendre, avec d'autres affaires comme ses bulletins scolaires.

— Mais vous ne les voulez pas ? Je veux dire, aujourd'hui, plus que jamais, j'aurais cru...

— Tout cela a été douloureux pour sa mère, a-t-il coupé. Les photos la rendent malade.

De sa cuisine, Kitty nous a appelés pour nous annoncer que le repas était prêt. Comme nous passions à table, je me suis contrainte à dire ce que j'étais venue dire. C'est sorti un peu trop comme un discours préparé.

— L'une des raisons pour lesquelles je suis là, c'est que je voulais vous remettre des affaires de Greg en guise de souvenirs, pour Ian, Simon et Kate, et vous deux aussi. Ce ne sont que des livres, surtout ceux dont j'ai pensé qu'ils pourraient vous plaire. Il y a aussi des photos. Mais si vous n'en voulez pas…

— Eh bien… a répondu Paul. (Il m'a lancé une œillade.) On peut au moins jeter un œil.

— Je vous ai apporté son unique cravate.

— Paul a un goût très particulier en matière de cravate, est intervenue Kitty. Rien de fantaisiste.

— J'ai juste pensé que ça ferait un souvenir.

Nous étions assis sur trois côtés de la petite table, avec au milieu une salade d'œufs durs au curry, et le quatrième côté – où aurait dû se trouver Greg, avec son sourire complice réservé à moi seule –, vide. Kitty a partagé la salade en trois parts nettes et servi ma portion sur l'assiette qui se trouvait devant moi. Je sentais son regard posé sur moi. Elle et Paul ne m'avaient jamais réellement appréciée : mon métier était trop étrange, pas un vrai métier, en fait ; mes vêtements étaient bizarres, ils ne partageaient pas mes opinions, ce qui était étonnant parce que je ne m'étais jamais perçue comme quelqu'un nourrissant des opinions. Et pourtant, voilà que je me retrouvais là, belle-fille publiquement outragée et devenue veuve dans des conditions tragiques.

— Tu n'as pas faim, Ellie ? s'est enquise Kitty.

— C'est délicieux. (J'ai croqué résolument dans mon œuf, avalant ma bouchée avec effort.) Je voulais juste dire que ça me fait un drôle d'effet qu'on n'ait jamais parlé de ce qui s'est passé.

Paul a pris une mine sombre et gênée, sans intervenir pour autant.

— Je n'aimais pas poser de questions à Greg sur sa vie, a répondu Kitty, placide. S'il était venu me trouver pour me dire qu'il n'était pas heureux, je l'aurais écouté. Après tout, je suis sa mère. Je suppose qu'il a dû avoir ses raisons pour faire ce qu'il a fait.

— Mais nous étions très heureux en ménage, ai-je répondu, repoussant mon assiette.

Tous deux ont échangé un regard.

— Ça doit être difficile à supporter pour toi, a commenté Kitty.

— Je n'ai pas besoin de le supporter, ai-je répliqué. C'est d'ailleurs une autre des raisons qui m'amène ici aujourd'hui. Je voulais vous dire que Greg était un homme bien. C'était le plus aimant des maris. (J'ai regardé l'horloge au mur : cela ne faisait que vingt-cinq minutes que j'étais là. Quand pouvais-je décemment m'en aller ?) J'avais confiance en lui. (Puis je me suis corrigée.) Je crois toujours en lui.

— C'était atroce, ai-je confié à Joe, qui avait tenu à quitter le bureau pour venir me chercher à la gare et me ramener chez moi, même si ç'aurait été beaucoup plus rapide de prendre le métro, et même si je n'avais pas envie de rentrer chez moi. Il faisait bon dans l'intérieur luxueux de la BMW, et je me suis enfoncée dans le siège avec délice.

Il a souri et posé une main sur mon genou. J'ai fait comme si elle n'était pas là, et il a fini par la déplacer pour changer de vitesse.

— J'imagine, oui, a-t-il dit. Je les ai rencontrés, tu te souviens ? Comment se fait-il que Greg ait pu être issu d'une famille pareille, je n'ai jamais compris. Au moins, tu as fait ton devoir.

— Je leur ai apporté des livres dont ils n'avaient pas envie, des photos qu'ils m'ont rendues, et des souvenirs qu'ils tentaient d'effacer. Ça a été pénible pour chacun de nous, à chaque minute.

— Qu'est-ce que tu fais plus tard ?

— Des trucs.

— Tu travailles ?

— Un peu, ai-je répondu de manière évasive.

— Bien. Il faut que tu te remettes à vivre, Ellie.

— Tu as sans doute raison.

— Tu as l'air un peu fatiguée. Ça s'est bien passé, ces derniers temps ?

— Il y a des jours avec et des jours sans.

— Si jamais tu as besoin de parler à quelqu'un…

— J'ai assez parlé comme ça. Je n'arrête pas de ressasser les mêmes trucs. Il n'y a rien à dire que je n'aie déjà dit.

— Ça va, sur le plan financier ?

— Hein ?

— Sur le plan financier, a-t-il répété, ça va ?

— À peu près, je pense. Pour autant que je sache. Je n'ai pas encore tout regardé. J'ai laissé les choses aller à la dérive. Greg et moi n'étions pas particulièrement économes, mais on ne dépensait pas beaucoup non plus.

— Je peux t'en donner. Prêter, s'est-il empressé de corriger. Si tu as des difficultés de trésorerie.

— C'est gentil à toi. Mais ça va aller.

La voiture s'est garée devant ma maison. Je m'apprêtais à déposer un baiser sur sa joue mais il a tourné la tête et, avant que j'aie une chance de reculer, m'a embrassée sur la bouche. Je l'ai repoussé.

— Qu'est-ce qui te prend ?

— Je t'embrasse.

— Ne sois pas ridicule. Tu es mon ami. Et tu étais celui de Greg. Et tu es marié à Alison. Qui sait ce que tu fabriques dans son dos ? Mais pas avec moi.

— Désolé, désolé, désolé, a-t-il dit avec un gémissement qui tenait aussi du rire. Je ne sais pas ce qui m'a pris. Tu es une jolie femme.

— Tu sautes sur toutes les jolies femmes ?

Il a levé les mains pour faire mine de se rendre, tâchant de tourner la chose en dérision.

— Seulement celles auxquelles je ne résiste pas.

— Pauvre Alison, ai-je conclu.

Un éclair de colère a traversé son visage.

— Alison va bien. Nous sommes heureux en ménage.

— Je vais oublier ce qui s'est passé, ai-je déclaré. Ne recommence jamais.

— Promis. Désolé, ma petite chérie.

Je l'ai regardé comme si j'avais sous les yeux un spécimen étrange, exotique.

— C'est facile ?

— Quoi ?

— D'avoir une liaison et ensuite de rentrer chez soi le soir.

— À t'entendre, je ferais ça tout le temps.

— C'est le cas ?

— Bien sûr que non ! Tu me connais.

— Et en ce moment ? Il y a quelqu'un ?

— Non !

Mais quelque chose dans sa voix, dans son expression, m'a appris qu'il mentait.

— Allez, Joe... qui est-ce ?

— Personne.

— Je sais que si. Elle est mariée ?

— Tu es vraiment têtue. Depuis que Greg est mort, tu ne t'intéresses plus qu'à l'adultère et à la trahison.

— Quelqu'un du bureau ? Je la connais ? C'est ça, hein ?

— Ellie.

Il riait à moitié, comme si c'était une bonne blague.

— Seigneur, je sais qui c'est.

— C'est ridicule. Je ne vois pas de quoi tu parles.

— C'est Tania, n'est-ce pas ?

— Non !

— Joe ?

— Ce n'est rien, je te le jure. Mais elle si jeune et si demandeuse.

— Ô mon Dieu, non, Joe… (J'ai senti monter en moi de la colère tandis que je dévisageais son rude et beau visage, sa bouche souriante.) Elle a la moitié de ton âge.

— C'est peut-être tout l'intérêt de la chose, Ellie, a-t-il dit. Et peut-être devrais-tu cesser de juger tout le monde.

— Ce n'est pas ce que je fais.

— Si, et je comprends pourquoi.

— Ce n'est pas mon intention. Je ne supporte pas l'idée qu'Alison puisse l'apprendre et en souffrir, c'est tout.

— Elle ne l'apprendra pas, promis. Et ça… ce qui vient de se passer – il a indiqué l'habitacle comme si le baiser flottait toujours dans les airs –, c'était une erreur de ma part. Depuis la mort de Greg, je me sens complètement à côté de la plaque. Pardonne-moi.

Une fois qu'il s'est éloigné, je suis entrée chez moi, mais rien que pour vider le sac d'affaires de Greg que j'avais rapporté de chez ses parents. Puis je suis retournée à la station de métro, les yeux larmoyants dans le vent d'est. Je m'étais résolue, malgré tout, à retourner à *Party Animals* et sans plus attendre, même si je ne savais pas au juste ce que j'y ferais, à part fureter un peu plus.

Le premier train était à treize minutes de là et j'avais envie de sangloter d'impatience. J'ai fait les cent pas sur le quai. J'avais trois nouvelles pièces à ajouter au « puzzle le plus difficile de ma vie » : Milena avait eu une liaison avec le mari de Frances ; Johnny se trouvait avec Milena la seule nuit où j'avais de quoi prouver qu'elle était avec Greg ; le menu avec le petit mot de Milena à l'attention de Greg et finalement déniché par Fergus planqué dans un livre de comptes, n'était donc que…

Je me suis arrêtée, prise de maux de tête à tenter ainsi de concilier toutes ces informations qui ne cherchaient qu'à se dérober de toutes parts. N'était donc que… Qu'une rature, une coquille, un élément destiné à me tourmenter, à faire diversion, une erreur, une contradiction, un faux, un mystère ; un truc conçu pour me rendre folle.

J'ai sonné à la porte et, comme Frances ne répondait pas, je suis entrée avec la clé que je détenais toujours. J'ai appelé du haut de l'escalier. L'entresol était encore allumé. Je savais Beth en vacances, aussi me suis-je dit que Frances devait être dans le coin, mais il n'y a pas eu de réponse. Je suis descendue, tout en me dégageant de mon manteau, tirant sur mon écharpe, jetant les deux sur le fauteuil en arrivant dans la pièce.

Frances était manifestement venue et prévoyait de revenir. Le radiateur était chaud, la lampe Anglepoise sur son bureau allumée, même si le reste de la pièce était plongé dans l'ombre, et il y avait un mug à côté de son ordinateur, ainsi que ses lunettes et plusieurs brochures de luxe, proposant des voyages vers des destinations exotiques.

J'ai rôdé nerveusement dans le bureau, ôtant des livres au hasard des étagères. J'ai ouvert les tiroirs du bureau de Frances et regardé dedans : un tiroir pour les reçus, un pour la papeterie, un autre contenant un assortiment d'anciens menus, des dépliants et des bouteilles vides. J'étais encore plus mal à l'aise que d'habitude maintenant que je savais que David avait eu une liaison avec

Milena, et que Frances en avait eu une autre avec… qui donc? Les horribles soupçons que je nourrissais me consumaient, même si je savais qu'ils n'avaient sans doute pas lieu d'être. Et Frances… avec un mari qui la trompait sous son nez avec son associée, et une femme qu'elle croyait son amie, laquelle s'était immiscée dans sa vie sous de faux prétextes, avait gagné sa confiance, et passait désormais son temps à déterrer ses secrets les plus intimes.

J'ai fini par m'asseoir devant le grand bureau de Milena, ai allumé la lampe, puis mis en route l'ordinateur, pianotant sur le clavier en attendant que celui-ci démarre. Tout était très tranquille. Je pouvais entendre ronronner les radiateurs et le vent souffler contre la vitre. De temps à autre, une voiture passait ou une porte claquait, au loin. Il faisait assez sombre dehors désormais, et la pièce était plongée dans la pénombre, exception faite des deux ronds de lumière projetés par les lampes. J'ai soudain ressenti le besoin horriblement pressant d'être de retour dans ma petite bicoque – pas toute seule, cependant; pas maintenant, pas avec le sentiment de solitude que j'éprouvais. J'avais envie d'y être en compagnie de Greg, stores baissés, la bouilloire en train de chauffer, pendant que lui chanterait à tue-tête et faux et demanderait ce que nous allions manger pour le dîner, lisant à haute voix des définitions de mots croisés que nous ne pigions jamais, ni lui ni moi, m'enlaçant par-derrière et posant son menton sur le sommet de mon crâne. Mon nid, mon abri, et peu importe combien le monde extérieur pouvait se montrer hostile.

J'ai frissonné et me suis concentrée sur l'écran, entrant le mot de passe de Milena, accédant une fois de plus à sa vie privée mouvementée. J'ai entendu approcher des pas sur le trottoir, puis s'éloigner. Un chien a aboyé. J'ai cliqué une fois de plus sur les messages de David et me suis attardée dessus comme si un secret pouvait se trouver caché entre les lignes.

« Ô Seigneur, Greg… » ai-je lancé à haute voix en me penchant en avant, rapprochant la chaise à roulettes du bureau et posant ma tête sur mes bras. Mon pied a rencontré une masse ferme. Je me suis redressée, éloignant de nouveau la chaise. Je me suis courbée, rien qu'un peu, pour voir ce qui s'y trouvait.

Une botte, gisant le long du mur, mais une botte n'était pas lourde, si ? Deux bottes, noires, aux élégants bouts pointus et aux petits talons aiguilles. La pièce s'est mise à tourner autour de moi ; les murs, à se rapprocher. Un goût aigre m'est monté dans la bouche. Je me suis penchée un peu plus. J'ai entendu un cri étouffé, qui m'avait échappé mais qui ne semblait pas m'appartenir. Je me suis levée, le sol tanguait sous mes pieds, de la sueur me picotait le front, et je me suis retenue au bureau pour recouvrer l'équilibre. Et là, j'ai vu. Son corps gisait ramassé sous le bureau, mais sa tête dépassait, et ses yeux étaient levés vers moi. J'ai reculé en titubant, ma main sur ma bouche. J'ai fermé les yeux, mais quand je les ai rouverts, elle était toujours là : comment avais-je pu la rater jusqu'ici ?

Je ne sais pas combien de temps je suis restée là, prise de haut-le-cœur, à contempler ses yeux qui n'y voyaient plus. Mais la pensée m'est revenue, peu à peu. Tout d'abord, je devais m'assurer qu'elle était morte. Je savais que oui – nul besoin d'avoir l'habitude de la mort pour la reconnaître – mais je devais vérifier. Je me suis accroupie et j'ai tiré le corps de dessous le bureau. Il était lourd et malcommode à déplacer. J'ai mis mon oreille contre sa bouche mais n'ai perçu aucune respiration ; j'ai posé mon pouce là où aurait dû se trouver le pouls, mais n'ai rien senti. Il y avait des contusions sur sa gorge et ses lèvres étaient vaguement bleues. Cette vision m'a de nouveau remplie d'horreur, même si j'avais su, dès l'instant où j'avais vu le corps repoussé sous la table, qu'il ne s'agissait pas d'une mort accidentelle. J'ai effectué quelques faibles pressions sur sa poitrine, tout en étant certaine que ça ne servirait à rien. Et pourtant elle était tiède. Elle devait être encore vivante il y a quelques minutes à peine. J'ai tenu sa tête dans mes mains et contemplé son fin visage intelligent, ses yeux aveugles, ouverts. Frances me fixait du regard. Sa belle jupe en lin était remontée au-dessus de ses genoux. Je me suis aperçue que ses jambes étaient celles d'une femme mûrissante, et que son visage comportait des rides et des plis que je n'avais pas encore remarqués jusque-là. Il y avait de minuscules mèches de gris dans ses cheveux blonds balayés. Ses poignets étaient fins. Une pensée m'a transpercée : peut-être le tueur était-il toujours là. J'ai frissonné de peur, puis de froid. Mes jambes tremblaient et quand je me suis levée, c'est tout juste si elles acceptaient de me porter. J'ai tendu l'oreille. J'ai entendu les radiateurs qui continuaient de ronronner, le bruit de fond lointain de la grand-route.

Aussi silencieusement et calmement que possible, j'ai mis mon manteau et mon écharpe. J'ai traversé la pièce, ouvert avec précaution la porte d'entrée, l'ai refermée doucement derrière moi et suis sortie dans la rue sans me retourner. Je ne savais même pas s'il y avait des gens alentour. Je n'avais pas conscience de leur présence, mais il n'y avait rien chez moi qui puisse leur permettre de se souvenir de mon passage.

Ma première impulsion a été de m'enfuir, de rentrer chez moi, de faire comme si je n'étais jamais venue. Mais j'ai pensé à Frances. Avais-je réellement obtenu l'assurance qu'elle était morte ? C'était comme si c'était arrivé des années auparavant, et à quelqu'un qui ne serait pas vraiment moi. J'avais cherché son pouls. Elle m'avait semblé bien morte. Pouvais-je en être sûre ? N'y avait-il pas des cas de gens réanimés longtemps après leur décès supposé ? Alors que je débouchais de Tulser Road sur la grand-rue animée, j'ai aperçu une cabine téléphonique non vandalisée. Je pouvais composer le 999 sans avoir à mettre de pièces. Une curieuse arrière-pensée m'est venue, qui m'a rappelé que les appels passés aux urgences étaient enregistrés, aussi me suis-je efforcée de modifier ma voix, de l'étouffer un peu. J'ai demandé une ambulance et dit que quelqu'un avait été gravement blessé, était peut-être même déjà mort, puis j'ai indiqué l'adresse. Quand la femme m'a demandé mon nom, j'ai répondu que je n'entendais pas, que la ligne était mauvaise, et raccroché. Avant d'atteindre la station de métro, la sirène d'une ambulance s'est mise à hurler, même si je ne l'ai pas vue. Je ne savais pas si c'était celle que j'avais fait venir. À Londres, il y en a tant.

En arrivant au métro, ma main s'est soudain mise à trembler si fort que je n'ai pas pu sortir ma carte de transports de mon portefeuille. Quand j'y suis enfin parvenue, je l'ai laissée tomber et me suis pliée en deux pour la ramasser à tâtons. Un jeune homme s'est arrêté pour me prêter main-forte et m'a regardée d'un air inquiet. Quand il m'a demandé si tout allait bien, j'ai balbutié. Il a dû penser que j'étais sous traitement médicamenteux, un traitement de cheval. Il m'a fallu accomplir un suprême effort pour faire les choses les plus simples, prendre le train dans la bonne direction, descendre au bon arrêt. Tout ce temps-là, une pensée tournait en boucle dans ma tête, comme un tic, un robinet qui goutte, une branche qui racle à la fenêtre : Frances est morte, Frances est morte.

Rentrée chez moi, je suis tout de suite montée à l'étage et me suis déshabillée, laissant mes vêtements tomber en tas par terre, avant de prendre un bain. J'y suis restée plus d'une heure, vidant partiellement la baignoire à mesure que l'eau refroidissait pour en remettre de la chaude, ne laissant dépasser que mon visage. Si j'avais eu le choix, je serais restée là, jusqu'à la fin de mes jours, bien au chaud dans l'eau, en sécurité. Je me suis frotté la figure. Je me suis lavé les cheveux puis coupé les ongles de pieds et ceux des mains, comme si je me purifiais. Finalement, à contrecœur, je suis sortie, et j'ai enfilé ce qui était devenu ma tenue d'intérieur habituelle, composée d'un jean, d'un sweat informe et de pantoufles.

Puis je me suis mise à ranger la maison. J'ai récupéré la moindre bouteille d'eau de Javel, de désinfectant et d'encaustique de la maison, au fond des placards et des étagères. À l'aide de chiffons, de brosses et de vaporisateurs, j'ai frotté et récuré la moindre surface. J'ai rempli deux grands sacs-poubelle d'ordures et de choses qui n'en étaient en fait pas, de trucs qui n'étaient pas du tout à jeter mais dont je me suis dit que je ferais mieux de me débarrasser, ou dont je me passerais aisément. J'ai repensé à l'une de mes grand-mères – la mère de mon père – qui avait, semble-t-il, passé toute sa vie adulte à faire le ménage. Son seul souvenir suffisait à évoquer une odeur de désodorisant au pin. Pour elle, la propreté revenait à démontrer en permanence qu'elle avait des toilettes plus propres que celles de ses copines. Pour moi, il s'agissait de purifier, d'élaguer, d'éliminer.

J'ai regardé l'heure. Il était 7 heures passées. Quand je me serais débarrassée de dix vêtements, je pourrais me servir un verre. Ç'a été facile. J'ai aussitôt éliminé ceux que je ne gardais que pour des raisons sentimentales, parce que je les avais portés adolescente ou à la fac, ou qu'ils m'avaient été offerts par un petit ami ou qu'ils avaient été achetés dans un endroit spécial, comme à Queensland ou Séville. Tandis que je les fourrais dans un autre sac-poubelle, j'ai vu que j'en avais mis bien plus de dix. Vingt, au bas mot. J'avais droit à un autre grand verre en récompense. Et si je descendais une bouteille de vin entière, je pourrais jeter la bouteille.

Il y en avait huit dans le petit casier de la cuisine. J'ai pris la plus vieille. Nous l'avions achetée en France deux ou trois années plus tôt pour une somme qui nous avait semblé coquette à l'époque, dix ou vingt euros. Nous la gardions en prévision d'un événement qui n'était jamais advenu. Je l'ai ouverte et me suis servi un verre. J'ai goûté. Amer. Était-elle bouchonnée ? Je n'avais jamais réellement compris ce que cela signifiait. Mais ça ferait l'affaire. Peut-être fallait-il la boire en mangeant quelque chose. Je n'avais rien de convenable, aussi ai-je grillé du pain, que j'ai tartiné de beurre. J'ai croqué le toast et fini le verre de vin. Puis j'ai inspecté le contenu du placard et trouvé une boîte d'olives en conserve que j'avais oubliée. Je l'ai ouverte et me suis coupé le doigt sur le couvercle. Je l'ai enveloppé d'un Kleenex et me suis servi un autre verre de vin. J'ai mangé une olive. Tout ce que j'avalais, tout ce que je buvais, contribuait à vider la maison un peu plus encore.

Quand ça a sonné à la porte, je n'avais pas tout à fait terminé le second verre de vin, mais ne m'en sentais pas moins étourdie. J'ai ouvert la porte. C'était Johnny.

— Tu ferais mieux de rentrer, ai-je proposé d'une voix lasse.

Ce qu'il a fait. Même s'il était déjà venu, il regardait

tout autour de lui comme s'il découvrait les lieux pour la première fois. J'ai repris mon verre.

— Je buvais, ai-je dit. T'en veux?

— Je veux bien.

Je lui ai versé du vin et le lui ai tendu. Il en a pris une gorgée avant d'afficher un air satisfait. Il s'est saisi de la bouteille pour l'examiner. Puis a relevé la tête et m'a regardée droit dans les yeux.

— T'es au courant, pour Frances?

— Quoi? Dis-moi.

— Elle est morte. On l'a assassinée. (Silence.) Tu n'as pas l'air choquée.

— Je savais.

— Comment ça?

— C'est moi qui ai trouvé le corps. Qui ai appelé l'ambulance.

Johnny était manifestement ébranlé. Il a reculé comme si je l'avais frappé.

— C'est toi? Alors pourquoi n'étais-tu pas là quand ils sont arrivés? Pourquoi n'as-tu pas parlé à la police?

— Je suis rentrée directement chez moi.

— Pourquoi?

— Je n'étais pas en état d'en parler.

— Ça ne marche pas comme ça, si tu veux mon avis, a-t-il répliqué. Quand on trouve un corps, on est censé rester sur place, tu vois, parler à la police, ce genre de trucs.

— Il y a trop de choses à expliquer.

— Ah bon, parce que maintenant tu veux bien?

Il a haussé les sourcils et un frisson d'appréhension m'a parcourue.

— David m'a téléphoné. L'un des trucs qu'il a dit était que la police voulait parler à toutes les personnes impliquées. Apparemment, ils ont du mal à te retrouver. Pour quelqu'un qui travaille au bureau depuis des semaines, tu n'as pas laissé beaucoup de traces.

— Je n'étais pas dans l'annuaire, ai-je expliqué.

— Pas d'adresse. Pas de numéro de téléphone.

— Tu as mon adresse, ai-je répondu. Pourquoi ne la leur as-tu pas donnée ?

Je me suis soudain sentie gagnée par l'inquiétude. M'étais-je trompée ? Quelqu'un savait-il que Johnny me connaissait ? David ?

— Y aurait-il une raison pour que je m'abstienne ?

— Je n'en sais rien. J'y réfléchissais.

Johnny a froncé les sourcils.

— Je ne comprends rien, et ça ne me plaît pas non plus. Pas du tout. C'est toi qui as trouvé le corps. Pourquoi est-ce que ça posait un problème d'en parler à la police ? Tu ne veux pas les aider ? Et pourquoi es-tu si difficile à retrouver ? Aurais-tu quelque chose à me dire ?

Peut-être était-ce le souvenir du corps de Frances dans mes bras, ou le vin, ou l'épuisement, tout simplement, mais je n'ai plus réussi à dévider d'autres mensonges, pas là. J'ai respiré un grand coup avant de parler, parce que j'avais l'impression de mettre le pied dans un autre monde, en quelque sorte, et que j'avais peur. Ma peau s'était glacée d'effroi.

— Je ne suis pas Gwen.

— Je ne comprends pas. Comment ça, tu n'es pas Gwen ?

— Ça veut dire que je ne m'appelle pas Gwen. Il existe bien une Gwen Abbott. C'est une de mes amies. Je lui ai emprunté son nom. Piqué, plutôt.

— Je...

Il s'est interrompu, bouche ouverte, tandis qu'il me dévisageait.

— Mon vrai nom est Eleanor. Eleanor Falkner.

— Tu veux dire que tu as menti ? Tout le temps ?

— Oui.

— Alors quand on était au lit ensemble et que je t'appelais Gwen, et que tu ne… Je ne sais pas quoi dire.

— Je suis désolée. Les choses ont dérapé.

Johnny a ri, d'un rire sinistre.

— Dérapé ?

— Ce n'est pas ce que je voulais dire.

Il s'est assis pesamment. Du vin a éclaboussé le canapé. Il a sorti un mouchoir de sa poche et tamponné.

— Je suis désolé, a-t-il marmonné. Il faut mettre du sel là-dessus.

— C'est un vieux canapé merdique.

— Donc, Eleanor… (Johnny a articulé mon prénom comme s'il ne l'avait jamais entendu auparavant, comme si c'était une autre langue, difficile à prononcer.) Pourquoi as-tu fait une chose pareille ? À moins que je me contente d'appeler la police ?

J'ai réfléchi un instant avant d'aller m'asseoir à côté de lui dans le canapé. Je lui ai dit qu'il pouvait appeler la police s'il voulait mais qu'avant… Et là, je lui ai raconté tout ce que j'ai pu, pas toute l'histoire à proprement parler, mais en vrac, par fragments, tout ça dans le désordre, avec des ajouts et peu d'explications. Je lui ai parlé de Greg. J'ai même été chercher la photo de nous deux. Johnny m'avait vue nue, avait couché avec moi, pourtant je me sentais encore plus nue à présent, encore plus exposée sous son regard. Je lui ai expliqué le lien que j'avais avec Milena. Au début, il posait des questions, mais à mesure que je poursuivais il s'est apaisé, son expression s'est assombrie. Quand j'ai eu fini, il a gardé le silence un long moment.

— Je ne sais même pas par où commencer, a-t-il dit.

Comment as-tu pu faire une chose pareille ? Comment as-tu pu mentir à autant de monde ?

— Ce n'était pas prévu. Sincèrement, je voulais juste voir où travaillait Milena. On m'a invitée à entrer et tout s'est fait tout seul.

— Rien que pour prendre un exemple, au hasard, tu t'es quasiment servie de moi pour obtenir le mot de passe et pouvoir lire les e-mails privés de Milena, des messages qu'elle ne voulait montrer à personne.

— Je n'ai rien projeté. Je n'ai pas projeté ce qui nous est arrivé. Mais elle est morte avec mon mari. J'avais besoin de savoir tout ce que je pouvais apprendre.

— Donc je n'ai été qu'une étape sur ce chemin, a conclu Johnny. Un peu comme le mot de passe de Milena.

— Non, ai-je répondu. Ça n'était pas ça du tout. Je ne t'ai pas utilisé. C'est arrivé, voilà tout, et je n'ai rien fait pour l'empêcher... je ne sais toujours pas pourquoi.

Il m'a regardée avec une expression plus pénétrante.

— Alors ça signifiait quelque chose pour toi ? Ce n'était pas juste pour en savoir plus sur Milena ?

— Non ! Mais ce n'était pas bien quand même. Je souffrais tellement, je ne savais plus où j'en étais, et je n'aurais jamais dû coucher avec toi. Ce n'était pas juste.

— Mais tu l'as fait. Et aujourd'hui, quelqu'un s'est fait tuer.

— Oui.

— Peut-être parce qu'en venant, tu as levé un lièvre.

— J'y ai pensé.

Johnny a reposé son verre et mis ses mains sur mon visage, avant de les laisser descendre dans mon cou. Je me suis obligée à rester rigoureusement immobile, même si ma peau était hérissée par la peur.

— Alors qui l'a tuée, à ton avis ? a-t-il dit enfin.

— Je n'en sais rien.

— Et si c'était moi ?

— C'était toi ?

Il a ôté sa main droite de mon cou et m'a giflée si fort que les larmes me sont montées aux yeux. Je n'ai rien dit.

— Ça, c'est pour m'avoir menti.

Il s'est levé.

— Attends, me suis-je écriée comme il se détournait pour partir. J'ai un truc à te montrer.

— Quoi ?

Je suis allée vers la petite commode, ai ouvert le tiroir et sorti le menu. Sans dire un mot, je le lui ai passé et il l'a contemplé.

— Je ne comprends pas, a-t-il finalement lâché. Comment peux-tu avoir ça entre les mains ?

— On l'a trouvé dans les affaires de Greg. C'est ce qui m'a donné à croire qu'il avait une liaison avec Milena. Il y est même mentionné une date. Mais après tu as dit quelque chose qui m'a fait réaliser que vous étiez ensemble le 12 septembre.

— Mais c'est ma carte.

— Comment ça, ta carte ?

— Elle me l'a envoyée.

— Impossible.

— Tu crois que je ne m'en souviendrais pas ?

— Mais c'est adressé à « Mon Greg chéri ».

Il l'a examinée quelques secondes.

— Non. C'est juste la continuation du J – tu peux même voir le lien si tu regardes d'assez près.

— Comment se fait-il que ça se soit retrouvé dans les affaires de Greg, ai-je demandé d'une voix faible, si c'est à toi qu'elle l'avait adressée ?

— Je la lui ai renvoyée. J'ai renvoyé tout ce qui avait

bien pu lui appartenir quand elle a mis fin à notre relation – je suis allé chez elle, furieux, et lui ai largué le tout sur les genoux.

— Donc c'était chez *elle*, pas chez toi.

— Je pensais qu'elle l'avait brûlé, ou autre chose.

Je me suis frotté la figure, m'efforçant de me concentrer.

— Comment est-ce arrivé de chez elle jusqu'ici ?

Johnny a haussé les épaules.

— Je n'en sais rien et je m'en fous.

— Peut-être était-ce Frances, tout du long, ai-je suggéré, d'un ton morne.

— C'est quoi, ces nouvelles conneries ?

— Frances avait une liaison, elle aussi. J'ai pensé que peut-être...

— Je n'ai pas envie de savoir ce que tu pensais de Frances, a-t-il rétorqué avec colère. Elle est morte. Tuée par un détraqué. Laisse-la tranquille, veux-tu ? Tu en as assez fait comme ça. C'était une femme bien. Fous-lui la paix, maintenant.

— Tu vas appeler la police ?

— Je pense que c'est à toi de le faire, tu ne crois pas ? Pour le moment, ils se posent des questions. Bientôt ils nourriront des soupçons. Ne tarde pas trop. Ou alors je me chargerai de te décider.

Aussitôt après son départ, j'ai appelé Gwen. Je n'ai même pas dit bonjour.

— Est-ce que la police t'a appelée ?

— Ellie ? Oui, un policier vient de le faire. Comment diable pouvais-tu le savoir ?

— Il faut que je te parle.

25

— Tu te fous de moi ?!

Gwen me dévisageait de l'autre bout de la table. Elle n'avait pas cessé de se passer les doigts dans les cheveux pendant que je parlais, lesquels se dressaient à présent en petits épis blonds. L'air tout à la fois sidérée et accusatrice, elle ouvrait de grands yeux de hibou.

— Non, je ne plaisante pas.

— Je crois que je vais accepter ce verre, finalement.

— Rouge ou blanc ?

— Whisky ?

— J'en ai, oui.

— Alors tout ce temps…

— Oui.

— Et tu te faisais passer pour…

— Toi. Oui.

Je lui ai servi un grand whisky, sec et sans glace. Elle en a bu une grosse gorgée. Ses yeux se sont mis à larmoyer. Je m'en suis versé un autre pour moi, en ai laissé un filet me brûler la gorge.

— Et tu t'en es sortie comme ça ?

— Oui. Jusqu'à maintenant.

— Et maintenant, cette Frances…

— … a été assassinée.

— Merde.

— Oui.

— Merde, merde, merde.

— C'est tout ce que tu as à dire ?

— Je ne sais pas. Qu'est-ce que je devrais dire ?

— Tu pourrais m'engueuler. Tu n'es pas furieuse ?

— Furieuse ?

Elle a réfléchi à la question, faisant tournoyer son whisky dans son verre, puis en a pris une nouvelle goulée, de sorte que j'ai vu sa gorge tressauter. Le verre était déjà quasi fini.

— Que je me sois fait passer pour toi, que je t'aie menti au sujet de ce que je fabriquais, que je ne me sois pas confiée à toi, que j'aie été aussi bête, que…

— OK, OK, pigé. Tiens, remets-moi ça. (Elle a tendu son verre.) Furieuse n'est pas le mot, Ellie. J'ai du mal à tout comprendre. Tu t'es servie de mon nom, infiltrant les affaires de cette pauvre femme, piratant leurs ordinateurs, comme une espèce d'espion, pour trouver… quoi, au juste ?

— Quelque chose. N'importe quoi. J'avais l'impression que je deviendrais folle, sinon. Et, de fait, j'ai trouvé. J'ai découvert que le mari de Frances couchait avec Milena, et qu'un autre homme se trouvait avec elle la nuit où je l'avais crue en compagnie de Greg. Et ensuite j'ai appris que le menu avec le petit mot d'amour écrit dessus était un faux.

— Hein ?

— Il n'était pas du tout destiné à Greg.

— J'ai un peu du mal à suivre, là. Tu dis que cette femme – Frances – a été assassinée.

J'ai hoché la tête, m'efforçant de ne pas laisser l'image

des yeux ouverts et fixes de Frances m'envahir de nouveau.

— En effet.

— Et tu penses que tout cela a un rapport avec Greg?

— Aucune idée. Ça doit avoir un rapport avec Milena. Même si elle avait une liaison par ailleurs, ce qui n'a sans doute rien à voir. Je n'arrive plus à réfléchir. Où que je pose les yeux, je tombe sur des trahisons.

— Es-tu en danger?

— Moi?

— Ou moi? a suggéré Gwen.

— Non, je ne crois pas, mais je vais aller trouver la police. Je vais dissiper le malentendu.

— Qui d'autre est au courant?

J'ai senti une rougeur me monter dans le cou et me couvrir le visage.

— Il y a un type. Un dénommé Johnny.

— Qui est?...

— Un chef, plus ou moins.

— Et?

— C'était l'amant de Milena... l'un de ses nombreux amants.

— Comment a-t-il appris que tu n'étais pas moi?

— Il est venu me trouver ici quand il a appris pour Frances. Je devrais sans doute ajouter que j'ai passé un détail sous silence. Pas particulièrement important, mais on est plus ou moins sortis ensemble. J'ai couché avec lui. Deux fois.

— Ah.

— Ça veut dire quoi : ah?

— Tous ces secrets.

J'ai flanqué une nouvelle rasade dans son verre et le mien.

— C'est un grand soulagement que tu sois au courant, ai-je commenté, au bout de quelques instants.

Gwen a ouvert la bouche pour prendre la parole mais, à cet instant, on a entendu frapper lourdement à la porte. La tête me tournait tandis que je traversais l'entrée pour aller ouvrir.

Joe se trouvait là, enveloppé dans son épais manteau, affichant un grand sourire sur son visage rosi par le froid.

— Je t'ai apporté un rameur, a-t-il déclaré. Il tenait à peine dans la voiture.

— Pourquoi ça ?

— J'ai pensé que ça te ferait du bien, que ça te permettrait de garder la forme durant ces mois d'hiver. Et en fait, je ne l'ai pas acheté, c'est un client qui me l'a donné.

Je n'avais nulle envie d'un rameur. Et après notre dernière entrevue, guère envie de voir Joe.

— Et je voulais te présenter des excuses pour… enfin, tu sais… ce qui s'est passé. Tu me fais entrer ?

— Gwen est là.

Passant devant moi, il s'est rendu dans la cuisine, saluant Gwen avant même d'y être parvenu.

— Salut, Joe, a-t-elle lancé.

— On boit, je vois, a-t-il déclaré gaiement.

— Tu en aurais fait autant dans mon cas.

— Qu'est-ce qui t'arrive ?

Il a enlevé son manteau et l'a jeté par-dessus le dossier d'une chaise.

Si Gwen n'avait pas faim, Joe oui. Il était furieux, choqué et peiné. Ses yeux bleus lançaient des éclairs et ses lèvres étaient devenues blanches. Il a reposé son verre sur la table en le cognant violemment – du whisky a giclé partout –, et il m'a dit que je m'étais montrée très, très bête, et pourquoi diable ne lui avais-je pas raconté ce que je fichais ? Ne comprenais-je pas qu'Alison et lui voulaient veiller sur moi ? Greg avait été comme un fils pour lui, et moi comme leur fille.

— Mais qu'est-ce que tu as foutu ? À quoi tu jouais, bon sang ?

— Je n'en sais rien. Mais je n'ai pas à te l'expliquer.

— Tu es bouleversée d'avoir perdu ton mari alors qu'est-ce que tu fais ? Tu pleures et tu fais ton deuil ? Non. Tu remets de l'ordre dans ta vie ? Non. Tu parles de tes difficultés à tes amis ? Non. Tu vas voir un thérapeute ? Non.

— En fait, il se trouve que j'ai vu…

— Tu fais mine de prendre bien soin de toi et tu verses dans des théories de conspiration fumeuses. Seigneur… Ça défie l'entendement. Et ça t'a menée où, tout ça ? Greg est toujours mort. Il est toujours mort dans une voiture en compagnie d'une femme qui aimait coucher avec des types mariés. As-tu mis au jour quelque sordide complot ?

— Non.

— Et maintenant, quelqu'un est mort. Qu'est-ce que tu fais de ça ?

Il a mis sa tête entre ses mains, respirant profondément.

— Je n'ai pas besoin d'aide. Je vais aller trouver la police.

— Tu n'as pas encore été les voir ?

— Non.

— Je peux t'y emmener tout de suite, a suggéré Gwen.

Elle s'est levée, posant ses deux mains à plat sur la table pour recouvrer l'équilibre.

— Pour l'amour du ciel, tu n'es en état d'aller nulle part, a répondu Joe. Pourquoi diable n'es-tu pas allée voir la police, Ellie ?

— J'avais peur et j'étais en état de choc. Je sais que j'aurais dû. Tout ça est si compliqué...

Il s'est radossé à sa chaise. Le choc semblait lui avoir fait oublier son humeur combative.

— Je ne comprends pas ce que tout ça veut dire, ai-je ajouté. Greg et Milena, et maintenant Frances.

— Pourquoi faut-il que ça signifie quoi que ce soit, à part un beau gâchis ?

— Je suis si fatiguée, Joe. (À le voir là, si furieux et si paternel, je me sentais encore plus jeune et plus sotte. Des larmes me sont montées aux yeux.) Peut-être que c'est pour ça que je n'y suis pas encore allée. Je suis tellement, tellement fatiguée de penser à tout ça.

— Oh, Ell... (Joe s'est levé pour s'accroupir à côté de moi, prenant mes deux mains dans les siennes.) Bien sûr que tu es fatiguée. Je vais te dire : laisse tomber pour ce soir. Vas-y demain. Je t'emmènerai moi-même, si tu es d'accord.

— Tu veux bien ?

— Oui.

Là-dessus, le téléphone s'est mis à sonner, et j'ai commencé par laisser le répondeur prendre l'appel mais, quand j'ai entendu la voix de Fergus, j'ai couru décrocher.

— Fergus ? Les contractions ont commencé ?

— Rien à voir, Ellie. Je viens de lire des infos en ligne. C'est à peine croyable. Cette femme dans la voiture avec Greg, tu vois ?... Eh bien, son associée...

— Fergus, l'ai-je sèchement interrompu, il faut que je te dise quelque chose...

Plus tard, quand j'ai eu fini de parler à un Fergus abasourdi et bégayant, et que Joe est rentré chez lui, laissant un gigantesque rameur au beau milieu du salon, Gwen a dit :

— Mais pourquoi n'as-tu pas eu le sentiment de pouvoir te confier à moi ?

Elle était assise sur le canapé, les jambes repliées sous elle. Toute molle, elle se mouvait de façon un peu maladroite. Daniel allait venir la chercher ; elle passerait récupérer sa voiture le lendemain, quand les effets du whisky se seraient dissipés.

J'ai hésité.

— Je ne sais pas au juste. Je crois que je n'avais pas envie d'entendre quiconque me dire que je faisais des conneries. Je savais que ce n'était pas bien, et que c'était débile, peut-être même délirant, voire très délirant, mais je n'avais pas l'intention de m'arrêter. Ce qui ne m'empêche pas d'être désolée.

— Et maintenant ?

— Maintenant, en toute honnêteté, je ne sais plus quoi penser. Mais elle était sympa.

— La femme qu'on a tuée ?

— Frances, oui. Elle venait d'un monde très différent et je ne l'aurais jamais rencontrée en temps ordinaire : elle était riche, classe, moqueuse, avec la réserve anglo-saxonne de ceux qui ont reçu une bonne éducation. Malgré tout, je l'aimais bien. Elle était gentille avec moi. Et je ne comprends pas pourquoi elle est morte. Et je ne comprends pas pourquoi quelqu'un tenait à ce que je pense que Greg avait une liaison avec Milena. Je ne comprends pas du tout.

26

Je ne savais pas dans quel commissariat me rendre, mais je savais que ça se passerait mal, où que ce soit. Ce qui a été le cas. Je suis allée trouver l'agent Darby, espérant qu'elle se montrerait bien disposée envers moi, me sachant veuve éplorée. Quand elle m'a accueillie, j'ai remarqué l'expression prudente qu'adoptent les gens quand ils ouvrent leur porte sur le membre d'une secte qui va tenter de leur vendre sa salade. Mais elle m'a invitée à m'asseoir et m'a offert du thé. J'ai commencé à expliquer la raison de ma présence et son expression est passée de la méfiance à la perplexité, puis de la perplexité à ce qui ressemblait à de l'inquiétude. Elle m'a demandé de me taire et s'est presque enfuie de la pièce.

Elle est revenue cinq minutes plus tard et m'a priée de bien vouloir la suivre. Elle m'a fait franchir une porte avant de m'introduire dans une salle nue, exception faite d'une table et de trois chaises en plastique orange. Elle m'a fait asseoir en restant gauchement debout près de la porte. Je lui ai dit qu'elle n'avait pas besoin de rester, mais elle a soutenu que ça ne posait pas de problème. On aurait plutôt dit qu'on lui avait donné l'ordre de ne pas me laisser seule, et aussi de ne plus ajouter un mot. Je suis donc demeurée sagement assise et elle debout, pendant que nous passions dix horribles minutes à éviter de nous croiser du regard jusqu'à ce que la porte s'ouvre et qu'entre un policier. J'ai reconnu en lui l'inspecteur principal Carter, à qui je m'étais déjà adressée. Il ne s'est même pas assis.

— L'agent Darby me dit que c'est vous qui avez trouvé le corps de Mme Frances Shaw.

— C'est exact.

— Et c'est vous qui avez passé l'appel ?

— Oui.

— Anonyme.

— Oui.

— Une raison à ça ?

— Plus ou moins, ai-je répondu.

Il a levé une main pour m'interrompre.

— Ce n'est plus de notre ressort, a-t-il expliqué. Je dois prévenir les collègues de Stockwell. Vous allez devoir patienter ici un moment, si ça ne vous ennuie pas.

Ce n'étaient que politesses. Je ne pensais pas avoir le choix. L'agent Darby m'a apporté un journal et une autre tasse de thé, et j'ai feuilleté les pages sans rien enregistrer. Il s'est écoulé presque une heure avant que deux inspecteurs, un homme et une femme, entrent et prennent place face à moi. L'agent Darby est partie mais l'inspecteur Carter est resté, d'un côté, adossé au mur. L'homme s'est présenté : inspecteur divisionnaire Stuart Ramsay et sa collègue, l'inspecteur principal Bosworth. Elle a ouvert un sac, en a sorti un appareil encombrant, qu'elle a posé sur la table entre nous. Elle l'a chargé de deux cassettes et l'a mis en route. Elle a indiqué la date et l'heure et identifié les personnes en présence, avant de se radosser.

— La raison pour laquelle nous sommes si formels, a commencé Ramsay, c'est que vous avez déjà avoué des faits vous exposant à être inculpée de délit. Et ce n'est que le début. Il importe donc, avant que vous ajoutiez quoi que ce soit, qu'il vous soit notifié clairement que vous avez le droit d'être juridiquement représentée. Si vous n'avez pas d'avocat, nous pouvons vous en trouver un.

— Ça ne m'ennuie pas, ai-je répondu.

— Cela signifie-t-il que vous ne voulez pas d'avocat?

— Je m'en fiche. Non.

— Et vous devez comprendre que tout ce que vous pourrez dire, maintenant et par la suite, pourra être retenu contre vous et présenté à la cour.

— Très bien. Alors, comment puis-je vous aider?

Tous deux se sont regardés comme s'ils ne savaient pas vraiment quoi faire de moi.

— Pour commencer, a dit Ramsay, vous pouvez nous dire à quoi vous jouiez, bon sang, en quittant une scène de crime, et en interférant avec une enquête judiciaire?

— C'est une histoire compliquée.

— Alors vous feriez bien de commencer à la raconter, a rétorqué Ramsay.

Je m'étais juré de ne rien omettre et que je ne tenterais en aucun cas de me justifier ou d'expliquer les faits en détail. Je n'ai pas l'habitude de raconter des histoires et j'ai d'abord parlé du meurtre pour remonter dans le temps, et procédé à quelques digressions, quand ça s'est révélé nécessaire, ou quand je me rappelais un point qui me semblait important. Lorsque j'ai expliqué que j'avais travaillé pour Frances sous un nom d'emprunt, l'inspecteur Bosworth s'en est décroché la mâchoire, comme un personnage exprimant la surprise dans un film muet.

— Je suis désolé, a coupé Ramsay. Je n'ai pas bien compris, là. Qu'avez-vous dit?

— Il est peut-être plus facile que je vous raconte tout, et qu'ensuite vous posiez des questions sur ce que vous ne comprenez pas.

Ramsay s'apprêtait à dire quelque chose, puis s'est tu et m'a invitée à poursuivre d'un geste. Tandis que je m'égarais dans les méandres de l'histoire, j'avais l'impression de raconter les mésaventures d'une personne que je ne connaissais pas réellement – un lointain cousin ou un ami d'ami – dont je ne me souciais guère, et ne comprenais certainement pas. Quand j'en suis venue à Milena mourant dans un accident de voiture en compagnie de Greg, que j'ai raconté comment j'avais pris connaissance de ses e-mails et expliqué qu'elle avait aussi eu une liaison avec le mari de Frances, David, la tête de Ramsay a lentement plongé entre ses mains. Je lui ai ensuite appris que Frances m'avait confié qu'elle aussi avait eu un amant.

— J'ai pensé que l'homme en question pouvait être Greg, ou en tout cas je me le suis demandé, ai-je ajouté.

— Hein ?

Il a relevé la tête et m'a dévisagée : son regard était comme éteint.

— Voyez-vous, elle a dit que cet homme, dont je n'ai jamais su le nom, avait aussi eu une brève aventure avec Milena, avant de se tourner vers elle. Ça ne ressemble pas au Greg que je connaissais mais, à ce moment-là, j'étais tellement perdue que je ne savais plus quoi penser de quoi que ce soit.

— Je sais de quoi vous parlez, a-t-il ronchonné.

Le seul détail que j'aie délibérément omis a été mes rapports sexuels, puisque c'est de ça qu'il s'était agi, avec Johnny. Je ne crois pas l'avoir caché par souci de la mauvaise image que ça donnerait de moi. Il était bien trop tard pour ça. J'avais juste l'impression que ce n'était pas un détail important et qu'au moins je pouvais épargner à Johnny l'attention que cela risquait de porter sur lui.

Ça ne manquait pas pour autant de révélations capables de lui porter préjudice. Quand j'ai parlé de mes tentatives pour déterminer s'il y avait eu ou non relation entre Milena et Greg, l'inspecteur Carter m'a interrompue.

— Elle a fait des tableaux, a-t-il déclaré.

— Hein ? a demandé Ramsay d'une voix faible.

— Comme on fait avec les emplois du temps scolaires sur de grandes fiches en carton. Ils établissent les allées et venues de son défunt époux et de cette femme.

— Des tableaux, a répété Ramsay en me regardant.

— Il fallait que je sache. J'avais besoin de me prouver à moi-même, et au monde peut-être, qu'ils se connaissaient bel et bien, ou au contraire, pas du tout.

— On vous a dit qu'il était difficile de prouver par la négative, a rappelé Ramsay. C'est un genre de devise, chez nous.

— Les gens n'arrêtent pas de me le répéter. Non pas que c'est une devise de la police, mais que c'est difficile.

Silence. Je me suis penchée sur l'enregistreur pour voir si les petites bobines tournaient toujours.

— C'est tout ? s'est enquis Ramsay.

— Je crois, oui. Je ne suis pas sûre d'avoir raconté les choses dans le bon ordre. J'ai pu oublier des détails.

— Difficile de savoir où commencer, a commenté Ramsay. Par exemple, en tant que personne qui travaillait pour Frances Shaw sous un faux nom, vous êtes une suspecte toute désignée dans son meurtre. Si vous étiez restée sur place, les examens des experts médico-légaux auraient peut-être pu vous innocenter.

— Ou non. Je l'ai tirée de sous le bureau où elle était couchée pour voir si elle était toujours vivante. Je l'ai examinée. Je ne savais pas au juste si je pouvais faire quelque chose pour lui venir en aide.

— Parce que vous avez bougé le corps ! s'est exclamé Ramsay. Et ensuite vous n'en avez rien dit à personne ! Notre enquête à ce jour a été basée sur une lecture complètement erronée de la scène de crime.

— Je suis désolée, ai-je rétorqué. C'est pour ça que j'ai décidé qu'il fallait que je vienne vous voir.

— Très aimable à vous, a-t-il ironisé. Je ne comprends toujours pas. Pourquoi avez-vous quitté les lieux ?

— J'avais peur et j'étais dans un état de panique complet. J'ai cru que la personne qui l'avait tuée pouvait être encore là. Et peut-être qu'une part de moi-même se demandait si je pouvais être responsable de sa mort.

— Comment ça ? a demandé Ramsay.

— Peut-être avais-je levé un lièvre. Je suis la seule à n'avoir pas cru que la mort de Milena et Greg était un accident.

— Quel rapport, bon sang ?

— C'est évident, non ?

— Peut-être ne sommes-nous pas assez intelligents pour comprendre, a dit Ramsay. Pourriez-vous éclairer notre lanterne ?

— Mon mari et Milena sont morts dans un accident de voiture dans des circonstances non élucidées.

— Faux, s'est insurgé Carter.

— Et ensuite, l'associée de Milena est assassinée. Il doit y avoir un lien.

— Oh, pour l'amour du ciel ! a rétorqué Ramsay. J'ai commencé par suggérer que vous devriez prendre un avocat mais, ce qu'il vous faut, en fait, c'est un psychiatre.

— J'en vois un, en guise de thérapeute pour faire mon deuil.

— Je suis étonné qu'il vous laisse en liberté.

— C'est une femme.

— Rien à foutre.

— Je ne lui ai pas raconté les détails de tout cela.

Ramsay a levé les mains au ciel, d'exaspération.

— Quel est l'intérêt de voir un psychiatre si vous ne lui dites pas la vérité ? Et, qui plus est, si vous mentez à votre propre médecin, pourquoi diable devrais-je croire que vous n'êtes pas en train de nous mentir en ce moment ?

— Ça ne serait pas terrible, comme mensonge, vous ne croyez pas ? Je n'en sors pas franchement grandie.

— Je n'en suis pas si sûr, a répondu Ramsay. Pas mal de flics seraient assez contents de vous inculper sans attendre mais vous vous en sortiriez en plaidant la folie : une veuve dérangée pète un câble.

— Vous oubliez que je m'en fiche, ai-je ajouté.

— Que ça vous soit égal pose justement problème.

— Ce que je veux dire, c'est que peu m'importe ce que je vais devenir.

Ramsay s'est penché en avant et a éteint la machine.

— Je peux honnêtement vous dire qu'une part de moi-même serait ravie de vous jeter en cellule sur-le-champ pour nous avoir menés en bateau comme vous l'avez fait. Je peux vous dire que les juges n'aiment pas les gens qui se mettent en travers des enquêtes. Si nous vous inculpions maintenant, vous risqueriez six mois d'internement, une année si vous tombiez sur le mauvais juge – et ça, rien que pour n'être pas venue nous trouver plus tôt. Je n'ai pas besoin de vous rappeler qu'il y a des choses plus graves en jeu en ce moment. Un meurtre, madame Falkner. Un meurtre.

À cet instant, j'ai soudain songé que ce serait un immense soulagement d'être arrêtée et inculpée, reconnue coupable et envoyée en prison. Cela mettrait un terme à mon besoin inépuisable, désespéré, décousu, de faire quelque chose. Manifestement, j'avais fait ce qu'il ne fallait pas. J'avais menti à tant de gens. Par-dessus tout – *au-dessous* de tout... –, j'avais menti à Frances. J'avais trahi la confiance qu'elle avait placée en moi et maintenant, elle était morte. Si j'étais restée chez moi à pleurer, comme tout le monde m'y avait enjoint, et que pour finir j'étais retournée à mon travail, cela ne serait sans doute pas arrivé et peut-être, je dis bien peut-être, Frances serait-elle toujours en vie. Je n'étais pas indifférente aux délits que j'avais commis. Il était possible que mes mensonges et ma lâcheté aient retardé l'élucidation du meurtre de Frances. Peut-être avais-je détruit un indice capital. Mais ce qui me semblait encore plus douloureux, c'était que Frances ait vu en moi une amie, quelqu'un en qui elle pouvait avoir confiance, et que tout ce qu'elle avait cru savoir sur moi n'ait été qu'un mensonge.

— Vous avez raison, ai-je dit. Je mérite d'être punie. Je ne vais pas me défendre.

— Ah ça, vous le méritez, bordel, pas de doute, s'est emporté Ramsay. Et arrêtez ce numéro pathétique avec nous parce que ça ne prendra pas. Peut-être allons-nous vous inculper, et pas seulement parce que vous vous êtes comportée comme une imbécile. Il va falloir que je parle à certaines personnes à ce sujet. Nous allons y réfléchir. Entre-temps, vous allez remettre toutes les preuves physiques que vous pouvez détenir. Les vêtements que vous portiez pourraient nous être utiles.

— Je les ai sans doute lavés.

— Pourquoi est-ce que je m'attendais à ce que vous me disiez ça ? a râlé Ramsay.

— Vous portiez une veste ou un manteau ? a demandé Bosworth, prenant la parole pour la première fois.

— Une veste, ai-je répondu. Ça, je ne l'ai pas lavé.

— Et des chaussures ? a-t-elle continué.

— Oui, et je ne les ai pas lavées.

— Quand vous rentrerez chez vous, a dit Ramsay, un agent va vous accompagner pour prendre tous les éléments qui pourraient être en rapport avec notre enquête.

— Alors je rentre chez moi ?

— Jusqu'à ce que nous en décidions autrement. Mais auparavant, vous allez nous faire une sacrée déposition.

— Ce n'est pas ce que je viens de faire ?

Ramsay a secoué la tête.

— Vous ne faites que commencer, a-t-il rétorqué.

J'ai poussé un soupir.

— C'est un soulagement, vraiment, ai-je dit, que quelqu'un d'autre à part moi enquête enfin.

Ramsay m'a regardée, puis l'inspecteur Carter, avant de revenir à moi.

— Parce que ça, c'était une enquête ? Arrêtez...

27

Pour le premier Noël que j'avais passé avec Greg, nous avions fui nos familles respectives pour aller marcher dans le parc national de Lake District. Je savais que j'étais amoureuse de lui – non, j'ai su que je l'*aimais* – quand il a sorti un pudding de Noël miniature de son sac à dos au sommet de Great Gable et insisté pour que nous le mangions. J'en garde un souvenir très net : cette journée froide, grise, venteuse, le rocher sur lequel nous étions perchés, la vue sur le paysage désert alentour, la façon qu'avaient les bourrasques de vent de lui rabattre les cheveux dans les yeux et de lui colorer les joues, les miettes onctueuses dans ma bouche, sa main chaude dans ma main froide, une merveilleuse impression d'appartenance, d'être là où je devais être, même si nous nous trouvions perchés sur les collines et loin de tout. En dépit de tout ce qui s'était produit, ce souvenir restait intact et tenait bon.

Le Noël suivant, nous l'avions passé avec Fergus et Jemma, et Fergus et moi avions préparé une dinde ; Greg avait tenu à concocter sa propre version d'un cocktail au champagne, chantant à tue-tête, remplissant la maison de sa gaieté éméchée. L'année dernière, nous étions restés ici, dans cette maison ; nous avions planté le petit sapin de Noël au fond du jardin, prévoyant de le récupérer. Je redoutais jusque-là les Noël. Ensuite, avec Greg, j'avais appris à les adorer. Maintenant, je les redoutais de nouveau. Dans dix jours, je me réveillerai seule dans cette maison, qui semblait sur une mauvaise pente (le chauffage était défectueux, ce qui signifiait que la plupart des radiateurs étaient morts et que l'eau était au mieux tiède, le congélateur n'arrêtait pas de faire de la glace de sorte que de petits morceaux jonchaient le sol de la cuisine, une vitre était fêlée et je n'avais pas encore trouvé le temps de la changer, la porte d'un placard sortait dangereusement de ses gonds). Généralement, je suis douée pour les réparations – de nous deux, j'avais toujours été la plus efficace, la plus douée de sens pratique – mais pendant des semaines, je m'étais sentie incapable de rassembler l'énergie nécessaire à l'entretien domestique, et tous mes talents d'organisation avaient été déployés chez Frances et *Party Animals*.

Désormais j'allais pourtant remettre de l'ordre dans ma vie. Je l'avais déjà dit auparavant mais, cette fois, je le pensais vraiment. Après des semaines de folie claustrophobique et d'errance dans les ténèbres, il fallait que je prenne un nouveau départ. Je devais regarder devant, pas derrière : tout ce qui se trouvait derrière et tout autour de moi était trop effrayant et inexplicable, de toute façon. Aussi me suis-je lancée à corps perdu dans le ménage du laisser-aller de mon existence. J'ai débuté chaque journée à 6 heures du matin, alors qu'il faisait encore nuit noire dehors. J'ai purgé les radiateurs et les ai laissés revenir à la vie ; j'ai appelé un chauffagiste pour remplacer le ventilateur sur la chaudière ; j'ai réparé la porte du placard et dégivré le congélateur, pilant des mois de glace au couteau ; j'ai pris les mesures de la fenêtre cassée et acheté une nouvelle vitre, que j'ai mise en place d'une main experte. J'ai repeint les murs de la cuisine en blanc et ma chambre dans un gris pâle. J'ai fait l'acquisition de nouveaux tapis de bain.

J'ai jeté tous les bocaux et les boîtes de conserve périmés. J'ai rempli le réfrigérateur de nourriture saine, et chaque jour je me suis préparé de vrais repas (pour le petit déjeuner, yaourt, toast et marmelade ou porridge fait avec de l'eau et du lait, à parts égales ; pour le déjeuner, un plat de pâtes avec de l'huile d'olive et du parmesan ou une salade ; pour le dîner, du poisson ou du poulet avec un verre de vin). Je suis allée à la piscine chaque matin, où je nageais cinquante longueurs. Je me suis acheté un nouveau jean et un cardigan gris.

J'ai retrouvé Gwen et Daniel au cinéma. J'ai pointé mon grand livre de comptes et fait des relances de factures. J'ai établi une liste de tâches à accomplir et me suis fait un emploi du temps que j'ai punaisé sur le panneau d'affichage dans la cuisine. J'ai installé un accumulateur de chaleur dans ma cabane, où j'ai passé au moins huit heures par jour, quotidiennement, m'efforçant de tenir les délais et de me racheter pour les promesses non tenues de ces derniers mois. J'ai remplacé des pieds sur un buffet Queen Anne, ai poncé et reverni une table en bois de rose, mis un nouveau plateau sur un bureau d'école rayé qui possédait manifestement une valeur sentimentale pour son propriétaire. J'ai même fait de la pub dans le journal local pour vendre mes services, et suis passée déposer des cartes de visite dans les magasins du coin. Je suis allée faire du shopping durant une nocturne et j'ai acheté un béret et une minuscule salopette pour mon filleul à venir, ainsi que deux somptueuses écharpes pour Gwen et Mary, comme cadeaux de Noël.

J'ai appelé mes parents pour leur dire que je ne serais pas avec eux le jour même, et leur ai proposé de venir le 26 à la place. J'ai acheté un vase en verre pour ma mère et un livre sur les serres pour mon père. J'ai renoncé à envoyer des cartes de vœux, et celles que j'ai reçues, je les ai entassées sur le rebord de la fenêtre de la cuisine pour ne pas avoir à lire les douzaines de messages compatissants derrière des images de rouges-gorges, de vierges ou de dindes comiques.

Et je n'ai pas ouvert les journaux, pour ne pas avoir à lire la moindre histoire au sujet de Frances. Je n'ai pas allumé la télévision pour la même raison.

Je n'ai pas répondu au message que Johnny avait laissé sur mon répondeur, ni donné suite à la longue lettre fâchée qu'il a glissée dans ma boîte aux lettres.

Je n'ai pas cherché à savoir de qui provenaient les appels en absence sur mon portable, même si je soupçonnais que ce pouvait être David.

Je ne suis pas retournée chez la thérapeute, même si elle n'avait pas caché qu'elle pensait que ce pourrait être utile, voire nécessaire.

Je n'ai pas retenu les propositions qu'ont pu me faire Gwen, Mary, Fergus ou Joe, m'invitant à parler de ce qui s'était passé ; ni décrit en détail le comportement de la police à mon endroit, particulièrement durant le second interrogatoire qui s'était déroulé à Stockwell : le mélange d'incrédulité croissante et de dégoût moral. Je m'efforçais de regarder devant, d'aller de l'avant, et le seul moyen que je connaissais pour y parvenir était de me mettre des œillères, de ne pas voir ce qui gisait autour et derrière moi.

Je ne me suis pas autorisée à penser à Frances, étalée sous le bureau avec ses yeux aveugles en train de me fixer.

Je n'ai plus soutenu à quiconque que Greg n'avait jamais connu Milena. J'ai enfin compris que le passé était le passé, et qu'il se situait au-delà de ma compréhension.

Je n'ai pas pleuré.

J'ai roulé mes deux tableaux bien serré, les ai pliés en deux puis fourrés à la poubelle, avec les épluchures de carottes et les sachets de thé. J'ai remis le menu comportant le mot griffonné de Milena à la police, qui n'a pas semblé très intéressée même quand j'ai indiqué comment le « J » avait été transformé en « G ».

Chaque soir, j'allais me coucher à ce point épuisée par mon activité frénétique et par toutes mes dérobades désespérées que je m'endormais comme si on m'avait assommée à coups de brique. Quand je rêvais, je ne me souvenais pas de quoi. Je n'étais pas très heureuse, à proprement parler, mais j'étais résolue, comme un soldat allant au combat – ou le fuyant, au contraire.

Au beau milieu d'une matinée, un jeudi, alors que j'allais rejoindre mon atelier, le téléphone a sonné. J'ai décidé de laisser tomber mais, quand la sonnerie a cessé, mon portable s'est aussitôt mis à sonner à son tour. J'ai vérifié l'identité de l'appelant avant de répondre, au cas où ce serait quelqu'un que j'essayais de rayer de ma conscience.

— Fergus ?

Il baragouinait quelque chose. Je n'ai pas réussi à distinguer grand-chose, mais j'ai compris le message. J'étais marraine. Une fois que j'ai eu coupé, je suis allée m'asseoir un moment dans la cuisine. Dehors, le ciel s'était teinté d'un blanc sale, comme s'il allait se mettre à neiger. La maison était silencieuse ; le jour s'étirait sans fin devant moi, vide. J'ai baissé les yeux sur mes mains, entrelacées sur la table, et me suis ordonné de me lever immédiatement, d'aller dans ma cabane, d'avancer le travail que je m'étais assigné pour la journée. Mes jambes étaient lourdes. Il m'a fallu un immense effort pour me soulever de ma chaise.

Le téléphone a de nouveau sonné. C'était l'inspecteur divisionnaire Ramsay – il a redécliné son identité en entier, comme si j'avais pu l'oublier – et il voulait savoir si j'accepterais de venir au commissariat.

— Pourquoi ? me suis-je enquise. Qu'y a-t-il de neuf ? Que s'est-il passé ? (J'ai entendu respirer profondément à l'autre bout de la ligne, mais avant qu'il ait pu répondre, je l'ai interrompu.) Non, pas de problème. Je vais venir. Quand ?

— Tout de suite ? Voulez-vous que j'envoie une voiture vous chercher ?

— Non. Je me débrouillerai. Je peux être là dans une demi-heure environ. Ça vous va ?

Ramsay avait ma déposition devant lui, et l'air las. Il ne m'a pas proposé de thé, a tout juste levé les yeux. Enfin il a dit :

— Y a-t-il quoi que ce soit que vous ayez omis de nous dire dans votre déposition ?

J'ai repensé aux longs interrogatoires, l'un à Kentish Town et l'autre à Stockwell. Je n'avais cessé de discourir au hasard, m'étais répétée, avais répété les répétitions, j'avais tourné en rond et j'étais partie dans des digressions, j'avais inclus des informations sans aucun rapport avec le sujet. Avais-je oublié quelque chose ?

— Je ne pense pas, ai-je fini par répondre.

— Prenez votre temps.

— Je n'ai pas besoin de temps. Je pense vous avoir tout dit.

Il a remué des papiers, le front plissé.

— Dites-moi, s'il vous plaît : vous êtes-vous jamais rendue sur les lieux où s'est produit l'accident de votre mari ?

— Je ne pense pas que c'était un accident.

— Je vous pose une question. C'est assez simple. Y êtes-vous jamais allée ?

— Comment l'avez-vous su ?

Il a brusquement relevé la tête.

— Aurais-je dû ne pas le savoir ?

— Pourquoi me posez-vous la question maintenant ?

— Répondez.

— Oui, j'y suis allée.

— Et vous n'avez pas jugé utile de nous le dire ?

— Je ne pensais pas que c'était utile.

— C'est à vous ?

Il a sorti un sachet transparent de son tiroir et l'a levé : mon écharpe.

— Oui.

— Il y a du sang dessus. Le sang de qui, selon vous ?

— Le mien !

— Le vôtre ?

— Oui. Je me suis coupée, c'est tout. Écoutez, j'y suis allée parce que je voulais voir où Greg était mort. C'était uniquement pour des motifs personnels.

— Quand ça ?

— Quand y suis-je allée ?

— Oui.

— Je ne sais pas exactement. C'était il y a longtemps. Non, je sais, en fait. C'était la veille des obsèques de Greg qui se sont déroulées le 24 octobre, donc ça devait être le 23.

Il a noté la date et l'a regardée d'un air pensif.

— Vous êtes certaine ?

— Oui.

— Et vous étiez seule ?

— Oui.

— Avez-vous dit à quelqu'un que vous y alliez ?

— Non. C'était quelque chose que je devais faire seule.

— Et après coup, avez-vous dit à quelqu'un que vous y étiez allée ?

— Je ne pense pas. Non, je ne l'ai pas fait.

— Pourquoi pas ?

— Comme je l'ai dit, c'était personnel.

— Mais vous avez des amis proches – des amis à qui vous vous confiez ?

— Oui.

— Et l'expérience a dû être forte en émotions.

— Il faisait froid et il pleuvait des cordes, ai-je expliqué, me rappelant de quelle façon j'avais glissé sur le talus.

— Alors n'est-il pas un peu étrange que vous n'ayez parlé à personne d'une chose pareille ?

— Ça n'a rien d'étrange. Le lendemain, c'était l'enterrement, et j'avais bien d'autres choses en tête.

— Je vois. Donc il n'y a personne pour confirmer votre histoire ?

— Ce n'est pas une histoire, c'est la vérité. Et non, il n'y a personne pour la *confirmer*, encore que je ne vois pas pourquoi il faudrait la confirmer. Pourquoi est-ce si important ?

Au moment même où je prononçais ces mots, j'ai réalisé pourquoi il estimait que c'était tellement important. Ma bouche s'est ouverte, mais rien n'en est sorti. Je l'ai dévisagé, tandis que lui soutenait implacablement mon regard.

— C'est juste bizarre que vous n'en ayez jamais parlé, a-t-il conclu.

28

— Tu plaisantes? s'est emportée Gwen. À quoi ils jouent?

J'ai tenté de la faire baisser d'un ton mais elle ne voulait pas s'y résoudre. J'étais arrivée, à ce que Fergus avait qualifié de soirée de célébration du bébé, avec une minuscule salopette et un béret. Quand je les avais achetés, on les aurait dit ridiculement petits, comme des vêtements de poupée, mais à me pencher sur le berceau, je me suis aperçue qu'ils étaient bien trop grands.

— Ça finira par lui aller. Un jour.

— Elle s'appelle Ruby, m'a appris Jemma.

— Oh, comme c'est joli.

— Il faut convenir que Ruby fait assez danseuse sur un bateau de La Nouvelle-Orléans.

— Ne sois pas bête, a coupé Jemma, prenant Ruby dans ses bras et lui expliquant qu'elle ne laisserait pas cet horrible type dire d'aussi horribles choses à son sujet. Elle lui parlait sur un ton que je n'avais jamais entendu dans la bouche d'un adulte. Manifestement, il faudrait que je m'y fasse dans les années à venir. Jemma a insisté pour que je prenne Ruby dans mes bras. Elle a expliqué à Ruby que j'étais sa marraine et que nous ferions bien de faire connaissance immédiatement. Comme on pouvait s'y attendre, Ruby dormait profondément tandis que Jemma me montrait ses ongles minuscules et ses doigts de pieds tout aussi minuscules. Puis elle s'est réveillée et Jemma l'a récupérée pour la réconforter et la nourrir avec bonheur.

Je suis allée dans la cuisine, ou Gwen préparait du thé. Mary avait apporté un gâteau et sortait des assiettes et des tasses, tout en surveillant Robin du coin de l'œil, profondément endormi dans son siège auto dans le coin de la pièce. Il m'avait semblé si petit, un temps, mais aujourd'hui, comparé à Ruby, il était grand, à une autre échelle. Je me sentais toujours un peu mal à l'aise en présence de Gwen, après lui avoir volé son identité et tout le toutim, mais j'ai fait un effort pour lui parler de choses et d'autres, comme je l'avais toujours fait jusque-là. C'est à ce moment-là qu'elle avait explosé, incrédule. C'est aussi à cet instant précis que Joe est venu nous rejoindre. On aurait dit les retrouvailles d'une société secrète.

— Je viens de m'échapper de Babyland, a-t-il lancé. Non pas qu'elle ne soit pas ravissante. Elle est toute mignonne, non ?

Nous en sommes tous convenus.

— Chaque parent est évidemment convaincu que son bébé est le plus beau du monde, a repris Joe. Je me rappelle avoir sorti un truc du genre à la naissance de Becky. (Il a attrapé une part de gâteau avant que Mary puisse l'en empêcher. Il en a croqué une bouchée et continué de parler tandis que des miettes lui tombaient de la bouche.) La différence, c'est que, quand je l'ai dit, j'avais raison.

— Hmmm, a commenté Mary, et j'ai bien vu qu'elle

était sur le point de se lancer dans un discours genre « Robin est mieux ».

— Pour revenir à ce dont nous parlions, a coupé Gwen en toute hâte, il faut qu'Ellie fasse quelque chose pour que la police cesse de lui chercher des poux dans la tête.

— C'est quoi, ce coup-ci? a demandé Joe en haussant les sourcils et en m'adressant un grand sourire.

Je voyais bien qu'il cherchait à me déculpabiliser au sujet du désastre que j'avais semé, en faisant une sorte de blague dont nous pouvions tous rire.

C'est ainsi que Gwen a bien évidemment été obligée d'expliquer à qui voulait l'entendre ma dernière entrevue avec la police. J'avais un peu honte d'être à nouveau au centre de l'attention. Ils avaient dû se montrer compatissants avec la veuve, écouter mes divagations au sujet de Greg et de son innocence, s'accommoder ensuite de mes activités frauduleuses. Et tout ce temps, moi, moi, moi, j'avais été au centre de tout, avec tous les autres au second plan, et leurs propres soucis mis de côté.

— Tu aurais dû nous demander de venir avec toi, a dit Mary. Je ne supporte pas l'idée que tu y sois allée toute seule. Ça devait être sinistre.

— Vous en avez assez fait, tous. De toute façon, c'est quelque chose que je devais faire seule.

— Ce qui est scandaleux, c'est qu'on puisse trouver bizarre que tu sois allée voir l'endroit où est mort ton mari. C'est normal que tu sois allée voir! C'est le contraire qui eut été étonnant.

— Tu crois qu'ils te soupçonnaient vraiment? a demandé Gwen. De quoi, pour l'amour du ciel?

— Je commence à avoir l'impression qu'ils sont très irrités par ma pomme, ai-je dit, avant de jeter un regard à Gwen. Comme tu l'es sans doute. Ou en tout cas, comme tu devrais l'être.

Un murmure de protestation collectif s'est élevé, que non, bien sûr, et que rien de tout ça ne comptait.

— D'un autre côté, a poursuivi Gwen, t'est-il venu à l'idée que tu pourrais avoir besoin de conseils ? De conseils juridiques, je veux dire.

— De conseils juridiques ? (Fergus entrait dans la pièce avec une assiette de biscuits.) Comment ça ?

— Eh bien, a avancé Gwen, lentement et prudemment, s'ils demandaient à Ellie quand elle s'était rendue sur les lieux de l'accident, et s'il y avait quelqu'un avec elle qui puisse corroborer ses déclarations… (Elle s'est tournée vers moi.) C'est affreux à dire mais c'est toi, après tout, qui as soutenu que la mort de Greg n'était pas ce qu'ils croyaient, qu'elle était inexplicable. Donc à mon avis il se pourrait bien qu'ils pensent que…

Mais elle s'est interrompue, incapable de le formuler à haute voix.

— Que j'aie quelque chose à voir avec ça, ai-je achevé à sa place. Oui. Que je me vengeais de mon mari et de sa présumée maîtresse… Alors, allez-vous me demander si j'avais un alibi ?

— Bien sûr que non, a rétorqué Mary, choquée.

— Évidemment qu'on n'en arrivera pas là, ai-je dit. Mais j'en ai un, plus ou moins. (J'ai tâché de me remémorer ce jour dans les moindres détails. La terrible nouvelle m'avait asséné un tel coup que c'était comme si elle avait éliminé tout ce qui s'était passé auparavant. Mais je me souvenais.) J'avais passé une bonne journée, pour étrange qu'il paraisse. J'avais travaillé sur un assez beau fauteuil géorgien. Ça m'avait pris plus longtemps que je n'avais prévu, de sorte qu'à la fin, j'ai dû sauter dans un taxi pour le rapporter à la société qui avait fait appel à mes services. C'était une étude de notaire juste à côté de Lincoln's Inn Fields. Je me souviens de l'heure parce que je me dépêchais d'y être avant qu'ils ne ferment. J'y suis arrivée quelques minutes à peine avant 18 heures. Quand je le leur ai remis, j'ai dû signer un reçu, attestant que je l'avais rendu. J'ai inscrit la date et l'heure dessus. Donc je ne pouvais me trouver à l'est de Londres en train de trafiquer la voiture de mon mari, si c'est de cela qu'il s'est agi. Et voilà. Trop de détails.

Nouveau silence embarrassé.

— Mais pourquoi s'intéressent-ils d'ailleurs au lieu de l'accident ? a demandé Joe.

— Oui, est intervenue Mary. C'était un accident. C'est ce que l'enquête a conclu.

— Dieu seul le sait, ai-je dit. J'ai causé tellement de dégâts avec mes gaffes que la police ne sait plus quoi penser. Ça ne m'ennuie pas. Pour ma part, j'en ai terminé. Je vais faire ce que j'aurais dû faire depuis longtemps, c'est-à-dire m'occuper de moi, être bien sage et faire du bon travail.

Ce que j'ai fait. Ou du moins, essayé de faire. J'ai aidé à rapporter le gâteau en pleine fête du bébé. J'ai pris Ruby dans mes bras, elle paraissait vraiment repue, comme une vieille dame shootée, aux yeux chassieux avec une cloque de lait sur sa lèvre inférieure, et l'ai gardée là, terrifiée à l'idée de la laisser tomber. Je lui ai offert mon petit doigt à saisir, et j'ai enfoui mon visage dans son cou. Elle sentait la sciure et la moutarde. Puis je l'ai remise à quelqu'un d'autre, qu'il la cajole à son tour, et je suis partie.

La veille, un homme avait déposé six chaises de salle à manger à la maison. Elles avaient passé des années dans son abri de jardin et il les avait oubliées. Pouvais-je en faire quelque chose ? Oui. Je pouvais décaper les surfaces avec de la paille de fer et du white spirit. Remplacer les lattes cassées et rééquilibrer les pieds pour qu'ils soient de niveau. Recouvrir les assises, et ensuite polir et cirer les surfaces. J'avais remis un devis qui aurait aisément couvert le coût d'une voiture d'occasion et l'homme avait semblé plutôt content. J'étais contente, moi aussi. Les chaises occuperaient mes journées d'un travail difficile, minutieux, salissant, décousu, solitaire, délicieux, gratifiant. Ce chantier laissait entrevoir une forme de bonheur. Enfin, peut-être pas de bonheur, mais il me fournirait l'occasion de me perdre, un endroit où me réfugier, du moins le croyais-je.

Si j'avais su qui c'était, jamais je n'aurais répondu. Je venais de revenir de l'atelier pour me faire une tasse de thé et j'ai baissé la garde. J'ai soulevé le combiné machinalement, sans penser qu'il pourrait s'agir de quelqu'un que je voulais éviter et quand j'ai entendu sa voix, ça m'a fait un tel choc que j'ai renversé du thé bouillant sur mon poignet, puis lâché la tasse, qui a volé en éclats. J'ai fixé le combiné, songeant qu'il me suffisait de le reposer sur son support et de me retrancher dans ma cabane, où nul ne pouvait me joindre.

— Bonjour.

La voix était froide et dénuée d'inflexions ; même maintenant, il n'allait pas montrer ses émotions. Je l'ai imaginé à l'autre bout de la ligne : ses cheveux grisonnants, ses vêtements impeccables et ses mains manucurées, son air languide, amusé, légèrement méprisant ; par-dessus tout, sa vigilance.

— David, ai-je enfin lâché, m'efforçant d'adopter le même ton. Que voulez-vous ?

— Ça, c'est direct. (Il a lâché un petit rire sans joie.) Vous voir.

— Pourquoi ?

— Je suis étonné que vous posiez la question. Il y a certaines choses à éclaircir.

— Je n'ai rien à vous dire que je n'aie déjà dit à la police.

— Et moi, de mon côté, j'ai des choses à vous dire. Et je préférerais ne pas le faire au téléphone.

— Je ne veux pas venir chez vous.

— J'imagine que non. (Enfin, je percevais une colère sous-jacente dans sa voix.) Je viens chez vous ?

— Non, je ne veux pas de ça non plus.

— J'ai un alibi en béton, vous savez, Eleanor. (Il a légèrement insisté sur mon nom, pour me rappeler que c'était moi qui avais été l'imposteur.) Si vous vous imaginez que je pourrais être un assassin, vous n'avez pas besoin de vous en faire.

— Ce n'est pas ce que je pensais, ai-je répliqué (même si, évidemment, j'avais envisagé que David ait pu tuer Frances, et ce, sans mal : c'était un homme froid, intelligent, sans pitié, plutôt qu'un homme tracassé par sa conscience).

Cependant, ce n'était pas la peur qui me poussait à le tenir à l'écart de ma maison, mais une répugnance instinctive, profonde, à l'idée qu'il puisse poser ses richelieux bien cirés dans mon univers miteux, hanté par la présence de Greg.

— On peut se retrouver à mon club, si vous voulez. Il y a des salons privés.

— Non. Dehors, dans un lieu public.

— Très bien, Blackfriars Bridge. Du côté nord. Dans une heure.

— Il pleut, ai-je fait remarquer bêtement.

— En effet. J'apporterai mon parapluie.

J'ai raccroché et passé mon poignet sous l'eau froide plusieurs minutes jusqu'à ce qu'il s'engourdisse. J'ai envisagé de changer de tenue mais fini par m'abstenir. Après tout, je n'avais plus besoin de faire semblant d'être une autre que moi-même. J'ai fouillé dans le placard à la recherche d'un parapluie, mais n'en ai trouvé qu'un avec une baleine cassée, qui s'est mis à retomber, inutile, une fois ouvert. Je n'avais plus qu'à me laisser tremper.

Je suis arrivée trempée, en effet, et frigorifiée, sentant la colle et vêtue d'un pantalon de toile couvert de taches de peinture sous un imper dégoulinant. David était parfaitement sec sous son grand parapluie.

Je me suis arrêtée à quelques pas de lui, sur le trottoir désert, et l'ai salué d'un bref signe de tête. Son splendide manteau en poil de chameau m'était familier, tout comme ses chaussures qui brillaient tels des marrons d'Inde tout neufs. Je n'aurais su dire précisément ce qui s'était modifié dans son apparence, mais j'ai été frappée par ce qui avait changé en lui. Sa peau semblait plus tendue sur les os que la dernière fois que nous nous étions croisés, ce qui rendait ses traits tirés, anguleux.

— Je n'en ai pas pour longtemps, a-t-il dit.

J'ai attendu. C'est lui qui avait demandé à me voir et je ne serais pas la première à prendre la parole.

— Ma femme avait confiance en vous, a-t-il commencé.

Je n'ai rien répondu. Je ne voyais rien à répondre à ça.

— Elle vous aimait bien, a-t-il continué. Pour une fois, elle a manqué de jugement. Terriblement manqué de jugement.

— Je ne l'ai pas tuée.

David a haussé les épaules.

— Ce sera à la police d'en juger, a-t-il déclaré d'un ton indifférent.

— Elle avait confiance en vous également ?

— Vous voulez dire, parce que je la trompais ? Je suis au courant, bien sûr, de ce que vous avez raconté à la police.

— J'ai dit la vérité à la police : que vous aviez eu une liaison avec Milena.

Je leur avais aussi, ai-je songé, confié que Frances avait eu un amant. David le savait-il ? Je l'ai dévisagé, ai fixé son visage indéchiffrable. L'avait-il découvert, et était-ce la raison pour laquelle Frances était morte ?

— Vous ne m'aimez pas, a constaté David. Bien sûr que non. Après tout – et nous laisserons l'histoire avec Johnny de côté pour l'instant, qu'en dites-vous ? – vous pensez que vous vivez dans un roman romantique où mari et femme s'épousent et vivent heureux pour le reste de leurs jours, où le premier amour ne s'éteint jamais, où votre précieux mari n'aurait jamais pu vous tromper parce qu'il était très amoureux de vous. Qu'est-ce qui vous fait croire que Frances n'était pas au courant ?

— Elle l'était ?

Ce haussement d'épaules à nouveau.

— Aucune idée. Si oui, elle aurait eu le bon goût de ne pas venir remuer l'eau trouble. Elle était raisonnable. Nous nous comprenions. Nous nous convenions.

— Vous voulez dire que vous fermiez les yeux ?

— C'est une façon de voir les choses. Pour formuler ça autrement : nous n'espionnions pas, ne fourrions pas notre nez partout, ne farfouillions pas dans l'univers de l'autre, en estimant avoir le droit de tout savoir sur lui. Nous nous traitions mutuellement en adultes. Il y a pire façon d'être marié.

— Êtes-vous en train de suggérer qu'elle aurait compris, pour vous et Milena ?

— Vous n'avez pas seulement le droit de poser la question. Vous étiez une étrangère qui est venue foutre la merde sous notre toit, vous mêler d'affaires qui ne vous regardaient pas.

— Vous l'aimiez ?

Une réelle colère a éclaté sur son visage et soudain il s'est avancé hors du cercle de protection de son parapluie : de grosses gouttes de pluie ont aspergé son manteau.

— Vous voulez savoir ce que je ressentais ? a-t-il dit, la figure à quelques centimètres de la mienne. Vous tenez toujours à tout savoir ? Frances était une femme bien et Milena une salope. Une salope pure et dure, monstrueuse. Ce sont toujours les salopes qui l'emportent. Elle jouait avec les gens. Elle a joué avec moi, m'a attiré par la ruse, m'a harponné, a ramené sa ligne, et une fois qu'elle en a eu terminé avec moi, m'a rejeté à l'eau. Elle ne m'a jamais aimé. Elle ne s'intéressait à moi que pour m'utiliser et faire du mal à Frances. Oui, oui. Je sais qu'il y avait un autre homme dans la vie de Frances. Quand elle m'a plaqué, Milena m'a dit que j'avais été sa revanche sur ma femme, qui lui avait piqué quelqu'un.

Sous mes yeux, il a paru s'effondrer. Sa bouche tremblait, et un instant j'ai cru qu'il allait pleurer ou me frapper.

— Si vous voulez savoir qui c'était, je ne suis pas en mesure de vous le dire. Je n'ai jamais posé la question. Je ne tenais pas à le savoir. Je ne suis pas comme vous. Il y a des choses qu'il vaut mieux ignorer. Notre survie en dépend : on deviendrait dingues si on savait tout. Donc, si tout cela avait un rapport avec votre précieux mari, je ne peux pas l'affirmer. Plus personne ne le peut, maintenant. Tout le monde est mort.

Il a brutalement refermé la bouche et reculé sous son parapluie. Nous nous sommes dévisagés.

— Je l'aimais beaucoup, ai-je dit enfin. Je me suis sentie très coupable de l'avoir trahie.

— Elle, moi, Johnny, tout le monde.

J'ai fait tout le trajet du retour à pied, sous la pluie, remarquant à peine les éclairages de Noël, les magasins en fête déversant de la chaleur par leurs portes ouvertes, la fanfare qui jouait des chants de Noël dans Camden High Street et faisait la quête pour les aveugles. Des voitures et des camionnettes passaient dans un grondement de tonnerre, m'aspergeant de pied en cap en projetant l'eau des flaques. David tenait sans doute à me voir pour me sonder, m'accabler, jouer avec moi, me faire peur. S'agissait-il juste d'une vengeance sadique ou d'autre chose ?

Je me suis assise dans le salon, contemplant le foyer vide. Greg adorait faire du feu. Il était doué pour ça, méthodique. Il n'utilisait jamais d'allume-feu, disant que c'était de la triche, et le démarrait plutôt avec du papier froissé, qu'il enflammait. Je me rappelais la façon qu'il avait de s'agenouiller et de souffler sur les tisons, d'en tirer des flammes. Je n'avais pas fait de feu depuis qu'il était mort et j'ai songé à en faire un, là, mais l'effort semblait trop grand.

Surgie de nulle part, une pensée m'est venue, aussi insignifiante qu'irritante. J'ai tenté de la chasser, parce que j'en avais fini avec mes tentatives maladroites de détective amateur, mais elle s'est collée comme une toile d'araignée dans mon esprit : pourquoi Greg n'avait-il pas noté son rendez-vous avec Mme Sutton, la vieille dame que j'avais rencontrée le jour de ses obsèques ?

J'étais sûre qu'elle m'avait dit qu'elle devait le voir le lendemain de sa mort, mais cela ne figurait pas dans son agenda.

Je me suis dit que cela n'avait pas d'importance, que cela ne signifiait rien. Je me suis préparé une tasse de thé et l'ai bue lentement, gorgée par gorgée, avant d'appeler le bureau.

— Pourrais-je parler à Joe ?

— Je crains que M. Foreman ne soit pas là.

— À Tania, dans ce cas ?

— Ne quittez pas.

Quelques secondes plus tard, Tania était en ligne.

— Tania ? C'est moi, Ellie.

— Ellie ! Comment allez-vous ?

— Bien. Écoutez, Tania, pouvez-vous me rendre un service ?

— Bien sûr !

— J'ai besoin du numéro de téléphone de l'un des clients de Greg.

— Ah, a-t-elle répondu d'un ton sceptique.

— Je l'ai rencontrée aux obsèques. Une dénommée Mme Sutton, je crois ; je ne connais pas son prénom. Elle m'a dit des choses très gentilles sur Greg et j'avais un truc à lui demander.

— Très bien. (Il y a eu une pause, et puis sa voix de nouveau :) C'est Marjorie Sutton, et elle habite dans le Hertfordshire. Vous avez de quoi noter ?

— Vous êtes bien Marjorie Sutton ?

— Elle-même. À qui ai-je l'honneur ? a-t-elle répondu sans ambages d'une voix claire.

— Ici Ellie Falkner, la veuve de Greg Manning.

— Bien sûr. Que puis-je pour vous ?

— Je sais que ça a l'air un peu bizarre, mais je réglais quelques derniers détails et je voulais vous poser une question.

— Oui ?

— Vous m'avez dit que vous deviez voir Greg le lendemain de sa mort.

— C'est exact.

— Vous en êtes bien certaine ? Parce qu'il n'y a pas trace d'un rendez-vous dans son agenda.

— Il ne l'avait arrangé que la veille. Ça a dû se faire juste avant l'accident. Il a beaucoup insisté pour venir me voir.

— Savez-vous à quel sujet ?

— Je crains que non. Y a-t-il un problème ?

— Aucun, ai-je répondu. Merci beaucoup.

J'ai raccroché et suis retournée dans mon fauteuil auprès du foyer vide.

29

J'ai vu un jour un documentaire qui montrait un bébé phoque gisant au fond d'un petit trou dans la couche de glace arctique. En haut, dans le monde extérieur, il faisait environ cinquante degrés en dessous de zéro mais, dans le trou, il faisait chaud, du moins selon les critères d'un bébé phoque. Il devait s'y sentir en sécurité aussi. Mais il ne l'était pas. À des kilomètres de là, une maman ours, cherchant désespérément à nourrir son ourson, avait senti l'odeur du bébé phoque enfoui et pulvérisait la neige et la glace pour l'atteindre.

C'est plus ou moins ce que j'ai ressenti quand l'inspecteur Stuart Ramsay est venu me trouver dans mon atelier. Cela avait quelque chose d'anormal. Tout l'intérêt pour moi, de me trouver à cet endroit, était de faire comme si des gens comme lui n'existaient pas.

— Je travaillais, ai-je dit.

— Très bien, a-t-il répondu. Faites comme si je n'étais pas là.

— Très bien.

J'ai continué de poncer pendant qu'il errait dans la pièce, ramassant des outils, me regardant de temps à autre avec une expression perplexe, comme si je faisais quelque chose d'incroyablement exotique.

— Vous travaillez sur quoi ?

— C'est un coffre que Greg et moi avons trouvé dans une benne il y a des mois. J'ai dit que je le réparerais et qu'ils pourraient le mettre au bureau. Il est pas mal, franchement… Regardez ces sculptures sur le couvercle. Après la mort de Greg, j'ai pensé ne plus m'embêter avec, mais finalement j'ai décidé de le restaurer pour eux quand même. Ça devrait plaire à Joe.

Ramsay s'est emparé d'une bouteille en plastique souple, en a reniflé le bec verseur. Il a fait la grimace.

— C'est quoi ? s'est-il enquis.

— De la mélamine. Le genre de trucs que sniffent les jeunes qui se retrouvent ensuite à l'hôpital.

Il a reposé le flacon.

— Ma grand-mère avait horreur du mobilier ancien. Elle disait qu'elle détestait l'idée de s'asseoir dans un fauteuil où s'était assis un mort.

— C'est une façon de voir les choses.

— Quand les gens se mariaient, ils étaient censés acheter eux-mêmes de chouettes nouveaux meubles. C'était la tradition à l'époque. (Il s'est agenouillé et penché sur l'une des chaises que j'avais démantelée.) Voilà le genre de choses qu'on aurait jeté au feu dans le temps.

— Je pense que vous n'êtes pas venu pour louer mes services, ai-je rétorqué, alors que faites-vous ici ?

— Je suis dans votre camp, madame Falkner, a-t-il dit. Vous ne le pensez peut-être pas, mais c'est le cas.

— Je ne pensais rien.

— C'est juste que vous ne simplifiez pas la tâche de celui qui veut prendre votre parti.

— Vous êtes policier, ai-je répliqué. Vous n'êtes pas censé prendre parti mais enquêter et découvrir la vérité.

Il a jeté un regard dubitatif sur mon établi, avant de s'y adosser, à moitié assis.

— Officiellement, je ne suis pas là, a-t-il déclaré. (Il a consulté sa montre.) J'ai quitté le boulot il y a une demi-heure. Je rentrais chez moi.

— Vous voulez une tasse de thé ? Quelque chose à boire ?

— Ma femme m'attend à la maison, a-t-il répondu, avec un verre. Un vin blanc frais, sans doute.

— Sympa. Mais si vous n'êtes pas là officiellement...

— Je voulais juste vous informer, de manière informelle, que les choses risquaient de se gâter un peu.

— Pourquoi voulez-vous me prévenir ? Et pourquoi les choses devraient-elles se gâter ?

— Bon, soit, c'est du grand n'importe quoi. Vous... bref, ça va vous paraître débile, mais je vais le dire quand même. Vous n'auriez rien à voir avec la mort de votre mari, par hasard ?

J'avais plus ou moins continué de poncer mais, à cet instant, je me suis arrêtée et redressée.

— Vous attendez-vous à ce que je réponde oui ?

— Vous avez tout fait pour vous rendre suspecte, mais ça ne colle toujours pas.

— Ça ne colle pas parce que c'est faux.

— On ne se base pas sur la vérité. On se base sur des preuves. La mort de votre mari a été jugée accidentelle. C'est vous qui avez fait tout un foin en racontant qu'elle ne l'était pas. J'ai tenté de m'imaginer qu'il pouvait s'agit d'un double bluff, ou d'un bluff au troisième degré, mais ça ne colle pas. Et ensuite non seulement vous soutenez que vous n'étiez pas au courant de l'infidélité de votre mari, mais vous foutez un sacré b... bref, vous n'avez cessé de clamer que c'était une erreur, qu'ils n'avaient pas de liaison. Même quand vous avez trouvé une preuve du contraire.

— Mais la preuve ne tient pas.

— Les preuves sèment toujours la confusion.

— Aucune confusion, là, ai-je dit. C'est impossible.

Il se balançait d'avant en arrière sur l'établi.

— Vous n'étiez réellement pas au courant de cette liaison ? Je veux dire, avant la mort de votre mari.

— Je ne pense pas qu'il ait eu de liaison.

— Vous êtes-vous disputés le jour de la mort de votre mari ?

— Non.

Ramsay s'est levé et a traversé la pièce pour regarder par la fenêtre.

— A-t-on besoin d'un permis de construire pour un abri comme celui-ci ?

— Non.

— Intéressant.

— Quel rapport ?

— J'ai envisagé d'en acheter un, a-t-il expliqué. Un endroit où aller, ailleurs qu'à la maison. Pour revenir à ce que je disais, vous remarquerez que je vous pose ces questions de manière informelle, et non pas que je prends une déposition en bonne et due forme. Si je l'avais fait, on aurait pu penser que je cherchais à vous piéger.

— Comment ça ?

— Nous avons parlé à plusieurs personnes. (Il a sorti un carnet de sa poche et feuilleté plusieurs pages.) Dont des gens de la boîte de votre mari, M. Kelly, par exemple, qui était dans les bureaux ce jour-là, en train de faire de la maintenance informatique. Il a dit que tôt dans l'après-midi, le jour où votre mari est mort, il a entendu une querelle au téléphone entre votre mari et quelqu'un qui devait être vous, selon M. Kelly. Peut-être n'était-ce pas vous.

— Fergus a dit ça ?

— Oui.

— Il a raison. C'était moi.

— Vous avez dit que vous ne vous étiez pas disputés.

— Ce n'était pas une dispute importante.

— C'était à quel sujet ?

— Quelque chose de tout à fait anodin. (Ramsay n'a rien répondu. Manifestement, il attendait que j'en dise plus.) C'était au sujet du fait qu'il rentrait tard.

— Vous vous êtes disputés à ce sujet ?

— On ne se disputait jamais que pour des trucs débiles. Oh, pour l'amour du ciel, j'ai toujours le texto qu'il m'a envoyé après.

J'ai sorti mon portable et fait défiler mes messages jusqu'à l'un de ceux que je n'avais pas réussi à effacer. J'ai tendu l'appareil à Ramsay. Il a sorti laborieusement des lunettes de sa poche du haut et les a chaussées.

— « Désolé désolé désolé désolé désolé. Je ne suis qu'un pauvre con. » Ça fait beaucoup de « désolé ». Ça vous ennuie si je l'emporte ?

— C'est mon téléphone. J'en ai besoin.

— On vous le rendra. Entre-temps, vous pouvez vous procurer un téléphone à carte.

— Pourquoi le voulez-vous ?

Ramsay a mis le téléphone dans sa poche.

— Une personne cynique dirait que votre mari ne précise pas pourquoi il est désolé. Il pourrait s'excuser d'avoir été infidèle.

— Il n'était pas infidèle.

— Je suis sûr que vous avez raison.

— Votre vin doit se réchauffer.

— Je ne suis pas cynique. Je suis dans votre camp. Je

sais que vous avez tout fait pour vous compromettre, mais vous n'avez pas assez bien réussi votre coup. Cette collision, avec votre mari et Milena Livingstone. Vous n'auriez pas pu faire ça toute seule.

— Pourquoi dites-vous toute seule ?

— Sans raison. En outre, avec qui l'auriez-vous fait ? J'ai également parlé à son mari. Son « veuf ». On n'emploie pas vraiment le mot « veuf », si ? Je me suis toujours demandé pourquoi. Il n'avait pas l'air du genre à préméditer un meurtre. Plutôt du style tolérant. Si vous voyez ce que je veux dire.

— Si vous voulez dire « suis-je d'accord avec vous sur le fait qu'il n'a pas tué sa femme ? », oui, en effet.

— Ni votre mari.

— Ben non, évidemment.

— Et ensuite, il y a cette histoire avec Frances Shaw.

— Je n'ai pas tué Frances !

— Je ne fais que jouer l'avocat du diable, là, essayer d'élaborer le genre de théorie que pourrait adopter une personne hostile. On pourrait voir une coïncidence malheureuse dans le fait que vous ayez travaillé pour la société dirigée par la maîtresse de votre mari.

— Ce n'était pas une coïncidence, ai-je dit. Et elle n'était pas sa maîtresse. Je travaillais là pour le prouver. Ou pour trouver la vérité.

— Je veux dire, comment pourriez-vous faire ça ?

— Quoi ?

— Tuer deux personnes et faire croire à un accident.

— Je croyais que vous parliez de Frances Shaw.

— Nous allons y venir. Je pensais à la voiture. Comment feriez-vous une chose pareille ? Vous trafiqueriez les freins, comme ils font dans les films ?

— Comment fait-on pour trafiquer des freins ? De toute façon, qu'est-ce que ça changerait ? Il conduisait dans Londres. On ne tue pas deux personnes en roulant à cinquante ou soixante kilomètres à l'heure. En tout cas, pas à coup sûr.

— Juste, a dit Ramsay. Alors que fait-on ?

J'ai rompu la promesse que je m'étais faite et me suis obligée à repenser à la scène une fois de plus, comme je l'avais fait des centaines de fois auparavant.

— Il faudrait qu'ils soient déjà morts. Et les emmener en voiture dans un coin tranquille...

— Genre Porton Way, a conclu Ramsay.

— Ce serait un choix idéal, ai-je dit. Où on peut pousser la voiture par-dessus bord, y mettre le feu et s'en aller.

— En s'assurant de ne pas laisser de traces, a ajouté Ramsay. Ni de laisser tomber quoi que ce soit.

— Pensez-vous que j'aurais abandonné mon écharpe si j'avais commis le meurtre ?

— Vous ne croiriez jamais ce que les gens laissent sur des scènes de crime. Des fausses dents. Des jambes de bois. Je suis sûr qu'on n'en arrivera jamais là, madame Falkner, mais si jamais vous deviez être appelée à élaborer une défense, à votre place, j'éviterais de souligner que laisser une preuve sur les lieux plaide en votre faveur et prouve que vous ne vous y trouviez pas.

— J'y suis bien allée. Mais plus tard.

— Les choses sont évidemment tout autres dans le cas de Frances Shaw. On a trouvé des traces de votre présence partout dans la pièce, y compris sur le corps.

— J'y travaillais, ai-je dit, et j'ai tiré le corps de dessous la table. Je n'étais pas sûre qu'elle soit morte.

— C'est à ça que servent les services d'urgence, a dit Ramsay. Ils peuvent ranimer des gens qui sembleraient complètement morts à des quidams comme vous et moi.

— Elle était morte.

— Je crois que nous avons déjà eu cette conversation. Ce que je cherchais à souligner, c'est qu'il n'y a nul doute sur le fait que vous étiez là, même si vous avez fui les lieux. Mais alors qu'il y a un mobile évident pour que vous tuiez votre mari et sa maîtresse, même si vous n'auriez pas pu le faire, il n'y en a strictement aucun pour que vous éliminiez Frances Shaw, je me trompe ?

Un silence s'est abattu, parce que je ne savais pas quoi dire. Je me demandais s'il savait quelque chose et qu'il attendait de me prendre au dépourvu, encore une fois. S'il y avait une preuve accablante – *encore plus* accablante… –, il valait mieux qu'elle vienne de moi. Et c'était maintenant que je devais la donner. L'espace d'un instant, j'ai pensé : « Pourquoi pas ? » J'avais comme l'impression, sans savoir comment, que tous les éléments resserraient leur étau autour de moi, que tout tournait mal. Pourquoi ne pas laisser faire ? Et si l'on me tenait pour responsable, que l'on me jugeait coupable et qu'on m'envoyait en prison ? Cela importait-il, vraiment ? Mais je n'y arrivais pas. Je n'arrivais pas à trouver comment le dire.

— On s'entendait bien, ai-je commencé. Elle voyait en moi une amie. Je m'en voulais de la duper. J'avais l'intention de le lui avouer mais…

— Donc vous maintenez la position selon laquelle vous n'étiez pas au courant que votre mari avait une liaison et que vous n'aviez aucun problème avec Frances Shaw…

— Je n'ai pas dit aucun problème.

— Rien qui aurait pu motiver un accès de violence, je veux dire.

— Bien sûr que non.

— Même si vous accusez son mari d'avoir eu une liaison avec la maîtresse de votre mari.

— Il a bien eu une liaison avec elle… et elle n'était pas

la maîtresse de Greg. Et sa femme à lui avait aussi une liaison, ne l'oubliez pas.

— Hmm. (Il s'est gratté un côté du nez.) Vous pouvez comprendre pourquoi nous sommes à ce point perdus, non ? Le problème, c'est qu'il n'y a là que des réponses par la négative, qui prouvent que quelqu'un n'était pas au courant de quelque chose, qu'il n'avait pas de mobile. Je ne suis pas assez intelligent pour ça. Un couteau avec du sang et des empreintes digitales. Si possible pris en flagrant délit par les caméras de vidéosurveillance. Voilà ce que j'aime.

Il a regardé autour de lui.

— Vous arrive-t-il de fabriquer des meubles ?

— Ça m'est arrivé, pour le plaisir. C'est plus cher que l'ancien.

Ramsay a eu l'air déçu.

— Je ne peux m'offrir ni l'un ni l'autre avec mon salaire. Je vais m'en tenir à Ikéa. (Il s'est tu et a paru se rappeler quelque chose.) Vous avez arrêté avec vos jeux débiles, je présume ?

— Genre ?

— Faire semblant d'être une autre.

— Oui.

— Ce n'était même pas drôle la première fois.

— J'ai un alibi.

— Ah, oui. Nous allons devoir nous pencher dessus, à ce qu'il semble.

Je lui ai parlé de la livraison effectuée le jour de la mort de Greg. Je suis même retournée à la maison, ai trouvé le nom de l'étude de notaire, puis noté leur adresse et le numéro de téléphone pour lui.

— Vérifiez vous-même.

— Je n'y manquerai pas.

30

Quand l'inspecteur divisionnaire Ramsay est venu me trouver le lundi matin, ça n'avait rien à voir avec sa visite précédente. Même sa façon de sonner à la porte était différente, plus insistante et intransigeante. Un jeune collègue l'accompagnait, tout emprunté dans son nouvel uniforme rutilant, comme si Ramsay avait besoin de quelqu'un pour l'empêcher de se montrer un peu trop aimable ou familier, ou encore de me réserver un traitement de faveur. Il n'a pas été question de me regarder travailler avec bienveillance, Ramsay a tenu à ce que nous allions dans le salon, où je me sentais déplacée dans mes vêtements malodorants et poussiéreux. Mais le pire était son expression, fermée, son œil quasi terne, comme si nous ne nous étions pas rencontrés auparavant, comme s'il s'en tenait uniquement à une première impression, laquelle n'était pas bonne. Quand je lui ai proposé du thé, il s'est mis à parler comme s'il n'avait pas entendu.

— J'ai pensé que ça vous intéresserait de le savoir. Nous avons envoyé un agent chez Pike & Woodhead pour vérifier votre alibi. Malheureusement, ils ne détenaient plus le reçu.

Il s'est interrompu pour me regarder avec une expression calme et inflexible, comme s'il attendait une explication.

— Je suis désolée que vous ayez perdu votre temps. Je me rappelle l'avoir signé mais ils ont dû le jeter.

— Non, ils ne l'avaient pas jeté. Mais quelqu'un était allé le récupérer et l'avait emporté avant que nous arrivions.

— Qui ça ?

— Vous.

Un moment, ma vision s'est obscurcie, un noir où dansaient de petits éclats dorés, comme ça arrive quand on a regardé le soleil sans le vouloir. J'ai dû m'asseoir. Je ne pouvais pas parler. Quand je l'ai fait, ç'a été avec un immense effort.

— Pourquoi dites-vous que c'était moi ?

— Vous êtes sérieuse ? s'est emporté Ramsay. (Il a sorti son carnet.) Notre agent a parlé au directeur de la société. Un dénommé Hatch. Il a vérifié un dossier, trouvé trace du document manquant, mais il y avait un mot disant qu'il avait été emporté par une Mme Falkner. Vous.

Durant un instant vertigineux, je suis allée jusqu'à me demander s'il était possible que j'aie réellement pu me rendre à ce bureau, récupérer le récépissé et oublier l'avoir fait. Peut-être qu'être fou, c'était ça. Ça pourrait tout expliquer. Une part de moi-même était au courant de l'infidélité de Greg, s'était rendue coupable d'autres choses terribles et les avait planquées derrière un mur mental. N'avais-je pas entendu parler de ce genre de cas ? De gens qui avaient subi des traumas et les avaient refoulés pour ne pas avoir à se retrouver confrontés aux conséquences ? Des gens qui avaient commis des crimes, les avaient oubliés et se croyaient sincèrement innocents ? Ç'aurait presque été un soulagement que de céder à cette idée, mais je ne l'ai pas fait.

— Où est-il ? a demandé Ramsay.

— Je ne l'ai pas. Ce n'était pas moi.

— Arrêtez, a coupé Ramsay. (Il a levé sa main droite, avec le bout de son index et de son pouce se touchant presque, comme s'il tenait une allumette invisible.) Je suis à deux doigts – deux doigts – de vous arrêter maintenant. Madame Falkner, je ne crois pas que vous réalisiez le pétrin dans lequel vous vous trouvez. Entraver le cours de la justice, ce n'est pas comme de traverser la rue quand le petit bonhomme est rouge. Les juges n'aiment pas ça. Ils y voient une forme de trahison et ils envoient les gens en prison pour un bon bout de temps, je vous prie de me croire. Vous comprenez ?

— Ce n'était pas moi.

— Bien sûr que si.

— Mais enfin, ça n'a aucun sens, aucun. Si c'était moi, pourquoi vous aurais-je parlé de cette société, pourquoi vous aurais-je donné l'adresse pour récupérer la preuve avant que vous y arriviez ?

— Parce qu'elle n'indiquait pas ce que vous avez dit qu'elle indiquait.

Je me suis tue un moment, perdue.

— Mais supprimer la preuve n'arrange rien. Ça ne fait qu'empirer les choses. Pourquoi ferais-je une chose pareille ? En donnant mon nom, pendant que j'y suis ?

Ramsay a fait entendre un reniflement qui tenait presque du rire, après quoi son expression est redevenue sérieuse. Quand il a pris la parole, c'était d'un ton calme et délibéré.

— Si un jury était informé de tout ce que vous avez fabriqué, je ne pense pas qu'ils auraient du mal à gober une nouvelle preuve de folie.

Il ne s'en est pas tenu là avant leur départ à tous deux, et rien de ce qu'il a dit n'était très agréable. Ramsay a déclaré que, dans un avenir proche, je serais interrogée après qu'on m'aurait lu mes droits, ce qui signifiait qu'il y avait un risque d'inculpation imminent, et que je ferais bien d'avoir un avocat à mes côtés. Il a aussi parlé, à moitié dans sa barbe, de faire faire une évaluation psychologique et que c'était peut-être ma meilleure planche de salut. Alors qu'ils s'apprêtaient à s'en aller, il m'a regardée avec un mélange de confusion et de pitié.

— Je me sentais désolé pour vous, a-t-il dit, mais vous ne simplifiez pas les choses. Je ne comprends pas à quoi vous jouez. En tout cas, on ne vous lâchera pas. Arrêtez de nous faire tourner en bourrique.

Sitôt qu'ils sont partis, dès que la voiture s'est éloignée, j'ai enfilé une tenue plus sérieuse. Une demi-heure plus tard, j'étais dans les locaux de Pike & Woodhead, dont l'entrée donnait dans une petite rue, une allée juste à côté de Lincoln's Inn Fields. Une femme d'âge moyen était assise à un bureau juste après la porte. J'ai demandé si un certain M. Hatch était là.

— Darren ? Oui, il doit être par là, quelque part.

J'ai demandé si je pouvais le voir et, quelques minutes plus tard, il apparaissait, non pas, comme je m'y attendais, dans un complet à fines rayures, mais en jean et tee-shirt Fred Perry. Je ne l'avais pas rencontré en remettant le fauteuil. J'avais laissé ce dernier à la réception, avais signé un bout de papier, et emporté une copie avant de repartir.

— C'est vous qui vous occupez des livraisons ?

— Vous en avez une à faire ?

— Pas aujourd'hui. Mon nom est Eleanor Falkner. J'ai livré un fauteuil ici voici quelques semaines.

Son visage est devenu méfiant.

— Un policier est venu à ce sujet ce matin.
— Je voulais vérifier.
— Pour quelle raison ?
— Quand j'ai livré ce fauteuil, j'ai signé un reçu. Ils ont dit que je vous l'avais repris. Mais je ne l'ai pas fait.
Il s'est dirigé vers un classeur adossé au mur et a tiré le tiroir du haut. Il a sorti un dossier et l'a feuilleté.
— On a une fiche pour tout ce qui est emporté et livré. Nous y voilà. Il n'y a qu'un mot qui dit : « Fiche reprise par Mme Falkner. »
— Quand ça ?
— Ça devait être hier.
— Je ne comprends pas. Qui a écrit ça ?
Il a examiné de plus près.
— On dirait mon écriture.
— Alors, était-ce moi qui ai repris la fiche ?
— C'est ce qui est écrit, là.
— Mais vous ne vous rappelez pas la femme qui est venue le chercher ?
— Ce que je fais surtout, c'est m'occuper des livraisons. Vingt, trente, quarante par jour. C'est pour ça que j'ai besoin des papiers.
— Mais pourquoi avez-vous laissé quelqu'un emporter un de ces papiers comme ça, sans raison ?
— Parce que ce n'était pas important. Les reçus pour les documents vont à l'étage : ceux-là, on les garde. Là, il ne s'agit que de fournitures, vous voyez, stylos, encre pour la photocopieuse. Tous les deux mois, on les balance.
— Donc il est possible que le premier venu passant dans la rue soit entré, ait demandé le reçu, et que vous le lui ayez donné ?
Il a rebaissé les yeux sur le fichier.
— En tout cas, c'est écrit Mme Falkner, là.

— Oui, mais…

Je me suis interrompue. Je venais de prendre conscience qu'il était inutile d'insister plus avant.

Huit heures plus tard, à peu près, j'étais saoule. Dans l'après-midi, j'avais appelé Gwen et Mary, laissé des messages et imaginé qu'elles étaient occupées, en vadrouille ou à juste titre lasses de moi. D'entendre parler de moi. Voire même de savoir que j'existais. Mais plus tard dans l'après-midi, Gwen a rappelé et dit qu'elles m'emmenaient dîner, toutes les deux. J'ai eu la certitude absolue que l'on avait parlé de moi et pris des dispositions à mon sujet sans me consulter au préalable. Je lui ai répondu que c'était très gentil de sa part mais que nous étions lundi soir et qu'elles avaient leurs propres vies à mener. Gwen a rétorqué que c'était n'importe quoi. Je devais enfiler une robe et elles passeraient me prendre à 8 heures.

Elles m'ont emmenée dans un nouveau bar espagnol à Camden Town où nous avons mangé des tapas en buvant de petits verres de sherry sec, suivis de tapas et de sherry, avant de nous lancer dans une conversation sur notre alcool préféré. Quelqu'un a mentionné le Martini sec et Mary a suggéré qu'il fallait le servir avec un zeste de citron, Gwen avec une olive. Nous en avons donc pris un avec citron, suivi d'un autre avec olive. On m'a attribué une voix prépondérante pour déterminer le gagnant ; j'ai opté pour la version zeste, et il nous a donc fallu en recommander d'autres pour fêter ça.

C'est à ce stade, alors que je lampais une délicate goulée de mon troisième Martini sec, que Gwen m'a demandé comment j'allais. Même dans mon hébétude alcoolisée, je me suis aperçue que c'était là où elles voulaient en venir depuis le début de la soirée. Mes messages sur leurs portables devaient sembler plutôt noirs et elles avaient manifestement décidé qu'il fallait agir.

— Ça va, ai-je répondu.

— Non, a dit Mary. Hé, c'est à nous que tu parles !...

J'ai réfléchi un moment et alors – à moins que ce ne soit l'alcool qui l'ait fait pour moi – j'ai vu les choses sous un nouvel éclairage.

— Ça va, vraiment. En un sens. Quelque chose ne tournait pas rond chez moi, mais désormais c'est différent. Ce sont les choses autour de moi qui ne tournent plus rond. Je sais que vous commencez à en avoir marre de la veuve Falkner et de ses continuelles litanies pathétiques, alors je vais vous la faire brève.

Enfin, assez brève. Je leur ai narré les événements des derniers jours de manière aussi raccourcie que possible. À la fin, Mary et Gwen ont échangé un coup d'œil alarmé, déconcerté. J'ai vidé mon verre d'un trait.

— Je veux dire, quel serait l'intérêt de donner un alibi à la police tout en sachant qu'il était faux, puis de supprimer la preuve avant qu'ils puissent l'examiner ? Quel intérêt, franchement ? Comment expliqueriez-vous ça ?

Silence.

— Il y a forcément eu confusion quelque part, a hasardé Gwen.

Je devais à présent faire un énorme effort de concentration pour m'exprimer, sans parler de réfléchir...

— J'essaie toujours de chercher des explications logiques, ai-je poursuivi, mais il ne m'en vient que des illogiques. Par exemple, je me suis dit que peut-être l'une de vous y était allée pour vérifier si mon alibi tenait la route, s'était rendu compte que non et l'avait emporté pour me protéger. Mais vous ne feriez pas ça, si ?

— Bien sûr que non ! a répondu Mary.

— On aurait dû prendre des margaritas, a lancé Gwen. Trop dangereux, le Martini.

— Tu ne peux pas commander de margaritas ici, ai-je rétorqué. C'est mexicain, les margaritas. Ils seraient offusqués.

— Mais les Martini sont encore plus étrangers, a objecté Mary. Encore plus d'ailleurs.

Nous sommes sorties du bar alors qu'il fermait et l'air froid m'a aussitôt éclairci les idées, à ce qu'il m'a semblé. J'ai serré mes amies dans mes bras et les ai remerciées.

— Tu ne crois tout de même pas que la police va t'arrêter, si ? a demandé Gwen. Ils ne peuvent pas. C'est impossible.

J'ai resserré mon manteau autour de moi pour me protéger du vent qui sifflait dans Camden High Street. Soudain, tout est devenu net.

— Je n'en sais rien. Je ne suis pas sûre que tout ait un rapport. Si on me trouvait soudain morte et que j'avais l'air d'avoir mis fin à mes jours, l'affaire serait entendue : une veuve accablée de douleur, une meurtrière coupable qui sentait l'étau se resserrer autour d'elle et ne pouvait supporter la pression plus longtemps. Comme ça, ils pourraient clore leurs dossiers sur trois cas d'un coup. Et si ça ne collait pas parfaitement, si ça n'avait pas vraiment de sens, eh bien… la vie est compliquée, non ? Mais la police n'irait pas chercher plus loin.

— Ellie, a protesté Gwen, horrifiée, ne dis pas ça.

J'ai vu un taxi et levé mon bras pour le héler.

— Mais s'il m'arrive quoi que ce soit, ai-je lancé, vous vous rappellerez que je l'ai dit, promis ?

Je suis allée me coucher épuisée, mais avec les nerfs en pelote, la cervelle en ébullition, et j'ai su que dormir serait impossible. J'ai essayé tous les trucs auxquels j'ai pu penser pour faire oublier à mon cerveau qu'il devait s'efforcer de dormir, de façon qu'il puisse se mettre au repos, précisément. Je me suis détendue, concentrée, ai imité la respiration censément régulière du sommeil, les yeux clos. Je les ai rouverts, ai fixé l'obscurité en songeant : « Voilà ce que voient les aveugles. » J'ai essayé de penser à quelque chose de rasoir, puis à quelque chose d'intéressant. J'ai commencé à me demander comment j'avais réussi à m'endormir jusqu'ici. Comment peut-on faire quelque chose qui n'est pas une action, mais au contraire rien qu'un laisser-aller ? Je suis devenue obsédée par l'idée qu'on ne peut jamais s'observer en train de s'endormir, de la même façon – imaginais-je – qu'on ne peut pas se voir mourir. Du coup, je me suis mise à penser qu'il doit y avoir un endormissement préalable à l'endormissement proprement dit, comme la prémédication préalable à une intervention chirurgicale, pour qu'on ne se voie pas sombrer dans le sommeil. Mais on n'en est pas conscient non plus, donc il doit y avoir autre chose avant, et encore avant, de sorte qu'il est en fait tout à fait impossible de s'endormir, jamais.

Dans le but de m'épuiser et de me forcer à sombrer dans l'inconscience, j'ai eu l'idée saugrenue de partir en promenade dans ma tête, comme si penser à une activité était aussi fatigant que de la faire. Je suis sortie de la maison, ai pris à gauche, puis à gauche encore une fois et j'ai marché jusqu'au canal, passant Camden Lock, traversant Primrose Hill, puis continuant dans Regent's Park, le long d'Euston Road, ensuite retour par Somers Town, Camden Town pour arriver enfin chez moi. C'était comme un rêve fébrile, sauf que j'étais éveillée et que je le contrôlais.

Au début, j'ai tenté de l'imaginer comme une simple

promenade en ville, mais ensuite j'ai eu l'impression d'être prise en chasse, même si je ne pouvais voir qui était derrière moi, ni dire si j'étais poursuivie par une seule personne ou plusieurs, ni même s'il s'agissait d'une personne ou d'une chose. J'avais juste l'impression qu'il y avait des gens, là, dehors, et qu'ils m'étaient hostiles. Soudain, de manière impérieuse, j'ai su que, dans mon périple imaginaire, je n'étais pas pourchassée. Je cherchais quelque chose, le suivais, et je me suis rendu compte que c'était toi. Je ne faisais pas que te chercher, je me suis aussi mise à te parler en me demandant si ça valait la peine de m'adresser à toi, si tu existais en dehors de mes pensées et de celles des gens qui t'avaient connu. Restait-il quelque chose de toi quelque part dans des profondeurs plus noires encore que celles dans lesquelles je me trouvais allongée ? Si je ne croyais pas que tu étais là, quelque part – et je ne le pensais pas, pas vraiment – cela n'avait aucun sens pour moi de te parler, là, dans le noir, et tu es redevenu « lui », Greg, une chose, un vestige du passé, disparu.

Soudain j'ai ressenti la tentation irrésistible de succomber non seulement au sommeil mais à la mort, de troquer les bruits discordants et les lumières vives, les coups, les souffrances et les tourments de la vie contre le vide, le néant, pour te rejoindre, être avec toi, ou en tout cas, partager ce néant avec toi. Un moment, étendue là, à écouter les bruits du dehors, observer les faisceaux des phares courant au plafond, j'ai eu l'impression que le premier tueur venu me rendrait un service.

Je suis restée allongée, tranquillement, impassiblement éveillée, pendant des heures, sans doute, attendant que les bords des rideaux s'éclaircissent, et je me suis rendu compte alors que le jour le plus court de l'année venait juste de s'écouler et que l'aube était pourtant encore loin. J'ai tâtonné sur la table de nuit à la recherche de ma montre, renversant une lampe. Il était 5 heures passées, à peine. Je me suis levée, ai enfilé un jean, une chemise, un pull, un autre plus épais par-dessus, des bottes, une grosse veste enfin, le genre qu'on pourrait porter sur un chalutier, et un bonnet de laine. Je suis sortie et me suis mise à marcher, non selon le circuit que j'avais suivi dans mon rêve éveillé, mais vers le nord.

Tu te souviens quand nous nous promenions l'été dans Hamsptead Heath, tard le soir? Il faisait si chaud que nous étions en tee-shirt, et la nuit ne tombait jamais complètement. Du sommet de Kite Hill nous regardions le rougeoiement du ciel au loin, à l'est de Londres, et les immeubles de bureaux de la City et de Canary Wharf qui brillaient inutilement, même après minuit. Des ombres et des silhouettes se dessinaient autour de nous, mais nous ne nous sentions pas menacés. Elles prenaient l'air, comme nous, ou même, pour certaines, dormaient à la belle étoile, par choix ou par nécessité.

En remontant Kentish Town Road, j'ai aperçu d'autres rares piétons, des noctambules allant se coucher ou des lève-tôt partant travailler. Il y avait des taxis, des camionnettes de livraison et des voitures, parce que la circulation ne s'arrête jamais; c'est même tout juste si elle diminue. Mais une fois que j'ai eu entamé l'ascension de la colline, je me suis sentie autant en sécurité que nous l'avions été à la belle saison. Il y faisait trop nuit et trop froid même pour des criminels ou des fous, exception faite des tarés dans mon genre qui ne faisaient que rechercher l'un des rares endroits de Londres où l'on puisse s'évader. J'ai gravi la colline pour voir les lumières de la capitale, lointaines, abstraites et scintillantes, comme si je les survolais. J'ai continué de grimper, vers la droite, et me suis enfoncée dans les bois sur des sentiers que n'éclairait plus que la lune, m'engageant de mémoire sur des chemins que j'avais empruntés des douzaines de fois auparavant. L'air féroce du petit matin me piquait agréablement les joues.

J'ai fini par me retrouver cernée par les vagues silhouettes décharnées des chênes. Je me suis arrêtée pour tendre l'oreille. On ne percevait même plus le ronron de la circulation qu'on entend partout ailleurs en ville. J'étais au centre de Londres et pourtant dans une très vieille forêt, aussi vieille que l'Angleterre. J'ai levé les yeux vers les branches. Se découpaient-elles plus nettement à mesure que le ciel virait du noir au gris ? L'aube se levait-elle ? Parfois, en ces matins d'hiver, c'était difficile à dire.

J'ai commencé à te parler, non parce que je t'imaginais présent, pas dans le vent qui louvoyait entre les branches, mais parce que nous étions venus ensemble ici et que ce lieu faisait désormais partie de notre histoire, d'une certaine façon. Je t'ai raconté tout ce qui m'était arrivé depuis que tu étais parti. Je t'ai parlé de mon étrange comportement, de ma folie, de la confiance en toi que j'avais perdue et retrouvée. Je t'ai confié combien ç'avait été difficile, l'effort immense que cela m'avait coûté, combien j'avais été tentée de renoncer.

Un soudain souffle de vent a agité les branches au-dessus de ma tête et je me suis demandé ce que tu aurais dit si tu avais été là, si tu m'aurais taquinée ou te serais fâché, si tu m'aurais dit quelques mots encourageants, ou aurais simplement passé tes bras autour de moi sans rien dire. Puis je t'ai parlé des faits bizarres qui s'étaient produits, de la preuve disparue. Je sais ce que tu en aurais dit. Tu voulais toujours savoir comment marchaient les choses. Quand tu ne savais pas, tu cherchais. À tel point qu'une fois, lorsque nous étions allés à la foire de Hampstead, tu t'étais lancé dans une conversation avec un sinistre homme tatoué qui gérait l'un des manèges, lequel t'avait montré les rouages et la machinerie en dessous. Et alors que je te racontais tout ça, j'ai réalisé qu'il me fallait découvrir la vérité, même si je devais mourir à l'instant où je l'apprendrais. Peu importait, tant que je savais la vérité, tant que je pouvais te dire ce qui s'était passé.

J'ai relevé les yeux vers les branches. Oui, elles se découpaient nettement plus contre le ciel grisonnant.

31

J'étais assise sur le canapé, chez Fergus, dans le salon. Pour la première fois depuis la naissance de Ruby, Jemma était sortie prendre un café à quelques pas de là avec une amie, mais en laissant assez de consignes pour une semaine d'absence, et j'étais passée avec des croissants et du jus d'orange fraîchement pressé pour Fergus. Des Babygro traînaient sur les radiateurs, des cartes de félicitations et des fleurs sur toutes les surfaces disponibles, une poussette était rangée dans un coin. Le couffin de Ruby était posé à mes pieds, avec ses couvertures faites au crochet, tel un nid douillet, mais j'avais Ruby sur mes genoux, sa petite tête au creux de mon bras, son petit corps tendre affaissé contre moi. Ses yeux étaient clos et ses lèvres soufflaient légèrement à chacune de ses respirations endormies. J'avais besoin de regarder son visage de vieille femme fripée, de sentir son haleine musquée, sa main fermement agrippée à mon majeur, comme si elle savait qu'elle pouvait compter sur moi.

Nous avions devisé de nuits interrompues, d'ongles miniatures, de couleur des yeux, de taches de naissance, de la forme de son nez, de ses oreilles comme des coquillages, et de nez retroussé.

— À qui elle ressemble ? a demandé Fergus.

— Pas à toi, ai-je répondu en détaillant ses traits. Mais elle a le nez et la bouche de Jemma.

— C'est ce que tout le monde dit.

— Ton menton, peut-être, ai-je ajouté d'un ton sceptique, parce qu'il avait l'air de tenir à ce que je repère une ressemblance.

— Non. Elle a le menton du père de Jemma.

Je lui ai souri : cher Fergus, meilleur ami de Greg, père de ma filleule.

— C'est exactement ce qu'il me fallait, ai-je déclaré.

— Tu vas bien, Ellie ? Tu as l'air, je ne sais pas, moi... très pensive. Un peu éteinte.

— Ce n'était pas mon intention. Ça va, Fergus. Je suis un peu lasse. Je n'ai pas très bien dormi. En fait, je suis venue te dire que je pensais m'en aller quelque temps. J'ai un peu pété les plombs, non ? Je me sens plus apaisée maintenant.

— C'est vrai ?

— Je crois, oui. Les étapes du deuil, tout ça...

— S'il y a quoi que ce soit que je puisse...

— Tu l'as déjà fait.

— Quelles terribles épreuves tu as traversées...

Je lui ai souri, puis ai reposé mon regard sur le bébé dans mes bras.

— Il y a eu une lumière dans toute cette noirceur. Une nouvelle vie au milieu de toutes ces morts.

La nuit ne tarderait pas à tomber, de nouveau. Tant de ténèbres, si peu de lumière. Je suis allée chez Gwen, qui m'a laissée entrer. Daniel était là, lui aussi, vêtu du tablier de cuisine rayé de Gwen et couvert de farine.

— Il a décidé de faire des pâtes, a claironné Gwen, toute fière.

Il nous a précédées dans la cuisine. Il y avait de la farine par terre, sur tous les plans de travail et sur la table. Des jattes collantes de pâte étaient empilées dans l'évier et des cintres drapés de longues bandelettes d'un magma infâme accrochés aux dossiers des chaises. Deux grandes casseroles d'eau bouillaient sur le plan de cuisson, remplissant la cuisine de vapeur.

— Tu veux dîner avec nous ? a proposé Gwen.

— Je ne pense pas, non. Je suis sûre que ce sera délicieux.

— Accepte une tasse de thé, au moins.

— Une tasse et j'y vais.

— Occupée ?

— Dans ma tête, oui.

Daniel s'est saisi d'une bandelette molle de pâte à pâtes et l'a plongée dans l'eau bouillante.

— Tu te sers de ta voiture en ce moment, Gwen ?

— Pas que je sache. Je ne m'en sers jamais si je peux m'en passer. Elle reste sans bouger d'une semaine à l'autre. J'envisage de la vendre.

— Si elle en a besoin, elle n'aura qu'à prendre la mienne, a proposé Daniel, jetant une autre bandelette dans la casserole et reculant précipitamment quand l'eau a giclé par-dessus bord. Ça ne ressemble pas tout à fait à ce que j'en attendais. Elles se désintègrent.

— Je peux l'emprunter ? Je suis assurée pour conduire n'importe quel véhicule. J'envisageais d'aller faire un tour.

— Où ça ?

— Je n'en sais rien. Rien que pour quelques jours.

— Mais c'est Noël.
— Précisément.
— Ne pars pas toute seule. Viens passer Noël ici, Ellie.
Gwen semblait au bord des larmes.
— C'est vraiment adorable de ta part mais j'ai besoin de prendre l'air, là. Pas pour longtemps. Je suis sûre que tu comprends.
— Tant que tu sais que tu as toujours la possibilité de…
— Je le sais. Je l'ai toujours su.
— Bien sûr que tu peux emprunter ma voiture. Prends-la maintenant.
— Tu es sûre ?
— Pas de problème.
— J'en prendrai grand soin.

J'ai ramené la voiture de Gwen chez moi et me suis garée devant le portail, puis je suis entrée dans la maison. C'était si vide, si silencieux, si triste. J'ai erré de pièce en pièce, ramassant des objets pour les reposer aussitôt, passant mon doigt sur des étagères pour en recueillir la poussière. Peut-être que je déménagerais. À mon retour, je mettrai la maison en vente.
Je me suis arrêtée dans le salon glacé où j'ai fermé les rideaux. J'ai décidé de faire un feu pour l'égayer. La corbeille contenait déjà du petit bois et quelques morceaux de papiers bien froissés. Nous avions pris l'habitude de l'alimenter avec de vieilles enveloppes, des lettres que nous n'avions pas besoin de conserver, des bouts de papier. Greg évoquait parfois l'usurpation d'identité, et disait du feu qu'il était préférable à la déchiqueteuse.
Je suis allée chercher un sac de charbon dans mon

atelier, puis me suis mise à l'œuvre, même si j'avais rarement allumé de feu jusqu'ici : c'était Greg qui s'en était toujours chargé. Je faisais les repas, lui le feu. J'ai étalé plusieurs des allume-feu faits maison dans l'âtre, puis ai disposé le petit bois en wigwam par-dessus avant de gratter une allumette et de présenter la flamme à l'un des tortillons de papier. Elle a bientôt léché le bois mort et j'ai aussitôt senti la chaleur réconfortante sur mon visage. Je me suis assise en tailleur devant l'âtre, jetant les petits bouts froissés dans les flammes et les regardant se consumer. J'en déroulais certains pour les lire. Les articles parus dans des journaux vieux de six mois gagnent en intérêt quand on s'apprête à les brûler. Pour l'essentiel, il s'agissait de vieilles enveloppes inutilisables ou de courriers offrant de nous prêter de l'argent ou nous apprenant que nous en avions gagné dans un concours. L'idée m'a frappée que c'étaient là les dernières traces du quotidien de Greg qui restaient dans la maison, ces déchets dont nous sommes cernés, tous autant que nous sommes. J'allais en jeter un autre dans les flammes quand quelque chose a attiré mon regard.

Ce n'était qu'un fragment d'écriture griffonné à la hâte sur le rebord de la feuille, mais elle me semblait familière et je n'ai pas tout de suite compris pourquoi. J'ai déplié le papier et l'ai lissé de la main.

Il comportait l'en-tête de la société – Foreman et Manning, Comptables – mais au-dessus, de sa calligraphie affirmée, il était écrit : « Je vous appellerai à ce sujet. Milena Livingstone. » Et sous l'en-tête, dans une autre encre, un nom manuscrit, répété sans fin. Marjorie Sutton, Marjorie Sutton, Marjorie Sutton… Environ vingt signatures qui se succédaient jusqu'au pied de la page.

Je suis restée assise par terre, tenant le papier à deux mains, le regard fixe. Qu'est-ce que cela signifiait ? Le message était de la main de Milena. Nul doute à ce sujet. Après toutes ces journées passées dans leur bureau, je connaissais son écriture aussi bien que la mienne. Et elle figurait sur un document émanant du bureau de Greg, comportant le nom de Milena dessus. C'était ce que j'avais cherché depuis tout ce temps, le lien. Et j'étais plus perdue que jamais. Pourquoi le nom de Marjorie Sutton revenait-il aussi souvent dessus ? Et que faisait ce papier ici ?

J'ai tâché de me rappeler. Je me suis tellement creusé la tête que j'en avais mal au crâne. J'ai examiné l'un des journaux. Il datait du jour où Greg était mort. Oui, je voyais : ces restes étaient ceux du ménage que j'avais fait ce jour-là, juste avant qu'on ne toque à la porte, avant que ma vie bascule. Le document établissant le rapport entre Greg et Milena s'était trouvé entre mes mains le jour où il était décédé, avant que j'apprenne la nouvelle, peut-être même alors qu'il était toujours en vie. Avant que j'entende parler de Marjorie Sutton, ou de Milena, ou que je n'apprenne à reconnaître son écriture. J'ai baissé les yeux sur la feuille de papier chiffonnée. Soudain, elle m'a paru fragile, comme si elle risquait de se désagréger, auquel cas le lien serait perdu à jamais.

J'ai trouvé son numéro de téléphone et l'ai appelée. Elle a semblé déconcertée de m'entendre une fois de plus. Elle a déclaré qu'elle m'avait dit tout ce dont elle se souvenait.

— Connaissiez-vous une certaine Milena Livingstone ?

— Non, a-t-elle répondu de manière catégorique.

— Vous en êtes sûre ? Vous avez pu oublier.

— C'est un drôle de nom, assez étranger, a-t-elle fait remarquer. Je m'en serais souvenue.

J'ai décrit le document que j'avais trouvé.

— Est-ce que ce sont vos signatures ?

— Je ne vois pas quelle importance ça a, a-t-elle rétorqué, avec une pointe d'impatience.

J'avais l'impression de parler à un petit enfant dont l'attention vacillerait.

— Je crois que c'est très important. Je vais porter ce papier à la police. Ils voudront peut-être vous questionner à ce sujet.

— Je n'ai certainement pas signé le moindre document de ce genre.

— Que faisait exactement la boîte de Greg... je veux dire, Foreman and Manning, que font-ils pour vous ?

— Je ne suis pas sûre que cela vous regarde.

— J'imagine qu'ils tiennent vos comptes.

— Depuis le décès de mon mari... a-t-elle confirmé.

— Oh, je suis désolée.

— C'était il y a douze ans, treize, presque. Ils gèrent le côté financier pour moi, les choses dont s'occupait mon mari. Je n'en serais pas capable.

— Mais il y a quelque chose dans ce document... Ça doit avoir un rapport avec la raison pour laquelle Greg voulait vous voir.

— Je ne vois pas ce que vous voulez dire.

— Mais est-ce que vous avez eu des problèmes avec sa société ? Est-ce qu'ils se sont comportés de façon étrange à certains égards ? Étiez-vous en conflit avec eux ? Aviez-vous porté plainte ?

— Non, pas du tout. Franchement, madame Falkner, je ne sais pas de quoi vous voulez parler.

— Mais il doit bien y avoir quelque chose, me suis-je emportée, au désespoir. J'ai trouvé ce document, Greg voulait vous voir de toute urgence, juste au moment où il est mort. Réfléchissez, je vous en prie.

— Je suis désolée. Je ne vois pas en quoi je pourrais vous aider.

— Mais enfin, ne voyez-vous pas…

Je me suis aperçue que nous avions été coupées. Je n'en revenais pas. Elle m'avait bel et bien raccroché au nez.

Comme en rêve, je me suis rendue dans la cuisine. J'ai posé le papier sur la table. J'ai mis de l'eau à bouillir, préparé du café et j'ai contemplé la feuille comme si c'était un problème mathématique susceptible de m'apporter une réponse si j'y réfléchissais suffisamment fort. Ces signatures. J'étais sûre d'avoir vu un document analogue auparavant, sans pouvoir me rappeler où. C'était comme un fragment d'histoire que j'essayais de reconstituer. « Je vous appellerai à ce sujet. » Milena Livingstone. Qui ça, vous ? Greg ? Milena appelle Greg ? Greg appelle Marjorie Sutton ? Avait-il relevé dans la note un détail important qui m'échappait ? Milena lui avait-elle appris quelque chose ?

J'ai contemplé mon mug de café. Il était vide. Je me suis resservie. Peu importait, désormais. J'allais le porter à Ramsay. Enfin, j'avais établi le lien que je cherchais. Aux professionnels de s'en charger, à présent. J'ai trouvé une vieille enveloppe et glissé le document à l'intérieur. Puis ai mis le tout dans mon sac à main. Alors que j'enfilais ma veste, on a sonné à la porte. C'était Joe. J'ai dû avoir l'air drôlement perplexe. Il a souri.

— Qu'est-ce que tu fais là ?

— Je me faisais du souci pour toi, a-t-il répondu.

— Tout le monde s'en fait pour moi. Je vais bien !

— L'une de nos clientes a téléphoné au bureau. Elle est dans tous ses états. Elle a dit qu'une femme l'avait appelée pour lui poser d'étranges questions.

— Marjorie Sutton. Mais nul besoin de t'en faire pour moi, ai-je ajouté en refermant la porte derrière moi et en me dirigeant vers la voiture de Gwen. Je m'en allais.

— D'après ce que racontait cette femme, j'ai cru que tu avais pu faire une sorte de dépression. Tu ne peux pas perturber les vieilles dames de la sorte.

— Il y a des trucs que je dois savoir.

— Quels trucs ?

J'ai déverrouillé la portière de la voiture.

— Je ne peux pas te parler. Il faut que j'y aille. L'une de mes visites régulières à la police.

— Tu veux que je vienne avec toi ?

— Non, je ne veux pas, ai-je répondu, avant de me reprendre : non, merci.

— Est-ce que tu pourrais au moins me redéposer au métro ? J'ai laissé repartir mon taxi.

— Pas de problème. Tant que tu sais te tenir.

Alors que je m'éloignais, je m'attendais presque à sentir la main de Joe sur mon genou.

— Tu vas les voir pour quoi ?

Je lui ai parlé du document et raconté où je l'avais trouvé.

— Est-ce que ce n'est pas qu'un vieux bout de papier ? a-t-il demandé.

— Un vieux bout de papier professionnel de Greg, avec l'écriture de Milena Livingstone dessus.

— Ce qui signifie ?

— Je n'en sais rien. Mais j'ai comme l'impression que c'est ce que je cherchais.

Nous avons roulé deux ou trois minutes en silence après quoi j'ai pensé : « Il va suggérer d'aller ailleurs. » Nous avons continué sans mot dire plusieurs minutes.

— Je peux te déposer là, si tu veux.

— Ce n'est sans doute rien, mais pourquoi ne pas retourner au bureau avec moi ? On pourrait examiner le dossier de Mme Sutton et voir si ton document renvoie à quoi que ce soit.

— Très bien.
— Ça ne te fait pas faire un trop grand détour.
— Non, en effet.
— Au moins, comme ça, tu sauras.
— C'est tout ce que je désire.

J'ai eu l'impression, pratiquement pour la première fois, qu'au milieu de toute cette confusion et de toutes ces ténèbres, j'y voyais clair. Le bureau ne pouvait lui convenir. S'il suggérait autre chose, je serais fixée. Nous nous sommes arrêtés à un feu.

— Il y a un raccourci devant nous. Je te guide.
— Très bien.
— Tourne à gauche, là.

J'ai redémarré et, comme la voiture repartait, elle a été prise d'une secousse et a calé.

— Désolée. Ça ne m'est pas arrivé depuis mes dix-sept ans.
— Je peux prendre le volant, si tu veux.
— Non, ça va aller.

J'ai conduit comme hypnotisée, comme si quelqu'un d'autre s'occupait du pilotage et que je me contentais de me laisser transporter, regardant autour de moi avec curiosité. Je voyais des gens marcher sur le trottoir et ils me semblaient différents de moi-même, comme si j'étais un visiteur en provenance d'un autre monde, bientôt sur le départ. J'ai jeté un coup d'œil à Joe, qui lançait lui aussi des regards autour de lui. Il s'est frotté la figure. Il avait l'air fatigué. Épuisé, même. Pourquoi ne l'avais-je pas remarqué plus tôt ? J'avais perdu tellement de temps à chercher dans la mauvaise direction. Je n'avais pas peur. Je me sentais même en paix. Je désirais savoir et plus rien ne comptait en dehors de ça.

— Tu prends à gauche, ensuite. Et la seconde sur ta gauche.

C'est marrant. Où que l'on soit à Londres, même si ça grouille de monde partout, on n'est jamais qu'à une minute ou deux d'un endroit désolé, à l'abandon. Un jour, on y construira des appartements de grand standing, mais pas encore. Encore un coup à gauche puis à droite, et nous étions parmi des immeubles de bureaux abandonnés. J'ai aperçu un panneau, quasi effacé par les graffitis, signalant une usine de tapis. Il y avait un autre entrepôt au fond. Et aucune voiture en vue, ni aucun piéton.

— Et merde… s'est lamenté Joe. Un cul-de-sac. Je me suis trompé. Il faut que tu fasses demi-tour. Tu ferais mieux de reculer là.

— Tu parles d'un raccourci… ai-je dit en arrêtant la voiture.

Nous y étions. C'était à ça que tout cela devait aboutir. Tous les chemins y mènent. Toutes les histoires s'achèvent là. Je sentais à présent la main de Joe dans le creux de ma nuque, douce, caressante.

— Ça me rappelle Porton Way, ai-je déclaré.

— C'est quoi ?

— Tu sais bien. L'endroit où Greg a été tué.

— Non, je ne sais pas.

Et là je me suis rappelé où j'avais vu ces signatures.

— Je jouais à un jeu quand j'étais petite. Mon amie et moi, on écrivait le nom de l'autre en copiant son écriture. Ç'a dû être du gâteau avec la signature de Marjorie Sutton. J'imagine qu'elle n'est pas du genre à suivre attentivement ses comptes. C'était toi, n'est-ce pas ?

Joe m'a regardé froidement. Je pouvais sentir sa main, guère plus que le bout de ses doigts, me caressant le cou.

— Le problème avec Milena, ai-je repris, c'est qu'elle savait flairer le point faible et s'en servir le cas échéant comme moyen de pression. Elle a vu le document, l'a pris, et quand tu l'as laissée tomber pour Frances, elle s'en est servi. Pas étonnant que tu aies voulu m'aider à ranger la maison. Il fallait que tu le retrouves. Tu as dû être dans tous tes états. Et quand Frances a deviné – parce qu'elle a dû deviner, n'est-ce pas, ou alors pourquoi l'aurais-tu tuée ? –, c'est devenu plus facile la troisième fois ?

Joe m'a dévisagée, sans dire un mot.

— J'avais juste besoin de savoir.

— Maintenant, tu sais, a-t-il répondu tranquillement.

— Alors c'est comme ça que ça se termine? Pauvre Ellie. Elle n'en pouvait plus. Ne pouvait plus vivre sans son mari. Il y a juste un truc…

— Quoi donc ?

— C'est que je m'en fous.

J'ai écrasé l'accélérateur au point de faire crisser la gomme des pneus et la voiture a bondi en avant. Pas question de caler cette fois-ci, ni de se dérober… J'ai entendu un cri sans pouvoir distinguer ce qu'il disait. J'étais dans un rêve, de toute façon, en voiture avec cet homme en qui Greg avait cru, qu'il avait aimé, jusqu'à ce qu'il perde confiance en lui. Soixante kilomètres heure. Quatre-vingts. Cent. Nous sortions de la route.

J'ai entendu un hurlement et n'ai pas su si c'était le cri de terreur de Joe ou quelque chose dans ma tête, ou encore les pneus sur le bitume, et j'ai eu un instant pour me rappeler que c'était la voiture de Gwen que je détruisais ainsi. Ensuite toute vitesse, bruit, violence ont cessé, pour se faire lenteur, silence et paix. Et ce n'était plus l'hiver, une journée entre obscurité et froid polaire ; il faisait bon. Un après-midi d'été, frais, doux et pur, le genre qui fait l'effet d'une grâce, plein de fleurs et de chants d'oiseaux. Il était là, enfin – oh, j'avais attendu si longtemps – venant vers moi dans l'herbe avec un tel sourire sur son visage, son cher visage familier. Le sourire qu'il n'accordait qu'à moi. Comme tu m'as manqué, ai-je dit, avais-je envie de dire. Si tu savais à quel point tu m'as manqué. Et j'aurais voulu ajouter : ai-je bien fait ? Es-tu fier de moi ? Et je t'aime, je t'aime. Jamais je ne cesserai de t'aimer.

Il m'a enfin prise dans ses bras, m'a enveloppée de sa chaleur réconfortante, sécurisante. Enfin j'ai pu fermer les yeux et me reposer : j'avais touché au but, j'étais chez moi.

32

Ça n'était pas agréable d'être morte, pas comme ça aurait dû. J'avais mal par endroits, me sentais poisseuse à d'autres, tordue à d'autres encore, et il y avait quelque chose sur ma figure, ainsi qu'un bruit électrique insistant qui n'en finissait pas et refusait de se taire. Tout était vague et lointain, et devenait de plus en plus flou. J'ai senti quelque chose à l'extérieur de moi et des présences auprès de moi, des mains sur moi, des voix. On me manipulait sans ménagement. Ne savaient-ils donc pas que j'étais fragile ? Que j'étais toute cassée à l'intérieur ? J'ai tenté de protester, de demander qu'on me laisse tranquille, que je puisse dormir, mais on m'a enfoncé un truc dans la bouche qui m'a empêchée de parler. J'ai senti l'air froid sur ma peau après quoi je suis retournée à l'intérieur de quelque chose une fois encore, tressautant. On m'a crié un mot dans l'oreille que je n'ai pas compris, avant de le reconnaître. C'était mon nom. Comment pouvaient-ils savoir ?... Ensuite, je me suis laissée aller sans peur ni regret dans l'obscurité. Pas le sommeil, mais un état de non-existence, privé de rêves, de pensées.

Je n'ai pas émergé de ce néant. Peu à peu, je me suis

retrouvée plongée dans un demi-sommeil fébrile durant lequel j'apercevais parfois des visages autour de moi, vacillants, instables, comme la flamme d'une bougie. Certains m'étaient familiers : Mary, Fergus, Gwen. J'ai tenté de lui dire que j'étais désolée pour sa voiture mais j'avais la bouche pleine et les mots refusaient de sortir. Une fois, mes yeux se sont ouverts sur un policier penché sur moi. Il m'a fallu faire un effort pour retrouver son nom. Ramsay. Au début, je n'étais pas sûre qu'il soit réel. Je lui ai marmonné des trucs et, quand il est reparti, je ne me rappelais plus ce que je lui avais dit.

Le signe que je revenais peu à peu à la vie, à la réalité, c'est que j'ai commencé à avoir mal à peu près partout. Durant cette période où je distinguais à peine la nuit du jour, le sommeil de l'éveil, un médecin est venu s'asseoir sur mon lit et m'a parlé lentement, patiemment. Il a évoqué des fractures, aux côtes entre autres, et une perforation à la rate et des opérations ; il a expliqué que je récupérerais progressivement, qu'il me fallait faire preuve de patience et de détermination. À la fin, il s'est tu comme s'il attendait que je lui pose des questions. L'effort a été gigantesque.

— Joe.

— Pardon ? a dit le médecin.

— Dans la voiture.

Son expression s'est modifiée, adoptant une tristesse toute professionnelle. Il a commencé à raconter comment ils avaient tenté de le ranimer et comment, hélas, ils avaient échoué, et attendu que je sois assez forte pour encaisser le choc.

Un matin, j'ai eu l'impression, pour la première fois, de me réveiller réellement, et de n'être pas coincée quelque part à la lisière de l'inconscience. À la fenêtre, il y avait un homme, debout, qui regardait dehors. Je ne distinguais que sa silhouette contre la clarté du ciel. Quand il s'est retourné et que j'ai vu que c'était Silvio, j'ai été si surprise que j'en ai été étourdie, que je me suis sentie faible.

— Quelle vue !

— Que faites-vous ici ?

Il s'est approché du lit.

— Je vous ai apporté des fleurs mais on ne m'a pas laissé les monter. Elles pensent qu'elles présentent un danger quelconque. Je ne sais pas si c'est parce qu'elles répandent des germes ou parce que ça encombre les infirmières. À moins qu'elles aient juste envie de les rapporter chez elles.

— Merci pour l'intention.

— Je les leur ai données et après, je suis reparti vous chercher des myrtilles et des fraises. Je ne sais pas si vous aimez ce genre de trucs.

— Si.

— Je vais les mettre dans quelque chose. (Il a soulevé le couvercle d'une assiette sur la table qui se trouvait à côté de mon lit.) C'est quoi, ça ?

— Mon déjeuner, je crois.

— Une bouillasse grise.

— Il doit y avoir du poisson en dessous.

J'ai senti son poids quand il s'est assis au bord du lit et qu'il m'a offert les myrtilles. J'en ai pris deux, les ai mises dans ma bouche et les ai mâchées, les sentant exploser sur ma langue.

— Délicieux.

— Très bon pour la santé, a répondu Silvio. Quelqu'un m'a dit qu'en en prenant une poignée chaque jour, on ne développe jamais de cancer. Ou quoi que ce soit d'autre.

— Vous pouvez me donner un peu d'eau ? Il y a une carafe, là.

Il en a versé dans un gobelet en plastique. J'en ai pris quelques gorgées. Elle était tiède et comme croupie. Je l'ai bue quand même, avant de rendre le gobelet à Silvio.

— Vous êtes au courant de tout ?

— Je ne sais rien.

— Mais vous savez pour le type qui était dans la voiture avec vous ?

— Il est mort.

— La police a dit que vous aviez eu de la chance de survivre. C'était dans les journaux. J'ai vu une photo de la voiture. Je ne sais pas comment vous avez fait pour vous en tirer.

— Je ne m'en suis pas précisément bien tirée. Comment m'avez-vous trouvée ?

— J'ai juste fait comme vous, a dit Silvio. J'ai mené mon enquête.

— Je n'ai pas enquêté. En gros, je n'ai fait que découvrir les choses par erreur.

— Vous êtes comme ces scientifiques.

— Aucune idée de ce dont vous parlez.

— J'ai étudié l'histoire des sciences à l'école. Il y a plein de chercheuses en science, qui abattent tout le boulot et mènent les expériences fondamentales et, à la fin, les types débarquent, font la découverte finale et s'en attribuent tout le mérite.

— Quelle découverte ?

— C'est vous qui avez remué la merde, causé des ennuis.

— On peut dire ça comme ça, oui. Et vous ?

— Moi ?

— Vous allez bien ?

Il a eu l'air gêné; il a rougi et s'est retourné pour contempler la vue, à nouveau.

— Ouais, j'imagine.

— Je suis désolée pour tout.

— Merci, a-t-il marmotté.

— Servez-vous de myrtilles.

Il en a jeté plusieurs dans sa bouche. L'une s'est fendue sur sa lèvre, y laissant une tache sombre. On lui aurait donné dix ans, il semblait en colère, honteux, complètement perdu. Pas de doute, Milena avait marqué de son empreinte le monde qu'elle avait laissé derrière elle.

L'inspecteur divisionnaire Ramsay est venu me rendre visite une fois de plus.

— Vous avez eu de la chance de survivre à cette collision, a-t-il déclaré.

— C'est ce qu'on m'a dit, oui.

— Vous portiez une ceinture, mais pas M. Foreman. J'imagine qu'il y a une morale là-dedans.

— Je suis heureuse qu'il y en ait une quelque part. Alors, l'enquête est close ?

— Plus ou moins.

Je me suis forcée à réfléchir. Mon esprit me semblait si lent.

— Il a forcément été aidé. Qui est allé chercher le reçu chez les notaires ? La femme qui s'est fait passer pour moi. C'était Tania, non ?

— Nous avons interrogé Mlle Lucas.

— Elle a avoué ?

— Avoué ? a repris Ramsay. Elle a reconnu avoir accompli quelques tâches à sa demande.

— Des tâches criminelles.

— Elle soutient qu'elle ne se doutait pas le moins du monde qu'il ait pu y avoir quoi que ce soit de criminel.

— Mon cul, ai-je dit. Ils couchaient ensemble, vous savez.

Ramsay a toussé.

— Je n'en détiens pas la preuve, et quand bien même, cela serait sans rapport. Si ce n'est pour démontrer peut-être qu'elle aurait été à sa merci.

— À sa merci ? Vous voulez dire que c'est une faible femme ? Pour qu'elle n'aille pas se faire accuser d'être complice de meurtre, d'avoir fait entrave à la justice ?

— Nous avons ouvert un dossier mais nous ne sommes pas convaincus qu'il y ait une réelle possibilité de condamnation.

— Et pour la société ?

— Elle est actuellement supervisée par un administrateur judiciaire, en instance d'enquête sur certaines irrégularités.

— Vous voulez dire que Joe volait ses clients. Qu'il était mouillé jusqu'au cou.

— On l'a dit, oui.

— Et je présume que Tania n'en savait rien non plus.

Ramsay a haussé les épaules au lieu de répondre. C'était *ça*, sa réponse.

— Je suppose qu'au moins vous admettez que Joe a tué Frances.

— Ça, oui. Nous présumons que Mme Shaw avait appris, ou en tout cas, soupçonnait ses activités et qu'elle allait le dénoncer.

— Ça se tient, ai-je concédé, me remémorant l'agitation de Frances, son sentiment de culpabilité, à quel point elle avait été près de me le confier. Si elle l'avait fait, elle ne serait pas morte aujourd'hui. Elle était manifestement tourmentée.

Une minute, Ramsay m'a dévisagée d'un air sombre, avant de se tourner vers la fenêtre. Un pigeon ébouriffé se tenait de l'autre côté de la vitre, nous lançant des regards furieux de ses yeux semblables à ceux d'une fouine.

— Et pour les morts de Milena et Greg? ai-je demandé. Vous reconnaissez également que Joe les a tués?

— Nous avons rouvert le dossier.

— Vous n'avez pas l'air de m'en être reconnaissant.

— Votre rôle dans l'enquête a été mitigé, a-t-il commenté, mais il est survenu au moment opportun...

— C'est ça que vous vouliez dire quand vous avez déclaré que l'enquête n'était pas complètement bouclée?

— J'ai dit ça?

— Plus ou moins, oui.

Il a marqué une pause, l'air fuyant, mal à l'aise.

— Quand l'accident s'est produit, ou peu avant, a-t-il repris, vous vous doutiez du rôle de M. Foreman dans l'affaire.

Soudain, je me suis sentie menacée.

— Que voulez-vous dire?

— Ce que je cherche à dire, madame Falkner, a précisé Ramsay, d'un ton posé, comme s'il s'adressait à un enfant, c'est que je travaille en partant de l'hypothèse que vous aviez des soupçons sur M. Foreman, qu'il a compris que vous nourrissiez ces soupçons et qu'il y a eu une sorte de lutte pendant que vous conduisiez. Peut-être a-t-il tenté de se saisir du volant. Et vous vous êtes écrasés. Accidentellement.

J'ai réfléchi un moment.

— Je ne m'en souviens pas. Je ne me rappelle rien de l'accident. C'est le blanc total. Ça vous va?

— Oui, a répondu l'inspecteur Ramsay. Ça m'ira.

33

J'ai marché jusque chez Fergus avec la boîte entre les mains. Il était tôt, l'aube se levait doucement sur les toits. Même ici, dans les rues de Londres, les oiseaux chantaient tout autour de moi. À cette heure matinale, c'était comme si quelqu'un avait augmenté le volume. J'apercevais le merle sur la branche d'un arbre, et sa gorge qui palpitait.

Fergus m'attendait. Il a ouvert la porte avant que je toque et fait un pas dehors pour me rejoindre, m'embrassant sur les deux joues et m'adressant un petit sourire triste.

— Prêt ? ai-je demandé.

— Prêt.

Nous n'avons pas parlé. Vingt minutes plus tard environ, nous quittions la route et pénétrions dans le parc Heath, nous dirigeant, le long des chemins vides, vers sa partie déserte. Nous ne voyions plus la ville scintiller dans la pâle lumière du soleil, ni ne percevions le bruit des voitures. Je me suis rappelé cette autre aurore où j'étais venue ici : c'était l'hiver alors, et j'étais venue parler à Greg. Debout sous les branches d'un chêne, je me suis tournée vers Fergus.

— Ça a commencé comme ça. L'alarme s'est déclenchée, il s'est réveillé et a tendu le bras de mon côté du lit pour l'éteindre, puis m'a embrassée sur la bouche et a dit : « Bonjour, beauté, tu as fait de beaux rêves ? » et j'ai marmonné quelque chose d'une voix pâteuse en réponse, qu'il n'a pas pu comprendre. Il s'est levé, a enfilé sa robe de chambre, me laissant toujours dans les bras de Morphée. Il est descendu et nous a préparé à tous deux une tasse de thé, a remonté la mienne dans mon mug rayé, ce qu'il faisait toujours, chaque matin. Il m'a regardée me débattre pour m'asseoir, en se moquant gentiment de moi. Puis il a pris une douche rapide. Il chantait sous la douche, à tue-tête, fredonnant quand il n'arrivait plus à se rappeler les paroles. C'était *The Long and Winding Road.*

« C'était toujours un peu la course le matin, et celui-là n'a pas différé des autres. Il s'est habillé, s'est brossé les dents, ne s'est pas donné la peine de se raser, puis il est descendu. Je l'ai rejoint, toujours en pyjama. Il s'est affairé, préparant du café, lisant des bribes de gros titres, cherchant un dossier dont il avait besoin. Puis est arrivé le courrier. On l'a entendu tomber par terre et il est allé le chercher. Il l'a examiné debout, jetant les pubs sur la table. Il a ouvert l'enveloppe contenant les signatures de Marjorie Sutton ou, plutôt, les imitations qu'en avait faites Joe pour s'entraîner. Il a pris connaissance du message griffonné à la hâte par Milena. Il ne comprenait pas ce qu'il avait sous les yeux mais il était perplexe. Il a jeté la feuille sur la table, avec le reste du courrier dont il s'était débarrassé, parce qu'il était en retard et pressé. La dernière fois que je l'ai vu, il avait un morceau de toast légèrement brûlé dans la bouche et il sortait en hâte, les clés dans une main, sa mallette dans l'autre.

« Il a roulé jusqu'au bureau, y est arrivé vers 9 heures. Il a préparé du café pour Tania et lui, puis a consulté son courrier et ses e-mails, auxquels il a répondu. Joe n'était pas là ; il avait remis un message à Tania, disant qu'il allait rendre visite à un client. Ensuite tu es arrivé, pour aider à installer le nouveau logiciel. Greg s'est assis à son bureau, croisant les jambes, et t'a parlé de la nouvelle FIV que j'allais tenter. Il a dit qu'il était sûr que ça finirait par marcher. Il a toujours été de nature optimiste, non ? Ensuite il a eu un rendez-vous avec l'une de ses clientes, Angela Crewe, qui voulait monter un fonds en fidéicommis pour ses petits-enfants. Après ça, il a passé cinq coups de fil, puis préparé à nouveau du café et mangé deux sablés, ses préférés. Il les conservait dans la boîte à biscuits, celle avec des tournesols sur le couvercle.

« Il est sorti déjeuner avec toi au petit restau italien à côté du bureau, il a pris des spaghettis avec des clams, qu'il n'a pas terminés, et bu un verre d'eau du robinet, parce qu'il venait de décréter que l'eau en bouteille était immorale. Il te l'aura sans doute dit.

— Oui, en effet, a confirmé Fergus.

— Vous avez aussi parlé de course à pied, comparé vos temps. Tu es retourné travailler et il est allé dans son bureau, refermant la porte. Le téléphone a sonné, c'était Milena. Elle a demandé s'il avait reçu la page de signatures au courrier et il lui a répondu que oui. Elle a dit qu'elle était certaine qu'un homme intelligent comme lui avait dû en saisir les implications et Greg a répondu sèchement qu'il ne faisait pas commerce des soupçons et des implications et raccroché.

— C'est vrai, tout ça ? a demandé Fergus.

Il commençait à pleuvoir, les gouttes froides sur mon visage m'étaient agréables.

— Pour l'essentiel, oui. Certains détails relèvent de la conjecture. Le reste, c'est ce que je me raconte au milieu de la nuit.

« Après avoir raccroché au nez de Milena, il est resté assis, à réfléchir. Puis il est allé dans le bureau de Joe pour l'interroger à ce sujet, mais il n'était toujours pas arrivé et ne répondait pas sur son portable. Greg a donc ouvert les fichiers de Marjorie Sutton et les a examinés attentivement. Après l'avoir fait, il l'a appelée et a convenu de la voir le lendemain. Il a dit que c'était urgent.

« Il devait rentrer après ça. Il m'avait promis qu'on passerait une vraie soirée ensemble ce soir-là. J'allais préparer un risotto et il allait acheter une bonne bouteille de vin rouge. Nous allions faire l'amour puis dîner tous les deux. Mais alors qu'il s'apprêtait à partir, le téléphone a sonné : c'était Joe, lui annonçant qu'il venait de se passer quelque chose de bizarre concernant Marjorie Sutton et qu'ils devaient parler. Greg a été soulagé de recevoir cet appel : malgré lui, ces signatures l'avaient inquiété. Il a dit à Joe qu'il avait tenté de le joindre à ce sujet, précisément, mais peut-être pouvaient-ils faire ça le lendemain. Il avait un rendez-vous avec sa femme. Joe a insisté. Il lui a assuré que ça ne prendrait pas longtemps. Greg pouvait-il passer le prendre à King's Cross ?

« Greg m'a téléphoné pour me prévenir : "Ellie, je sais que j'ai dit que je rentrerais tôt, mais je vais être un peu en retard. Je suis vraiment désolé."

« Et j'ai répondu : "Merde, Greg, t'avais promis."

« Et il a répondu : "Je sais, je sais, mais il s'est passé quelque chose."

« Et j'ai dit : "Il y a toujours quelque chose."

« “Je t’expliquerai plus tard, a-t-il rétorqué. Je ne peux pas te parler, là, Ell.”

« Et j’aurais dû lui demander si tout allait bien et j’aurais dû lui dire de faire attention, et que peu importait s’il rentrait tard, et j’aurais dû lui dire que je l’aimais, beaucoup, infiniment. Ou alors non, non, ce n’est pas ça, pas ça du tout. J’aurais dû lui demander de rentrer tout de suite, d’annuler le rendez-vous qu’il avait pris. J’aurais dû m’emporter et tenir bon, lui dire que j’étais furieuse et que j’avais besoin de lui. J’aurais pu le faire. J’ai failli le faire. Une tout autre histoire se déroule à partir de là, l’histoire qui n’arrive pas et que je n’aurai jamais l’occasion de raconter, celle d’une longue vie de bonheur. Au lieu de ça, je lui dis au revoir d’un ton plutôt sec et raccroche brutalement. Ç’a été la dernière fois que j’ai entendu sa voix, à part sur mon répondeur. Et parfois je me réveille la nuit et crois l’entendre me parler. Il dit : “Bonjour, beauté, tu as fait de beaux rêves ?”

« Enfin bref, tu as entendu notre querelle ou, en tout cas, la fin de celle-ci, puisque tu as débarqué dans son bureau à ce moment-là. Il a reposé le téléphone et s’est tourné vers toi pour t’expliquer que j’étais un peu fâchée contre lui, et tu lui as dit que tu étais sûr que ça se calmerait.

« Quand il s’est retrouvé seul, il s’est rassis dans son fauteuil et a passé les mains derrière la tête. Ça, je n’en sais rien, mais je peux le voir le faire. Je vois exactement de quelle façon sa tête était inclinée, le petit muscle qui se serre et se relâche sur sa mâchoire. Il a fermé les yeux et pensé à moi, déprimée de ne pas tomber enceinte, et soudain son irritation s’est tarie et il s’est simplement senti tendre. Aussi m’a-t-il envoyé un texto. “Désolé désolé désolé désolé désolé. Je ne suis qu’un pauvre con.”

« Il s'est levé. Il a enfilé sa veste. Il a passé la tête dans le bureau de Tania et dit qu'il la verrait "demain". Il t'a salué d'un geste en passant. Il a descendu l'escalier quatre à quatre, comme il le faisait toujours. Il est monté dans sa voiture, a roulé jusqu'à King's Cross. Cinq minutes, et il rentrerait chez lui, à peine en retard.

« Il s'est rangé sur le côté, Joe a ouvert la portière côté passager et grimpé à l'intérieur, portant un sac. Il a dit à Greg qu'il avait quelque chose à lui montrer. Greg, bien sûr, savait qu'il pouvait faire confiance à Joe. Il l'aimait, après tout, il l'admirait et se tournait souvent vers lui pour lui demander conseil. De bien des manières, Joe incarnait le père que Greg n'avait jamais réellement eu. Aussi Greg a-t-il innocemment suivi les instructions de Joe, et ils sont partis vers l'est, en direction de Stratford, de Porton Way. Il n'aurait jamais pu soupçonner qu'il puisse y avoir là quelque chose de suspect. Pourquoi l'aurait-il pensé ? Comment aurait-il pu ?

« Greg a conduit Joe jusqu'au terrain vague abandonné. Il faisait nuit et froid, il n'y avait personne alentour. Il n'arrêtait pas de demander à Joe à quoi ça rimait, tout ça, mais il n'était pas anxieux, juste un peu perplexe et un peu amusé par le côté ultrasecret de la chose. Joe, étant ce qu'il est, a dû inventer une excuse plausible tandis qu'ils roulaient, tout plein de détails. Ça n'avait pas d'importance. Personne ne vérifierait jamais. Tant que ça empêchait Greg de commencer à nourrir des soupçons…

« Greg a arrêté la voiture quand Joe le lui a demandé. Il a regardé par la fenêtre, ce que Joe lui montrait du doigt. Il n'a pas vu le… qu'est-ce que c'était ? Une clé ? Peut-être l'un des outils du coffre de la voiture ? Le genre d'objet qu'on appelle un instrument contondant. Qui l'a cueilli juste au-dessus de l'arcade sourcilière, une première fois, puis une seconde. Il ne savait pas que Joe était son assassin – oh, Fergus, j'espère qu'il ne l'a pas su, et que les dernières secondes de sa vie n'ont pas été de confusion totale et de terreur. Non. Il ne s'en est pas rendu compte. Je sais que non. Joe a bien visé et il est mort sur le coup.

« Joe a conduit jusqu'à l'endroit où il avait caché Milena. Il a porté son corps jusque sur le siège passager. Il a défait la ceinture de sécurité de Greg. Il a desserré le frein à main et, parce que la voiture faisait face à la pente, il n'a pas eu trop de mal à la pousser sur quelques mètres avant qu'elle ne prenne de la vitesse, quitte le virage à toute allure et ne se jette dans le vide. Il l'a regardée se précipiter au fond. Ensuite Joe – qui pleurait maintenant, avec de grosses larmes qui lui roulaient sur les joues, parce qu'il avait toujours été un grand sentimental, notre Joe, et qu'il aimait Greg, à sa manière –, Joe a dévalé péniblement la pente, dérapant et glissant en chemin, a mis le feu à la voiture puis s'est reculé pendant que les flammes dévoraient son associé, son associé bien-aimé, son ami. Sans doute pleurait-il toujours. Non, il ne pleurait plus. Il n'avait pas le temps de pleurer. Il devait s'éloigner avant que le feu n'attire l'attention. Le plan a fonctionné à merveille. Il a laissé deux corps, deux individus rigoureusement étrangers l'un à l'autre, gisant ensemble comme des amants.

« La question est : est-il reparti à pied ? Ça me paraît assez difficile. Il aurait été préférable de repartir en voiture.

— Dans quoi ? a remarqué Fergus. Il venait d'y mettre le feu.

— Quelqu'un a dû passer le prendre.

— Qui ça ?

— Tania, bien sûr. Mais elle soutient qu'elle n'en sait

rien. Et, de toute façon, elle lui mangeait dans la main. C'est ce que pense la police. Apparemment, ça suffit à la dédouaner de toute responsabilité.

Je n'avais pas regardé Fergus en parlant, mais me suis à présent tournée vers lui. Une unique larme roulait le long de sa joue. J'ai tendu le bras et, du bout du doigt, l'ai effacée.

J'ai forcé le couvercle de la boîte et nous nous sommes accroupis sous le chêne. Lentement, très lentement, j'ai renversé le contenu du coffret jusqu'à ce que les cendres de Greg se déversent par-dessus bord, dans l'herbe verte. Nous n'avons pas bougé, mais Fergus m'a offert sa main, que j'ai agrippée.

Tu étais mon meilleur ami, mon bien-aimé, mon amour. Une petite brise a remué le tas. Bientôt, il serait dispersé par le vent et la pluie. Cela ne prendrait pas longtemps.

Fergus tenait à me ramener chez moi mais je lui ai dit qu'aujourd'hui, je préférais être seule. Parfois, on ressent moins la solitude seul qu'entouré et, de toute façon, j'avais le cœur rempli de souvenirs heureux.

Je suis rentrée sans me presser par cette matinée magnifique, avec ce ciel bleu, la chaleur du soleil dans mon cou, l'air doux et tiède. Les gens circulaient autour de moi, menant leurs propres vies. Quand j'ai déverrouillé la porte et pris pied dans la petite entrée, j'ai failli crier que j'étais de retour. Je suis allée dans la cuisine et suis restée debout, cernée par le silence. En attendant que l'eau parvienne à ébullition, je suis sortie dans le jardin, baigné de soleil. J'ai renversé la tête en arrière, fermé les yeux et vu ton visage, ton sourire à moi seule réservé. Quand j'ai rouvert les yeux, j'ai remarqué qu'un jeune merle gisait inanimé dans l'herbe, à quelques mètres à peine, sous le vieux rosier. Je suis retournée dans la maison pour y prendre une boîte à chaussures vide. Puis j'ai soulevé l'oiseau, avec son corps humide et son bec jaune, l'ai mis dedans, et j'ai refermé le couvercle.

Je n'avais pas envie de le jeter à la poubelle, qu'il finisse dans la benne, aussi ai-je creusé un trou dans le sol et enterré le cercueil miniature, avant de rejeter de la terre par-dessus jusqu'à ce qu'on ne puisse plus deviner quoi que ce soit. Mais je savais, moi… Et même si ce n'était qu'un oiseau, je suis tombée à genoux, ai plongé ma tête dans mes mains, et versé des larmes amères. Il avait si joliment chanté durant ces mois d'hiver et, désormais, il n'était plus. Puis je me suis relevée, j'ai frotté mes mains pleines de terre, avant de regagner la maison. Mais tu n'y étais pas.

Achevé d'imprimer par N.I.I.A.G.
en juin 2011
pour le compte de France Loisirs, Paris

N° d'éditeur : 64543
Dépôt légal : février 2011

Imprimé en Italie